二見文庫

悪の華にくちづけを

ロレッタ・チェイス／小林浩子＝訳

Lord of Scoundrels

by

Loretta Chase

つぎの方々に感謝を捧げます。イタリア語の語句を選んでくれたサル・ラチティ。ロシアのイコンに関するすばらしい本を貸してくれたキャロル・プロコ・イーストン。判読しにくい手書き原稿をコンピュータ処理してくれたシンシア・ドレリンジャー。美しいイングランド西部地方をめぐる忘れられない旅に同行してくれた夫のウォルターと友人のオーウェン・ハルパーン。

悪の華にくちづけを

登　場　人　物　紹　介

ジェシカ・トレント	準男爵の長女。バートラムの姉
セバスチャン・バリスター	第四代デイン侯爵
バートラム（バーティ）・トレント	ジェシカの弟
ジュネヴィーヴ	ジェシカの祖母。レディ・ペンバリー
ヴィア・マロリー	エインズウッド公爵。デインの学友
ローランド・ヴォートリー	デインの遊び仲間
マルコム・グッドリッジ	デインの遊び仲間
フランシス・ボーモント	デインの遊び仲間
セロウビー	デインの遊び仲間
エズモン	伯爵。金髪、碧眼の貴公子
レイラ・ボーモント	フランシスの妻
シャンプトア	パリの骨董屋の主
チャリティ・グレイヴズ	デインのかつての情婦
ドミニク	チャリティの息子
ハーバート	デインの従僕
イングルビー	アスコートのハウスキーパー
ロッドストック	アスコートの執事
アンドルーズ・ヘリアード	ジェシカの訴訟代理人

プロローグ

一七九二年春、第三代デイン侯爵、ブラックムーア伯爵、ラーンセルズ子爵、バリスターならびにラーンセルズ男爵のドミニク・エドワード・ガイ・デ・アス・バリスターは、発疹《ほっしん》チフスで妻と四人の子供を喪《うしな》った。

父に命じられた結婚ではあったものの、デイン卿はそれなりの好意を妻に抱き、妻のほうでもその務めを忠実に果たし、彼とのあいだに美しい三人の息子と愛らしい娘をひとりもうけた。デイン卿は妻子に能《あた》うかぎりの愛情を注いだが、人並みの基準に照らせばかなりお粗末なものだった。とはいえ、デイン卿が愛することを知らない人間だというわけではない。彼はその愛情のほとんどを、みずからの領地、とりわけデヴォンにある父祖伝来の邸宅、アスコートに注いでいた。不動産こそが、彼の愛人だったのだ。

けれどこの愛人は非常に金がかかったうえ、彼も指折りの大金持ちというわけではなかった。かくして愛人の要求を満たすべく、デイン卿は齢《よわい》四十二にして素封家《そほうか》との再婚を余儀なくされたのである。

一七九三年冬、彼はフィレンツェの裕福な貴族の娘、十七歳のルチア・ウズィンニョーロと出会い、求婚し、結婚した。

これには社交界も仰天した。バリスター家はサクソンの時代にまでさかのぼる旧家であり、七世紀前に一族のひとりがノルマン人の貴婦人と結婚してウィリアム一世より男爵の身分を賜《たまわ》ってこのかた、外国人と結婚した者はひとりもいなかった。悲嘆のあまりデイン卿は精神に混乱をきたしたのだろう、と人々は噂《うわさ》した。

何カ月もたたないうちに、デイン卿自身も暗澹《あんたん》たる思いで、自分は正気を失っていたにちがいないと考えるようになった。妻となる女は緑の黒髪も麗しく、うっとりとこちらを見つめ、やさしくほほえみ、夫の言うことにすべて素直にうなずく娘だと思っていた。ところが、いざもらってみれば、活動を停止している休火山にすぎないのがわかった。そしてその火山は、結婚証明書のインクが乾くのも待たずに噴火をはじめたのだ。

妻はわがままで気位が高いうえ、激しやすくすぐに癇癪《かんしやく》を起こした。金づかいが荒く、けたたましい声でまくしたて、夫の命令など聞こうともしなかった。なにより困ったのは、閨房《けいぼう》での奔放さで、これには彼も愕然《がくぜん》となった。

それでも褥《しとね》を共にした理由はただひとつ、バリスターの家系がとだえることを恐れるがゆえだった。彼は歯を食いしばり、おのれの義務を果たした。ようやく妻が身ごもると、この義務を放棄し、息子が授かることをひたすら神に祈った。息子が生まれれば、もう二度と妻の寝室を訪れずにすむ。

一七九五年五月、神は彼の願いを聞き届けた。

しかし、赤子をひと目見るなり、祈りに応《こた》えたのは神ではなく、悪魔だったのではないかと勘ぐりたくなった。

彼の跡継《あとつ》ぎはオリーブ色の肌をした、しなびた物体だった。大きな黒い目に、不釣り合いな体つき、そして恐ろしく大きな鼻。そのうえ、ひっきりなしに泣きわめくのだ。

自分の子ではないと言えるものなら、そう言っていただろう。しかし、そうはいかなかった。赤ん坊の左の尻には、デイン卿とおなじ石弓の形をした小さな茶色のアザがあった。それは代々バリスター家の子孫が持って生まれるアザだった。

この怪物をわが子と認めざるをえなかったデイン卿は、こんな子供が生まれたのは、あの淫《みだ》らで不自然な夫婦の営みのせいだと考えた。そしてひときわ翳《かげ》りを増しながら、自分の若き妻は悪魔の侍女、生まれた息子は悪魔の申し子にちがいないと思いつめたのだ。

こののち、デイン卿が妻のベッドにもどることはなかった。

赤ん坊はセバスチャン・レスリー・ガイ・デ・アス・バリスターと命名され、慣例どおり父の二番目に高い爵位であるブラックムーア伯爵を名乗ることになった。それを聞いた口さがない人々は、まさに言いえて妙の称号だ、と陰口をたたいた。というのも、セバスチャンは母方の家系のオリーブ色の肌と漆黒《しっこく》の瞳、そしてカラスの濡《ぬ》れ羽色の髪を受け継いでいたからだ。彼はまた、ウズィンニョーロ家ならではの大きな鼻も持っていた。それはこのフィレンツェの名家に伝わる特徴で、いずれもその大鼻でしもじもの者たちを威嚇《いかく》してきた。しかし、雲をつくようなウズィンニョーロ家の男たちにはよく似合うその鼻も、不恰好《ぶかっこう》でちっちゃな赤ん坊にとっては奇怪なほど大きな鉤鼻《かぎばな》でしかなかった。

あいにく、セバスチャンはウズィンニョーロ家の鋭い感受性もそなえていたため、七歳になるころには、自分はどこかおかしいのだと気づき、みじめな気持ちになった。

母親は美しい絵本をたくさん与えてくれたが、そこには自分のような風貌《ふうぼう》の者などひとりも出てこなかった。唯一の例外は、トミー坊やの肩にちょんと乗って悪行をそそのかす、背中の曲がった鉤鼻の子鬼だけなのだ。

肩にそんな子鬼が乗っていると感じたことも、悪魔のささやきを聞いたこともなかったものの、自分は悪い子にちがいないと思った。年じゅう叱《しか》られ鞭打《むちう》たれてばかりいるからだ。しかし、家庭教師に鞭で打たれるならまだよかった。それより恐ろしいのは父親からの叱責《しっせき》で、そのたびに体がかっと熱くなり、同時にじっとりした寒気に襲われた。そして、胃のなかで無数の鳥が外に出ようと羽ばたきはじめ、足がガタガタ震えてくるのだ。それでも、泣くわけにはいかない。もう赤ん坊ではないし、泣けば父の怒りがさらに増し、叱責の言葉よりむごい表情がその顔に浮かぶのはわかっていたから。

絵本に出てくる親たちは、子供に笑いかけ、抱きしめ、キスをしていた。母親も機嫌がいいときはそうしてくれたが、父親は一度もなかった。それどころか、話しかけたり遊んでくれたりすることもなければ、肩車をしたり馬上に抱きあげたりしてくれたことさえなかった。セバスチャンには自分のポニーが与えられていたが、その乗り方を教えてくれたのは馬丁のフェルプスだった。

自分のどこがいけないのか、どうすればそれを直せるのかと母親にたずねてはいけない。言ってもいいのは、母様を愛している、母様は世界一きれいだ、ということだけで、それ以外はなにを言っても母の怒りを買うことを、幼いセバスチャンはすでに学んでいた。

一度、ダートマスに出かける母親におみやげはなにがいいかときかれ、一緒に遊べる弟を連れてきてほしいと答えた。それを聞いた母親は突然泣きだし、ついには怒りはじめ、イタリア語で汚い言葉をわめきちらした。意味は理解できなかったが、悪い言葉だということはわかった。それを聞いた父親が母親を叱りつけたからだ。

それから、ふたりは言い争いをはじめた。両親の喧嘩《けんか》は、母の泣き声よりも、父の怒りに燃えた表情よりも恐ろしかった。

セバスチャンはそんな恐ろしい喧嘩の原因になりたくなかった。とりわけ、母親にあの邪悪な言葉を使わせたくなかった。神様がお怒りになって、母様の命を召しあげ、地獄に落としてしまうかもしれないと思ったのだ。そんなことになれば、抱きしめてキスしてくれる人はひとりもいなくなってしまう。

そんなわけで、自分のどこが悪いのか、自分はどうすればいいのかをきける相手は、天におられる神様しかいなかった。だが、神様は一度もその問いかけに答えてはくれなかった。

やがてセバスチャンが八歳になったある日、母親は侍女をひとり連れて外出し、そのまま二度ともどらなかった。

父親がロンドンに出かけていたため、使用人たちは母様も一緒についていったとセバスチャンに教えた。

まもなく父親が帰宅したが、母親は連れていなかった。

セバスチャンは暗い書斎に呼びだされた。そこには怖い顔をした父親が、大きな机に聖書をひろげて待っていた。椅子にかけるよう命じられ、セバスチャンは震えながら従った。けれどそれが精いっぱいで、あとは口をきくこともできなかった。胃のなかの翼がものすごい勢いで羽ばたきはじめ、吐き気をこらえるのがやっとだったのだ。

「母親のことを使用人たちにきいてまわるのは、もうやめなさい」と父は言った。「あいつのことは二度と口にするな。あれは邪悪で罪深い女だ。その名はイゼベル。そして『イゼベルはイズレエルの塁壁《るいへき》の中で犬の群れの餌食《えじき》になる』」

セバスチャンの頭のなかで、だれかが大声で叫んでいた。あまりの大声に、父の声すらほとんど聞こえない。しかし、その叫びがまったく聞こえていないらしい父は、うつむいたまま聖書の朗読をつづけている。

「『よその女の唇は蜜《みつ》を滴《したた》らせ、その口は油よりも滑らかだ。だがやがて、苦《にが》よもぎよりも苦くなり、両刃の剣のように鋭くなる。彼女の足は死へ下って行き、一歩一歩と、陰府《よみ》に達する』」そこで、父は顔をあげた。「私はおまえの母親と縁を切ったが、先祖伝来の家から汚辱が去ったことを心から喜んでいる。この件についてはこれで終わりだ」

父が立ちあがって呼び鈴の紐《ひも》を引くと、従僕のひとりがやってきてセバスチャンを書斎から連れだした。けれど書斎の扉が閉まってからも、階段をあわただしくおりていくときも、頭のなかではさっきの叫び声が響きつづけていた。耳をふさごうとしてもその声はやまず、セバスチャンにできるのは口をあけ、遠吠《とおぼ》えのような悲しい泣き声でそれを外に出すことだけだった。

黙らせようとする従僕を蹴《け》とばし、その手に嚙《か》みつき、振りほどいた。するとありとあらゆる罵詈雑言《ばりぞうごん》が口からあふれだし、自分ではどうにもとめようがなくなった。自分のなかに棲《す》む怪物を、セバスチャンはとめることができなかった。怪物はテーブルにあった花瓶をひっつかむと、鏡めがけて投げつけた。石膏《せっこう》の塑像《そぞう》を床にたたきつけた。そして叫び声をあげながら大広間を走り抜け、手の届くところにあるものをすべて破壊していった。

その音に驚いて、執事や従者たちが駆けつけてきた。だが、セバスチャンが悪魔にとりつかれたと思いこみ、だれひとりとして彼にさわろうとはしない。ただ恐怖に凍りついて立ちつくし、デイン卿の跡継ぎが大広間を修羅場《しゅらば》に変えていくさまを見守っていたのだ。けれど上階からは、叱責の言葉どころか、物音ひとつ聞こえてこなかった。階下で暴れまわる悪魔を拒絶するかのように、デイン卿の書斎のドアは閉ざされたままだった。

そうこうするうちに、すこぶる大柄の料理番が厨房《ちゅうぼう》からのしのしとやってくると、セバスチャンを抱きあげ、足をばたつかせ腕を振りまわすのをものともせず、ささやいた。「さあ、さあ、坊ちゃま」

悪魔もデイン卿をも恐れぬ彼女は、セバスチャンをそのまま厨房に連れていった。そして下働きの者たちを全員追い払い、暖炉の前の大きな椅子にどっかり腰をおろすと、セバスチャンが泣き疲れるまで、体を揺らしてあやしてやった。

屋敷のほかの者たち同様、この料理番も侯爵夫人が裕福な海運商の息子と駆け落ちしたことは知っていた。行き先はロンドンではなくダートマスで、そこから愛人の船で西インド諸島へ旅立ったのだ。

母様が犬に食べられちゃう、と取り乱して泣きじゃくるセバスチャンを見て、料理番は屋敷の主人を肉切り包丁で切り刻んでやりたくなった。たしかに、この幼いブラックムーア伯爵ほど醜い子供は、デヴォンじゅう捜しても、いやおそらくはコーンウォールやドーセットじゅうを捜してもいないだろう。それにこの子は気むずかし屋で短気なうえ、人を引きつける魅力もない。でも、まだほんの子供じゃないか、こんな無慈悲な目にあわされるいわれはないはずだ。

料理番はセバスチャンにこう言い聞かせた。坊ちゃまのお父様とお母様は仲がお悪かったんですよ。だからお母様は悲しくなってここから逃げてしまわれたんです。あいにく、大人の女性が逃げることは、小さな男の子が逃げるよりずっと悪いことです。取り返しがつかないほどの過《あやま》ちなので、レディ・デインはもう二度ともどっておいでになれないんですよ、と。

「母様は地獄に落ちるの?」とセバスチャンはたずねた。「父様がそう言った……」その声は震えていた。

「神様はきっとお母様を許してくださいますよ」料理番はきっぱり言った。「神様が公平で情け深いおかたなら、かならず許してくださいます」

そしてセバスチャンを上階へ連れていき、厳格な子守女を追い払って、ベッドに入れてやった。

料理番が出ていくと、セバスチャンは起きあがり、サイドテーブルから小さな絵を取った。母がくれた聖母マリアと幼子イエスの絵だ。それを胸にしっかりと抱きしめ、祈りを捧《ささ》げはじめた。

父の信仰の正式な祈禱《きとう》はすべて習っていたが、この夜セバスチャンの口から出たのは、母が長い数珠《じゅず》をまさぐりながら唱えていた祈りの言葉だった。あまりに何度も聞かされたため、すっかりそらんじていたのだ。もっとも、ラテン語は習いだしたばかりで、内容をすべて理解できたわけではない。

「おめでとう、マリア、聖寵《せいちょう》に満ちたかた、主はあなたと共におられます。女のうちにて祝福されたかた(アヴェ・マリア、グラツィア・プレナ、ドミヌス、テクム、ベネディクタ・トゥ・イン・ムリエリブス)」と祈りはじめた。

だがそのとき、ドアの外で父が耳をそばだてていたのを、セバスチャンは知らなかった。

このローマカトリックの祈禱で、ついにデイン卿の堪忍袋《かんにんぶくろ》の緒《お》が切れたことも知らなかった。

二週間後、セバスチャンは馬車に乗せられ、イートン校へ送られた。

校長との短い面談のあと、広大な寄宿舎に置き去りにされ、その身は荒っぽい学友たちの手に委《ゆだ》ねられた。

そのなかで年も体もいちばん大きいサー・ワーデルは、セバスチャンをじろじろと眺めまわすと突然大笑いしだした。ほかの者たちも即座にそれにならう。セバスチャンは、何千匹ものハイエナが遠吠えをしているような笑い声のなか、恐怖で立ちつくした。

「こいつの母親が逃げだしたのも無理はないな」ようやく息をついたワーデルが、仲間たちに言った。「おい、真っ黒けのムーア人《ブラック・ア・ムーア》、おまえが生まれたとき、母親は悲鳴をあげただろ？」

「僕はブラックムーアだ」セバスチャンは拳《こぶし》を握りしめて言いかえした。

「俺はそう言ったぜ、虫ケラ野郎。おまえの母親が逃げだしたのは、おまえをこれ以上見たくなかったからさ。なんたって、おまえは小汚いハサミムシにそっくりだからな」後ろで手を組むと、とまどうセバスチャンのまわりをゆっくりとまわりはじめた。「おい、真っ黒けのムーア人、どうなんだよ？」

セバスチャンは自分をあざ笑っている学友たちの顔を見渡した。学校に行けば友達ができると馬丁のフェルプスは言っていた。これまで遊び相手がひとりもいなかったセバスチャンは、心細い長旅のあいだその言葉に望みをかけていたのだ。

けれど、ここには友達などひとりもいなかった。目の前に見えるのは、人を小ばかにした顔ばかりで、しかもみんな自分よりずっと背が高いのだ。だだっぴろい〈ロングチャンバー〉で一緒に寝起きする少年たちは全員、年長で体も大きかった。

「おい、きかれたことに答えろよ、このハサミムシ！」とワーデルが言った。「目上の者に質問されたら、返事をするもんだろうが」

セバスチャンはこのいじめっ子の青い目をにらみつけた。「クソったれ《ストゥロンツォ》」

ワーデルはセバスチャンの頭をこづいた。「そんなわけのわからないイタリア語はやめろ、真っ黒けのムーア人」

「ストゥロンツォ」セバスチャンは果敢にくりかえした。「まぬけなクソ野郎」

ワーデルは驚いたように金色の眉を吊りあげると、取り巻きを振りかえった。「おい、聞いたか。こいつ、蠅の王《ベルゼブブ》みたいに醜いと思ったが、口まで汚いぜ。さて、どうしてくれようか」

「投げ捨てよう」ひとりが言った。

「沈めちまおう」もうひとりが言った。

「クソだめにな」別の者がつけくわえた。「こいつ、クソが好きなんだろ？」

この提案は大歓迎を受けた。

つぎの瞬間、彼らはセバスチャンにつかみかかった。

おぞましい結末へと向かう途中、彼らは何度かセバスチャンに暴言を撤回するチャンスを与えた。ワーデルのブーツを舐《な》めて許しを乞えば、勘弁《かんべん》してやるというのだ。

しかし、例の怪物にすっかりとりつかれていたセバスチャンは、そんな言葉には耳も貸さず、知っているかぎりの英語とイタリア語の悪態を吐き散らした。

その抵抗はなんの役にも立たなかったが、ある物理の法則がおのが身を助けた。小柄ではあるものの、不恰好な体つきをしていたおかげで、便壺《べんつぼ》に落とすには骨張った肩の幅がひろすぎてつっかえたのだ。せいぜいワーデルにできたのは、セバスチャンが嘔吐《おうと》するまでその頭をトイレの穴につっこんでおくことだった。

癪《しゃく》なことに、この一件をしてもセバスチャンに目上の者への敬意をたたきこむことはできなかった。その後もワーデルたちは自由時間の大半を費やし、分《ぶ》をわきまえさせようとしたが、セバスチャンは従おうとしなかった。少年たちは彼の外見をからかい、混血をからかい、卑猥《ひわい》な歌で母親をからかった。足をつかんで窓からぶらさげ、毛布にくるんで放り投げ、ベッドにネズミの死骸《しがい》を隠したりもした。セバスチャンはひとりでいるときは――といっても、イートンにはプライバシーなどないも同然だったが――悲しみと怒りと心細さに涙を流したが、人前では悪態をつき、勝ち目のない喧嘩に明け暮れていた。

教室の外ではつねにいじめられ、教室のなかでも年じゅう鞭打たれるイートン校の生活は、一年もしないうちに彼のなかから愛情ややさしさや信頼を求める気持ちを消し去ってしまった。生徒のなかには、イートン校の教育で最高の資質が引きだされる者もいるが、彼の場合は最悪の資質が呼び覚まされた。

十歳のとき、セバスチャンは校長に呼びだされ、母親が西インド諸島で熱病にかかって死亡したと告げられた。黙りこくったままその知らせを聞いていたセバスチャンは、退出するなりワーデルに喧嘩をふっかけた。

二歳年上のワーデルは体格も体重も倍近くあり、そのうえ身のこなしもすばやかった。けれどこのとき、セバスチャンの心に棲む怪物は残酷な憎悪に燃えていた。彼は冷静かつ粘り強く戦いつづけ、ついには天敵ワーデルを打ち負かし、相手の鼻を血まみれにしたのだ。みずからも殴られ、血まみれになっていたセバスチャンは、見物人たちの顔をばかにしたようにぐるりと見まわした。

「つぎはだれだ？」ほんとうは息もたえだえだったのだが、そうきいた。

だれひとり、声をあげる者はいなかった。セバスチャンがその場を離れようと向きを変えると、彼らはさっと道をあけた。

校庭のなかばまで行ったとき、ワーデルの声が気まずい沈黙を破った。

「よくやったぞ、ブラックムーア！」

セバスチャンは足をとめて振りかえった。「くたばっちまえ！」と叫びかえす。すると、ワーデルの帽子が歓声とともに空に舞いあがった。つぎの瞬間、その場にいた全員が歓声をあげて帽子を放りあげた。

「ばかどもめ」セバスチャンはつぶやくと、帽子を持ちあげるしぐさをし――すでに彼の帽子は回復の見込みがないほど踏みつけられていた――芝居がかったお辞儀をしてみせた。

あっという間に、セバスチャンは笑いの輪のなかにいて、気がつくとワーデルの肩の上に乗せられていた。彼が悪態をつけばつくほど、少年たちはいっそう喜んだ。
このあとまもなく、セバスチャンはワーデルと親友になった。当然ながら、そうなればもうなすすべはなかった。

当時、イートン校の腕白《わんぱく》たちはみな、痛めつけられいじめられながら大人への階段をのぼっていったが、なかでもワーデルのグループは最悪だった。気の毒な近隣の住人たちに仕掛けるイートン校流のいたずらやいやがらせはもちろんのこと、彼らは思春期にはいるより先に賭《か》け事をおぼえ、煙草《たばこ》を吸い、吐くまで酒を飲んだ。そのあとはすぐ、女遊びがはじまった。

セバスチャンが性の神秘へと足を踏みいれたのは、十三歳の誕生日のことだ。ワーデルとマロリー——彼を便所に沈めようと提案した少年だ——は、たっぷりとジンを飲ませたセバスチャンに目隠しをすると、一時間以上もあちこち連れまわしたあと、階段をあがらせてカビ臭い部屋に連れこんだ。そして服を全部脱がせてから目隠しをはずし、彼を置き去りにしたまま外から鍵《かぎ》をかけてしまった。

悪臭を放つ石油ランプと汚い藁《わら》のマットレスが置かれた部屋にいたのは、金色の巻き毛と、真っ赤な頬と、大きな青い目と、ボタンほどの大きさの鼻を持つ、丸々と太った女だった。彼女はネズミの死骸でも見るような目つきでセバスチャンのことを眺めた。

その理由は考えるまでもなかった。身長は一年前の誕生日から二インチものびていたが、外見はいまだにいたずら好きな子鬼のようだったからだ。

「あたしはいやよ」断固として、口を引き結んだ。「百ポンドもらったってお断わり」

そのとき、セバスチャンは気がついた。自分のなかにもまだ感情が残っていたのだ、と。そうでなければ、傷つくはずなどないから。喉がひりひりし、泣きたい気持ちになると同時に、自分をそんな気持ちにした相手を憎いと思った。彼女はどこにでもいる愚かな牝豚《めすぶた》だった。これが男なら、相手が気を失うまで殴り倒しているところだ。

だが、感情を押し隠すのはすでに習い性になっていた。

「それは残念」セバスチャンは冷淡に言い放った。「きょうは誕生日ですごく機嫌がいいから、十シリング払ってやろうと思ってたのに」

ワーデルが商売女に六ペンス以上払わないことは知っていた。

女は不機嫌そうにセバスチャンを見やると、その視線を彼の雄々しい性器へと落とし、じっとそこを見つめた。彼をその気にするには、それだけでじゅうぶんだった。それはみるみる膨らみはじめた。

ふくれていた女の唇がわななないた。

「僕は機嫌がいいって言っただろ」女に笑われるより先に言った。「じゃあ、十シリング六ペンスだ。それ以上は払わない。それが気に入らないなら、いくらでもほかがある」

「まあ、目を閉じてればいいかもね」

セバスチャンは蔑《さげす》むような薄笑いを浮かべた。「目をあけようが閉じようが、こっちにはおなじことだ——払った金に見合うものをもらえればいい」

セバスチャンはそれを手に入れた。相手は目を閉じるどころか、男が夢に描くような情熱を見せたのだった。

あれには人生の教訓があった、とセバスチャンはのちに振りかえった。そしてほかの教訓同様、これもすばやく身につけた。

それ以降、ホラティウスの名言『金を稼げ、できれば正当な手段で。もし無理なら、どんな手段でも』は彼の座右の銘となった。

イートン校に入学して以来、家から届く便りは、季節ごとの小遣いに添えられた一行のメモだけで、それも父親の秘書が書いたものだった。

イートン校の卒業が近づいたころ、ケンブリッジ入学の手配が整ったことを知らせる二段落の手紙を受けとった。

ケンブリッジが立派な大学なのは知っていたし、修道院臭いオックスフォードより進歩的だと考える人も多い。

けれど、父がそんな理由でケンブリッジを選んだのではないことはよくわかっていた。バリスター家の人間はそれらの創立時の昔から、イートン校からオックスフォード大学へ進んだ。したがって、デイン卿が息子をほかの学校へ行かせるということは、勘当《かんどう》するも同然の仕打ちなのだ。それはまさに、セバスチャンはバリスター家の紋章入りの盾についた汚点だと公言するようなものだった。

たしかに、そう言われてもしかたのないところはある。

セバスチャンは怪物のようにふるまうだけでなく――とはいっても、放校処分になるほどではなかったが――肉体も怪物さながらとなっていた。身長は六フィートを優に超え、浅黒い全身は隆々とした筋肉におおわれていたのだ。

彼はイートン校での生活の大半を、怪物として人々の記憶に残るよう過ごし、まともな連中から〝名家の面倒と滅亡の種〟と呼ばれるのを誇りにしていた。

このときまでデイン卿が、息子の素行に気づいたり悩んだりしているという気配を見せたことはなかった。

しかしその簡潔な手紙は、そうではないと告げていた。デイン卿はバリスター家の人間が足を踏みいれていない大学に追放することで、息子を懲《こ》らしめ辱《はずかし》めるつもりなのだ。だが、そんな懲らしめはもはや手遅れだった。セバスチャンはすでに、自分を管理し懲らしめ辱めようとする相手を迎え撃つ上策をいくつも身につけていた。世の中ではたいていの場合、金が腕力よりはるかにものを言うことを学んでいたのだ。

ホラティウスの格言をモットーとする彼は、自分の小遣いを運だめしのゲームや賭け事で二倍、三倍、四倍にするコツを会得していた。勝った金の半分は女やさまざまな悪習、そしてイタリア語の個人レッスンに費やしたが、母親のことを気にしていると勘ぐられないために、イタリア語の優先順位はいちばん低くしておいた。

残りの半分の金は、競走馬を買う計画にあてた。

セバスチャンは家に返信を出した。ブラックムーア伯爵は自分の資金でオックスフォードに進学するので、そちらが用意した学費は貧乏な青年をケンブリッジに送る奨学金にでもまわしたらどうか、と。

そして競走馬を買うために貯《た》めていた金をレスリングの試合に注《つ》ぎこんだ。

勝った金とワーデルの叔父の影響力を使い、セバスチャンはオックスフォードに入学した。

家からの便りがつぎに届いたのは、二十四歳のときだった。わずか一段落のその手紙には、父の死が記されていた。

こうして、デイン侯爵の肩書きとともに、ダートムーアのはずれにある先祖伝来のアスコートの堂々たる大建築物はもとより、その他の広大な土地と豪華な邸宅、そしてそれらに関わるすべての抵当と借金を相続したのである。

父の遺《のこ》した財産は惨憺《さんたん》たるありさまになっていたが、セバスチャンにはその理由がよくわかっていた。息子を管理できなかった亡き父は、それならいっそ彼を破滅させてやろうと思ったのだ。

しかし、第四代デイン侯爵が最寄りの債務者拘留所へ引かれていくのを、あの信心ぶったろくでなしがあの世でほくそえみながら待っているのだとしたら、その日は永久に訪れないことになる。

セバスチャンはすでに実業の道に目覚めており、その世界に通じるため、知恵と勇気のすべてを傾けていた。現在の潤沢な収入は、一ファージングにいたるまですべて自分自身で稼ぎ、勝ち取ったものだ。それまでに、破産寸前の企業を有利な投資へと生まれ変わらせた実績が何度かあった彼には、父が遺したけちな財産問題を片づけるなど造作ないことだった。相続人が限定されている財産以外はすべて売り払い、負債を清算し、悪化の一途をたどっていた財政状態を立てなおした。さらに、秘書や財産管理人や顧問弁護士を解雇し、能力のある人材を探してきてその後釜《あとがま》にすえ、なすべき仕事を説明した。そして子供時代を最後に目にしていなかった荒野《ムーア》をもう一度馬で見てまわると、そのままパリへ旅立った。

一八二八年三月、パリ

1

「まさか、ありえない」サー・バートラム・トレントは、ぎょっとしてつぶやいた。恐怖で丸い目を飛びださせながら、窓におでこを押しつけてプロヴァンス通りを見おろしている。

「いえ、そのようでございますよ、ご主人様」そう言ったのは、下男のウィザーズだ。

サー・バートラムは乱れた茶色の巻き毛をあわてて撫《な》でつけた。午後の二時だというのに、まだ部屋着から着替えたばかりだ。「ジュネヴィーヴだ」と声もうつろにつぶやく。「ああ、なんてことだ。ジュネヴィーヴじゃないか」

「たしかに、あれはご主人様の祖母君、レディ・ペンバリーでございますな。姉君のジェシカ様もご一緒です」ウィザーズは笑みを押し殺した。ほかにもいろんなものを押し殺していた。ハレルヤと快哉《かいさい》を叫んで部屋じゅう踊りまわりたいという衝動もそのひとつだ。

これで救われた、とウィザーズは胸を撫でおろした。ミス・ジェシカさえ来てくれれば、事態はまもなくおさまるはずだ。ミス・ジェシカに手紙を書くのは一大決心だったが、それでも一族のためにはそうせざるをえなかった。

サー・バートラムはたちの悪い連中とつきあっていた。ウィザーズに言わせれば、全キリスト教徒中もっともたちの悪い、堕落した連中だ。そのならず者たちを率いるのが、あの怪物の第四代デイン侯爵なのだ。

だが、ミス・ジェシカなら、そんなつきあいもすぐに終わらせてくれるはずだ。そう思いながら、この年老いた下男は手早く主人の首にクラバットを結んでやった。

サー・バートラムの二十七歳になる姉のジェシカは、未亡人の祖母レディ・ペンバリーの魅力的な容貌を受け継いでいた。絹のようにつややかなブルーブラックの髪、アーモンド形の銀白色の目、雪のように白くなめらかな肌、優雅な姿態。そしてレディ・ペンバリーのほうも、その容貌が歳月の影響を受けることはまったくなかった。

けれど現実的なウィザーズにとっては、ミス・ジェシカが亡き父の明晰《めいせき》な頭脳と機敏さと度胸を受け継いでいることのほうがずっと重要だった。そのうえ、乗馬やフェンシングや射撃をやらせてもだれにもひけをとらない。とりわけ射撃は一族のなかでもいちばんの腕前だ。それはおおいに誇れる話である。祖母は二度の短い結婚で、最初の夫エドマンド・トレント卿とのあいだに四人、二番目の夫ペンバリー子爵とのあいだにふたりの息子をもうけたほか、子供たちもそれぞれ男子をおおぜいもうけた。そんな立派な男性群のなかでも、ミス・ジェシカの右に出る者はいないのだ。彼女は二十歩離れた場所からでも、ワインのコルク栓をはじき飛ばすことができ、現にウィザーズもその場面を目撃している。

たとえミス・ジェシカがデイン卿を撃つはめになってもかまわない、とまでウィザーズは思いつめていた。あの忌まわしい怪物は祖国の恥、フン転がしほどの良心も持ちあわせぬ怠惰な無頼漢だ。残念ながら頭脳明晰とはけっして言えないサー・バートラムは、極悪集団へと引きずりこまれ、破滅への道をたどらされている。このままデイン卿とのつきあいをつづければ、数カ月のうちに破産してしまうだろう――連日の乱行でそのまえに命を落とさなければの話だが。

だがもう、そんな心配はいらないのだ。ウィザーズは渋る主人を戸口へせかしながら、晴れやかな気持ちで考えた。ミス・ジェシカならすべてを丸くおさめてくれるだろう。これまでだっていつもそうだったのだ。

バーティは姉と祖母の突然の来訪を歓迎するふりを装ったが、祖母が長旅の疲れで寝室に引きとったとたん、ジェシカを狭いアパルトマンの――贅沢《ぜいたく》すぎる、と姉のほうは腹立たしげに考えていた――客間らしき部屋へひっぱっていった。

「なんだよ、ジェス、いったいどういうつもりだ?」と姉に詰め寄った。

ジェシカは暖炉のそばのふかふかの椅子に積まれたスポーツ紙を取りあげると、それを火格子に投げこみ、ため息をつきながらやわらかなクッションに身を沈めた。

カレーからの長い馬車の旅で埃《ほこり》まみれになったうえ、ガタガタ揺られどおしだったのだ。フランスの最低の道路事情のおかげで、お尻はアザだらけになっているにちがいない。

そのアザを、できることならいますぐ弟の尻にも作ってやりたい。だがあいにく、年は二歳下でも、弟は自分より頭ひとつ背が高く、体重もはるかに重い。頑丈《がんじょう》な樺《かば》の木の棒で、物事の善悪をたたきこんでいた日々ははるか昔のことになってしまった。

「お誕生日プレゼントよ」とジェシカは言った。

バーティの不健康な顔色がぱっと明るくなり、いつもの善良そうでまぬけな笑顔を見せた。

「ジェス、そいつはずいぶん気がきいて——」ふいに笑みが消え、しかめっ面になった。「でも、僕の誕生日は七月だよ。まさかそれまでここにいるつもりじゃ——」

「ジュネヴィーヴのお誕生日」

レディ・ペンバリーには風変わりな点がいくつかある。子供や孫たちに自分を名前で呼ばせるのもそのひとつだ。「わたくしは女性ですからね」そんな失礼な呼び方はできない、と抵抗する相手にはかならずそう言った。「わたくしには名前があります。お母様だとか、おばあ様だなんて……」そこで優雅に身を震わせて、つづける。「まるで名無しのようですよ」

バーティは警戒する顔つきになった。「それっていつだっけ？」

「おぼえているはずだけど、あさってよ」ジェシカは灰色のキッドのブーツを脱ぐと、足台を引き寄せて足をのせた。「ジュネヴィーヴに楽しい思いをさせてあげたかったの。パリにはもう長いあいだ来ていないし、家ではいろいろあったから。叔母様たちのなかには、ジュネヴィーヴを精神病院に入れてしまおうなんて言う人もいるのよ。べつに驚かないけど。あの人たちにはジュネヴィーヴのことは絶対理解できないもの。あのね、先月だけでもジュネヴィーヴは三度も求婚されたのよ。その三人目で、叔母様たちも我慢の限度を超えたんじゃないかしら。プロポーズの主は三十四歳のファンジェ卿だったから。みんな、恥さらしだって言っているわ」

「たしかに、あの年じゃ、名誉なこととは言えないな」

「バーティ、ジュネヴィーヴは死んでいるわけじゃないのよ。なのにどうして、死んだようにふるまわなきゃいけないの？　たとえば給仕と結婚したいって言いだしても、それはジュネヴィーヴの問題でしょ」ジェシカは弟に探るような一瞥《いちべつ》をくれた。「もちろんそうなれば、財産は新しい夫が管理することになる。たぶん、みんなはそれを心配しているのよ」

バーティが顔を赤らめた。「そんな目で見なくたっていいじゃないか」

「あら、そう？　あなたも心配しているみたいよ。自分の問題を肩がわりしてもらおうとでも思っていたんじゃないの？」

そわそわとクラバットをひっぱる。「僕には問題なんかない」

「だったら、問題を抱えているのはわたしのほうね。あなたの弁護士の話だと、借金を全額返済したら、今年はあとぴったり四十七ポンド六シリング三ペンスしか残らないそうよ。つまり、わたしはまた叔父様や叔母様たちの家に厄介になるか、働くしかないってわけ。わたしは十年も、ただ働きの子守りとしてあの腕白たちの面倒を見たのよ。もう、十秒だってそんなことをするつもりはないわ。となれば、働くしかないわね」

バーティが薄青色の目を丸くした。「働く？　金を稼ぐってこと？」

ジェシカはうなずいた。「ほかに方法はないでしょ」

「ジェス、頭がどうかしちゃったんじゃないの？　姉さんは女なんだよ。男をつかまえればいいじゃないか。たっぷり金を持ってる男を。ジュネヴィーヴみたいに。あっちは二度もだぜ。姉さんはあの美貌を受け継いでるんだ。えり好みさえしなかったら——」

「でも、わたしはえり好みが激しいの。ありがたいことに、それでもやっていけるのよ」

幼いときに両親を亡くしたこの姉弟は、叔父や叔母たちの家に預けられたが、彼らにしてもどんどん増えていく自分の家族を養うのが精いっぱいだった。この一族も、これほど数が多くなければそれなりに安楽に暮らせただろう。けれど一族は多産の、とりわけ男子に恵まれる家系で、子供たちもその才能を受け継いでいた。

それも、ジェシカに山ほどの縁談が持ちこまれる理由のひとつだ。婚期を逃したと言われてもしかたない現在でさえ、年に平均六件の結婚話がある。それでも、裕福で爵位のあるろくでなしに嫁いで子を産む牝馬《ひんば》役をするくらいなら、吊《つ》るし首になったほうがましだと思っていた。とはいえ、みすぼらしい身なりに甘んじるのもまっぴらだった。

ジェシカにはオークションや古道具屋で掘り出し物を見つけ、それを売って利益をあげる天分がある。大儲《おおもう》けするわけではないが、そのおかげでこの五年間、しゃれた服や装飾品を自分で買うことができ、親戚《しんせき》のお古を着ないですんだ。しかし、ささやかな自立とは呼べるものの、それでは飽き足らず、去年はもっと儲けを増やす計画を練った。

そしてついに、店舗を借り商品の仕入れをはじめられるだけの資金を蓄えたのだ。エリート相手の、上品でとびきり高級な店にするつもりだ。社交界での経験も長いから、有閑階級の好みはもちろん、顧客を呼び寄せるコツも心得ている。

弟をこの泥沼からひっぱりだしたらすぐに、客集めをはじめる。そして今後は二度と、弟のせいで自分の整然とした生活が乱されないよう目を光らせる。バーティは無責任で頼りにならない、頭がからっぽのとんまだ。こんな弟をあてにしつづけたらどんな未来が待っているやら。考えるだけでもぞっとする。

「お金のために結婚する必要がないことは、よく知っているでしょ」ジェシカは弟に言った。「店をひらけばそれですむわ。もう場所も決めたし、資金だってじゅうぶん——」

「くだらないガラクタ屋のことか？」バーティは奇声を発した。

「ガラクタ屋じゃないわ」ジェシカはおだやかに諭した。「もう十回以上は説明したと思うけど——」

「店をやるなんて絶対に許さない」バーティはすっくと立ちあがった。「姉さんに商売なんかさせられるか」

「とめられるものなら、とめてみなさい」

バーティはものすごい形相でにらみつけた。

ジェシカは少しも動じず、椅子の背に体を預けたまま弟を見あげた。「バーティったら、そんなふうに顔をしかめると、豚みたいに見えるわよ。そういえば、このまえ会ったときより、ずっと豚に似てきたわ。二ストーン（一ストーンは六・三五キロ）は太ったんじゃない。ううん、三ストーンかも」そう言って、視線を落とした。「それも全部おなかについちゃったみたいね。あなたを見ていると、国王を思いだすわ」

「あの太っちょかあ？」金切り声で叫んだ。「そんなはずあるもんか。ジェス、いまのは撤回しろ」

「いやだと言ったら？　わたしを押しつぶすつもり？」ジェシカは一笑に付した。

バーティはすごすごと引きさがり、ソファにどさりと腰をおろした。

「わたしがあなたなら、姉の言動より自分の将来のことを心配するわ。バーティ、わたしはね、自分の面倒ぐらい自分で見られるの。でもあなたは……そうね、お金持ちとの結婚を考えなきゃいけないのはあなたのほうよ」

「結婚なんかするのは、腰抜けとばかと女だけさ」

ジェシカはほほえんだ。「まぬけな酔っぱらいが――パンチボウルに頭をつっこむ寸前に――まぬけな酔っぱらい仲間たちに宣言しそうな言葉ね。殿方ときたら、姦淫《かんいん》やら排泄《はいせつ》作用がらみの冗談を飛ばしあってばかり」

難解な単語を理解しようとしているバーティを無視して、ジェシカはつづけた。「男がどんな話をおもしろがるか見当はつくわ。あなたと一緒に暮らしていたし、男のいとこ十人の面倒も見てきたんですからね。酔っぱらっていようが素面《しらふ》だろうが、男はみんな女とどんなことをするかとか、してみたいかってことを冗談めかすのが大好きだもの。そして、いくつになっても、おならだのお小水だのって話に目を輝かせて――」

「女にはユーモアのセンスがないんだよ」バーティが割りこんだ。「そもそも女にはユーモアなんて必要ないのさ。神が女を作ったのは、男を永遠に笑いものにするためだ。そこから論理的に推測すると、神は女ということになる」

かなり苦労しておぼえたらしく、バーティはその台詞《せりふ》をゆっくりと慎重に口にした。

「バーティ、その深遠な哲学的思想をどこで仕入れてきたの？」

「どういうこと？」

「だれにそれを教わったの？」

「べつにまぬけな酔っぱらいから教わったわけじゃないよ、お高くとまった嫌味な姉上」バーティは満足げに言った。「そりゃあ、僕は世界一頭が切れるってわけじゃないけど、相手を見ればそいつがまぬけかどうかぐらいはわかるさ。そして、デインはまぬけじゃない」

「そのようね。なかなか頭がよさそう。ほかには、どんな話をするの？」

バーティはそれが皮肉かどうかさんざん迷ったあげく、またいつものように誤った判断を下した。

「そうそう、ほんとうに頭がいいんだよ、ジェス。姉さんならわかってくれると思った。彼の話は――というより、彼の頭は分速一マイルで回転しっぱなしなんだ。なにを燃料にしてるんだろう。魚はあんまり食べないから、それはちがうよな」

「たぶんジンで動いているんでしょうよ」とつぶやく。

「どういうこと？」

「彼の頭脳は蒸気エンジンみたいなのね、って言ったのよ」

「きっとそうだよ。それに弁が立つだけじゃなくて、金儲けの才能もあるんだ。まるでバイオリンみたいに金の音を鳴らす、って言われてるぐらいだ。デインが奏でるのはソヴリン金貨のチリン、チリンって調べだけだけどね。それも、盛大なチリンなんだぜ」

それはそうでしょうよ、とジェシカは思った。デイン侯爵が英国屈指の大金持ちだということは、だれでも知っている。彼なら、金を湯水のように使うくらいわけないだろう。かたや哀れなバーティは、ささやかな贅沢すらできないというのに、崇拝するデイン侯爵の猿真似《さるまね》をすることしか頭にない。

理路整然とは言いがたいウィザーズの手紙にも書かれていたとおり、盲目的に崇拝しているのだ。バーティがその貧弱な脳みそを駆使してデイン卿の言葉を丸暗記していたこと自体、ウィザーズの話が誇張ではないのがわかる。バーティにとっては神であるデイン卿……だが、彼はバーティを地獄に突き落とそうとしているのだ。

ドアの鈴が鳴ったが、デイン卿は顔をあげなかった。だれがはいってこようが、彼にはどうでもよかった。骨董品《こっとうひん》や芸術品を扱うこの店の主《あるじ》シャンプトアも、ほかの客のことなど気にもかけていなかった。なにせ、すでにパリ一番の上客が来ているのだ。デインは最上の客としての待遇を求め、そのとおり至れり尽くせりの歓待を受けていた。だからシャンプトアは、ドアのほうへ目をやるどころか、デイン侯爵に関係ないものは見ようとも聞こうとも考えようともしていない。

だがいかんせん、無関心でも、なにも聞こえないというわけにはいかない。鈴の音が鳴りやまぬうちに、デインの耳にはイギリス訛りでなにやらささやく聞き覚えのある男の声と、それに答える聞いたことのない女の声がはいってきた。なにを言っているのかは聞きとれない。いつもならラグビー競技場じゅうに響き渡る声でささやくバーティ・トレントの声が、きょうにかぎって低く抑えられていたのだ。

それでもやはり、北半球一の大まぬけのバーティ・トレントが来たとあっては、主《あるじ》との駆け引きは別の機会に譲らねばなるまい。値切り交渉にそつなく貢献しているという妄想にかられながら、やることなすことすべて裏目に出るトレントの横で、交渉をする気などさらさらなかった。

「おやおや」例のラグビー競技場の声が聞こえてきた。「ひょっとして——やっぱりそうだ」

どすどすと重たい足音が近づいてくる。

デイン卿はため息を押し殺して振りかえり、声の主をにらみつけた。

バーティは足をとめた。「おっと、そいつは邪魔をするなって目つきだね、シャンプトアと値切り交渉をしてるならなおさらだ」と店主のほうに顎《あご》をしゃくった。「さっきもジェスに言ったんだよ。男たるもの、払ってもいい金額の半分以上は口にしないっていう頭脳と気概を持ってなきゃいけないって。そのうえ〝半分〟がいくらで、〝二倍〟がいくらなのかもちゃんとわきまえてなきゃいけない。フランやスーや、そのほかのちんぷんかんぷんな硬貨を掛けたり割ったりして、まっとうなポンドやシリングやペンスに換算しなきゃいけないんだから。そもそも、どうして最初からまともなやり方をしないのかがわからない。客をいらいらさせたいのかな」

「トレント、まえにも言ったと思うがね、計算しようなどという考えさえ起こさなければ、その虚弱体質のバランスも崩れず、いらいらも少なくなるはずだ」

そのとき、かさかさという衣擦《きぬず》れの音が左前方から聞こえてきた。そちらを見ると、先ほどのささやき声の主が、装身具の陳列ケースの前にかがみこんでいる。店の照明は、客が商品をまともに値踏みできないように恐ろしく暗くされていた。だからデインには、その女性が青い上着をはおっていることと、装飾過剰な流行のボンネットをかぶっていることしかわからなかった。

「ひとつ助言してやろう」女性に目を向けたまま、デインはつづけた。「とりわけ愛しい女性《シェリ・アミ》への贈り物を選ぶときは、計算の誘惑に負けないことだ。女という生き物は、男よりはるかに数学的分野に長《た》けている。贈り物に関してはとくにね」

「それはねバーティ、女性の頭脳がより高度な発達をとげているからよ」顔もあげずに、その女性は言った。「贈り物を選ぶときは、すごく複雑な道徳的、心理的、美的、情緒的均衡を保たなければいけないということを、女性は心得ているの。でも、しがない男性には、そんな微妙な作業はお薦《すす》めできないわね。ましてそれを計算なんていう原始的な方法でやろうとする人には」

　その気まずい一瞬、デイン卿は頭を便器に突っこまれた気分に襲われた。動悸《どうき》が激しくなり、肌にぞっと鳥肌が立つ。二十四年前、イートン校でのあの忘れられぬ日とまったくおなじ気分だ。

　朝食になにか悪いものを食べたのだろう、と自分に言い聞かせた。きっとバターが傷んでいたのだ。

　無礼な女のへらず口で、自分が狼狽《ろうばい》するなどありえない。辛辣《しんらつ》な言葉を吐くこの女性が、バーティがゆうべ拾った娼婦ではないとわかっても、動揺するわけにはいかない。

　そのアクセントは、彼女が淑女《レディ》であると伝えている。さらに悪いことに――人類に淑女以上に最悪の人種があるとすればだが――どうやら才女でもあるらしい。生まれてこのかた、均衡などという言葉を吐く女は見たことがなかった。均衡を保つことを知っている女など言わずもがなだ。

　バーティが近づいてきて、例の競技場のひそひそ声でたずねた。「デイン、いまの意味わかる？」

「ああ」

「どういうこと？」

「男は無知なけだものだってことさ」

「ほんとう？」

「まちがいない」

バーティはため息をつくと、まだ陳列ケースの中身に釘《くぎ》づけになっている女性のほうを向いた。「僕の友人を侮辱しないって約束したじゃないか」

「まだ紹介もしてもらってないのに、侮辱できるわけないでしょ」

どうやら彼女はめぼしいものを見つけたようだ。気に入った品をさまざまな角度から観察する動きに合わせて、リボンや花で飾られたボンネットがかしいでいる。

「じゃあ、紹介しようか」バーティが焦《じ》れたようにきいた。「それともそこにつったったたま、ずっとそのガラクタに見とれてるつもり？」

彼女は背筋をのばしはしたが、振りかえらなかった。

バーティが咳《せき》ばらいした。「ジェシカ」断固とした声で呼びかける。「こちらはデインだ。ちぇ、なんだよジェス、そのガラクタからちょっと目を離せないのか」

彼女がこちらを向いた。

「デイン、僕の姉さんだ」

彼女が顔をあげた。

その瞬間、デインの脳天からシャンパン色のもみ革のブーツの爪先まで、すさまじい熱がいっきに駆け抜けた。その熱がたちまちのうちに冷や汗に変わる。

「はじめまして、侯爵様」彼女はそう言って、そっけなく会釈した。

「ミス・トレント」と呼びかけたものの、どうしてもあとの言葉が出てこない。

途方もないボンネットの下には、磁器のように白く、非の打ちどころのない卵型の顔があった。黒く濃いまつげに縁取られた銀白色の目は切れ長で、高い頬骨と見事に調和している。鼻筋はすっと通り、ピンク色をしたやわらかそうな唇はややふっくらしている。

古典的な英国風美女ではないが、彼女にはある種の完璧《かんぺき》さがあり、女性を見る目も知識も持ちあわせたデイン卿には、その質の高さがはっきりと見てとれた。

彼女がセーヴルの磁器か油絵かタペストリーだったら、値段もきかずにその場で買い取っていただろう。

一瞬、その白くなめらかな額から華奢《きやしや》な足先まで舐めまわしたいという淫らな想像にとらわれ、彼女の値段はいくらだろうかと考えた。

そのとき、目の端にガラスに映る自分の姿が見えた。

険しく残忍なその浅黒い顔は、まさにベルゼブブだ。デインを本にたとえるなら、表紙を見ただけで中身まで正確に判断することができる。その内面もまた暗く険しいから。デインの心は、風が吹きすさび、雨が灰色の険しい岩肌にたたきつけ、美しい緑の草むらさえ牡牛《おうし》をのみこむ沼地に変えてしまう、荒涼としたダートムーアの地そのものだった。

いくらかでも知恵のある人間なら、その立札に気づくだろう――〝この門をくぐる者はすべての望みを捨てよ〟あるいは、もっと端的に〝流砂、危険〟と書かれていることに。

いっぽう、自分の目の前にいるのは淑女であり、近寄るなという警告は掲げられていない。けれどデインの辞書では、淑女は悪疫《あくえき》、疫病《えきびょう》、飢餓《きが》などとおなじ意味を持つ言葉なのだ。

ふと我に返ったデインは、すっかり退屈したらしいパーティが背を向けて木製の兵隊セットに見入っているのを目にし、かなりのあいだ、彼女を冷ややかに見つめていたことに気がついた。

デインはすぐに気を取りなおした。「ミス・トレント、あなたがなにか言う番じゃありませんか」とからかうような口調で言った。「天気についての話とか。会話の糸口としてはそれが適切、すなわち害のない話題だと思いますが」

「あなたの瞳は」彼女はデインを見つめたまま言った。「すばらしく真っ黒ですのね。もちろん、とても濃い茶色だということはわかっていますけど、それでもやっぱり……黒々して見えますわ」

横隔膜のあたりに突き刺すような痛みが走った。いや、胃のあたりかもしれないが、自分でもはっきりわからなかった。

だが、平静な態度はみじんも揺るがなかった。数々の困難のすえに身につけた落ちつきだ。「話は驚くべき速さで個人的な事柄に飛んだようですね」デインはおもむろに言った。「私の目がお気に召したらしい」

「しかたありませんわ。類《たぐい》まれな瞳をしていらっしゃいますもの。黒々として。でも、べつにばつの悪い思いをさせるつもりはありませんのよ」

かすかにほほえんで、彼女は陳列ケースに目をもどした。

どことははっきり言えないが、それでも彼女がふつうとちがうのはわかった。自分は悪の首領ベルゼブブではないか。相手は気を失うか、少なくとも恐れおののいてたじろぐべきだろう。それなのに、ずうずうしくこちらを見据えたあげく、ほんの一瞬だが、思わせぶりな目つきまでしたのだ。

デインは退散することにした。この妙な感覚については外に出てから考えよう。そう思ってドアへ向かいだすと、バーティが気づいて追いかけてきた。

「ずいぶんうまくかわしたね」とノートルダム寺院にまで聞こえそうな大声でささやく。「ジェスがきみに喧嘩を売るのはわかってたんだ。あいつはその気になればほんとうにやるんだ、相手がだれであろうとおかまいなしに。きみの手に負えないほどじゃないけど、つきあわされると頭が痛くなるよ。ねえ、飲みに行くなら――」

「シャンプトアが、おまえの好きそうな自動人形をちょうど手に入れたそうだ」デインはさえぎった。「ねじを巻いてもらって、そいつが動くのを見てみたらどうだ？」

バーティの角ばった顔が、ぱっと輝いた。「あのなんたらいうやつ？　ほんとうに？　どんな仕組みになってるの？」

「見てこいよ」デインはうながした。

バーティは小走りで店主に近づくと、まともなパリっ子に聞かれたら殺されかねないほどひどい発音でしゃべりだした。

ついてきたそうにしていたバーティの気をそらしたデインは、あと数歩で店を出るところだった。しかし視線はふたたび、陳列ケースに目を奪われているミス・トレントに向かい、好奇心にかられて帰るのをためらった。

2

自動人形のリズミカルな回転音に負けじと、侯爵のためらいが戦闘開始を告げるトランペットのようにけたたましく鳴り響いていた。そして、歩を踏みだした。威風あたりを払う足取り。意を決したような顔つきで、大砲とともに近づいてくる。

いいえ、デイン自身が大砲なんだわ、とジェシカは胸のなかでつぶやいた。バーティやほかの人たちから聞いた話は、ありのままの真実を伝えていなかった。これほどの人物だとは予想していなかった。漆黒《しっこく》の髪に不敵な黒い瞳、勝ち誇ったシーザーのごとき堂々とした鼻、不機嫌そうにゆがんだ官能的な口もと――その顔つきだけでも、ウィザーズが断言したとおり、魔王《ルシファー》の直系と呼ばれるにふさわしい。

その体は……

雲つくばかりの大男だとバーティから聞き、不恰好なゴリラを想像していた。それがこんな精悍《せいかん》な男性だとは――大柄ではあるが美しく均整のとれた体、そのうえ、あのぴったりとしたズボンの輪郭《りんかく》が示すとおりであれば筋肉も隆々のはずだ。もちろん、その場所へはちらりとでも目を向けるべきではないが、これだけすばらしい体つきをしていれば、どうしたってつい……全身を眺めてしまう。そんな淑女らしからぬことを考えたあとで、その顔を見つめるのは至難の業《わざ》だった。それでも強靭《きょうじん》な意志を総動員させ、それをやってのけられたのは、そうでもしないかぎり、わずかに残った理性さえも失って、なにか恐ろしく突飛なことをしでかしてしまいそうだったからだ。

「いやはや、ミス・トレント」太い声が、右肩のはるか上のほうから聞こえてきた。「あなたにはまったく好奇心をそそられる。あなたを虜《とりこ》にしたのはどんなものなんですか」

顔こそ遠いかなたにあったが、そのがっちりとした体は礼を失するほど近づいていた。吸い終えたばかりの葉巻の香りが鼻腔《びこう》をくすぐる。そして、かすかに漂ってくるとてつもなく高価な男性用コロンの香り。ついさっき感じて、まだその余韻《よいん》もさめやらぬいまにも爆発しそうな感覚が、ふたたびよみがえってきた。

あとでジュネヴィーヴとゆっくり話してみよう。まさかこの感覚が、自分の考えているものであるはずがない。

「懐中時計ですわ」ジェシカは落ちついた声で答えた。「ピンクのドレス姿の女性の絵がついているもの」

デイン卿は前かがみになって、陳列ケースをのぞきこんだ。「木陰に立っている女性の絵、あれですか？」

デインが高価な手袋をはめた左手を陳列ケースにのせると、ジェシカは口のなかがからからになった。大きくたくましい手。うっとり見つめながら、きっと片手で軽々と自分を抱きあげてしまえるだろうと思った。

「ええ」乾ききった唇を舐めたい衝動を懸命にこらえた。

「もっと、近くでご覧になりたいでしょう」

デインは垂木《たるき》の釘に手をのばして鍵《かぎ》を取り、ケースの錠をあけて時計を取りだした。

そんなずうずうしい振る舞いにシャンプトアが気づかぬはずはなかったが、ひとことも言わなかった。そちらを見やると、どうやらバーティと熱心に話しこんでいるようだった。

〝ようだった〟という描写はなかなか意味深い。通常の話しこむという言葉は、ことバーティに関してはあてはまらない。とりわけ、熱心に——しかもフランス語で——話しこむなどということはまずありえない。

「これがどんな仕組みになっているのか、お見せしたほうがよさそうだ」デインの声に、ジェシカの注意は時計に引きもどされた。

その低い声の口調が妙にそらとぼけているので、これは男性がばかばかしい悪ふざけを仕掛ける前触れだとぴんときた。きのう生まれた赤ん坊じゃあるまいし時計の仕組みくらいはわかります、と言ってやることもできる。けれど、その黒い目を輝かせてまでおもしろがっている様子を見たら、むげに楽しみを奪うことができなくなった。とりあえずいまのところは。

「ご親切ですのね」と、つぶやく。

「このノブをまわすと」デインは実際にやってみせながらつづけた。「ほらね、女性のスカートが割れるんですよ。すると、脚のあいだに――」目を凝《こ》らすふりをした。「おやおや、なんと。男がひざまずいていますよ」時計をジェシカの顔に近づけた。

「わたしは近眼じゃありませんのよ、侯爵様」そう言って、時計を取りあげた。「おっしゃるとおり、男性がいますね――恋人のようですわ、彼女に愛の奉仕をしていますもの」

ジェシカは小ぶりのハンドバッグから小さな拡大鏡を取りだし、時計をつぶさに観察しはじめた。そうしながらも、自分も同様の観察の目にさらされているのを感じた。

「男性のかつらの部分のエナメルが少し磨《す》り減っているし、女性のスカートの左側には細いひっかき傷がありますね。でも、それをのぞけば、すばらしい保存状態ですわ。年代を考えれば、正確に時を刻むとは思えませんけど。いずれにしても、ブレゲーではありませんね」

ジェシカは拡大鏡をしまうと、上からのぞきこんでいる相手と目を合わせた。「シャンプトアはいくら要求すると思います？」

「買うおつもりですか、ミス・トレント？　ご家族が許すとはとうてい思えないが。それとも、私が国を留守にしているあいだに、英国人のたしなみの概念に革命が起こったのだろうか」

「あら、自分のためじゃありませんわ。祖母への贈り物にしようと思って」

敵ながら感心せずにはいられない。デインは動じる素振りも見せないのだ。

「なるほど。それなら話は別だ」

「お誕生日のお祝いに」ジェシカは言い添えた。「では失礼して、そろそろパーティに交渉をやめさせたほうがよさそうですわ。あの口調では、どうやら計算をしようとしているみたいですから。あなたが見抜かれたとおり、あの子に計算は向いていないんです」

あの体なら片手で持ちあげられるなと思いながら、デインは奥へ歩いていく彼女の姿を眺めた。身長は自分の胸にも届かないほどで、体重はあの装飾だらけのボンネットをかぶっていても八ストーン足らずだろう。

女性を見おろすことには慣れていたし――女性にかぎらずたいていの人間は見おろすことになる――自分の大きな体にも違和感をおぼえなくなっていた。スポーツ――わけても、ボクシングとフェンシング――のおかげで、敏捷《びんしょう》な身のこなしも身につけていた。

それなのに、彼女の隣にいると、ただのでくのぼうのような気持ちにさせられる。ばかでかくて、醜いうえに、間の抜けたでくのぼうだ。あの忌々しい時計がどういう類のものか、彼女は最初からわかっていたのだ。いったい、なんという女だ。あの生意気な小娘はこの悪党面をまっすぐ見据え、まばたきすらしなかった。間近に迫ったときでさえ、身じろぎもしなかった。

それどころか拡大鏡を取りだすと、あの淫らな時計がフォックスの『殉教者列伝』の希少版でもあるかのように、落ちつきはらって品定めをはじめたのだ。

トレントが姉について語った話に、もっと耳を傾けておけばよかった。だが、バーティ・トレントの話に耳を傾けると、聞いているこっちのほうが錯乱しそうになる。

そんなことを考えていたら、バーティの大声が聞こえてきた。「だめ！　絶対にだめだ！　ジェス、それじゃジュネヴィーヴをあおるだけじゃないか。許さない！　まさか売ったりしないだろうな、シャンプトア」

「いいえ、売っていただくわよ、シャンプトア」ミス・トレントが流暢《りゅうちょう》なフランス語で言った。「未熟な弟の言うことなんて、まともに受けとる必要はありません。わたしに命令する権利なんてなにひとつないのですから」ごていねいにも彼女はそれを英語に訳してやり、バーティの顔は怒りで真っ赤になった。

「僕は未熟じゃないぞ！　痩《や》せても枯れても家長なんだ！　それに――」

「ほら、さっきの太鼓叩きの人形で遊んでいらっしゃい、バーティ。それともいっそのこと、あの素敵なお友達とお酒でも飲みにいったら？」

「ジェス」バーティの口調は哀願の色合いを帯びてきた。「ジュネヴィーヴはあれを人に見せてまわるに決まってる。そんなことをされたら、僕は大恥をかくじゃないか」

「あらまあ、イギリスを出たらすっかり堅物になっちゃったのね」

　バーティの目がいまにも飛びだしそうになった。「なんて言った？」

「堅物よ。堅物でお上品ぶっている。正真正銘のメソジストね」

　バーティはなんとも形容しがたい言葉を発すると、こちらを向いた。デインはすっかり店を出る気が失せてしまい、宝石の陳列ケースに寄りかかって、もやもやした気分でバーティ・トレントの姉を眺めていた。

「聞いたか、デイン？　このひどい姉貴の言ったこと、聞こえた？」

「もちろん。しっかり聞かせてもらった」

「この僕が！」バーティは親指で自分の胸を突いた。「堅物だとさ！」

「たしかに、信じがたい話だ。おまえとのつきあいも終わりにしないとな。高潔の士を友人にして堕落するわけにはいかない」

「待ってくれよ、デイン、僕は——」

「お友達の言うとおりよ」ミス・トレントが口をはさんだ。「この話がひろまったら、あなたと一緒にいるところを見られるわけにはいかないわ。彼の評判がだいなしになってしまうもの」

「ほう、私の評判をご存じなのですか、ミス・トレント？」

「もちろんですわ。あなたは史上まれに見る極悪人。子守りが子供たちに言っています。いい子にしていないとあなたの朝食にされてしまいますよって」

「だが、あなたはちっとも怖がっていない」

「朝食の時間ではありませんもの。それに、子供でもありませんし。でも、そんな高みからご覧になったら、子供と見間違えてしまうかもしれませんね」

デインは彼女を眺めまわした。「いや、そのような間違いはしないでしょう」

「そりゃそうさ、僕のことをさんざん叱ったりけなしたりするのを聞かされたんだから」

「それどころか、ミス・トレント」まるでバーティなど存在しないかのように——整然と営まれている世界ではパーティなどいないも同然だった――デインは先をつづけた。「あなたが悪い子なら、私はきっと――」

「シャンプトア、それはなに？《ケスク・セ》」ミス・トレントはそうたずねると、カウンターにのったトレイのほうへ近づいていった。姉弟が店にはいってきたときに、デインが見定めていた品々だ。

「なんでもありませんよ《リアン、リアン》」シャンプトアはトレイを手でおおい、そわそわとデインに目をやった。「たいしたものではございませんから《パ・アンテレサント》」

ミス・トレントもデインのほうを見た。「あなたがお買い上げになられたものですか、侯爵様」

「どういたしまして。その銀のインクスタンドにちょっと興味を引かれただけです。あなたもおわかりのように、この店で見るに値するものなどそれぐらいですから」

しかし、彼女はインクスタンドではなく、小さな絵画を手に取って拡大鏡をあてている。絵には土がこびりついており、額縁にはびっしりとカビが生えている。

「女性の肖像画のようですね」

デインは装飾品の陳列ケースから離れてカウンターへ向かい、彼女の隣に立った。「ああ、それですか、シャンプトアは人間が描かれていると言っていた。手袋が汚れますよ、ミス・トレント」

バーティもふくれっ面で近づいてきた。「なんだか妙なにおいがするな」と顔をしかめる。

「腐っているからさ」

「かなり古いものだからだわ」

「十年近く、どぶにでも落ちていたのだろう」

「不思議な顔をした女性ね」ミス・トレントはフランス語でシャンプトアに言った。「悲しいのか、うれしいのかわからない。これ、おいくら？」

「四十《カラント》スーです」

ミス・トレントは絵をカウンターに置いた。

「三十五《トラント・エ・サンク》スー」

ミス・トレントは一笑に付した。

自分はこれに三十スーを払ったのだ、とシャンプトアが説明する。

ミス・トレントは憐《あわ》れむような目を向けただけだった。

シャンプトアの目が涙で潤んだ。「三十《トラント》でどうです、マドモワゼル」

それなら懐中時計だけいただくわ、とにべもない返事。

結局、ミス・トレントは悪臭を放つその汚い代物を十スーで手に入れた。だが、彼女があれ以上駆け引きをつづけていたら、おそらくシャンプトアは金を払ってでもあの絵を引きとらせたにちがいない。

あの頑固なシャンプトアがあそこまで苦しい値引きをしたのは見たことがなかったし、なぜそんなことになったのかもさっぱりわからなかった。ミス・ジェシカ・トレントがようやく店を出ていったとき――ありがたいことに弟も一緒に連れ帰った――は、デイン自身が妙な頭痛に苦しめられたが、きっとこれは素面《しらふ》で一時間近くもパーティ・トレントの相手をしたせいだ、とみずからを納得させた。

その夜、デインは〈二十八《ヴァン・ユイ》〉というなんの変哲もない名がついたお気に入りの悪の巣窟《そうくつ》の一室で、さっきの茶番劇を語って仲間を喜ばせていた。

「十スーだって？」ローランド・ヴォートリーが笑い声をあげた。「トレントの姉さんはシャンプトア相手に四十スーを十スーにまけさせたのか。ちぇっ、その場にいたかったな」

「なるほど、これで事情がわかったじゃないか」とマルコム・グッドリッジが言った。「最初に生まれたほうに知性が全部行ってしまって、トレントの分はかけらも残ってなかったんだ」

「見た目も彼女が全部もらってるのか」フランシス・ボーモントがデインのグラスにワインを満たしながらきいた。

「肌の色も、顔立ちも、体つきも、似ているところはまったくなかったな」デインはワインを口に運んだ。

「それだけかい？」と、ボーモント。「あとは教えないでおくつもりかよ。見た目はどんなだった？」

デインは肩をすくめた。「髪は黒、目は銀色。身長は五フィート半くらい、体重は七ストーンから八ストーンのあいだってところだな」

「体重を量ったのか」グッドリッジがにやつきながらたずねる。「その七から八ストーンは均整がとれたやつか」

「そんなことがどうしてわかる？　コルセットやらバッスルやらを体に巻きつけているんだぞ。あんなものはすべてまやかしの大嘘さ。裸にでもならなきゃ、ほんとうのところはわからないだろ」そこで、笑顔になった。「まあ、そっちも別種の嘘だがな」

「女性は嘘なんてつかないよ、デイン侯爵」かすかに訛りのある声が戸口から聞こえた。

「そう見えるのは、女性たちが別の現実に生きているからだ」エズモン伯爵は部屋にはいってくると、静かにドアを閉めた。

デインはぞんざいな会釈でエズモンを迎えたが、内心は大いにうれしかった。ボーモントは相手が言いたがらない話をききだすことに長《た》けている。そんな手に乗るデインではないものの、巧妙な詮索《せんさく》をかわすのに神経を使うのは面倒だった。

だがエズモンがいれば、ボーモントはほかの人間にかまっている余裕などなくなる。デインでさえも、ボーモントとは理由こそちがえ、エズモンには目を奪われるときがあった。女性的なわけではまったくないが、エズモンは男性として考えうる最大限の美しさを持ちあわせていた。すらりとした体つきに、金髪、碧眼《へきがん》の天使のような顔立ち。

一週間前、エズモンを紹介してくれたとき、ボーモントは絵描きである自分の妻にふたりそろったところを描いてもらったらどうだと笑いながら提案した。「絵の題は『天国と地獄』

だな」

ボーモントはなんとしてもエズモンをわがものにしたがっていた。エズモンはボーモントの妻に夢中。そして、ボーモントの妻はだれにも興味がなかった。

この状況を、デインはことのほか楽しんでいた。

「いいところに来たよ、エズモン」とグッドリッジが声をかけた。「デインがきょう、おもしろいことに遭遇してね。パリに来たばかりのうら若き女性がいるんだが、最初に出会ったのがこともあろうにこのデインだったのさ。そしてなんと、彼はその女性と話を交わしたんだそうだ」

デインがまともな女性とのかかわりをいっさい拒んでいるのは、衆目の認めるところだった。

「バーティ・トレントの姉さんだってさ」ボーモントが口をはさんだ。彼の隣の椅子は空いており、だれのための席かはみんなわかっていた。だが、エズモンはぶらりとデインのかたわらまで来ると、その椅子の背に寄りかかった。もちろん、ボーモントを悩ますためである。エズモンが天使なのは見かけだけなのだ。

「ああ、彼女か」とエズモンが言った。「弟とは全然似ていない。どう見てもジュネヴィーヴ似だ」

「そんなことだろうと思った」ボーモントは自分のワイングラスを満たしながら言った。

「もう彼女に会ったんだな？　それでエズモン、彼女はきみみたいに美しいのかい」

「トレントと彼の身内の女性がたには、先ほどトルトーニの店でお会いした。レストランは大騒ぎだった。ジュネヴィーヴ、すなわちレディ・ペンバリーがパリを訪れたのはアミアンの和約（一八〇二年三月二十五日に締結されたフランス革命の講和条約）以来だったからね。でも、二十五年たっても、世間が彼女のことを忘れていないのは明らかだった」

「なんだ、そうか！」グッドリッジはテーブルをたたいて叫んだ。「そうだよ、そうだよ。デインが女性と会話したことにびっくりしたせいで、そこに気づかなかった。ジュネヴィーヴか。うん、それならつじつまが合う」

「なにがわかったんだ？」ヴォートリーがたずねる。

デインと目を合わせたグッドリッジは、おどおどした顔になって言った。

「いや、きみがいささか……興味を引かれたようだったからさ。ジュネヴィーヴはちょっと変わってるだろ。ミス・トレントもおなじような、その――変わり種だとしたら、きみがシャンプトアから買う品物と同類ってことだ。そして、まさにそのシャンプトアの店に彼女はあらわれた。きみが先月買ったトロイの木馬の形をした薬箱みたいにね」

「珍品ってわけか。それも掛け値なしに高価な珍品ということだな。なかなか気の利いたたとえだ、グッドリッジ」デインはグラスを掲げた。「私でもそこまでは思いつかなかっただろう」

「それでも」とボーモントが、グッドリッジからデインに視線を移した。「そんな風変わりな女性ふたりのせいでパリのレストランが大騒ぎになるなんて、ちょっと信じられないな」

「ジュネヴィーヴを見れば、きみもわかるさ」エズモンが言った。「ただ美しいというだけじゃないんだよ、ムシュー。このおかたは魔性の女《ファム・ファタル》なんだ。男たちにまとわりつかれたせいで、ふたりともおちおち食事もできず、我らがトレント君はすっかりおかんむりだった。マドモワゼル・トレントがその魅力を発散するのを極力控えていたのが、せめてもの幸いでね、さもなきゃ血の雨が降っていたはずだ。あんな女性がふたりもそろえば……」悲しげに首を振った。「フランス男にはたまらないよ」

「魅力について、きみの国の男たちは変わった考えを持っているからな」デインはエズモンのグラスにワインを注いで、手渡してやった。「私には辛辣で生意気な文学かぶれの老嬢にしか見えなかったが」

「私は頭のいい女性が好きなんだ」エズモンが言った。「刺激的だし。まあ、蓼食う虫も《メ・シャカン・》好き好き《ア・ソン・グゥ》だからね。きみの好みじゃないと知ってほっとしたよ、デイン卿。競争はすでにかなり激しいから」

ボーモントが笑い声をあげた。「デインは女のことで争ったりはしないさ。こいつがやるのは交渉だ。みんなも知ってるように、交渉する女の種類はただひとつ」

「娼婦にならいくばくかの金は払うさ。こちらが求めるものをずばり与えてくれるからな。そして、事がすめばそれで終わりだ。この世に娼婦不足の危機が訪れることはまずなさそうだというのに、面倒だとわかっている別の類の女をわざわざ追いかける必要がどこにある？」

「愛があるじゃないか」エズモンが言った。

いっせいに、下品な大笑いが起こった。

笑いがおさまると、デインは言った。「諸君、どうやら言語のずれがあるようだ。私が言ったのは愛じゃないのか」

「てっきり姦淫の話をしているのかと思った」と、エズモン。

「デインの辞書じゃ、おなじことさ」と言って、ボーモントは立ちあがった。「さて、そろそろ下へおりて、赤と黒《ルージエノワール》という名のどぶに数フラン捨ててくるとしよう。一緒に行くやつは？」

ヴォートリーとグッドリッジがドアへ向かった。

「エズモン、きみは？」

「そうだな。ワインを飲み終えてから考えるよ」エズモンはデインの隣の、ヴォートリーがすわっていた席に腰をおろした。

ほかの者たちが遠ざかると、デインは口をひらいた。「エズモン、べつにどうでもいいんだが、ちょっと気になってね。ボーモントにお門違いだとはっきり言ってやったらどうだ？」

エズモンはにっこり笑った。「無駄だよ。おそらく私にも、奥方に対するのとおなじ気持ちを持っているんだろう」

ボーモントは手近にいる者ならだれにでも発情する男だ。うんざりした妻は数年前、自分にはいっさい触れるなと夫に言い渡したが、それでもまだ夫の心をつかんでいた。独占欲も人一倍強いボーモントは、エズモンが自分の妻に関心を寄せていることに嫉妬し、気も狂わんばかりになっている。哀れなものだ、とデインは思っていた。じつにばかばかしい。

「いずれ私にも、きみが彼女にかまける理由がわかる日が来るかもしれないが、レイラ・ボーモントに似た女など、ほんの数フランも出せばいくらでも手にはいるだろう。そしてここは、好みの女を見つけるには恰好の場所だ」

エズモンはワインを飲み干した。「たぶん、私はもうここへは来ないほうがいいな。なんだか……胸騒ぎがする」彼は立ちあがった。「今夜はイタリアン大通りへ行ってみたくなった」

デインも誘われたが、断わった。あと十五分ほどで一時になるが、上階の部屋にいるクロエという男まさりのブロンド女と一時に約束をしていたのだ。

エズモンの〝胸騒ぎ〟という言葉が警戒心を呼び起こしたのか、はたまたいつもよりワインが足りなかったのか、理由はなんにせよ、真紅のカーテンがさがったクロエの部屋に迎えいれられたとき、デインは用心深く周囲に目を走らせた。

外套《がいとう》を脱ごうとしたとき、のぞき穴があるのに気がついた。ベッドの左手の壁の真ん中あたり、目の高さから数インチ下に穴があいている。

デインはクロエの手を取って穴の前に連れていき、着ているものをゆっくり脱ぐよう命じた。

そしてすばやく身を翻《ひるがえ》し、廊下に飛びだすと、リネン室らしき部屋のドアを勢いよくひらき、その先にあるドアを蹴《け》りあけた。奥の部屋は真っ暗だったがひどく狭く、たいして進まないうちに人が動く気配がした。どうやら、もうひとつのドアへ向かっているらしいが、逃げきることはできなかった。

デインは男を引きもどすとこちらを向かせ、クラバットの結び目をつかんで相手を壁に押さえつけた。

「おまえの顔は見るまでもない」と低い声で脅しつける。「においでわかるぞ、ボーモント」

そばに寄れば、ボーモントと知るのはわけもない。衣服からも息からも、しじゅうアルコールとアヘンのにおいをぷんぷんさせているから。

「私は絵を習おうかと思っていてね」ボーモントのあえぎにはかまわず、デインはつづけた。「処女作の題は『死んだ男の肖像』とでもしようか」

ボーモントが苦しそうな息をもらした。

デインは少し手の力をゆるめた。「言いたいことがあるなら言ってみろ、ブタ野郎」

「そう簡単に……殺せるものか」ボーモントがあえいだ。「ギロチン行きだぞ」

「そのとおり。おまえのような汚らわしいやつのせいで、首をチョン切られたくはない」

クラバットから手を離すと、デインは右の拳を顔面に、左の拳を腹にたたきつけた。ボーモントは床にくずおれた。

「二度と私を怒らせるな」そう言い捨て、デインは歩き去った。

ちょうどそのころ、ジェシカは祖母のベッドに腰かけていた。ようやく、ふたりでゆっくり話すことができた。バーティがいるとああでもないこうでもないとうるさいのだが、一時間ほどまえにやっと、どこやらの怪しい店に出かけてくれたので、これ幸いとばかりいちばん上等なコニャックを部屋に運ばせ、デインと出会った経緯をジュネヴィーヴに話し終えたところだった。

「どうやら、動物的な欲求のようね」ジュネヴィーヴが言った。

それで、一縷《いちる》の望み——自分が動揺しているのは、シャンプトアの店先のどぶから立ちのぼる悪臭で具合が悪くなったせいだという思い——は一瞬にして無残にも潰《つい》え去った。

「忌々しい」祖母のきらきら輝く銀白色の目を見つめながら言った。「癪なのはもちろんだけど、厄介だわ。あのデインに欲望をおぼえるなんて。よりによってこんなときに、事もあろうにあんな男に」

「厄介なのはたしかね。でも、むずかしいほうが腕のふるいようがあるでしょう?」

「むずかしいのは、バーティをデインの不良仲間から引き離すことだわ」ジェシカは重い口調で言った。

「それより、デインをあなたに引き寄せたほうがずっと得ですよ。彼はたいそう裕福だし、家柄も申し分ない。若く、たくましく、健康で、そのうえ、あなたは彼に強く引かれている」

「夫としてふさわしい人じゃないわ」

「いま言ったことは、すべて夫としてふさわしい条件ですよ」

「夫はほしくないの」

「ジェシカ、男性を客観的に見ることのできる女性はみんな夫をほしがらないものなの。あなたはつねにすばらしく客観的だわ。でもね、わたくしたちは理想郷《ユートピア》に住んでいるわけじゃないのよ。あなたがお店をひらけば、まちがいなく成功するでしょう。それでも、身内の者はみなあなたに背を向けるし、あなたの社会的信頼は地に落ち、社交界はあなたを憐れむ――たとえ彼らが、あなたの品物を買うために破産したとしても。そして、ロンドンじゅうの伊達男《だて》が、ずうずうしく求婚してくるわ。どうしようもない苦境にあってそんな苦労をするなら、勇気のある行為と言えるでしょう。でもね、あなたは追いつめられているわけではないのよ。いよいよとなれば、わたくしが援助してあげられるんですからね」

「その話はもう何度もしたでしょう？　ジュネヴィーヴだって大金持ちというわけじゃないし、わたしたちふたりとも贅沢好きですもの。そんなことをしたら、一族のみんなから恨まれるだけよ。わたしだってとんでもない偽善者だと思われる――ジュネヴィーヴにはわたしたちに一ペニーも払う義務はない、わたしたちを養う責任はない、って長年言いつづけてきたんだから」

「ジェシカ、あなたのその誇り高さと勇敢さには感心するし、立派だとも思いますよ」祖母は身を乗りだして孫娘の膝をそっとたたいた。「わたくしのことをほんとうに理解してくれるのもあなただけ。わたくしたちはいつだって祖母と孫娘というよりは、姉妹か親友のように接してきましたね？　だから、あなたの姉か友人のつもりで言いますけど、デインは申し分のない相手です。糸を垂らして、釣りあげておしまいなさい」

ジェシカはコニャックをゆっくり味わった。「でも、相手は鱒《ます》じゃないのよ、ジュネヴィーヴ。おなかをすかせた大物の鮫《さめ》だわ」

「だったら、銛《もり》をお使いなさい」

ジェシカは首を振った。

ジュネヴィーヴは枕に背を預け、ため息をついた。「まあ、くどくど言うのはやめましょう。つまらないだけですもの。彼もあなたにおなじ気持ちを抱いていないことを願うばかりだわ。あれはほしいものならなんでも手に入れる男ですよ、ジェシカ。わたくしなら、彼に釣られるのはごめんですね」

ジェシカは身震いをこらえた。「その心配はないわ。あの人、淑女とはかかわりたくないそうだから。パーティの話だと、まともな女なんてひどいカビみたいなものなんですって。わたしに話しかけたのは、驚いておろおろする姿を見たかっただけ」

ジュネヴィーヴが小さく笑った。「あの時計ね。あれは傑作な誕生日プレゼントでしたよ。もっと傑作だったのは、包みをあけたときのパーティの顔。あの子があんなに真っ赤になるのを見たのははじめてだわ」

「わざわざレストランなんかであけたからよ。それも、エズモン伯爵が見ている前で」

そこがまた腹立たしくてならないところだ、とジェシカは思った。どうしてエズモンには欲望を感じないのだろう？　彼だってじゅうぶん裕福だし、うっとりするほどハンサムだ。しかも、お上品なのに。

「エズモンはとても愉快な人《トレ・アミュザント》ね」とジュネヴィーヴが言った。「すでに思い人がいるのは残念だわ。ミセス・ボーモントの話になったら、あの美しい目になにやらたいへん興味深いものが浮かんでいましたよ」

ジュネヴィーヴはジェシカが十スーで買った絵の話をし、もっと値打ちのあるもののような気がするという孫娘の考えを伝えた。するとエズモンは、絵の汚れを取って鑑定してくれる専門家をミセス・ボーモントに紹介してもらったらどうかと言いだした。なんなら、ジェシカを彼女に引きあわせてもいいという。そこであすの午後、ミセス・ボーモントが手を貸している慈善展覧会で会おうという運びになった。彼女の絵の師匠の未亡人のためにひらかれる展覧会だ。

「あしたになれば——というより、もうきょうだけど——彼女の目にも興味深いものが浮かぶかどうか確かめられる」そう言うと、ジェシカはコニャックを飲み干し、ベッドから足をおろした。「ここがもう会場ならいいのに。なんだか眠りたくないわ。鮫の夢を見そうな胸騒ぎがするの」

3

自分のせいでデイン卿が悪夢を見たと知ったら、ジェシカもいくらか気が楽になったことだろう。

とはいえ、その夢も滑り出しは好調で、淫靡《いんび》な行為の限りをつくしていた。目覚めているときには伝説の逸物で触れようとも思わない女も、夢にはよく出てきたから、バーティ・トレントのあの忌々しい姉があらわれたときも、あわてることはなかった。それどころか、あの高慢な才女気取りをあおむけにしたり、ひざまずかせたり、構造上不可能に思えるような姿勢を何度もとらせたりして、身のほどをわからせてやるのは痛快でたまらなかった。

ところが、清らかな子宮にバリスター家の熱い精子を満たしてやろうとするたびに、なにかしらおぞましいことが起こるのだ。夢のなかではっと目を覚ますと、ぬかるみにずぶずぶと沈んでいったり、不潔な暗い監獄に鎖でつながれていたり、正体不明の生き物に肉を引き裂かれていたり、遺体安置所の台に横たえられて解剖されていたりする。

知性豊かなデインは、その夢が象徴するところをすぐに理解した。悪夢のなかで起こった出来事はみな、女性に心を奪われた男がどうなるかという隠喩《いんゆ》なのだ。それがわかっているというのに、眠っているときの自分はなぜあれほど狼狽するのだろう。

デインは何年も、自分ではかかわりを持つ気など毛頭ない女たちの夢を見てきた。娼婦を抱きながら、自分の目を引いた淑女に重ねあわせたことも幾度となくある。ついこのあいだも、官能的なフランス人娼婦を抱きながらレイラ・ボーモントを思い浮かべ、あの嫌味で冷淡な女を抱いた気になって悦に入った。いや、満足感はそれどころではなかった。その娼婦がすばらしい情熱を見せたからだ。相手が本物のレイラ・ボーモントなら、頭を鈍器で殴られていたところだろうが。

要するに、デインは空想と現実をなんなく区別できる男なのだ。ジェシカ・トレントと出会ったときも、ごく正常な欲望をおぼえた。魅力的な女性にはたいがい欲望をおぼえる。自分は並はずれた性欲の持ち主ではあるが、それは情熱的で尻の軽いイタリア女の母とその家系から受け継いだ血のせいだと思っている。娼婦に欲情したときは金を払って目的を果たし、淑女に欲情したときは代用となる娼婦を見つけ、その女に金を払って目的を果たした。

トレントの姉のときも、それで事をすませた。いや、そうしようとしたのだが、まだ目的は果たされていない。

思うようにならないのは、悪夢のせいだけではなかった。〈ヴァン・ユイ〉での一件で娼婦への欲望が失せたわけではなかったが、いやなあと味を残したことは確かだ。あのあとクロエのところへはもどらず、ほかの娼婦を買ってもいない。ボーモンにのぞかれたから娼婦を買うのをやめたわけではないと自分に言い聞かせつつも、売春婦《フィユ・ド・ジュワ》の部屋を訪れる気にまったくなれず、なんとも厄介な状況になっていた。潔癖なデインは、悪臭ふんぷんたるパリの路地に立つ女を買うのは我慢ならないのだ。

そんなわけだから、思うにまかせぬ夢とまずいあと味との二重苦のなかで、ミス・トレントに感じた欲望を確実に解消する方法を見つけられずにいた。そして一週間もたつころには、デインの神経はささくれだっていた。

そんな間の悪いときにバーティ・トレントは、姉が十スーで買ったあのカビだらけの薄汚い絵が、じつはとてつもなく価値のあるロシアの聖人画《イコン》だったと告げたのだ。

それは正午をいくらか過ぎたころ、プロヴァンス通りを歩いていたデインが建物の上階の窓から投げ捨てられた盥《たらい》の中身をよけた直後だった。びしょぬれにならないことに気を取られていたせいで、小走りにやってくるバーティには気づかなかった。気づいたときはすでに遅く、大まぬけのバーティはその大発見を嬉々《きき》としてしゃべりはじめていた。

話が終わると、というよりバーティがひと息入れると、デインは浅黒い額にしわを寄せた。

「ロシアのなんだって？」

「エイコン。木の実のエイコンとかじゃなくて、金の絵の具や金箔《きんぱく》が山ほど使われてる異教徒の絵だよ」

「おそらく、おまえが言いたいのはイコンだろう。だとすれば、おまえの姉さんはだまされているな。だれにそんなでたらめを吹きこまれた？」

「ル・フーヴルだよ」バーティはその名を〝フーヴァー〟と発音した。

デインは胃のあたりがざわざわするのを感じた。ル・フーヴルはパリでいちばん評判のよい鑑定家で、アッカーマンやクリスティーズでさえ、その意見を仰ぐことがあるほどだ。「世にイコンはごまんとある」とデインは言った。「それでも、そいつが上物なら、彼女は十スーで掘り出し物を見つけたことになる」

「額縁は宝石で飾られてた――真珠やルビーなんかで」

「人造宝石だろう」

バーティはなにか考えをひねりだすときの癖で、顔をしかめた。「でも、そんなの変だと思わない？　あんなすばらしい金の額縁に、見かけ倒しのものをごってりつけるなんて」

「私が見た額縁は木製だったぞ」頭がずきずきしはじめた。

「そこがずるがしこいところなんだけどさ。あの木枠は、絵を埋めたときの箱の一部だったんだ。ずっと埋められてたから、あんなに汚れてたんだよ。でも、笑っちゃうだろ？　あの抜け目ないシャンプトアでさえ見抜けなかったんだ。これを聞いたら、髪を掻《か》きむしるだろうな」

デインのほうこそ、バーティの首をむしりとってやりたいぐらいだ。十スーとは！　なのに自分は、一瞥をくれただけで放棄してしまった。バーティの小癪な姉は、あの忌々しい拡大鏡でつぶさに観察し、「不思議な顔をした女性ね」と言っていたというのに。いっぽうの自分は、生身の女性のほうに目を奪われ、値打ちに気づかなかった。

きっと値打ちがないからだ、とデインは自分に言い聞かせた。バーティは雌クジャクほどの脳みそもない男だ。例によって、とんでもない勘違いをしているにちがいない。彼の言うエイコンとは、ロシアの狂信者たちが部屋の隅に飾っている安っぽい聖人画で、額縁を金色に塗って色つきガラスを貼《は》りつけたもののことだろう。

「もちろん、シャンプトアには言わないけどね」とバーティはいくぶん声を落としてつづけた。「だれにも言うなって姉さんに言われたんだ——とくに、きみには。でも、姉さんにも言ったんだけど、僕は曲芸の熊《くま》じゃないし、鼻輪だってついてないんだから、あれこれ指図されるいわれはないだろう？　それできみを捜そうと思って飛びだしてきたら、ちょうどここにいたというわけさ。だって姉さんは、ジュネヴィーヴが昼寝のために部屋にひっこんだらだらすぐに銀行へ行く気なんだ。そうなったら、あれは金庫にしまいこまれて、きみがまともに見る機会はなくなっちゃうだろ？」

デイン侯爵が憤懣《ふんまん》やるかたないのは、ジェシカにもよくわかった。椅子の背に身を預け、腕組みをしながら、なかば閉じたまぶたの奥に光る黒曜石の瞳で、店内をゆっくりと見まわしている。それはまさに、天から落ちてきた魔王《ルシファー》があたりを睥睨《へいげい》するかのような、不機嫌で毒のある目つきだった。

その視線の通り道が黒焦げにならないのが不思議なくらいだ。カフェの客たちはひたすら目をそらしていたが、デインがその険悪な視線をジェシカにもどしたとたん、いっせいに彼を見た。

この問題にどう対処するかは決めていたが、それでも、バーティにもう少し分別があればこんなことは避けられたのにと腹立たしく思わずにはいられなかった。きのう、ル・フーヴルに絵を返してもらうとき弟を連れていったことが悔やまれてならない。でもあのときは、せいぜい並はずれた才能を持つ画家の作品だろうとしか思っていなかったのだ。

ル・フーヴルでさえ、あの絵の鑑定に取りかかって、腐った木枠の下に宝石で飾られた金の額縁があるのを見つけたときには仰天したのだ。

当然ながら、ル・フーヴルが手入れを終えた作品が、たいそう美しくきらきらと輝くのを見ると、バーティはひどく興奮し、もはや理屈など通用しなくなっていた。この話をデインにするのは牡牛の前で赤旗を振るようなものだと言っても、バーティはふんと鼻先で笑い、デインはそんなつまらない男じゃない――そんなものは一ダースくらい持っているだろうし、その気になればもう一ダースだって買えるんだからと言いかえした。

たとえデイン侯爵がどんなものを持っていようと、この貴重な聖母の足もとにもおよばないだろう。だからさっきそれを見せられたデインが、退屈そうな表情で恩着せがましく祝いの言葉を述べたときも、泥棒を追い払ってやるからと豪語して銀行まで付き添ってくれたときも、内心ではこちらを殺してやりたいくらい忌々しく思っているのが、ジェシカにはちゃんとわかっていた。

イコンを銀行の金庫に預けたあと、コーヒーでも飲もうと誘ったのはデインだった。

そして席につくなり、これこれしかじかの葉巻を買ってくるようにとバーティを使いに出してしまった。そんな葉巻が実在するとはとうてい思えず、そのとおりなら、バーティは真夜中までもどってこないだろう。まさにベルゼブブのデインに仕える忠実な使い魔のごとく、架空の葉巻を探して西インド諸島まででも飛んでいくにちがいない。

弟を追っぱらったデインは、カフェの客たちをじろりとにらみつけ、干渉するなと無言の警告を発した。いまここで彼に喉をつかまれ、絞め殺されたとしても、助けてくれる者はひとりもいないだろう。やめろとつぶやく客すらいないのではないだろうか。

「ル・フーヴルはあの作品の価値をいくらだと言ったんだね」とデインは、カフェの店主に注文をしてからはじめて口をひらいた。この店にはいったとき、店主みずから駆け寄ってきてデインを迎えたのだ。

「すぐに売らないほうがいいと言っていましたわ」ジェシカはあいまいに答えた。「彼はまずロシアの顧客に連絡したいんだそうです。皇帝《ツァー》のいとこだか甥《おい》だかの――」

「五十ポンドだな」とデインは言った。「そのロシア人が皇帝のごまんといる頭のおかしな親戚でもないかぎり、それ以上は一ファージングも払わないだろう」

「それなら、彼はそのうちのひとりってことですわ。ル・フーヴルはそれよりはるかに高い金額を言っていましたから」

デインがぎろりとにらんだ。その浅黒く険しい顔と、漆黒の非情な瞳を見ていると、冥府《ハデス》の底で巨大な黒檀《こくたん》の玉座についている姿が想像できる。足もとに目を落として、すぐそばにある磨きあげられた高価なブーツが悪魔の蹄《ひづめ》に変わっていたとしても、ジェシカはまったく驚かなかっただろう。

いくらかでも良識のある女なら、スカートをたくしあげて、一目散に逃げだすところだ。ところが、ジェシカには冷静に考える余裕はなかった。神経の興奮を司《つかさど》る物質が脳内を駆けめぐっていたのだ。それは渦を巻きながら全身を這《は》いまわり、みぞおちのあたりをチリチリと焼き、脳みそをスープのように溶かしていく。

できることなら靴を脱ぎ捨て、ストッキング越しにその高価な黒いブーツを撫でまわしたい気分だった。糊《のり》のきいたシャツの袖口に指を滑りこませ、手首の血管や筋肉をなぞり、親指で脈動を感じたい。いやそれよりも、冷酷でふしだらな口に、思いきり唇を押しつけたかった。

もちろん、そんな愚挙に出れば、そのまま押し倒され、カフェの客たちが見ている前で一瞬にして純潔を奪われてしまうだろう。たとえデインの機嫌がよかったとしても、さっさと帰れとばかりにお尻をたたかれかねない。そんな想像をしていると、気持ちが沈んだ。

「ミス・トレント、学校のお友達はあなたの機知を愉快がっただろう。しかし、ちょっと色目を使うのをやめてくれれば、私がつまらない女生徒じゃないことは見えるはずだがね」

ジェシカは色目など使っていなかった。コケティッシュな女を演じるのであれば、きちんとこれみよがしにやってみせる。だが、ベルゼブブ相手にそれを試すほどばかではない。

「色目ですって?」ジェシカはききかえした。「色目を使ったことなどありませんわ、侯爵様。わたしはこういうふうにするんです」そう言うと、近くにいる魅力的なフランス男のほうに秋波を送ってから、すばやく横目でデインをうかがった。「これは色目ではありません」たちまち幻惑されたフランス男から視線をはずし、ふたたびデインを見つめた。

しかし、デインの表情はさらに険しさを増していた。

「私は男子生徒でもない。男を惑わすそういう目つきは、そんなものにでも簡単に反応するおつむの弱い若造にとっておくことだ」

さっきのフランス人はいまや呆《ほう》けたようにジェシカに見とれていた。デインがその男をにらみつけると、相手は即座に目をそらし、友人たちとの活発な議論にもどった。

ジェシカのほうは、ジュネヴィーヴの警告を思いだしていた。デインが自分を釣りあげようとしているのかどうかは定かではない。だが、たったいま『この魚釣るべからず』と周囲に知らせたことだけはよくわかった。

ぞくぞくする感覚が体を駆けめぐったが、それも当然だ。魅力的な男から意地の悪い独占欲を見せられた女性の素朴な反応だから。彼に対する自分の感情が本能的なものであることをジェシカはひしひしと感じていた。

だからといって、ジェシカも完全に我を忘れているわけではない。

面倒なことになりそうなのは、重々承知していた。

考えるまでもない。デインの行くところならどこでも醜聞がついてまわる。けれど、自分がそれに巻きこまれる気はさらさらなかった。

「わたしはただ、あなたが見過ごされたさりげない違いをお目にかけてさしあげただけです。

さりげない違いに気づくのは、どうやらお得意ではなさそうですから」

「自分の鋭い目があの泥だらけの絵から感じとったものを私が見過ごしたと、さりげなく当てこすっているなら――」

「修復されたあとでも、きちんとご覧になっていなかったではありませんか。もし見ていたら、あれがストロガノフ派の作品だと気づいていらしたでしょうし、五十ポンドなんていう罰当たりな値段で買おうと持ちかけたりもしなかったでしょう」

デインは唇をゆがめた。「私は買おうと持ちかけたりなどしていない。意見を言ったまでだ」

「わたしを試すために。でも、あなたもそうでしょうけど、あれがただのストロガノフ派の作品というだけではなく、極めて珍しい表現形式だということはわかっています。どんなに精巧な細密画だって、宝石をはめこむ土台はたいてい銀ですから。そのうえあの聖母は――」

「瞳が茶色ではなく灰色だった」うんざりしたような声で言った。

「それに、ほほえんでいるような表情でしたわ。聖母はたいがいとても悲しそうな顔をしているのに」

「不機嫌な顔のほうが当たっているな、ミス・トレント。聖母たちは恐ろしく不機嫌な顔をしている。それは処女だからだろう。身ごもり、出産する不快さをすべて味わったというのに、女の喜びはなにひとつ知らない」

「世の処女を代表して言わせていただきますけど、侯爵様」ジェシカは心持ち身を乗りだした。「たとえ処女でも、愉快なことは山ほどあります。たとえばある処女は、最低でも五百ポンドはする貴重な宗教画を持っているんですよ」

デインは笑った。「処女だとわざわざ教えてくれなくてもけっこうだ。処女を見れば、五十歩離れたところからでも言い当てられる」

「幸い、わたしはほかのことでもそれほど世間知らずというわけではありませんのよ」ジェシカは涼しい顔で言った。「ル・フーヴルの知り合いだという頭のおかしいロシア人は、確実に五百ポンドは払ってくれるでしょう。賢い買い物をしてそれをまた転売したいと思っていることもわかります。となると、オークションにかけるなら、わたしは賢く立ちまわらなければなりませんわね」ジェシカは手袋のしわをのばした。「オークションが熱を帯びてくるにつれて、男の人たちがすっかり理性をなくしてしまう姿をさんざん見てきましたもの。ですから、どんな法外な値段がつくか見当もつきませんわ」

デインの目が忌々しそうに細くなった。

そのとき、カフェの店主が注文した品を持って意気揚々とあらわれた。つき従う四人の給仕たちが、せかせかと動きまわりながらリネンや銀器や磁器を恐るべき几帳面《きちょうめん》さで整えていく。皿にはパンくずひとつ落ちておらず、きらきらと輝く銀器には一点の曇りもなかった。砂糖でさえ、一辺が半インチの完璧な正方形に切られている――棒砂糖は花崗岩《かこうがん》とダイヤモンドの中間くらいの硬さだから、並大抵の芸当ではない。厨房の下働きは爆薬も使わずにどうやって角砂糖を切りだすのか、いつもながら感心する。

ジェシカは泡のような白い糖衣がかかった黄色いケーキをひと切れ受けとった。

デインの皿には、こびへつらう店主がさまざまな果物のタルトを芸術的な同心円状に並べた。

ふたりは黙りこくったまま味わっていたが、口じゅうの歯が全部うずくほど大量のタルトをやっつけたデインは、フォークを置き、ジェシカの手を見て顔をしかめた。

「私がイングランドを留守にしているあいだに、しきたりはすっかり変わってしまったのかね？　淑女が人前で不用意に素手をさらしてはいけないのは知っているが、食事のさいには手袋をはずすことが許されているのではなかっただろうか」

「そのとおりですわ。でも、無理なんです」ジェシカは片手をあげ、ずらりと並んだ小さな真珠貝のボタンを見せた。「侍女に手伝ってもらわないと、これをはずすだけで午後いっぱいかかってしまいますから」

「どうしてそんな厄介な代物をつけるんだ？」

「ジュネヴィーヴがこの外套《ペリース》に合わせて買ってくれたんです。これをつけなかったら、ひどくがっかりさせてしまいますから」

デインはなおも手袋を見つめていた。

「ジュネヴィーヴというのは祖母ですの」ジェシカは補足した。デインはジュネヴィーヴに会っていない。アパルトマンに訪ねてきたとき、祖母はちょうど昼寝をするところだった

――けれど、太い男性の声を耳にするなり、さっと起きあがって扉の陰からこちらをのぞていたにちがいない。

その声の主が顔をあげた。黒い目が光っている。「ああ、あの懐中時計の」

「あれも賢明な買い物でしたわ」ジェシカはフォークを置くと、事務的な調子にもどった。

「すごく気に入ってくれました」

「私は白髪の祖母君とはちがう」デインはジェシカの意図を察して言った。「イコンにはさほど興味があるわけではないのでね、たとえそれがストロガノフ派のものだとしても、正当な価値以上の金を払おうとは思わない。私に言わせれば、あれの値打ちは千ポンドがいいところだろう。だが、値段交渉や色目で私をうんざりさせるのをやめると約束するなら、喜んで千五百ポンド出そう」

ジェシカは少しずつ相手を説得するつもりだったが、デインの口調からはその気がまったくないのが感じられる。それなら、ずばり本題にはいろう。それは数時間前に、あのすばらしい掘り出し物を見せられた彼の目に浮かんだ表情から思いついた作戦だった。

「侯爵様になら、喜んでさしあげますわ」

「私は人からものをもらったりしない」デインは冷ややかに言った。「どういうつもりか知らないが、そういう駆け引きはほかの人間とやるがいい。千五百ポンド、これが私の言い値だ。それ以上出すつもりはない」

「パーティを国へ帰してくださるなら、イコンはあなたにさしあげます。そうしてくださらないなら、イコンはクリスティーズのオークションにかけることにいたします」

デインが陥っている状況を理解していたら、ジェシカ・トレントは最後の言葉は口にしなかっただろう。いや、心の底から理解していたら、脱兎《だっと》のごとく逃げだしたにちがいない。けれど、自分でもはっきりわかっていないことが、彼女にわかろうはずもない。デインはあのやさしげなロシアの聖母がほしかった。ほほえんでいるようであり、物哀しげでもあるような顔で、しかめっ面の幼子イエスを胸に抱いている聖母がほしくてたまらなかった。なぜだかわからないが、それを見たとき、泣きだしたい気持ちに襲われたのだ。

崇高な芸術性と人間らしさが同居したその作品はまさに傑作で、デインはその高度な技巧に感動していた。だが、この瞬間に感じていたのは、そんな心地よい興奮とはほど遠いものだった。デインが感じていたのは、自分のなかで咆哮《ほうこう》するあの怪物だった。そして八歳のころと同様、その感情を言葉にすることはできなかった。これまで、それを言葉で表現する努力はしなかった。その昔、学友たちのいじめに耐えたように、それが自分を苦しめなくなるまで、ひたすら押しのけ、打ちのめしてきただけだ。

大人になることを許されなかったそれらの感情は、子供のような幼稚な水準のまま自分のなかに棲《す》みついている。だからいま、思いがけずその感情にとらわれたデインは、大人の分別が働かなくなっていた。パーティ・トレントなど、とっくに国へ返してやるべき厄介者だ、と自分に言い聞かせることができなかった。それどころか、その愚か者の姉が提示した、弟

を送りかえしてくれたらその労に気前よく報いるという賄賂《わいろ》まがいの申し出を喜ぶべきだと
いうことさえ思いつかなかった。
デインの頭には、自分が心底ほしがっているオモチャを餌《えさ》に、すばらしく美しい娘からか
らかわれているということしかなかった。宝を交換するために、自分が持っている最大で最
高のオモチャをさしだしたのに、相手はそれをあざ笑い、彼に懇願させるためだけに、その
オモチャを便所に捨ててしまうと脅しているのだ。
だが、そういう思いが——あるいはこれに似たばかばかしい思いが——駆けめぐっている
ことにはまだ気づいていない。
それがわかるのは、ずっとのち、すでに遅きに失してからだ。
このとき、八歳の心を持ったまもなく三十三歳になろうかという侯爵は、すっかり我を忘
れていた。
デインは身を乗りだし、鬼気迫る声で言った。「ミス・トレント、ほかの条件は認めない。
私が千五百ポンドを払い、あなたは『取引成立』と宣言する。それでみんな幸せになる」
「いいえ、そうはまいりません」彼女は顎をぐいとあげ、かたくなに言った。「あなたがパ
ーティを国へ帰してくださらないかぎり、いかなる取引にも応じません。あなたはあの子の
人生をだめにしているんです。どれほどお金を積まれても、それを埋めあわせることはでき
ないわ。たとえ飢え死に寸前になっても、あなたには売りません」
「腹がふくれているときなら、そう言うのも簡単だ」それから、相手を小ばかにしてラテン

語でプブリリウス・シルス（古代ローマの喜劇作家）の言葉を引用した。「『海が凪《な》いでいれば、だれでも舵《かじ》はとれる』」

彼女もまたラテン語でプブリリウスの一節を返した。「『すべての足におなじ靴を履かせることはできぬ』とも言いますわ」

思わず驚きが顔に出てしまった。「どうやら、あなたはプブリリウスをかじったことがあるらしい。それほど賢い女性でありながら、目の前にさしだされたものの価値がわからないとは奇妙だ。だが、ミス・トレント、私は過去の遺物となった言葉で遊ぶつもりはない。あなたが歩いているのは危険水域ぎりぎりだ」

「弟がそこで溺《おぼ》れかかっているからですわ。あなたがそこで弟の頭を押さえつけているからよ。わたしはあなたの手を払いのけられるほど大きくもなければ、力もありません。わたしが持っているものといえば、あなたがほしがっているあのイコンだけ。たとえあなたでも、あれをわたしから取りあげることはできないわ」銀色の目が鋭く光った。「あなたがそれを手に入れる方法はひとつだけよ、ベルゼブブ卿。あの子を帰してください」

デインに大人の分別があったなら、彼女の理屈には非の打ちどころがなく、自分がその立場ならおなじことをしただろうと思ったにちがいない。それどころか、女性ならではのずるさや手練手管で操ろうとせず、自分の意図を率直かつ的確に主張した相手に感謝さえしたかもしれない。

しかし、そんな大人の分別が働く状態にはなかった。

ミス・トレントは怒りに燃えた視線を、さっさとそらすべきだった。だが、それは一瞬のうちにデインの心の奥底に届き、導火線に火をつけた。怒りに火をつけたのだ。これが男だったら、壁めがけて投げ飛ばしているところだが、女性の彼女には、それとおなじくらい効果的な方法で思い知らせてやらなければならない。

けれど、投げ飛ばすという行為が、自分の望みとはまったく正反対であることにデインは気づいていなかった。彼女に教えてやりたいのは、軍神マースの教訓ではなく、愛の女神ヴィーナスの教訓であり、シーザーの『ガリア戦記』ではなくオウィディウス（古代ローマの詩人）の『恋の技法』だということに気づいていなかった。

そうして、デインは過ちを犯した。

「いや、あなたは全然わかっていない。どんなときでも代案はあるものだよ、ミス・トレント。ほかに手がないと思うのは、社交界が珍重するくだらないしきたりどおりに私が行動するものと読んでいるからだ。たとえば、ここは公共の場で、あなたは淑女なのだから、さすがの私も作法を守るだろうと高をくくっている。もしかしたら、私があなたの評判を尊重するとすら思っているかもしれない」そこで、邪悪な笑みを浮かべた。「ミス・トレント、もう一度考えなおしてみたらどうだね？」

銀色の目が細まった。「わたしを脅すおつもり？」

「あなたが私を脅したとき同様、はっきり説明しておこう」デインはまたもや身を乗りだした。「あなたの評判など三十秒でだいなしにできる。三分もあれば、そんな評判は跡形もなく粉々になる。私なら、それをなんなくやってのけられることは、たがいに承知しているはずだ。その証拠に、私と一緒にいるだけで、すでにあなたは詮索の的になっている」いったん言葉を切り、相手が理解するのを待った。

ミス・トレントはなにも言わなかった。細めた目から、怒りの火花が飛びちっている。

「じゃあ、こうしよう」デインはつづけた。「こちらが提示する千五百ポンドという値段をのむなら、私は行儀よくふるまい、あなたを馬車まで案内し、無事家路につくのを見届けよう」

「うんと言わなければ、あなたはわたしの評判をだいなしにしようと試みるわけね」

「試みるなどという生易しいものではない」

ジェシカ・トレントは背筋をのばすと、手袋をはめた美しい両手をテーブルの上で組みあわせた。「どんなふうになさるのか、ぜひ拝見したいですわ」

4

ミス・トレントには、みずからの過《あやま》ちに気づく機会をたっぷりと与えてやった。警告もこれ以上ないほど明確だったはずだ。

いずれにせよ、この期《ご》におよんでためらったりしたら、こちらの迷いを、いや悪くすれば弱さを示すことになる。相手が男なら、それは危険だ。相手が女なら、命取りとなる。

そこで、デインはほほえみ、さらに身を乗りだして、そのウズィンニョーロ家の大きな鼻を目前まで近づけた。「お祈りをしたらどうだね、ミス・トレント」とやさしく話しかける。

それから手を——ケーキを食べるときに手袋をはずした、大きくて、浅黒い、むきだしの手を、彼女のペリースの袖に置き、ばかげたグレーの手袋の一番上の真珠ボタンまでゆっくりと滑らせていった。

小さな真珠をひとつ、ボタン穴からはずす。

ミス・トレントはその手をじっと見つめていたが、身じろぎひとつしない。

店じゅうの客の目が自分たちに釘づけとなり、騒々しかったおしゃべりがささやき声に変わったのを意識しながら、デインはイタリア語で話しかけはじめた。恋人に語りかける口調で、天候や、売ろうと思っている灰色の去勢馬や、パリの下水事情について話した。これまで女性を誘惑しようとしたこともなければ、その必要に迫られたこともなかったが、女性を口説く哀れな男たちをいやになるほど見てきた経験から、そのばかばかしい口調を正確に再現した。周囲の者たちはきっと、ふたりを恋人同士だと思うだろう。その間も、デインの手は彼女の手首へ向かってすばやくボタンをはずしていった。

ミス・トレントはつぶやきひとつもらさず、凍りついた表情でこちらの顔と手を見くらべていたが、それはきっと声にならない恐怖だろう。

しかし、デインの心が外見同様に冷静であれば、相手の気持ちをもっと正確に読み取ることができたはずだ。はた目には、ひたすら官能的な表情と、低く魅惑的な声を保っていたが、内心は六番目のボタンをはずしはじめたころから動悸が早くなり、十二番目のボタンにかかるころには早鐘を打っていた。十五番目のボタンをはずすときには、呼吸を乱さないようにするのに多大な集中力を要した。

これまで数知れぬ娼婦たちのドレスを、コルセットを、シュミーズを、ガーターを、ストッキングを脱がせてきた。だが、いまだかつて、良家の処女の手袋のボタンをはずしたことはなかった。これまで淫らな行為の限りをつくしてきた。だが、最後の真珠ボタンをはずし、やわらかなキッドの手袋をひっぱって彼女の手首をさらし、その柔肌を浅黒い指で触れたこのときほど、劣情をそそられたことはなかった。

この状態を説明する言葉をみずからの辞書で探すのに忙しく、そこに見つけた定義にすっかり混乱していたため、ミス・ジェシカ・トレントの銀色の瞳に浮かんでいるのが、堅気の未婚女性が衆人環視のもとで誘惑されているにもかかわらず、とまどいつつもうっとりしている表情だとは、まったく気づかなかった。

たとえ気づいたとしても、そんなことは信じなかっただろう。それどころか、自分が異様に興奮していることも信じられなかった——たかがばかげた手袋と、女の肌が少しばかり見えただけではないか。それも女特有の部分ではなく、忌々しい手首がほんのちょっとのぞいたくらいで。

最悪なのは、その行為をやめられないことだ。情熱にかられた表情が本物になりはじめていることだ。イタリア語のささやきはとうに下水の話ではなくなり、自分がどれほど彼女のすべてのボタンやホックやリボンをはずしたいと思っているか……着ているものをひとつひとつはぎとり、この大きな黒い手でその清らかな肉体を撫でまわしたいと思っているかを、せつせつと訴えていた。

そうやってイタリア語で熱い妄想を語りながら、デインはなめらかで艶《なま》めかしいてのひらが見えるところまでゆっくりと手袋をはがしていった。そして指先に向かって軽くひっぱり、いったんとめてから、またひっぱる。さらにもう一度ひっぱり……ついに手袋を抜きとった。手袋がテーブルに落ちるのもかまわず、その華奢で冷たく白い手を、大きく暖かい手で取った。彼女が小さく息をのんだ。だが、それだけだった。抵抗は見せない。いや、たとえ抵抗したとしても、なんの違いもなかっただろう。

デインの体はほてり、息は苦しく、鼓動はなにかを必死に追いかけたあとのように激しく乱れていた。そして、追っていたものをようやくつかまえたかのように、それを逃すつもりはなかった。その手をしっかりと包みこみ、逃げられるものなら逃げてみたらどうだとでもいうように、険しい目を向けた。

そのとき、相手がまだ驚いたように目を見開いているのに気がついた。ミス・トレントは一度だけまばたきをすると、握られている手に目を落とし、息を殺してささやいた。「ほんとうに残念ですわ、侯爵様」

呼吸はまだ乱れていたものの、デインはなんとか口をひらいた。「それはそうだろう。しかし、もう手遅れだ」

「ええ、そうですわね」ミス・トレントは悲しげに首を振った。「あなたの評判はすっかり地に落ちてしまったようです」

デインは一瞬、不安にかられた。だが、相手の言葉には取りあわず、笑い声をたて、こちらに釘づけになっている客たちを見まわした。「私の愛しい人《カーラ・ミア》、それはあなたの評判――」

「あのデイン侯爵が、淑女と一緒にいるところを見られているのですよ。侯爵が淑女を口説いている姿を」そう言うと、顔をあげ、銀色の目を光らせた。「でも、素敵でしたわ。イタリア語がこれほど……心に響くものだとは知りませんでした」

「私は下水の話をしていたのだ」デインはそっけなく言った。

「あら、それは存じませんでした。まわりの人たちも、知らなかったでしょうね。あなたがわたしを口説いていると思っていますわ」ミス・トレントはほほえんだ。「あのまぬけなパーティ・トレントの行き遅れた姉さんを口説いていると」

そのとき、遅まきながら自分の論理に穴があったことに気がついた。伝説のジュネヴィーヴについてのエズモンの台詞がよみがえる。ここにいる客たちはみな、この娘が祖母の血を、魔性の女《ファム・ファタル》の素質を継いでいると考えるだろう。そして愚かなパリっ子どもは、デインもまたその虜になったと思うにちがいない。

「デイン」ミス・トレントは低く硬い声で呼びかけた。「すぐに手を離してくださらないなら、あなたにキスしますよ。みんなが見ている前で」

そんなことをされたら、キスを返してしまうだろう——ベルゼブブの異名を取るこのデインが、衆目のなかで清らかな淑女に。デインは内心の動揺を押し殺した。

「ミス・トレント」おなじくらい低く硬い声で言った。「ぜひ、やってみてもらいたいものだ」

「やれやれ」そのとき、聞きたくもないおなじみの声が、背後から聞こえてきた。「ろくでもないビュリオンくんだりまで行かなきゃならなかった——それでも、きみがほしがってたやつはなかったよ。試してみたらけっこういけたから、がっかりはしないと思うけど」

その場の張りつめた空気などまったく気づかないバーティ・トレントは、葉巻の小箱をテーブルのデインの手もとに置いた。その手は、まだミス・トレントの手を握っている。

そこに視線を落として、バーティの青い目が驚きで丸くなった。「なにをやってるんだよ、ジェス」不機嫌な声を出す。「一瞬だって目が離せやしない。僕の友人にかまうなって何回言わせれば気がすむんだ？」

ミス・トレントは落ちつきはらって手をひっこめた。

バーティは申し訳なさそうな顔をした。「デイン、気にしないでいいよ。男と見ればだれにだってやるんだ。理由はまるでわからないけど、追っぱらいたい相手にはそうするんだ。ルイザ叔母さんのばかな猫たちとおんなじだよ。苦労してネズミをつかまえても、あのとんでもない連中は食べようとしないんだ。だれかがそのネズミの死骸を拾うまで、ほったらかしさ」

ミス・トレントが唇を震わせている。

その嚙み殺した笑いは、デインの内側で騒いでいた動揺をしぼませ、ぺしゃんこにたたきのめしたあげく、凍えるような怒りへと変えるにじゅうぶんだった。

デインの正式な教育は、便器に頭を突っこまれたときからはじまった。以来、からかわれたことも、いじめられたこともあったが、いつまでもそのままにはしなかった。

「やあ、トレント、おまえはちょうどいいときに登場するコツを心得ているな。私の安堵《あんど》と感謝は言葉ではとてもあらわしきれないから、行動で示させてもらうとしよう。おまえのこのすばらしく魅力的な姉上を家に送ったら、うちへ遊びに来ないか。ヴォートリーたちも来て、酒と運だめしのゲームをやる」

有頂天になったバーティのとりとめのない話をさんざん聞かされてから、デインはあっさりと姉弟に別れを告げ、コーヒーショップをあとにした。心のなかでは、こうなったらバーティ・トレントの頭を溺れるまで水につけてやる、と暗然とつぶやいていた。

家にたどりつくより早く、デイン卿がミス・トレントと密談していたという目撃証言はパリの通りを駆けめぐった。

そして夜明け近く、酒とギャンブルの乱痴気騒ぎがお開きとなり、数百ポンド巻きあげられたバーティが召使たちに抱えられてベッドへ運ばれるころには、デイン侯爵のミス・トレントへの思いをめぐって賭けがおこなわれていた。

午後三時、トルトーニの店でローランド・ヴォートリーと出くわしたフランシス・ボーモントは、デインが六月の国王の誕生日までにミス・トレントと結婚するほうに百五十ポンド賭けると持ちかけた。

「デインが？」ヴォートリーが薄茶色の目を丸くしてききかえした。「結婚だって？ 地方《ジェン》地主階級《トリー》の婚期を過ぎた女性と？ あのトレントの姉さんと？」

十分後、ようやく笑いの発作がおさまり、まともな呼吸ができるようになったヴォートリーに、ボーモントは賭けの件をくりかえした。

「楽勝だ」ヴォートリーは言った。「きみから金を巻きあげるわけにはいかないよ。公平じゃないからな。デインのことはオックスフォード時代から知ってるんだ。そのコーヒーショップでの一件は、彼特有の冗談さ。まわりを大騒ぎさせるための冗談だよ。いまごろは、世間をまんまとかついでやったと大笑いしてるだろう」

「二百ポンド」ボーモントは食いさがった。「やつの大笑いが一週間でやむほうに二百ポンド」

「なるほど。きみはまた、金をどぶに捨てる気だな。いいよ、受けて立とう。条件を決めたまえ」

「一週間以内に、デインが彼女を追いかけてるところを目撃するってのはどうだ？　家を出る彼女をつけて、通りを追っていく。彼女の手をとる――いや、彼女の髪をつかむでもいい――そのほうが、あいつらしいだろ？」

「ボーモント、女の尻を追いかけるのはデインの流儀じゃない」ヴォートリーは根気よく言った。「デインは『この女だ』と言って金を払い、女のほうがついていくんだ」

「だが、相手が彼女ならちがうさ。さっきも言ったとおり、ちゃんとした目撃者がいることが条件だ。七日以内に彼女を追いかけるほうに二百ポンド」

デインの性質をよく知っているおかげで、ローランド・ヴォートリーの懐が温かくなるのはこれがはじめてではない。実のところ、収入の少なくとも半分は、あのベルゼブブの行動を予測することで生まれていた。ボーモントだってそろそろ気づいてもよさそうなものだが、いっこうに察する気配はない。そのほくそ笑みを眺めていたら、いらいらしてきた。ボーモントを怒らせてやろうと、ヴォートリーは相手を憐れむように整った顔をゆがめ、その賭けに乗ることにした。

六日後、ジェシカは弟のアパルトマンの窓辺にたたずみ、渋い顔で通りを見おろしていた。「デインのやつ、殺してやるわ」とつぶやく。「あのイタリア風の鼻と黒い眉毛がぶつかるところに弾丸を撃ちこんでやる」

時刻はすでに六時近かった。約束では、バーティは四時半には帰宅して入浴と着替えをすませ、姉と祖母をマダム・ヴレスのパーティにエスコートするはずだった。ミセス・ボーモントが描いたマダム・ヴレスの肖像画は、八時に披露されることになっている。バーティは身づくろいに最低でも二時間半はかかるし、夜の道は混雑しているから、肖像画の披露には間にあいそうもない。

それもこれも、すべてデインのせいなのだ。

コーヒーショップでの一件以来、彼はバーティを手離さずにいられなくなっていた。どこへ行くにも、なにをするにも、バーティがそばにいないと楽しめないのだという。

バーティのほうは当然、ついにデインの永遠の友情を勝ち得たと思いこんでいる。単細胞でまぬけな弟は、友情だと信じているものが姉への仕返しだなどとは夢にも思っていなかった。

それは、デインがいかに卑劣漢かをあらわにしたにすぎない。喧嘩の相手はジェシカだが、相手が女性では正々堂々と渡りあうわけにいかない。そこで姉を懲らしめるために、わが身を守るすべをまったく持たない愚かな弟を利用することにしたのだ。

バーティには、正体をなくすまで飲まない知恵も、カードゲームを途中で抜ける知恵も、負けが明らかな賭けに手を出さない知恵も、三倍の料金を吹っかけてくる娼婦に抵抗する知恵もなかった。デインが酒を飲めば、下戸に近いくせにおなじように飲む。カードゲームであれ、賭博《とばく》であれ、女遊びであれ、デインとおなじようにしなければ気がすまない。

ジェシカだって、そういう遊びを悪いと思っているわけではない。酔ったことは一度ならずあるし、カードや賭けで損をすることもある。だが、それはあくまでもささやかでまともな金額の話だ。娼婦を買うことに関しても、自分が男だったらときにはそういう遊びもしたいだろう——けれど、もちろん相場以上の金は一ファージングたりとも支払うつもりはない。デインが弟の言うような金額を娼婦に払っているとはとても思えなかったが、バーティはその場面をこの目で見たのだと名誉にかけて誓うのだ。

「たとえほんとうだとしても」ゆうべジェシカは、腹立ちまぎれに言ったばかりだった。「それは彼の要求が度を越しているからよ——女性たちが過剰に奉仕しなければならないからだということがわからないの？」

しかしバーティの耳には、崇拝するデインほど自分は精力絶倫ではない、と言われたようにしか聞こえなかった。男らしさに疑問を呈されたと思って憤慨して家を出ていき、結局、今朝の七時になってようやくもどってきた。いや、運びこまれてきたのだ。

いっぽうのジェシカも、いったいデインは情事の相手になにをさせているのだろうと考えて、眠れぬ夜を過ごしたのだった。

ジュネヴィーヴのおかげで、ふつうの男性が求めるもの――あるいは与えるもの、という見方もあるけれど――の基本は理解していた。たとえば、あのかつらの紳士が淑女のスカートの下でなにをしているのかも、猥褻な時計は数あれどあれがありきたりの姿勢ではないことも知っていた。だから買ったのだ。

とはいえ、デインは並の人間とはちがうから、ふつうの基準をはるかに超える奉仕に金を払っているのだ。そう思うと気が昂《たかぶ》って、ベッドで何度も寝返りを打った。恐怖と好奇心……いいえ、いつものジェシカらしく自分に正直になるとすれば、癪にさわるけれどあこがれのようなものもあった。

彼の手を忘れることができない。もちろん、そこ以外のところも考えないわけではなかったが、あの大きくて巧妙な手に触れたときのぞくぞくする感覚を思いださずにはいられなかった。

怒りに燃えているいまでさえ、あの手のことを考えるだけで、痛みをともなう熱いうねりが横隔膜からみぞおちのあたりに走るのだ。

それがまた、ジェシカの怒りをいっそうかきたてた。

炉棚の時計が時を告げた。

まずはデインを殺してやるわ。そのつぎが弟だ。

ウィザーズが部屋にはいってきて、知らせた。「侯爵のお宅からポーターがもどってまいりました」

バーティはパリっ子たちの習慣にならい、英国では従僕や侍女や下働きにさせる仕事をアパルトマンのポーターにさせていた。それで半時間前、バーティを呼びにポーターのテッソンがデイン卿のもとへ使いにだされたのだ。

「どうやら、バーティを連れもどせなかったみたいね。そうじゃなきゃ、あの子の大声が廊下から聞こえているはずだもの」

「デイン卿の使用人はテッソンの質問に答えるのを拒んだそうでございます。それでも律儀に食いさがりましたら、その無礼な使用人は彼を玄関の階段から力づくで追いだしたということです。ミス・トレント、まさにあの家の主人にふさわしい下劣な使用人で」

デインがバーティの弱さにつけこんでいることも腹立たしいが、伝言を届けにきただけの働き者のポーターを使用人に邪険にあしらわせるなど、もってのほかだ。

『ひとたび無礼を許せば』とプブリリウスも言っている。『多くの無礼をうながすことになる』

ジェシカもこの無礼を許すつもりはなかった。拳を握りしめ、戸口へ向かった。「その使用人がメフィストフェレスでもかまわない。このわたしを放りだすところを見せていただきましょう」

それからまもなく、すっかりおびえて縮こまっている侍女のフローラをパリの薄汚い貸し馬車に待たせ、ジェシカはデイン卿の玄関のノッカーをつづけざまにたたいた。

お仕着せ姿の英国人の従僕がドアをあけた。六フィート近い長身から無礼な目つきでじろじろ見るこの男が、どんなことを考えているかを察するのはわけもない。ほんの少しでも脳みそのある使用人なら、相手が淑女だとわかるだろう。そのいっぽうで、淑女なら独身の紳士宅の扉をノックすることはありえない。要するに、デインは紳士ではないのだ。ジェシカには従僕がこの判じ物を解くのを待つ気などなかった。

「トレントです」ときっぱりと言った。「ぽかんと見ているぐうたらな田舎者の使用人に、玄関先で待たされるのには慣れていないの。三秒でそこをどきなさい。一、二――」

従僕が後ずさりすると、玄関ホールへずかずかはいっていった。

「弟を連れてきなさい」

従僕はあっけにとられたような目で見つめている。「あの――お嬢様――」

「トレントよ。サー・バートラムの姉です。いいから連れてきなさい。さあ、早く」追いたてるように、傘の先で大理石の床をたたいた。

叔父や叔母の家で厄介になっていたとき、自分よりも体の大きい腕白どもや、「旦那《だんな》様はお気に召しません」だの「奥様がお許しになりません」だのと愚にもつかないことを言う使用人どもを相手にするには、どういう物腰が効き目があるかは体得していた。この口調や態度で迫られた相手は、服従か死のふたつにひとつを選ばざるをえなくなる。

従僕はうろたえ、廊下の突きあたりの階段に視線を投げた。「い、いけません、お嬢様」とおびえた声でささやく。「私は――旦那様に殺されてしまいます。邪魔をするなときつく申しつけられているのです。無理でございます」

「よろしい。おまえは自分の体の半分しかないポーターを通りへ放りだす勇気はあっても、弟を——」

そのとき、銃声が響き渡った。

「バーティ！」ジェシカは傘を取り落とし、階段へ走っていった。

通常なら、たとえ銃声が響き、そのあとに女性の悲鳴がつづこうとも、ジェシカが取り乱すことはない。問題は、弟がその場にいるという事実だ。バーティはどぶのそばにいれば、かならずそこに落ち、ひらいた窓のそばにいれば、かならずそこから転がり落ちる人間なのだ。

したがって、発射された弾丸の近くにいるなら、十中八九、その弾道上に向かうはずだ。ジェシカは弟が無傷であることを願うほどおめでたくはなく、なんとか出血をとめられるようにと祈っただけだった。

長い階段を駆けあがって廊下にたどりつくと、悲鳴——女性のもの——と酔っぱらった怒声がする方向へ、寸分たがわず突き進んだ。

そして、さっとドアをあけた。

まず目に飛びこんできたのは、絨毯《じゅうたん》にあおむけになった弟の姿だった。

とっさに見えたのはそれだけだった。あわてて、倒れた体に駆け寄る。けれど、よく見ようとひざまずいたとき、バーティの胸が持ちあがり、盛大ないびきをかいた。ワインのにおいがぷんぷんするいびきを聞いて、ジェシカはすぐさま立ちあがった。

そのとき、室内が水を打ったように静まりかえっていることに気がついた。

あたりを見まわしてみる。

十人ほどのありとあらゆるだらしない恰好をした男たちが、椅子やソファに体を投げだし、テーブルにつっぷしていた。知らない顔もあったが、ヴォートリーやセロウビーやグッドリッジといった顔見知りもいる。女もおおぜいいたが、全員が娼婦だった。

ジェシカの目はデインをとらえた。とてつもなく大きな椅子にすわり、手にはピストルを握り、膝には豊満な売春婦――ひとりは色白で、もうひとりは浅黒い――をのせていた。三人ともこちらをぽかんと見つめている。ほかの者たち同様、ジェシカが飛びこんできたときの姿勢のまま凍りついている。どうやら、浅黒いほうの女はデインのシャツをズボンからひっぱりだす最中で、もうひとりはズボンのボタンをはずすのを手伝っていたところのようだ。

乱痴気騒ぎの序盤戦らしき半裸の酔っぱらった男女に囲まれても、ジェシカはまったく動じなかった。これまでにも、家じゅうの女性に悲鳴をあげさせる目的で、裸で走りまわる少年たちの姿をさんざん見てきたし、男のいとこたちが気の利いたしゃれのつもりで披露する尻もたびたび見せられてきた。

ジェシカは自分を取り巻くこの様子に、いささかもとまどうことも、うろたえることもなかった。デインが手にしているピストルにさえ恐怖はない。すでに発砲されていたから、もう一度用いるには弾をこめなおさなければならないからだ。

唯一の不安の種は、このふたりの売春婦の染めた髪を根っこから引き抜き、指を全部折ってやりたいという、理不尽きわまりない衝動だけだった。そんなことを思うのはばかげている。彼女たちはただの勤労女性であり、報酬に見合う仕事をしているにすぎない。彼女たちが気の毒だからこれほど不愉快な気持ちになるのだ、とジェシカは自分に言い聞かせた。

そう信じこんだと言ってもいい。とにかく、信じていようがいまいが、それを決めるのは自分であり、事態を左右するのも自分だということだ。

「てっきり弟が死んだと思ったものですから」ジェシカは気を失っている弟のほうへ顎をしゃくった。「でも、死にそうに酔っぱらっているだけですわね。わたしの勘違いでした」ドアへ向かった。「どうぞおつづけくださいな、紳士淑女のみなさん」

そう言い放つと、部屋を出ていった。

そのときまで、デイン卿は順調に進んでいると思っていた。懸案の娼婦問題の解決策をようやく思いついたのだ。売春宿や街で娼婦を買うのに耐えられないのなら、自邸に呼べばいいと考えたのである。

こういうことははじめてではない。

八年前、父の葬儀でチャリティ・グレイヴズという地元の商売女が気に入り、数時間後には、先祖代々のベッドで彼女を抱いたのだった。なかなか楽しい情事の相手ではあったが、高貴な先祖が眠る墓のなかで死んだばかりの父が目をまわし、ほかの先祖たちも目をまわしているかと思うと、とても楽しむ気分にはなれなかった。

その結果、九カ月後に面倒が持ちあがったが、容易に処理することができた。デインの代理人が年間五十ポンドで話をつけたのだ。

それ以来デインは、仕事と割りきって商売をし、ぎゃあぎゃあ泣き叫ぶ赤ん坊を産むことも、赤ん坊を使って彼を利用することも脅迫することもしない、分別をわきまえた娼婦だけを相手にしてきた。

デニースとマルグリートもその決まりは心得ているから、きょうこそはちゃんと目的を果たすつもりでいたのだ。

だがまずは、あのミス・トレントの問題を片づけるのが先決だ。

いずれ、なにか言ってくるだろうとは予想していたが、まさかこの客間に乗りこんでくるとは思いもしなかった。しかし、ある意味ではそれもまた、こちらの目論見どおりと言える。彼女の弟はすさまじい速さで破滅への道を転げ落ちており、その崩壊にデインもひと役買ったのだ。

もちろんミス・トレントなら、その理由はわかっているはずだ。賢い彼女はそのうち、デイン侯爵を虚仮《こけ》にしたみずからの大いなる過ちを認めざるをえなくなるだろう。自分の前でひざまずき、過ちを認め、慈悲を乞うことになる、と思っていた。

ところが、どうも計算に狂いが生じたようだ。

ミス・トレントはうんざりした顔で弟と集まっていた客たちを眺めてから、心なしかおもしろがっているような目をこの自分に向けた。そして癪にさわることに、すっかり落ちつきはらった態度で背を向け、ふいと出ていってしまった。

　この六日間というもの、デインは目覚めている時間のほぼすべてを、あの女の忌まわしい弟と過ごし、おしゃべりでまぬけな男の無二の親友を装ってきた。この六日間というもの、バーティ・トレントは耳もとでくだらないことをしゃべりちらし、デインのあとをついてまわり、子犬のようによだれを垂らし、ハアハアあえいで注意を引こうとし、自分の足はもちろんまわりの人間やものにまでつまずきまくった。一週間近くも、そんな脳みそを忘れてきた子犬のような男に神経をすり減らされてきたというのに、その報いがミス・トレントにあざ笑われただけだとは。

「どけ《アレヴゾン》」デインは低い声で言った。デニースとマルグリートがはじかれたように立ちあがり、部屋の隅へ逃げていった。

「おい、デイン」ヴォートリーがなだめるように声をかけた。

　めらめらと炎があがる目でにらまれると、ヴォートリーはワインのボトルに手をのばし、あわててグラスに注ぎ足した。

　デインはピストルをかたわらに置き、おもむろにドアへ向かった。部屋を出ると、大きな音を立ててドアを閉めた。

　そのあとは足早に進んだ。階段まで来ると、トレントの姉が玄関の前にたたずみ、なにかを探すようにきょろきょろしているのが目にはいった。

「ミス・トレント」と呼びかける。声は張りあげなかった。そんな必要はなかったからだ。怒りに満ちたバリトンは、低くとどろく雷のように広間じゅうに響き渡った。

ミス・トレントがぐいとドアをあけ、外へ飛びだしていった。

ドアが閉まるのを見つめながら、デインは自分に言い聞かせた。さあ、さっさともどって、天井を飾るケルビムの石膏像の鼻でも撃て、と。このままあとを追えば、自分は彼女を殺してしまうだろう。だが、そんなことは許されない。どんな状況であれ、女ごときに挑発されるなどあってはならなかった。

そうやって自分に忠告しつつも、デインは残りの階段を駆けおり、玄関への長い廊下を走り抜けていた。勢いよくドアをあけて外に出ると、力任せにドアを閉めた。

5

そして、ミス・トレントを踏みつぶしそうになった。というのも、彼女は通りを歩いていくかわりに、なぜかこちらへもどってくるところだったからだ。

「なんて無礼な男なの!」玄関へ向かってきながら、彼女はわめきちらしていた。「あの男の鼻をへし折ってやる。最初はポーター、今度はわたしの侍女、そのうえ貸し馬車まで。言語道断だわ!」

デインは一歩踏みだし、ドアをふさいだ。「おっと、そうはいかないぞ。あなたがなにをふざけているのかは知らないが――」

「わたしがふざけているですって?」ミス・トレントは後ろにさがると、両手を腰にあて、こちらをにらみつけた。いや、にらみつけているように見えた。つば広のボンネットと、あたりの薄闇のせいで、顔ははっきり見えなかったから。

日はまだ沈みきっていなかったが、灰色の雲におおわれたパリの街はすっかり薄暗くなっていた。遠くから雷鳴の音が聞こえてくる。

「わたしがふざけているですって?」彼女はもう一度くりかえした。「ふざけているのはおたくの意地の悪い従僕です。主人の真似をして、自分のいらいらを罪のない人間にぶつけているのでしょう。あの男は貸し馬車を脅して追い払うことが――それもわたしの侍女を乗せたまま――おもしろいと思ったにちがいありません。そしてわたしがここに取り残されることが痛快だったのでしょう――ごていねいにも傘まで盗んで」

ミス・トレントはくるりと踵《きびす》を返すと、歩きだした。

興奮気味の文句の意味を正しく汲《く》みとるなら、どうやら従僕のハーバートはミス・トレントと侍女が乗ってきた貸し馬車を追い払ってしまったようだ。

雷雨が急速に近づいてきているというのに、ハーバートは彼女の傘まで盗んだ。こんな空模様で、しかもこの時間帯では、空《から》の馬車が見つかる可能性はないに等しい。

デインはにっこりほほえんだ。「それではごきげんよう《アデュー》、ミス・トレント。楽しいお散歩を」

「ごきげんよう《アデュー》、デイン卿」彼女は振りかえりもせずに答えた。「牡牛さんたちと、楽しい夜を」

牡牛だと？

この女は挑発しているだけだ、とデインは自分に言い聞かせた。なんとかこちらをやりこめようという、涙ぐましい試みにすぎない。こんな言葉に腹を立てたら、傷ついたのを認めることになる。笑い飛ばしてもどるんだ、あの……牡牛たちのもとへ。

しかし腹の虫がおさまらぬまま足を運び、隣に並んでいた。「いまのは淑女としての言葉なのか、それとも嫉妬か」と問いつめる。「気に入らないのはあの女たちの商売なのか――それとも、単にあいつらのほうが恵まれた体つきをしているからか」

　ミス・トレントは足をとめずに言った。「パーティからあなたがお支払いする金額を聞いたとき、彼女たちのサービスが恐ろしく高価なのだと思っていました。でも、そうではないことがわかりましたわ。あなたは質ではなく量に払っているんですね」

「たしかに、値段は法外かもしれない」この女の肩をつかんで揺さぶってやりたい。「しかし、私はあなたほど交渉に長けていないのでね。そうだ、そのうち、私のために値段交渉をしてもらうおう。その場合、私の要求を説明しておかなければならないな。どんなことを好み――」

「ふくよかで、胸が大きくて、おつむの軽いのがお好みなんでしょ」

「知性はまったく関係ない」ボンネットをむしりとって踏みつけてやりたいという激しい衝動を抑えながら言った。「形而上学を議論するために買うわけではないのでね。だが、私の好みの外見はご存じのようだから、彼女たちにしてもらいたい行為に移ろう」

「あなたの着ているものを脱がせてもらいたいのだということはわかっています。それとも、もう一度着せてもらいたいのかしら。あれが彼女たちの仕事のはじまりだったのか終わりだったのかを判断するのはむずかしいですけど」

「私は両方とも好きでね」歯を食いしばって言った。「そのあいだにしてもらいたいのは――」

「とりあえず、ご自分でそのボタンを留めたらいかがです。ズボンの裾《すそ》がブーツの上でみっともなくたぐまっていますわ」

このときまでデインは、自分の着衣の状態、というより脱衣の状態のことをすっかり忘れていた。気がつくと、シャツの袖口は風にはためき、上着の身頃《みごろ》は突風で大きく膨らんでいるではないか。

デインの辞書にも〝恥〟とか〝慎《つつし》み〟という言葉はあるにはあったが、当人とはまったく無縁のものだった。とはいえ、人間性はさておき、身なりはつねに申し分なく《コミルフォ》、世界一服装にやかましいこの街の通りをわがもの顔で歩いていたことは言うまでもない。

首筋にかっと血がのぼった。「ありがとう、ミス・トレント」と冷静に礼を言う。「ご指摘に感謝する」そして、これまた冷静な態度でかたわらを歩きながら、ズボンのボタンをすべてはずしてシャツを押しこみ、のんびりとした手つきでふたたびボタンを留めていった。

ミス・トレントが小さく息をのんだ。

デインは鋭い目を向けた。大きなボンネットと急速に濃くなっていく闇《やみ》のせいではっきりとはわからないが、どうも顔を赤らめているようだ。

「めまいでもするのかな、ミス・トレント。それで、曲がるはずの角を通りすぎたのかね？」

ミス・トレントは立ちどまった。「通りすぎてしまったのは」とくぐもった声で答える。

「そこで曲がらなくてはいけないのを知らなかったからですわ」

デインはほほえんだ。「なんと、自宅までの道をご存じない」

ミス・トレントはふたたび歩きだし、その曲がり角のほうへ向かった。「道は自分で見つけます」

デインは曲がり角までついていった。「こんな夜中に、弟の家まで歩いて帰るつもりだったのか——行き方もわからないというのに。ずいぶん、無謀じゃないかね？」

「たしかに暗くはなってきましたけど、まだ夜中というわけではありません。どちらにしても、わたしはひとりじゃありません。パリいちばんの恐ろしい男性がお供してくださるのですから、無謀でもないようです。あなたは騎士道をわきまえたかたですのね、デイン。とてもおやさしいわ」狭い道まで来ると足をとめた。「あら、方角がわかってきたわ。ここを行けばプロヴァンス通りに出るんじゃありません？」

「いま、なんと言った？」気味の悪いほど低い声できいた。

「ここを行けば——」

「やさしい、だと？」ミス・トレントのあとを追いながら言った。

「やっぱりそうだわ」足取りを速めた。「あの街灯に見覚えがあるもの」

彼女が男だったら、その街灯に頭をたたきつけていただろう。

デインは自分が拳を握りしめているのに気がついた。足取りをゆるめ、もう家に帰れとみずからに命じる——ただちに。生まれてこのかた、女に手をあげたことはなかった。そんな行為は度しがたいほど抑制心に欠けるだけでなく、臆病《おくびょう》さをさらすことにもなる。丸腰の相手に武器を用いるのは臆病者だけだ。

「あなたがパリの街路を歩きまわって民衆を煽動《せんどう》したとしても、差し迫った危険はないようだ」デインはそっけなく言った。「残りの道のりをひとりで歩かせても心配はないだろう」

ミス・トレントは立ちどまって振り向くと、にっこりほほえんだ。「ええ、わかっています。この時間のプロヴァンス通りはかなり人通りがありますから、あなたのお友達に見られてしまうかもしれませんものね。ひとりのほうがよさそうだわ。女性に対するあなたのご親切については、だれにも話さないとお約束します」

そんな言葉は笑い飛ばして、さっさとここから立ち去るのだ、とデインは自分に言い聞かせた。これまでもさんざんそうしてきたし、退場するにはそれがいちばんいい方法であることも知っている。真っ向から嘲笑《ちょうしょう》を浴びせてやれば、相手はもう傷つけようがない。もっと胸にこたえる傷つけられかたをした経験だってあるではないか。この女の言うことなど……単に癪にさわるだけだ。

それでも、笑い声は出てこず、彼女に背を向けることもできなかった。

ミス・トレントはすでに角を曲がってしまっていた。

デインは大急ぎであとを追い、その腕をつかんで引きとめた。「いいか、そのよくまわる舌をとめて、聞くんだ」淡々と言った。「私はあなたが相手にする社交界のくだらない連中とはちがって、お利口ぶったつまらない小娘にからかわれたりばかにされたりはしない。人がどう見ようが、どう考えようが、なにを言おうが痛くもかゆくもない。ミス・トレント、私は騎士道をわきまえてもいなければ、やさしい人間でもない。あなたの非礼に面食らっている！」

「わたしだって、あなたがお好きな頭の悪い牝牛とはちがいます！」ミス・トレントがやりかえした。「お金であなたの言いなりにはならないし、この世のどんな法律もわたしにそれを命じることはできません。わたしは自分の言いたいことを言います。いまはそうしてあなたを怒らせるのが楽しくてたまらないの。そういう気分なんですから。あなたはわたしの夜をだいなしにしたのよ。だから、あなたの夜もだいなしにしてやるわ。この身勝手で意地の悪い人でなし！」

ミス・トレントは彼の足首を蹴りつけた。

あっけにとられ、デインは思わず手を離した。

小さなブーツをぽかんと見つめる。「おやおや、まさかそんなもので私を痛めつけられるとでも思っているのかな」デインは笑った。「きみは頭がおかしいのか、ジェス」

「この酔っぱらいのろくでなし！」ミス・トレントは叫んだ。「よくもそんなことが言えるわね」ボンネットをむしりとると、デインの胸にたたきつけた。

「洗礼名で呼ぶのを許したおぼえはないわ」なおも、胸をたたく。「それにわたしはつまらない小娘でもありませんからね、このでくのぼう！」バシッ、バシッ。

デインは心底当惑して、相手を見おろした。華奢な女性が、たかが帽子で痛めつけようとしているのだ。

どうやら本気で怒っているようだった。ばかばかしいボンネットで胸をくすぐりながら、どこかのパーティのことだの、だれかの絵のことだの、ミセス・ボーモントのことだの、おかげで夜がだいなしになっただのとわめいたあげく、後悔させてやると脅しにかかった。だれの役にも立たないパーティのことなんてもうどうでもいいから、ただちに国に帰って店をひらき、あのイコンをオークションにかけて一万ポンドで売ってやる、せいぜい悔しがって窒息するといい、と。

いっぽうのデインは、どうして窒息することになるのかわからなかった。笑いすぎて、というならわかる。このミス・ジェシカ・トレントが癇癪を起こしている姿ほど傑作なものは見たことがなかったからだ。

頬をピンクに染め、目から銀色の光を放ち、肩に垂れたつややかな黒髪を揺らして。自分とおなじ漆黒の髪だった。だが、まるきりおなじではない。自分は豊かでごわごわした巻き毛だが、彼女の髪は波打つ絹のベールのようだった。

ほつれた髪が、からかうように胴着《ボディス》とたわむれている。

そのときから、デインの気持ちは乱れはじめた。

青りんご色のペリースは、白い喉もとまでしっかりとボタンが留められていたが、体にぴったりしていたので、胸のふくらみが見てとれた。

デニースの豊かな胸とくらべれば、ミス・トレントのそれは取るに足りないものだった。しかし、華奢な体つきや細い腰のわりには丸みをおびている女性ならではの曲線が、いきなり目につきだした。

指先がうずき、腹の底で熱いものがくねくねと動きはじめる。

ボンネットのこそばゆさに、いらだってきたデインは、それをつかむと握りつぶし、地面に投げ捨てた。「もう、いいだろう。私を困らせているぞ」

「困らせているですって？　困らせる？　ええ、とことん困らせてやるわ、このうぬぼれた、うすらとんちき！」ミス・トレントは大声をあげると、後ずさって拳を作り、みぞおちにたたきこんできた。

なかなか強力な一撃だった。自分ほど頑丈ではない男だったら、よろめいていただろう。だが、デインはびくともしなかった。額にぽつりと落ちてくる雨のしずくほどの衝撃でしかない。

しかし、相手が拳をひっこめながら顔をしかめるのを見て、手を痛めたのだと気づき、叫びだしたい気分に襲われた。その手をつかんだものの、誤ってつぶしてしまうのではないかと思い、あわてて離した。

「ええい、忌々しい！」デインはわめいた。「どうして私を放っておいてくれないのだ、この厄介な疫病神め！」

街灯のにおいを嗅《か》いでいた野良犬が、悲鳴をあげて逃げていった。

ミス・トレントはまばたきひとつしなかった。立ちつくしたまま、かたくなにむっつりと口をつぐみ、自分が殴りつけた場所を見つめている。まるでなにかを待っているかのように。

なにを待っているのかはわからない。わかっているのは——なぜわかったのかは謎だが、轟《とどろ》きを増して迫りくる嵐とおなじくらい、のっぴきならないものだということは明らかだ——彼女がまだそれを手にしておらず、手に入れるまで頑として動くつもりがないということだけだ。

「どうしてほしいというのだ?」デインは叫んだ。「いったい、なんなんだ?」

ミス・トレントは答えなかった。

気まぐれな雨は、いつのまにか規則正しく歩道《トロトワール》をたたきはじめていた。雨のしずくが彼女の髪を光らせ、ピンク色の頬を輝かせる。雨粒が鼻のわきから口の端へと滑り落ちていった。

「ちくしょう」とデインは言った。

こうなったら、なにをつぶそうが壊そうがかまわない。大きな手をミス・トレントの腰にまわし、その雨に濡れた不機嫌そうな顔が、自分の顔とおなじ高さになるまで持ちあげた。そして相手が悲鳴をあげるより早く、放埒《ほうらつ》な口で彼女の唇をしっかりふさいだ。

すると天が割れ、滝のような雨が落ちてきた。

雨が頭を打ち、手袋をはめた小さな拳が肩や胸をたたく。

けれど、そのどちらもまったく気にならなかった。自分はデインであり、ベルゼブブ卿であるのだ。

天が下す罰も文明社会が下す罰も恐れぬデインは、当然ながらミス・トレントの怒りなど意に介さなかった。

このおれがやさしいだと？　おれは粗野でおぞましい放蕩者《ほうとうもの》だ。この汚れた唇に一度触れられたくらいですむと思ったら大間違いだ。

そのキスには、やさしさも騎士道精神のかけらもなかった。彼女の首をのけぞらせるほど強烈であつかましく、断固としていた。

一瞬、相手の首を折ってしまったのではないかとぞっとしたほどだ。

だが、死んでいるはずはなかった。相手はなおもたたきつづけ、身をよじっていたからだ。

デインは片方の腕で彼女の腰を抱きしめ、もう一方の手で頭をしっかりと支えた。

とたんに相手はおとなしくなり、手の動きがとまった。その瞬間、固く閉じていた唇は降伏したのだ。あまりの唐突さに、デインは思わず後ずさり街灯にぶつかった。

彼女の腕がすばやくのびてきて、首に絡みつく。

なんたること《マドンナ・イン・チエーロ》か。

なんと、この気のふれた女性はキスを返してくるではないか。

待ちかねたように唇を押しつけてきた。その口は春の雨のごとく暖かく、やわらかく、清らかだった。彼女は石鹸《せっけん》――カモミールの石鹸だ――と、濡れたウールと、女のにおいがした。

脚がガクガクする。

街灯に寄りかかると、筋肉がすっかり萎《な》え、彼女を抱いていた腕からも力が抜けていった。

彼女はまだしがみついている。甘美な曲線を描く華奢な体が、ゆっくりずりさがっていき、爪先が歩道に届いた。それでも、首にまわした手を離さず、唇も離そうとしなかった。デインのあつかましくむさぼるようなキスにくらべて、彼女のくちづけは甘く、無垢《むく》でひたむきだった。

乙女らしい情熱に溶かされていく。その情熱は塩の柱となった自分に降り注ぐ雨のようだった。

父にイートン校へ送られて以来、その手に金をのせてやるまで、女はなにもしてくれなかった。七年ほどまえに、愚かにも夢中になった良家の女などは、この身も心も財産もその手に委ねるという書類に署名しないかぎり、なにもしようとしなかった。

それなのにミス・ジェシカ・トレントは、命がけとでもいうようにこの自分にしがみつき、ここでやめたら世界が終わってしまうかのようなひたむきさで唇を合わせている。そこには「なにかをするまでは」とか「なにかをしないかぎり」といった条件はなにひとつなかった。

とまどいと興奮のなかで、デインは大きな手をおそるおそる彼女の背にまわし、震える指で美しくくびれたウエストをなぞった。これまで、こんな体を抱いたことはなかった――かわいらしいほど華奢で、しなやかで、完璧な曲線を描いている。胸が締めつけられ、泣きたくなってきた。

ソニャーヴォ・ディ・テ。

きみのことをずっと夢見てきた。

ティ・デシデラーヴォ・ネレ・ミーア・ブラッチア・ダル・プリモ・モメント・チェ・ティ・ヴェディ。

はじめて会ったときからずっと、きみをこの腕に抱きしめたかった。

降りしきる雨のなか、デインはなすすべもなく立ちつくしていた。彼女を求める口も、彼女をまさぐる手も抑えられないまま、心は屈辱的な本音を吐露しつづけていた。

オ・ビゾーニョ・ディ・テ。

きみがほしい。

いつもならデインのことなど気にもとめない神ですら、さすがにそれはけしからんと思ったらしく、最後の言葉をつぶやいたとたん、稲妻が闇を切り裂き、歩道を揺るがすすさまじい雷鳴があとにつづいた。

彼女ははっと身を離すと、てのひらで口を押さえて、よろよろと後ずさった。

「ジェス」デインはふたたび抱きしめようと手をのばした。「愛しい人《カーラ》、私は――」

「やめてください。ああ、どうしよう」濡れた髪を顔から払いのけた。「ひどい人ね、デイン」そう言うなり、彼女は背を向けて、走り去った。

ジェシカ・トレントは事実と向きあえる娘だった。ずぶぬれで弟のアパルトマンの階段をのぼりながらも、起こったことを振りかえっていた。

一、デイン卿をつかまえる口実にすぐさま飛びついた。

二、彼の膝に女性がふたりのっているのを見るなり、ひどく落ちこみ、嫉妬で怒り狂った。
三、自分の魅力をけなされ、つまらない小娘呼ばわりされて泣きだしそうになった。
四、彼に唇を奪われるようにわざと仕向けた。
五、そのキスをやめさせず、彼を窒息させそうになった。
六、稲妻が光って、ようやく抱擁を解いた。

弟のアパルトマンにたどりついたころには、そのドアで頭をかち割りたい気分になっていた。

「ばか、ばか」とつぶやきながら、玄関を拳で打つ。

ドアをあけたウィザーズは、あんぐりと口をあけた。

「ウィザーズ、おまえの期待には添えなかったわ」そう言うと、なかにはいっていった。

「フローラはどこ?」

「どこと申されましても」ウィザーズが困ったようにあたりを見まわす。

「あら、まだ帰ってきてないのね。ちっとも驚かないけど」ジェシカは祖母の部屋へ向かった。「たとえあの子が御者に命じてそのままカレーまで逃げて、そこから船を漕《こ》いで海峡を渡ってしまったとしても、責めることはできないわ」ジュネヴィーヴの部屋のドアをたたいた。

出てきた祖母は孫をじっと見つめると、ウィザーズのほうを向いた。「ミス・トレントには熱いお風呂が必要です。だれかに命じて用意させなさい。どうか急いでね」

そしてジェシカの腕を取って部屋に招きいれると、すわらせて、びしょぬれのブーツを脱がせにかかった。

「こうなったら、なにがなんでもパーティに行くわ」ジェシカはおぼつかない手でペリースの留め金をはずしながら言った。「デインがわたしを笑いものにしたいなら、そうすればいい。でも、わたしの夜をだいなしにすることは許さない。パリじゅうの人に見られたとしてもかまわないわ。恥ずかしいのは、半裸で通りを走った彼のほうだもの。服が脱げかけているって教えてあげたとき、彼ったらどうしたと思う？」

「さあ、想像もつきませんね」ジュネヴィーヴは絹の靴下を手早く脱がせた。のんびりとズボンのボタンをはずしはじめたのだと説明する。

ジュネヴィーヴが大笑いする。

ジェシカは顔をしかめてみせた。「真顔をつづけるのはひと苦労だったわ。でもね、いちばん困ったのはそれじゃないの。いちばん困ったのは――」そこで、大きなため息をもらした。「ああ、ジュネヴィーヴ。彼って、ものすごく愛らしいのよ。キスしたくてたまらなかった。あの大きくて美しい鼻に、そこらじゅうに。すごくもどかしい気分だったわ。絶対に短気は起こさないって決めていたのに、だめだった。それで、彼の胸を拳でぶっているうちに、向こうからしてくれたの。それでも足りなくて、もっとちゃんとしてくれるまでたたきつづけた。口にするのも恥ずかしいけど、あのとき雷に打たれなかったら――いえ、打たれそうになっただけだけど――わたしは完全に堕落していたわ。あの街灯にもたれて、あのプロヴァンス通りで。なにより恐ろしいのは」ジェシカはうめいた。「そうなったらよかったのにって思っていること」

「わかりますよ」ジュネヴィーヴがなだめるようにあいづちを打った。「ほんとうに、よくわかるわ」そう言うと、とりとめもなくしゃべりつづけるか、ぼんやりと家具を見つめる以外なにもできないジェシカの衣類を脱がせ、部屋着でしっかりとくるんでやった。そして暖炉のそばの椅子にすわらせると、ブランデーを持ってくるよう使用人に命じた。

ジェシカ・トレントが逃げるように走り去ってから半時間ほどたったころ、ずぶぬれになったデイン卿は、つぶれたボンネットを手に、従僕のハーバートがあけたドアを荒々しく通り抜けた。恐れおののくハーバートには目もくれず、廊下をずんずん進み、階段をあがり、ふたたび廊下を進んで寝室にはいった。ボンネットを椅子に放り投げ、しずくの滴る服を脱いで体をタオルでふき、服を着替えると客人たちのもとへもどった。

娼婦もほかの者たちも、どこでなにをしていたのかとたずねるほど大胆でもなければ、酔ってもいなかった。デインが自分の行動を説明することはめったにない。だれからも指図は受けないのだ。

デインは腹が減ったから食事に出かけるがきみたちは好きにすればいい、と言っただけだった。結局、呼吸すること――すさまじい騒音をともなっていた――以外なにもできないパーティをのぞく全員が、デインとともにパレ・ロワイヤルのレストランへくりだした。そのあと〈ヴァン・ユイ〉にも寄ったが、あいにく店は閉まっていた。〈ヴァン・ユイ〉ほどさまざまな遊びをそろえている店はほかになかったため、一同はそこでいくつかのグループに分かれ、好みのお楽しみを求めて散っていった。デインは例のふたりの……牝牛と、ヴォートリーならびに彼の牝牛とともに賭博場へ向かった。

午前三時、デインはひとりで賭博場をあとにすると、通りをあてもなくさまよった。歩いているうちに、客たちが帰りはじめたマダム・ヴレスの屋敷の前に来ていた。ぽつんと立つ街灯の弱い光が届かない木陰にたたずみ、屋敷の様子をうかがう。

そこで二十分近くあれこれ考えていると、エズモンがジェシカ・トレントに腕を貸して屋敷から出てきた。なにかしゃべりながら笑いあっている。

ばかげたボンネットはかぶっていなかったが、彼女の髪形はボンネット以上にばかばかしいものだった。つややかな髪を妙ちくりんな恰好に結いあげていて、てっぺんから生えているリボンやカールでは真珠や羽飾りが揺れている。デインに言わせれば、まさに愚の骨頂だ。そんな真珠や羽やピンはむしりとってやりたかった……そして絹のようになめらかな黒髪が肩で波打つのを見てみたい……白く輝く灯火の下で。

輝く白い肌も露出しすぎだ。デインは腹立たしくてならなかった。シルバーブルーの夜会服のゆったり膨らんだバルーンスリーブは、肩すら隠していない。肩と肘のあいだからはじまるその袖は、そこから下は慎み深く隠しているものの、ほんとうに隠すべき場所を惜しげもなくむきだしにし、よだれを垂らしたパリの猟犬たちの目にさらしている。

パーティに来ていた男たち全員が、白い肩の丸みを間近でじっくり堪能《たんのう》していたのだ。いっぽうのデインは、闇の帝王と呼ばれるにふさわしく、屋外の物陰に身を潜めている。だがこのときは、悪魔のような気分ではなかった。情けない話だが、菓子屋の窓に鼻を押しつけている腹をすかせた物乞いの子のような気分だった。

そして、彼女が馬車に乗りこむのをじっと見守っていた。扉が閉まり、馬車ががたんと揺れて走りだす。

そばにだれもいなかったけれど、デインは声を殺して笑った。今夜のできごとをすっかり笑い飛ばしてしまおうとしたが、事実はどうにも変えられなかった。

彼女が頭痛の種だということはわかっている——そうに決まっている。良家の女というのはみんなそうなのだから。

「妻だろうと愛人だろうと、結局はおなじことだ」友人にはしじゅうそう言っていた。「相手が貞淑であろうがなかろうが、いったん淑女とかかわりを持ってしまえば、面倒な不動産を持ったのとおなじさ。借地人は永遠に反抗をつづけ、こっちは永遠に金と手間を注ぎこまなくてはならない。それもこれもみんな、相手のご機嫌しだいでありつけるたまの特権のためだけに。だが、街娼に数シリング払えばそんなものは簡単に手にはいる」

あの女をものにしたいのは事実だが、歓迎できない類の女に欲望をおぼえるのは、なにもこれがはじめてというわけではない。欲望を感じても、その手の女たちが仕掛ける汚い罠は熟知していた。彼女たちはそのために——彼を釣るために生まれ育てられてきたのだ。

なんとも忌々しいのは、自分がまんまとその罠にひっかかっているにもかかわらず、そんなはずはないと自分をごまかしていること——あるいは、たとえひっかかったとしても、自分には這いあがれないほど深い穴も泥沼もないのだから、恐れるものなどなにもないと思いこもうとしていることだった。

それなら、どうしておまえはここにいるのだ、とデインは心に問いかけた。どんな力が、おまえをここまでひっぱり、気がふれた子犬のように彼女のいる屋敷をぽかんと眺めさせていたのだ。どんな鎖が、ひと目だけでもその姿を見ようとおまえをここに縛りつけていたのだ。

彼女に触れ、くちづけたいからだ。

なんとおぞましい。

たしかにおぞましいが、事実なのだからしかたない。デインはその事実を呪《のろ》い、自分をこんな気持ちにさせる彼女を呪った。

彼女を馬車から引きずりだしてやればよかった。そしてあのちゃらちゃらした飾りを髪から引き抜き、自分の求めているものを手に入れ、非道な怪物らしく高笑いとともに立ち去ってしまえばよかった。

どんなことであろうと、だれであろうと、自分をとめるものなどないではないか。革命以前には、おおぜいの不良貴族たちがおなじことをやっていたのだ。いまだって、だれがデインを責めるだろう？　デインがどんな人間かはみんな知っている。悪いのは、そんなやつの前にのこのこ出ていった彼女のほうだと言うだろう。法律も彼女の名誉を守ってはくれない。仇討《あだう》ちはパーティ・トレントの手に委ねられ……二十歩進んでから撃ちあう決闘になる。

凄みのある笑いを浮かべ、デインは暗がりを離れて、通りを歩きだした。罠にかかりはしたものの、これがはじめてではない。仲間に入れてもらえず、心の痛みと孤独を抱えながらおもてにつったっていたこともある。けれどいつでも、最後に笑うのは自分だった。学校のいじめっ子たちには、敬意と羨望《せんぼう》の念をいだかせた。父親から受けた屈辱や心の痛手は、十倍にして返してやった。デインはあのろくでもない父親がこの世で見たもっともおぞましい悪夢となった。そして、できることならあの世でも思いきり苦しめばいいと思っていた。

六カ月ものあいだデインを手玉にとったあのスザンナだって、目が覚めているあいだじゅう、その結末に苦しむはめになったのだ。

だが、当時のデインにはそれがわかっていなかった。女に夢中になり、心をずたずたにされているときの男というのは、まともに頭が働かなくなるものなのだ。

いまならはっきりわかる。あれは一八二〇年の夏の日、父の葬儀から一年ほどたったころに列席したもうひとつの葬儀のときのことだ。

このとき、光り輝く棺のなかでたくさんの花に埋もれていたのはワーデルだった。酔ったあげく娼婦をめぐって宿屋の厩舎《きゆうしや》の庭で喧嘩になり、石畳で転倒して頭の骨を折ったのだ。

葬儀のあと、ワーデルの五人姉妹のなかでいちばん年長のスザンナがデイン侯爵をわきに呼び、わざわざパリから来てくれた礼を述べた。哀れな兄は――そこで健気《けなげ》にも彼女は涙をぬぐった——あなたのことが大好きでした。そう言ってデインの手に触れ、ぱっと頬を染めてその手をひっこめた。

「ああ、たしかに、初心《うぶ》な乙女だったよ」デインは皮肉たっぷりにつぶやいた。「あの芝居はなかなかのものだった」

だからその一瞬のふれあいで、スザンナはデインをすっかり虜にし、自分の育った上流社会へといざなった。デインが何年もまえから敬遠していた世界だった。そこでは、一瞬でも目が合っただけで妙齢の女性たちは真っ青になり、付き添い人たちはヒステリーを起こした。デインと踊ってくれたのは友人の姉妹たちだけだった。それとて、彼女たちにとってはできるだけさっさと片づけてしまいたい務めでしかなかった。

けれど、スザンナはちがった。喪中のためダンスこそできなかったが、デインに話しかけ、まるで輝かしい甲冑《かつちゆう》に身を包んだサー・ガラハッド（聖杯を見つけ、アーサー王の円卓の騎士のなかでもとりわけ高潔で名高い）を見るかのように、うっとり見つめてくれたのだ。

四カ月後、手袋をはめた手を二十秒だけ握ることを許された。さらに二カ月たって、彼女にキスをする勇気をどうにか絞りだした。

彼女の叔父のバラ園で、デインは騎士道にのっとり、麗しの君の頬に慎ましく唇を触れた。するとその瞬間、合図でもあったかのように、女性軍——母親、叔母、妹たち——が、金切り声をあげて茂みから飛びだしてきた。気づいたときには、スザンナの叔父の書斎に閉じこめられ、意思をはっきりさせるよう迫られていた。未熟で、のぼせあがった子犬同然だったデインは、結婚する気があることを宣言した。

宣言が終わるなり、ペンを握らされ、目の前に書類を山と積まれ、署名するよう命じられた。

それでも、まずは書類に目を通そうとした冷静さがどこから出てきたのか、いまでもわからない。おそらく、二度もつづけて命令されたのと、どんな内容であれ人に命じられるのに慣れていなかったおかげかもしれない。

理由はともあれ、とりあえずペンを置き、書類を読みはじめた。

それで判明したのは、花も恥じらう乙女と結婚するという栄誉と引き換えに、彼女の亡き兄の借金はもちろん、叔父や叔母、母親、そして彼女自身の借金のすべてを、これより永遠《とわ》に、死がふたりを別つまで支払わされるということだった。

いくらなんでもこの投資は無謀すぎると思ったデインは、そのままを口にした。

良家の乙女の体面を汚すつもりか、と厳しく詰め寄られた。

「ならば、私を撃てばいい」デインはそう言い放ち、部屋をあとにした。

撃とうとする者はいなかった。その数週間後、パリにもどったデインは、スザンナがリングレイ卿と結婚したことを知った。

リングレイは、九十歳といっても通りそうな容貌を頬紅でごまかした六十五歳の道楽者で、猥褻な絵柄の嗅ぎタバコ入れを蒐集《しゅうしゅう》し、うかつにも使用人がその震える手の近くに来ようものなら、かならずその娘の尻をつねったり撫でまわしたりする男だ。彼が新婚初夜を乗り切れるとは、だれも思っていなかった。

しかし、初夜を乗り切ったどころか、うら若き花嫁を身ごもらせ、その後も調子が衰える気配はなかった。スザンナはひとり産み落としたかと思うとすぐにまた子種を宿されたのだ。

かつての恋人が、化粧と汗とよだれまみれの、中風の夫の腕に抱かれている姿をあれこれ想像して楽しんでいると、ノートルダム寺院の鐘の音が遠くから響いてきた。

そろそろ自宅のあるリヴォリ通りに来ているはずなのに、鐘の音は思ったより遠くから聞こえてくる。

そこで、自分が道をまちがえ、ちがう界隈にいることに気がついた。

まごついてあたりを眺めると、見覚えのある街灯が目にとまった。

そのとたん、スザンナが味わっているこの世の地獄を想像して軽くなった気持ちがいっきに重くなり、身も心も魂も泥沼へ引きもどされた。

おれに触れてくれ、抱きしめてくれ、くちづけてくれ。

暗く、細い通りへと角を曲がると、そこにあったのは、なにも見ず、なにも語らないのっぺらぼうの壁だけだった。デインはその冷え冷えとした石壁に額を押しつけると、じっと耐えた。そうする以外になかった。狂おしい心の痛みをとめることができなかったのだ。

きみがほしい。

この口に押しつけられたあの唇……この体をしっかりと抱きしめたあの手。彼女はやわらかく、暖かく、雨の味がした。それは耐えがたいほど甘く、つかのま、彼女も自分の腕に抱かれることを望んでいると思ったほどだ。

あの一瞬、デインはそれを心から信じたし、いまもなお信じたい。けれど同時に、そんな自分を憎み、そんな気にさせた彼女をも憎んでいた。

デインは歯を食いしばって振りきり、背をのばして歩きはじめた。いつかは、彼女に償わせてやる、と心に誓いながら。

みんなそうやって償ってきたのだ。いつかは。

6

マダム・ヴレスのパーティがあった翌日の午後、ローランド・ヴォートリーは浮かない顔でフランシス・ボーモントに二百ポンドを支払った。

「この目で見たよ」ヴォートリーが首を振りながら言った。「窓から。だけど、ほかの連中も見てなかったら、自分でも信じられなかったね。あのデインが飛びだしていって、彼女を通りまで追いかけるなんて。おそらく、脅して追い払うためだ。いまごろは荷造りでもしてるだろう」

「ゆうべ、除幕式に来てたよ」ボーモントは笑いながら言った。「冷静そのもので、物欲しそうな崇拝者の一団を、自信たっぷりにさばいてた。ミス・トレントが荷造りをするとしたら、そいつは嫁入り支度のためだな。そして花嫁道具のリネン類にはデインのDの文字が入れられるだろう」

ヴォートリーはあざ笑った。「とんでもない。そうじゃない。デインは邪魔されるのが嫌いだ。招かれざる客がやってくるのも嫌いだ。気に入らないやつがいれば、そいつを追い払う。あるいは、そいつを殴り倒す。彼女が男だったら、殴られてたところだ。男じゃないから、追い払われるだけですんだ」

「三百ポンド」と、ボーモント。「国王の誕生日までに彼女がデイン侯爵夫人になることに三百ポンドだ」

ヴォートリーはこみあげる笑みを押し殺した。ふたりのあいだになにがあろうがなかろうが、デインがミス・ジェシカ・トレントと結婚するなどありえないから。

べつにデインが一生結婚しないと思っているわけではない。だが、結婚したとしても、彼の一族、すなわち生き残っている少数——ひと握りの遠縁のいとこたち——と、鬼籍に入った多数に、さらなる恥と衝撃と不快を与えるだけだ。花嫁となるのは、愛人か後家か、悪名高き裏切り者や殺人者の娘に決まっている。いや、名うての娼婦の可能性もある。デインにうってつけの相手は売春宿の女将で、アイルランド人と黒人の混血のユダヤ人、デインのまえの愛人はケント公の唯一の正当な子孫だった九歳のアレクサンドリナ・ヴィクトリアを凌《りょう》辱《じょく》し絞殺した罪で縛り首になった男、といったところだ。少々風変わりであろうと、まっとうな家柄の生娘がデイン侯爵夫人におさまるなんて、てんで話にならない。

相手がだれであれ、デインがわずか二カ月かそこらのうちに結婚するなどありえないことで、まったく別世界の話なのだ。

ヴォートリーは賭けにのった。

これはこの週にパリでおこなわれた唯一の賭けではなく、デインとトレントの名が俎上《そじょう》にのぼった最大の賭けというわけでもなかった。

ミス・トレントが客間に乗りこんできて、デインがそのあとを追いかけていった現場を目撃した娼婦たちは、その話を友達や客に触れまわった。現場に居合わせた男たちも、耳を貸してくれる相手ならだれかれかまわず、つまりはすべての人間に、尾ひれをつけてしゃべりちらした。

もちろん、だれしも自分の意見というものはあるから、自分の思うほうに金を賭けた。一週間とたたないうちに、パリはざわざわとした雰囲気に包まれた。あたかも競技場に集まったローマの群衆が、最強の剣士ふたりの命を賭《と》した闘いを待ちかまえているかのようだ。ところが、このふたりの剣士はなかなかその競技場に姿をあらわさない。ミス・トレントが出入りするのは上品な社交界。かたやデイン卿がうろつくのは高級娼婦たちの世界。たがいに顔を合わせるのは徹底的に避けていたし、どんなに焚《た》きつけられても巧みな言葉でうながされても、相手のことは口にしようとしないのだ。

十八カ月前にこの街に移り住んで以来、パリでも有数のパーティをひらくことに時間の大半を費やし、そこそこの成功をおさめてきたレディ・ウォリンドンは、この千載一遇のチャンスにすぐさま飛びついた。

彼女は大胆にも、ライバルのひとりが予定している仮面舞踏会の日にぶつけて舞踏会を催すことにした。偶然にもその日は、あのミス・トレント追跡騒動のちょうど二週間後だった。パリの社交界であれ、ロンドンの社交界であれ、レディ・ペンバリーとその孫ふたりは一流《クレム・デ・ラ・クレム》の部類にはいる身分ではないから、事情がちがえばレディ・ウォリンドンも彼女たちのことなど洟《はな》もひっかけないところだが、今回にかぎっては舞踏会に招待した。

もちろん、デイン卿も招待した。

そして、それを周囲にひろめた。レディ・ウォリンドンはパリっ子の少なくとも半数とおなじく、デイン卿はミス・トレントに気があると思っていたが、それでもさすがにパーティに来ることまではあてにしていなかった。また世間も、デイン侯爵が上流階級の社交の席に出てくるなど、ギロチンの刃の切れ味を自分の首で試してみろと処刑人にうながすようなものだと考えていた。

とはいうものの、ミス・トレントに関してはデインもすでに彼らしからぬ行動を取っていたから、可能性がまったくないわけではない。そして、ありそうにない事態が起こるかもしれないと聞けば、ぜひその現場に居合わせたいと思うのが人情だ。

レディ・ウォリンドンが舞踏会に招いた客たちの心情もしかり。招待を辞退する返事は一通も届かなかった。それどころか、懸念していたデイン卿からさえ、欠席の通知は届かなかった。

もっとも、出席の通知もなかったから、デイン卿が来るか来ないかわからないというふりをする必要も、嘘をついたと責められる心配もなかった。やましい思いをせずに、招待客たちをやきもきさせることができるというわけだ。いっぽう、万が一の事態に備え、彼女は屈強なフランス人の使用人を一ダースほど雇ってスタッフの補強を図った。

　そのころ、ジェシカはみずからの敗北を認めていた。たった三回会っただけで、デインへの単なる動物的欲望が身も世もない恋心にまで深まってしまった。その症状はただ苦しいだけでなく、まわりにも気づかれるようになっていた。

　マダム・ヴレスのパーティでも、ボーモントがデインの悪口を言ったとき、嵐のような抱擁の衝撃でまだ神経が昂ぶっていたジェシカは、思わずきつい言葉を返してしまった。やっぱりと言わんばかりのボーモントの笑みを見て、胸の内を知られているのだとわかり、デインに告げ口されるのは避けられないだろうと思った。

　しかし、ボーモント夫妻はパーティの一週間後に突然パリを離れてしまったし、デインもあの雷雨のなかの熱烈なキス以来、近くには寄りつきもしなかった。

　つまり、ジェシカ・トレントはきみに夢中だ、とボーモントから聞かされたとしても、デインにとってはどうでもいい話だったというわけだ。こっちだってそうよ、とジェシカは胸に言い聞かせた。

　なぜなら、相手がだれであれ、デイン侯爵が女性に気を配る理由はただひとつ、その女性をベッドに――あるいは居酒屋のテーブルに――押し倒し、自分のズボンのボタンをはずして事をすませ、ふたたびズボンのボタンをはめることだけだから。

　思いの丈がどれほどであっても、彼とわざわざ会って、こんな不本意な状態の自分を見せるようなばかな真似はするべきではない。彼流の思いやりを発揮しようなどとでも思われたら、それこそたいへんだ。

すぐにパリを離れるのが賢明だとようやく決心したとき、レディ・ウォリンドンからの招待状が届いた。

それから二十四時間もたたないうちに、デインもこのパーティに招待されたというニュースがパリじゅうに伝わり、ジェシカの耳にもはいってきた。

その理由はわざわざ考えるまでもない。自分とデインが、その舞踏会の目玉なのだ。それに、ふたりがどんな行動を取るか——あるいは取らないか——をめぐって多額の金が動いていることもわかっていた。

もちろん、そんな賭けの対象になるなどまっぴらだ。

けれど、ジュネヴィーヴの考えはちがっていた。「もし彼がパーティに出席して、あなたが出席しなかったら、彼は恥をかくわ。理由はなんでも、あなたが来ないのを知らされたら、恥をかかされたと思うでしょう。もちろんそんなのは理不尽ですし、ずるい考えですけど、男というのはそういうものなの。とりわけ、自分の沽券《こけん》にかかわると思うことに対してはね。傷つけられたと感じた彼に凶暴なうっぷん晴らしをされたくないなら、パーティには出席したほうがいいわ」

傷つくなどという繊細さをデインが持ちあわせているとはとても思えなかったが、ジュネヴィーヴの男性経験は自分より数十年分多いし、相手の数も半端ではない。

そこで、ジェシカは舞踏会への招待を受けることにした。

デインはレディ・ウォリンドンからの招待をどうすべきか決めかねていた。心のどこかでは、そんなもの焼き捨ててしまえという声がしていた。そんなものには小便をかけてしまえという声も聞こえた。さらに別の声は、招待状をレディ・ウォリンドンの喉につっこんでしまえとけしかける。

結局、デインはそれをトランクに放りこんだ。旅行で買ってきたさまざまなみやげ物と一緒に、だいなしになったボンネットと、フリルのついた傘が放りこまれているトランクだ。半年もたてば、それらを見て高笑いすることができるだろう。そして、焼いてしまうのだ。何年もまえ、スザンナがはじめてこの手に触れたときに彼がはめていた手袋と彼女のボンネットから落ちた羽毛、そして彼女の叔父の家でひらかれたあの運命的な晩餐会への招待状を焼いたときとおなじように。

いま考えなければならないのは、ミス・トレントの鼻を明かしてやる方法と、彼女が奇跡を起こすことを期待している偽善者たちの鼻を明かす方法だ。その奇跡とは、ベルゼブブ卿をひざまずかせること。

レディ・ウォリンドンが自分を招待したのはそのためだ。パリの上流階級の連中は、デイン卿が陥落するところを見たくてうずうずしている。刺客が英国人の行き遅れ娘となれば、話はいっそうおもしろくなる。パリの独善的なまぬけどもはみな、彼が敗北することを願い、その敗北が不名誉であればあるほどいいと思っているにちがいない。

彼らが求めているのは、善の勝利とかいうくだらない筋書きの道徳劇なのだ。

舞台にだれも登場しないまま、彼らを待たせつづけ、窒息するまで息をのませたままにしてやるという方法もある。想像するだに愉快だ。数百という人々を興味津々《しんしん》の状態で待たせておき、その間、ベルゼブブは別の場所で笑い、シャンパンを飲み、厚化粧の娼婦たちを膝にのせて楽しむ。

あるいは、おもむろに舞台に登場し、彼らが一生忘れられない芝居を披露して大笑いしてやるのも楽しいかもしれない。それもまた、捨てがたい魅力がある。上品な人間ばかりが集うフォーブール・サンジェルマンでも指折りのあの舞踏場で、一時間かそこら邪悪な大騒動をやってのけるのだ。それが最高潮に達したら、ミス・ジェシカ・トレントをその腕にさらい、悪魔の蹄を踏み鳴らしつつ、もうもうたる煙とともに消えていく。

その光景を思い浮かべたとたん、目的とはまったく逆になってしまうことに気づいて却下した。彼女のことは無視しなければならない。そうすれば、ミス・ジェシカ・トレントに翻弄されてなどいないと、彼女自身にもほかの者たちにも思い知らせてやれる。そして、ひと抱えの女たちを適当に選んでパーティ会場から連れ去り、恐怖で半狂乱の彼女たちを墓場に置き去りにするほうがずっといい。

だが、それでは手間がかかりすぎるし、パリの連中をそこまで楽しませてやる必要もない。それよりは、死ぬほどの落胆を味わわせてやるほうがましだ。

そんなわけで、デインは舞踏会の当夜まで、あれこれ迷いつづけたのだった。

ジェシカはいらいらを募らせながら舞踏会へ出かけ、その気分はそのあともまったく晴れなかった。

パーティまでの数時間は、髪やドレスやアクセサリーにあれこれと気をもみ、会場に着いてからは二時間以上も、女性客たちのやんわりとした当てこすりと男性客たちのあけすけな当てこすりに耐えなければならなかった。

十一時半になるころには、パーティは数百ポンドをカードルームですったあげく、正体もなく酔っぱらって家に送り返されてしまった。いっぽうジュネヴィーヴは、アヴォンヴィル公爵と二回目のダンスを踊っていた。その至福の表情は、今夜の祖母がまったくジェシカの助けにならないことを物語っていた。祖母はそのフランス人貴族を気に入ったようだった。ジュネヴィーヴは気に入った男性があらわれると、ほかのことはまったくうわの空になってしまうのだ。

いつものジェシカなら、惚《ほ》れっぽい祖母の姿をほほえましく思うことができた。けれどそんな恋心を身をもって知るようになったいまは、その気持ちが楽しいものだとはまったく思えなくなっていた。

いらいらしたりそわそわしたり、さびしくなったり、耐えがたいほどの退屈を感じたりするのはちっとも楽しくない。それもこれも、十二時近いというのに、あの卑劣な人でなしが姿を見せないせいだ。それに、来ないほうがいいとわかっているのに、それでも来てほしいと願っている自分に嫌気がさすのも楽しいものではない。

ダンスの相手も二曲決めないままにしてあるというのに。悔しいけれど、もしかしたらあの悪魔大王が、気まぐれにダンスフロアにひっぱりだしてくれるかもしれないと望みをかけていたのだ。でも、ジュネヴィーヴとあのハンサムなフランス人貴族を見ているうちに、ジェシカの心は沈んでいった。デインが相手では、あのふたりのようには絶対になれない。

彼はアヴォンヴィルのようなとろける笑顔で見つめたりはしないだろう。こちらがジュネヴィーヴのような恍惚とした表情で彼を見あげても、笑い飛ばされるのがおちだ。

そんなことで打ちひしがれているのはばからしいと思い、ジェシカはいちばん積極的に言い寄ってきたふたりの誘いに屈し、とっておいたダンスの一曲はマルコム・グッドリッジと、もう一曲はセロウビー卿と踊ることにした。

セロウビー卿は、ジェシカのパリ最後の夜の記念となる扇の、最後の羽根に自分の名を記しながら、小声《ソットヴォーチェ》でささやいた。「デインのためのダンスはもう残っていないんですね。彼は来ないという確信がおありなのかな？」

「あなたのお考えはちがうのかしら。彼の登場を知らせる硫黄のにおいや煙をお感じになって？」

「わたしは彼が来るほうに百ポンド賭けているんです」セロウビーは懐中時計を取りだした。「もう、そろそろ――いや、結果はすぐにわかるでしょう」

その時計の長針が短針と重なるのを見た瞬間、時を告げる鐘の音がどこからともなく響いてきた。

十回目の鐘が鳴ったとき、人々が入口のほうを振り向きはじめ、ざわめきが静まりだした。十二回目の鐘で、室内は水を打ったように静まりかえった。

胸をときめかせながら、ジェシカもそちらへ目をやった。

装飾をほどこしたアーチ状の入口はとても大きい。

それでも、その下に浅黒い大男が立つと小さく見えた。

劇的な深夜十二時の登場にふさわしく、男は芝居の一場面のようにじっとそこにたたずんでいる。闇の帝王の異名にふさわしく、デインの衣装はほぼ黒一色に統一されていた。手首と襟もとにちらりと見える雪のように白いリネンが、衣装の黒さを際立たせている。ベストまでが真っ黒だった。

部屋のいちばん奥に立っていたジェシカにも、彼が軽蔑のこもった暗い目で参加者をぞんざいに眺めまわし、険しい口もとをかすかにゆがめてあざ笑っているのがわかった。

二週間前に、そのふしだらな口がなにをしたかを思いだしたとたん、首筋に熱い波が押し寄せてきた。扇を使ってその記憶を追い払おうとしながら、セロウビーが横目で自分の様子をうかがっているのではないかという疑念も追い払った。セロウビーやほかの人たちにどう思われようが関係ない、と自分に言い聞かせる。肝心なのはデインなのだから。

デインは来たのだし、ジェシカもここにいるのだから、その点に関しては向こうも文句は言えないはずだ。あと自分にできるのは、相手がどんな芝居をするつもりなのかを見極め、彼の筋立てにしたがって演じ、その筋立てが品位を失わないものであるよう願うだけだ。デインが機嫌を直して高笑いすれば、ジェシカも堂々とイングランドへ帰れる。もう二度と彼に追いまわされることもない。そして、これまでの平和な生活にもどり、しばらくすれば彼の存在さえも忘れてしまうだろう。あるいは、自分に悪夢と熱っぽい興奮をもたらした人物として思いだし、それももう過ぎたことだと安堵のため息をもらすかもしれない。きっとそうなる。そうでなければ、破滅が待っているだけだもの。この一時的な気の迷いがどんなに激しくても、自分の人生を棒に振るわけにはいかない。

デインはきっかり九秒で、人ごみのなかからミス・トレントを見つけだした。舞踏室のいちばん奥で、セロウビーをはじめとする札つきの道楽者たちに囲まれている。明かりに照り映える銀色がかった青い夜会服に身を包み、頭の上でもきらきら輝き、ひらひらひるがえるものが踊っている。またもや彼女は、あのばかばかしい飾りで髪をだいなしにしたのか。しかしその髪型も、大げさな袖や飾りたてたボンネット同様、最新流行のものであり、レディ・ウォリンドンの大きな頭のてっぺんにとまった極楽鳥にくらべれば、まだましなのかもしれない。

レディ・ウォリンドンが、でっぷりとした顔にこわばった歓迎の表情を浮かべている。デインはつかつかと歩み寄り、派手なお辞儀をして、ほほえみながら言った。お招きにあずかって光栄であり、喜びのあまり我を忘れそうだ、と。

そして逃げだす口実も与えず、客人に紹介願いたいと愛想よく申しいれ、レディ・ウォリンドンのビーズのような目がみひらかれ、だぶついた顔からさっと血の気が引く様子を、意地悪く楽しんだ。

このころには、まわりで凍りついていた人々も徐々に生気を取りもどしはじめた。レディ・ウォリンドンの震える合図で楽師たちが恭《うやうや》しく演奏をはじめ、舞踏場も怪物を迎えているにしてはそこそこ正常な状態へもどっていった。

それでも、レディ・ウォリンドンから客人たちにつぎつぎと紹介されていくあいだ、周囲に緊張がみなぎるのを感じた。自分がなにかとんでもないことをしでかすのを待ちかまえていることも、どんな騒動が起こるかに金を賭けているのだろうということも伝わってきた。

その期待には、是が非でも応えてやりたいところだ。この世界に足を踏みいれるのは、ほぼ八年ぶりだ。彼らの様子も振る舞いも記憶にあるとおりの上流階級のものだったが、そのなかで浮いた存在でいることがどんな気分なのかをすっかり忘れていた。堅苦しい礼儀正しさでもごまかしきれない恐怖や嫌悪の色も、近づいていくと真っ青になる女たちも、うわっつらだけ親切な男たちもおぼえていた。しかし、それがどれほど自分を孤独にさせ、その孤独がどれほど自分を怒らせるのかは忘れていた。それが心にねじれたしこりを作り、大声で叫びながらあたりのものを破壊したい気持ちにさせるのも忘れていた。

半時間もすると、自制心は限界ぎりぎりになっていた。そこで、自分にこれほどみじめな思いをさせた張本人にそれを思い知らせたら、さっさとこの場を去ろうと決意した。

カドリル（四組のカップルで踊るフランスの古風な舞踏）が終わって、マルコム・グッドリッジがミス・トレントを連れ、大きなシダの鉢植えの近くに集まっている崇拝者たちのもとへもどっていく。

デインはレディ・ウォリンドンを解放した。ふらふらと椅子へ向かう彼女を尻目に、部屋をつかつかと進み、奇怪なシダのほうへ近づいていく。ミス・トレントを囲む男たちは、道をあけるかデインに踏み潰《つぶ》されるかするしかなくなった。男たちは道をあけたが、その場からは離れなかった。

デインは凄みのある目つきで彼らを見据えた。

「失せろ」と静かに言う。

男たちはそそくさとその場から退散した。

それから、ミス・トレントを頭のてっぺんから爪先までじろじろ眺めた。

相手も眺めかえしてきた。

その悠然とした銀色の目を見たとたんに湧きあがってきた感情にはかまわず、視線をボディスにさげて、大胆に露出されている乳白色の肩と胸もとにとめる。

「針金ででも持ちあげているのだろうな。さもなければ、きみの仕立て屋は重力の法則を無視する方法を発見したことになる」

「コルセットとおなじで、補整用の素材と骨で裏打ちしてあるのです」ミス・トレントはおだやかに言った。「恐ろしく苦しいんですけど、これが流行ですもの。だらしない恰好であなたにご不快な思いをさせたくありませんでしたから」

「ほう、私が来ると確信していたわけだ。きみの魅力に勝てないから」

「あなたに魅力的だと思われたいと考えるほど、自暴自棄になってはおりません」ミス・トレントは扇で顔に風を送っている。「ここに来たのは、わたしたちが主役の茶番劇が進行しているようだからです。わたしは理にかなった手段でそれを終わらせるつもりですわ。あなたのせいでコーヒーショップでの一件は世間の噂の種になってしまいましたけど、挑発してしまった非はわたしにもありますから」こちらが言葉をはさむまえに、彼女はつづけた。「それに、わたしがあなたの家に乗りこんだりしなければ、噂も消えていたかもしれませんし」そこで顔を赤らめた。「ちなみに、あのあとのできごとはだれにも見られていないようですから、現在のこの問題とは無関係ですわ」

相手が扇を強く握りしめているのに気がついた。興奮しているらしく、胸もとがせわしなく上下している。

デインはにやりと笑った。「だがあのときの態度は、無関係という感じではなかった。それどころか――」

「デイン、たしかにわたしはあなたにキスをしました」と冷静に言い放った。「でも、大騒ぎするまでもないでしょう。あなただって、あれがはじめてのキスというわけでも、最後のキスというわけでもないんですから」

「おやおや、ミス・トレント、まさかあれをもう一度やろうというんじゃないだろうな」デインは目を丸くしておびえたふりをした。

彼女はため息をついた。「あなたに道理をわきまえろと期待するほうがまちがいでしたわ」

「女の言う道理をわきまえた男というのは、御しやすい男のことだろう。いかにも、ミス・トレント、そいつを私に期待するのは無理な話だ。だれかが下手なバイオリンを弾いているな。ワルツか、それらしきものがはじまるようだ」

「そのようですわね」そっけない答えが返ってきた。

「では、われわれも踊らないと」

「そうはいきません。わたしはダンスを二曲分取っておいたのに……ああ、でも、もうそんなことどうでもいいわ。このダンスの相手はもう決まっているんです」

「わかっている。私だ」

ミス・トレントは扇を突きだし、その羽根に男性の筆跡で書かれた名前を見せた。「よくご覧になって。〝ベルゼブブ〟と書いてあります？」

「私は近眼ではない」デインは彼女のこわばった指から扇を取りあげた。「そんなに近づけなくてもいい。なるほど、これか」と羽根を指さした。「ルビエ？」

「ええ」そう言って、彼の後ろを見る。「ほら、いらしたわ」

振りかえると、青白い顔のフランス男がおそるおそる近づいてくるところだった。デインは扇であおいだ。フランス男が立ちどまる。ほほえみながら、親指と人さし指で〝ルビエ〟と書かれた羽根をつまむと、音を立てて折れてしまった。

ルビエは退散した。

デインはミス・トレントに向き直り、笑顔のまま羽根をひとつひとつ折っていき、無残な姿になった扇をシダの植木鉢に投げ捨てた。

そして、手をさしだした。「さあ、私の番だ」


なんて野蛮な、とジェシカは心のなかでつぶやいた。社会進化の段階から言えば、デインの行動は頭を棍棒《こんぼう》で殴り、髪をつかんで引きずっていくのとさして変わらない。

こんなことができるのは、彼くらいのものだ。人目も気にせず、デリカシーのかけらもなく、失せろと言い渡すだけでおおぜいのライバルを追い払ってしまう。

そして、この行動をくらくらするほどロマンティックだと思うのも、相手にのぼせあがっているジェシカくらいのものだった。

ジェシカはデインの手を取った。

ふたりとも手袋をしていたが、そんなものはないも同然だった。彼に触れた瞬間、電気のような鋭い衝撃が走った。その感覚は全身へ伝わっていき、膝から力が抜けた。ふと見あげると、デインの顔からしたりげな笑みが消え、目には驚きの表情が浮かんでいた。ひょっとすると、彼もおなじように感じているのだろうか。

たとえそうだとしても、彼はまったくためらいを見せなかった。ジェシカの腰をしっかりつかみ、つぎの三拍目でくるりと回転させた。

ジェシカは息をのみ、彼の肩にしがみついた。

こんなワルツを踊るのははじめてだ。たちまち、世界は揺れ動き、ぼやけて消えていった。

デインのワルツはおだやかな英国風ではなく、波のようにうねる官能的なコンチネンタルスタイルだった。フランスの高級娼婦たちに人気があるのだろう。きっといつもこんなふうに娼婦たちと踊っているのだ。

そして、社交界の淑女に合わせて自分の踊りを変えたりはしない。彼は自分の踊りたいように踊るのだ。いっぽうのジェシカは、自分を相手に選んでくれた幸福に酔うよりほかなかった。

彼の動きには、生まれながらの優美さがあった——たくましく、力と自信に満ちている。こちらはなにも考える必要がなく、ただ身をまかせて舞踏場をくるくるまわりながら、体に伝わる彼の存在にしびれ、彼だけを感じていた——手の下にあるひろい肩……すぐそばにある大きくてたくましい体……欲望をかきたてる葉巻の煙とコロンと男性の香り……自分の腰に添えられた暖かな手、その手に少しずつ引き寄せられ、スカートが彼の足もとで舞い……さらに引き寄せられてすばやいターン……腿がかすめるように彼の……

ジェシカはきらきらと輝く漆黒の瞳を見あげた。

「あまり抵抗する気がないようだな」とデインが言った。

「そんなことをしても、しかたありませんもの」ジェシカはため息をのみこみながら答えた。

「試してみたらどうだね？」

「いいえ。もうどうでもいいわ」

デインはしばらくこちらを見つめたあと、唇をゆがめてあの癪にさわる笑みを浮かべた。

「なるほど。私の魅力に抗えないのか」

「すぐに忘れます。あすには国に帰りますから」

腰にまわされた手が一瞬こわばったが、彼はなにも言わなかった。

曲はそろそろ終わりに近づいていた。まもなく、彼は笑いながらこの場を去っていくだろう。そして自分は現実に……彼がはいりこめない、はいりこんではならない人生へともどっていくのだ。さもなければ、自分の人生そのものが崩壊してしまう。

「ごめんなさい、あなたの評判を傷つけて」とジェシカは言った。「でも、わたしだけのせいじゃないわ。あなたはわたしを無視することもできたんですから。今夜だってここに来る必要はなかったのよ。それでも、このあと笑いながら出ていけば、世間の人たちもわかるでしょう。わたしはあなたにとってなんの意味もない存在で、自分たちはすっかり勘違いしていたんだって」

音楽が終わり、デインは最後にもう一度ジェシカを回転させると、必要以上に一拍長く抱いたままでいた。ようやく解放してからも、完全には離れようとせず、ジェシカの手をしっかりと握りしめていた。

「ジェス、もしも」一段と深みのある声できいた。「彼らの勘違いではなかったらどうする?」

その低いバリトンの声に秘められた感情に気づき、ジェシカはふたたび顔をあげた。そのとたん、それを後悔した。彼の黒い瞳の奥に動揺を見た気がしたからだ。きっとわたしの動揺が映っているだけだ、と自分に言い聞かせる。彼が心をぐらつかせるはずがない。だからその動揺をやわらげてあげようと胸を痛める必要もない。

「そんなことはありえません」ジェシカは弱々しく言った。「あなたはみんなの鼻を、とりわけわたしの鼻を明かすためにいらしただけ。ずかずかとはいってきて、舞台をさらったあげく、いやが応でもみんなを追従させたんです。そのうえ、わたしにあんなダンスまで踊らせて」

「楽しんでいるようだったが」

「だからといって、あなたに気があるわけではありません。それより早く手を離さないと、わたしに気があると思われてしまいますよ」

「やつらがどう思おうがかまわない。さあ、行こう《アンディアーモ》」

手をしっかりと握られたまま、デインが歩きだしたので、引きずられるようについていった。

デインは入口のほうへひっぱっていく。

助けを呼んだほうがいいのだろうかと、うろたえながらあたりを見まわしていると、カードゲーム室からなにかが割れるような大きな音が響いてきた。悲鳴や叫び声があがり、さらに大きな音がした。つぎの瞬間、舞踏室にいた者は全員、物音のするほうへ駆けていった。

しかしデインだけは、歩調を少し速めただけでなおも入口へ向かっている。

「きっと喧嘩だわ」ジェシカは手を振りほどこうとした。「あの音からすると暴動かもしれない。おもしろい場面を見逃してしまいますわよ、デイン」

デインは声をあげて笑い、ジェシカをひっぱったままドアを通り抜けた。

7

デインはこの屋敷をよく知っていた。以前は先代のアヴォリー侯爵の持ち物で、幾度となく乱痴気騒ぎの舞台となった。侯爵が早すぎる死をとげたとき、ここはパリでもっとも悪名高い場所になると思われた。それも二年前の話で、いまや家具調度はすっかり変わっている。それでもデインは、フランス窓から庭を望む一階のサンルームをなんなく見つけた。

そこへジェシカ・トレントを連れていった。

話し合いをするために。

なぜなら――こうなることは予測し、準備しておくべきだったが――事態が計画とはまったくちがう方向に進んでいるからだ。

デインはすさまじい大混乱を引き起こすつもりでいた。しかし、舞踏会にやってきて五分とたたないうちに、バリスター家とウズィンニョーロ家の誇りが自分にそれを許さないことに気づいたのだ。

どんなに挑発されようとも、さすがにけだもののような振る舞いにおよぶわけにはいかなかった。

いずれにせよ、彼女の前でそんなことはできない。

二週間前、彼女は軽蔑しきった目でパーティを見やり、小ばかにしたようにこのおれを見つめた。おかげで、愚か者の極みともいえるような行動を取ってしまった。

あのときのことは忘れようとつとめたが、あの出来事のひとコマひとコマが、感情のひとつひとつが脳裏を離れないのだ——屈辱、怒り、焦燥、激情……そして、つかのまの圧倒的な幸福感。

今夜は不愉快な思いをたっぷりと味わったが、彼女と踊った瞬間、すべては頭から消し飛んでいた。

この腕に抱いた彼女は、しなやかで、か細くて、軽かった。自分の脚もとにスカートの裾がまといついたときは、さらさらと鳴るシーツが彼女のほっそりした白い肢体に絡みつく光景を想像した。カモミール石鹸と女性のにおいが混ざりあった刺激的で無垢な香りが頭のなかで渦を巻き、その真珠色の肌がロウソクの火影《ほかげ》に輝き、その長い黒髪が枕の上で波打つさまを……そして清らかで甘い女らしさに包まれ、彼女に触れ、彼女を味わい、彼女を飲みこんでいく自分の姿を思い描いた。

そして、そんなことはばかげた空想でしかないと自分を戒《いまし》めたのだ。あの清らかで美しい女性が彼の褥《しとね》に横たわるわけがなく、ましてやみずから望んでそうなることなど絶対にありえない。

さっき踊ったときは、喜んでいるように見えた。だが、ほんとうに楽しんだはずはない。

おそらくあれは、そう思いこませるための女性ならではの芝居なのだ。それでも、こちらを見あげた顔を見たとき、デインは一瞬心から信じた。その銀白色の瞳を輝かせたのは憎悪ではなく喜びであり、体を引き寄せても黙っていたのはそうされたがっていたからだ、と。

もちろん、そんなものはすべて偽りだ。けれど、いくらか真実らしくさせる方法ならある。天地開闢《かいびゃく》以来、この世に生まれたすべての人間がそうであるように、彼女だって買収できる。

だから、その値段を見極め、それを払うかどうかを決めればいいだけだ。

デインは煌々《こうこう》たる屋敷の明かりが届かない庭のはずれに彼女を連れていった。アヴォリー卿のコレクションだったローマ時代の芸術品が、まだ植え込みのあたりにごろごろしていた。巨大なこれらの作品を移動させるには大金がかかるからにちがいない。

デインは彼女をひょいと抱きあげると、ローマ時代の石棺にすわらせた。石棺は装飾をほどこした土台にのっていたため、ふたりの目の高さがほぼおなじになった。

「すぐにもどらなかったら」と彼女は硬い声で言った。「わたしの評判はずたずたになってしまいます。もちろん、あなたにはどうでもいいことでしょうけど。でもね、デイン、言っておきますけど、泣き寝入りはしませんせん。あなたは――」

「私の評判はすでにずたずただ」デインはさえぎった。「だが、きみは気にもかけてはいない」

「それはちがいます!」声が大きくなった。「さっきも説明しようとしたのに。あなたのことはお気の毒に思っているし、事態も収拾するつもりでした。理にかなった形で。でも、あなたは耳を貸そうとしてくださらない。男性はみんなそうだけど、あなたも一度にひとつのことしか考えられないからよ――たいてい、その考えはまちがっているんですけど」

「いっぽう、女たちは矛盾する二十七の事柄を同時に考えることができる」とやりかえす。

「だから、女たちには一貫した主義のようなものがないのだ」

デインは彼女の手を取り、手袋を脱がせはじめた。

「やめたほうがいいわ。事態を悪くするばかりですもの」

手袋を抜きとり、そのたおやかな白い手を見た瞬間、デインの頭からは交渉などという考えは吹き飛んでしまった。「これ以上、事態が悪くなるとは思えない」とつぶやく。「私はすでに、辛辣で、うぬぼれが強く、癪にさわる、淑女の典型のような女に夢中になってしまった」

相手がさっと顔をあげた。銀色の目が丸くなっている。「夢中ですって？　まるでちがうわ。それを言うなら、復讐心《ふくしゆうしん》に燃えている、でしょう。悪意たっぷりの」

デインは手際よくもういっぽうの手袋をはずしにかかった。「夢中になっているにちがいない」と、てらいもなく言った。「ふざけた話だが、きみのことをかつて見たことがないほど美しいと思ってしまった。その髪型は別だがね」そうつけくわえ、うんざりした目つきでくるくると渦巻く髪や羽毛や真珠を眺めた。「おぞましいかぎりだ」

ジェシカ・トレントはこちらをにらみつけた。「あなたのロマンティックな告白には、息がとまりそうだわ」

デインは彼女の手を取り、その手首に唇を押しつけた。

「ソノ・イル・トゥオ・スキアーヴォ」とささやく。

びくりと脈打つのが唇に伝わってくる。「いまのは『私はきみの虜《カリッシマ》だ』という意味だ」と翻訳してやると、相手はあわてて手首をひっこめた。「最愛の人」

彼女は大きく息をのんだ。「英語だけでお話しになったほうがいいんじゃないかしら」

「だが、イタリア語のほうがずっと心に響く。ティ・オ・ヴォルード・ダル・プリーモ・モメント・ケ・ティ・ヴェディ」

ひと目見た瞬間から、きみがほしかった。

「ミ・トルメンティ・アンコーラ」

それ以来、おれは苦しみぬいている。

デインは相手には理解できない言葉で、思いの丈を伝えた。そうやって語りつづけるうちに、彼女の目つきがやわらぎ、息遣いが速くなったので、すばやく自分の手袋もはずした。

「いけないわ」吐息交じりの声を出す。

相手を酔わせたらしい言葉をくりだしながら、さらに身を寄せた。

「そんな男性の手管を使わないで」彼女は声を詰まらせながら、デインの袖に触れた。「いったい、わたしがどんな許しがたいことをしたというのです？」

おれを虜にしたのだ、と母の国の言葉で答えた。おれに悲嘆と孤独を味わわせた。きみのせいで、絶対に必要としないと、絶対に求めないと誓ったものがほしくなったのだ。

その口説き文句の底に怒りと焦燥が脈打っているのを聞いたはずだが、彼女はたじろぎもしなければ逃げだそうともしなかった。腕をまわして抱きしめると、息をのんだだけで、それをため息とともに吐きだした。唇を近づけ、デインはそのため息を味わった。

ジェシカは彼の声に動揺を聞きとった。それが悪い前兆であるのは予知能力がなくてもわかる。ここから逃げださなければ、とすでに百回は自分に言い聞かせていた。デインは引きとめないだろう。抱擁を無理強いしたり、逃げだした女のあとを追ったりするなど、誇り高い彼にはできないはずだ。

なのに、どうしても逃げることができなかった。

ジェシカには相手の求めているものがわからなかった。わかっていたとしても、それを叶《かな》えてやれるかどうかは怪しい。けれど、大きな災難が迫っているのを感じるのとおなじくらい強く、彼がそれを心から求めているのを感じ、常識や理性とは裏腹に、彼を見捨てられなくなったのだ。

そこで、わが身を顧みないことにした。はじめて出会ったときからそうしたいと思い、あの厄介な手袋のボタンをはずされたときに痛いほど高まり、嵐のなかでくちづけされたときには抑えきれなくなっていた衝動のままに。

彼は大きく、浅黒く、美しく、葉巻とワインとコロンと男の香りがした。そしていま、はつきり気づいた——この背筋をぞくぞくさせる低い声、強く抱きしめるたくましい腕、唇をむさぼる淫らで粗野な口よりほしいと願ったものは、かつてなかったということに。怖いほどやさしいキスに応えずにはいられず、彼のぬくもりが伝わるウールやリネンに手を這わせ、自分の胸とおなじくらい激しく速く鼓動する心臓を探りあてずにはいられなかった。

手を触れた瞬間、彼の体に震えが走った。灼《や》けるように熱い唇をジェシカの口もとから喉へと這わせながら、さらに抱き寄せ、腿のあいだに体を押しこんでくる。腹部に押しつけられた熱い男性自身が激しく脈打ち、それが自分の秘めやかな場所にうずくような熱を生みだしているのを感じた。頭のなかでは、事態があまりにも性急に進みすぎていると警鐘が鳴り、いまのうちに身を引いて逃げるよう忠告していたが、ジェシカには理性に従うことができなかった。

彼の思いのままとなり、胸のふくらみに浴びせられるキスの雨にとろけていく。欲望というものについては、わかった気になっていた——男と女を引きつけあう強い磁気のような力。情欲というものについても、わかった気になっていた——求めずにはいられない強い飢餓感だ。夜は彼の夢を見て熱に浮かされ、昼間は彼のことを考えてそわそわと落ちつかなかった。ジェシカはそれを原始的で狂おしい、獣のような欲求だと考えていた。

けれどこのとき、自分がなにもわかっていなかったことに気づかされた。欲望とは、この身を千々に引き裂く、熱くてどす黒い渦だった。その渦は理性や意思や羞恥心を超えた底へと、危険な速度でいやおうなしに引きずりこんでいく。

ボディスの紐がじれったそうにひっぱられ、留め具がはずされたが、かえってそれは一刻も早く屈服したい、彼が求めるものを与えたいという思いを強くしただけだった。あらわになった自分の肌をすべる指先の震えを感じながら、ジェシカもまたその耐えがたいほどやさしい感触にうずく体を震わせた。

「キスしてくれ《バーチアミ》」声は荒々しいが、肌を撫でる手つきはこのうえなくやさしかった。「キスしてくれ、ジェス。もう一度。本気で」

ジェシカは豊かな巻き毛に両手をさしいれて、デインの顔を引き寄せた。そして、持てるかぎりの破廉恥さで唇を重ねた。強引に押し入ってくる舌に応え、それとおなじ激しさでじらすような愛撫に応え、体を弓なりにそらして近づけ、うずく乳房を大きく暖かい手に押しつける。

これこそが、デインをひと目見たときから望み、求めていたことだった。相手は怪物かもしれないが、それでもずっと恋しくてたまらなかったのだ。彼にまつわる恐ろしさがなにもかも愛《いと》しかった……彼の持つすばらしさがなにもかも愛しかった——力に満ちあふれた暖かくたくましい巨体、不遜《ふそん》な態度、動物のような優美さ……石のごとく冷ややかになったり業火を燃えあがらせたりする豪胆な黒い瞳……嘲《あざけ》りや冷笑や軽蔑がこもった、悲痛な叫びのように轟く低い声。

欲望というものを知らなかった最初の出会いから、彼を求めていたのだ。欲望の意味を教えられたいま、その思いはいや増すばかりだった。

ジェシカは体を離すと、彼の顔を引き寄せ、美しく傲慢《ごうまん》な鼻と額にくちづけ、強情そうな顎を唇でなぞった。

「ああ、ジェス」デインがうめき声をもらす。「そうだ《シ》。もっと《アンコーラ》。キスしてくれ《バーチアミ》。抱きし《アブラッ》めてくれ《チアーミ》」

ジェシカには彼の声からほとばしる切実な思い以外はなにも聞こえず、自分の熱い体に押しつけられる欲望の熱さ以外なにも感じなかった。伝わってくるのは、彼の体にみなぎる力と、ふたたび口をふさぎながら体をまさぐる手の感触だけだった。その手がスカートを押しあげ、膝の奥へと忍びこんでいく絹や麻の衣擦れの音、ストッキング越しに肌をかすめる手の暖かさ。

ふいに、彼の手がこわばって動きをとめ、暖かな体が石のようになった。

いきなり口が離れる。驚いて目をあけると……そこには、欲望の炎がすっかり消え、タイピンのオニキスのごとく冷えきった目があった。

そのときようやく、ジェシカの耳にも夜会服が生垣にこすれる音と、くぐもったささやき声が聞こえてきた。

「ミス・トレント、どうやらここには見物人がいるらしい」デインの声には、嘲りがにじんでいた。落ちつきはらってボディスを押しあげ、スカートをひっぱって元の位置にもどす。

その手つきからは、ジェシカを守ろうとするやさしさはまったく感じられなかった。まるで、自分が品定めされたあげく、手に入れる価値はないと見限られたかのようだった。シャンプトアの店のカウンターに並べられた、だれも注目しない安ピカのオモチャのような気分だ。

そしてデインの顔に浮かんだ背筋も凍るような表情を見て、彼が野次馬たちにそう思わせたがっていることに気がついた。ジェシカをオオカミたちの前に放りだそうとしている。これが彼の報復なのだ。

「この責任はわたしたち両方にあるわ」ジェシカは見物人たちの耳に届かないようにささやいた。「ここへ連れてきたのはあなたよ、デイン。この場からわたしを救いだすこともできるはずだわ」

「ああ、もちろん」よく通る声で言った。「ここで、われわれの婚約を発表すればいいのだな？　だが、ミス・トレント、ただで手にはいるもののために、どうしてわざわざ結婚指輪を買わねばならない？」

彼の背後から息をのむ音と忍び笑いが聞こえてきた。「わたしは破滅するわ」ジェシカはこわばった声で言った。「なんて卑劣な――許せない」

デインは声をあげて笑った。「ならば、撃てばいい」物陰に潜んでいる人影に軽蔑の視線を送ると、その場を立ち去ってしまった。

デインは屈辱と怒りに煮えくりかえりながら、やみくもに庭を抜けていった。鍵のかかった門扉《もんぴ》を蝶番《ちょうつがい》ごとはずし、細い通路をつかつかと進み、通りから通りへと歩きつづけた。

パレ・ロワイヤルの近くまで来くるころにはようやく呼吸も正常にもどり、どす黒い怒りは邪念へと変わっていた。

彼女も所詮《しょせん》ほかの女とおなじなのだ――あのスザンナのように、いや、芝居が達者なだけにもっとたちが悪く、寸分たがわぬ罠をより巧妙に仕掛けてきた。かたや自分は、長年にわたる経験の甲斐《かい》もなく、またもやその罠にまんまとひっかかってしまった。しかも、状況は前回よりさらにひどい。

スザンナのときは、頬に軽くキスしたところを強欲な親戚たちに見つかっただけだった。だが今回は、パリの社交界きっての洗練された人々に、骨抜きになる姿を見られ、興奮した少年のようにうめき、あえぎながら、欲望と情熱の言葉を口走るのを聞かれたのだ。まだ少年だった十三歳のころでさえ、あんな気のふれた子犬のような振る舞いにおよんだことはない。当時でさえ、相手を求めるあまり泣きそうになったことなどなかったというのに。

ああ、ジェス。

喉が締めつけられるようだ。デインは立ちどまり、焼けつく痛みを無理やりのみこむと、気持ちを鎮《しず》めてまた歩きだした。

パレ・ロワイヤルで、三人のぽっちゃりとした娼婦と、さまざまな取り合わせの友人たちと合流し、思うさま散財した。娼婦に、賭博に、シャンパン――懐かしい世界。ここが、自分の居場所だ。ここにいれば幸せなのだ、とデインはみずからを納得させた。

そして賭博に興じ、浴びるように酒を飲み、娼婦たちを膝にのせて猥褻な冗談を飛ばしながら、なじみの香水や白粉《おしろい》や口紅のにおいで憎悪をまぎらわせ、傷ついた心をおおい隠した。いつものように、楽しげな笑い声をたてながら。

デインの笑い声が小さくなり、庭園の暗がりにその姿が消えるより早く、ジェシカは彼に突き落とされた屈辱的な絶望の淵《ふち》から自力で這いあがった。毅然《きぜん》と顔をあげ、いまの状況に、そして今後に立ち向かっていくしかないのだ。無礼なことを言うつもりなら言ってみろとばかりに、野次馬たちに向き直る。彼らはひとり、またひとりと背を向け、黙って去っていった。

こちらへ近づいてきたのはひとりだけだった。そのヴォートリーが上着を脱ぐのを横目に、ジェシカは胸もとを隠すようにボディスを押さえながら石棺から飛び降りた。ヴォートリーが上着を持って駆け寄ってくる。

「とめようとしたんですよ」彼はきまり悪そうに言った。上着をさしかけながらも、視線は巧みにそらしている。「デインはひとりで帰ってしまったし、あなたはジュネヴィーヴを捜しにいったと説明したんですが、使用人のなかにあなたがサンルームにはいるところを見た者がいて……」ヴォートリーは言葉を切った。「申し訳ない」

「人目に立たないように帰りたいの」ジェシカは感情のこもらない声で言った。「申し訳ありませんけど、レディ・ペンバリーを捜してきていただけます?」

「あなたをここにひとりで残しておくわけにはいかない」

「失神したりしませんから。ヒステリーを起こしたりもしませんわ。どうぞご心配なく」

それでも心配そうな視線を注いでから、ヴォートリーは小走りに去っていった。

彼がいなくなるや、ジェシカは上着を脱ぎ、侍女の助けがないながらもドレスの体裁を精いっぱい整えた。留め具はほとんど背中にあるためすべてには手が届かなかったが、押さえていなくてもボディスがずり落ちないですむ程度にはなんとかできた。リボンやホックに悪戦苦闘するあいだも、自分が置かれている状況を冷徹なまでに客観的な目で検討してみる。

デインが自分に夢中ではなかったことなどどうでもいい。問題は、デインと一緒にいるところをのぞかれたことだ。世間から疵物《きずもの》として見られてもしかたない。

二十四時間以内には、この話はパリの隅々まで知れ渡るだろう。一週間もたてばロンドンまで届いている。今後、どんな事態が待ち受けているかは火を見るより明らかだ。

自尊心のある紳士なら、デインのお下がりをもらって家名を汚す気にはならない。それにこんな一件のあとでは、上流の裕福な人々を店の顧客にして富と名誉を手にすることなど願うべくもない。すれちがう淑女たちは、触れることも恐れて自分のスカートを持ちあげるか、通りの反対側へ逃げてしまうだろう。紳士たちは紳士であることをやめ、下層の売春婦に対するのと同様の無礼な態度をとるだろう。

要するに、ほんのひと握りの言葉で人生をだいなしにされたのだ。それも故意に。

デインがあの恐ろしい目で野次馬たちをじろりとにらみつけながら、おまえたちはなにも見ていない、と言ってくれさえすれば、彼らだってそれに従うのが賢明だと思っただろう。世間の人々はもとより、友人と呼ばれる者たちでさえデインのことは恐れているのだから、その気になれば、彼らの行動も発言も考えも意のままに操れるはずだ。

けれどデインが望んだのは、ねじ曲がった心に巣くった恨みによる復讐だけだった。ジェシカをこの庭に連れだしたのもそれが目的だったのだ。あの男なら、前もってだれかに耳打ちして、いちばん恥ずべき瞬間——留め具のはずれたボディスが腰まで垂れさがり、彼の舌が喉もとを這い、汚らわしい手がスカートにもぐりこんだ瞬間——を目撃されるように仕組んでおくことだってしかねない。

さっきの光景を思いだすと顔に血がのぼるが、自分の行ないを恥じるつもりはない。たしかに、上流社会のしきたりからすれば破廉恥な振る舞いかもしれないし、自分自身の信条からもはずれていたかもしれないが、よこしまな行為ではなかった。健康な若い女が心のままに従っただけ。数えきれない女たちが屈してきた感情であり、既婚女性や未亡人が控えめにおこなうのであれば別段とがめられることもないのだ。

ジェシカは既婚者でも未亡人でもないし、ふつうに考えても非難されるべき行為だとはいえ、公平な目で見た場合、さあどうぞとさしだされたものに手を出したからといって、彼を責めることはできないだろう。

けれど、守ってくれなかったのは許されない行為であり、許すつもりもなかった。デインには失うものはなにもないうえ、こちらがすべてを失うことになるのもわかっていた。あのとき、救ってくれることだってできた。少しも痛痒《つうよう》を感じず、なんの努力も必要とせずに。それなのに、ジェシカを侮辱し、見捨てたのだ。

それが邪悪でなくてなんであろう。あれこそ卑劣な、許されざる行為だ。

その報いは絶対に受けさせてやる、とジェシカは心に誓った。

午前四時半、デインはパレ・ロワイヤルにある〈アントワーヌ〉というレストランで取り巻きに囲まれていた。このころには、レディ・ウォリンドンの舞踏会に招かれていたセロウビー、グッドリッジ、ヴォートリー、エズモンらも加わっていた。いずれも、ジェシカ・トレントの話題は巧みに避けている。そのかわりに、デインが見逃したカードルームでの出来事——酔っぱらったプロイセン人の将校とフランスの共和党員との喧嘩——と、それにつづく騒動が仔細《しさい》に語られ、論争に発展した。

娼婦たちも自分の意見を言わざるをえない気にさせられ、デインの右膝にのった女は共和党側の肩を持ち、左膝にのった女はプロイセン人をしっかり擁護した。ふたりの政治的かつ文法的無知は、あのバーティ・トレントですら天才に思えるほどだ。

トレントのことなど思いださなければよかった、とデインは心中ひそかに後悔した。あの男のことを考えた瞬間、その姉の姿がよみがえってきた。装飾過剰のボンネットの下からこちらを見あげた彼女……手袋を脱がせる自分の顔を見つめ……ボンネットと手袋をはめた小さな拳で胸をたたき……稲妻がひらめき、雷が鳴り響くなかで自分にキスをした……ダンスフロアを舞いながら足もとでスカートの衣擦れの音をたて、興奮に顔を輝かせていた。そのあと、この腕のなかで……さまざまなイメージや感情が炎の嵐となって押し寄せる……そして、あの甘く切ないひととき……この大きく醜い鼻にキスをして……この胸をずたずたに切り裂いてからふたたびそれをつなぎあわせ、彼女にとっては残忍な怪物などではないのだと信じさせてくれた瞬間。彼女はこのおれが美しいとまで思わせてくれた。

偽りだ、とデインは心のなかでつぶやいた。

あれはすべて自分をだますための嘘であり罠だったのだ。弟を破滅させられ、追いつめられたジェシカ・トレントは、兄が一族の財産を賭博ですってしまったスザンナ同様、裕福で爵位のある夫をつかまえるという昔ながらの罠を仕掛けてきたのだ。

だが、まわりにいる男たちに目をやれば、だれもが自分より見ばえも品行もよく、将来だって有望に思える。

デインは隣のエズモンに視線をとめた。彼は三大陸でいちばん美男子というだけでなく、もしかしたら――正確なところはだれも知らないが――デイン侯爵より裕福かもしれない。エズモンでいいではないか。金持ちの伴侶《はんりょ》がほしいなら、ジェシカ・トレントほど頭のいい女が、なぜ天使ガブリエルではなくベルゼブブを、なぜ天国ではなく地獄を選んだのだ。

エズモンの青い目がこちらを見た。「アモーレ・エ・チェーコ」と完璧なフィレンツェ訛りでささやく。

愛は盲目。

数週間前、エズモンが〈ヴァン・ユイ〉のことを「胸騒ぎがする」と言っていたのを思いだし、その直後から起こった一連の出来事があらためてよみがえってきた。いま彼を眺めながら、デインも胸騒ぎをおぼえていた――この天使のような伯爵は、あの悪徳の館に漂っていたほかのだれにも見えない気配を読みとったように、こちらの心が読めるのではないか、と。

口をひらいて、罵倒の言葉を浴びせようとしたとき、エズモンがはっと体を堅くした。首をやめぐらせて、あらぬほうを食い入るように見つめている。その顔からは笑みが消えていた。

その視線を追って戸口のほうへ目をやったが、ワインを注《つ》ぎ足そうと身を乗りだしたセロウビーが邪魔で見えなかった。

セロウビーが椅子に背中を預けた。

その瞬間、彼女の姿が目に飛びこんできた。

臙《えん》脂《じ》色《いろ》のドレスのボタンを喉もとまできっちり留め、黒いショールをマンティラ（スペインなどの女性が用いる大判スカーフ）のように頭から肩に垂らしていた。顔は蒼白で、こわばっている。彼女は顎をあげ、銀色の目を鋭く光らせながら、つかつかと大テーブルに歩み寄り、少し手前で足をとめた。

一瞬、心臓が凍りついたかと思うと、話すことはおろか呼吸さえままならないほど激しく脈打ちはじめた。

彼女は取り巻きをちらりと見た。

「席をはずして」低く険しい声で言い渡す。

娼婦たちは膝から飛びおり、あわてたはずみにテーブルのグラスを倒した。男たちもはじかれたように立ちあがり、後ずさりした。椅子が一脚倒れたが、直す者はひとりもいなかった。

冷静なのはエズモンだけだ。「マドモワゼル」とやさしくなだめるように呼びかける。

ジェシカはショールを払い落とし、右手を持ちあげた。その手にはピストルが握られていた。銃口はまっすぐデインの心臓に向けられている。「どいてちょうだい」とエズモンに命じる。

撃鉄を起こすカチリという音につづき、立ちあがったエズモンが椅子を引く音が聞こえた。

「マドモワゼル」エズモンがもう一度声をかける。

「デイン、最後のお祈りをしなさい」

デインはピストルから、怒りにぎらつく目に視線を移し、ささやいた。「ジェス」

ジェシカは引き金をひいた。

8

デインは勢いよく椅子の背にもどされ、椅子もろとも床に倒れた。

ジェシカはピストルをさげると、詰めていた息を吐きだし、踵《きびす》を返して歩きだした。見物人たちが自分の目と耳を疑い放心しているあいだに、ジェシカはだれにもとめられることなく店内を進み、ドアを抜け、階段をおりていった。

ほどなく、待たせておいた貸し馬車を見つけ、最寄りの警察署へ向かわせた。

警察署に着くと、担当者を呼び、ピストルを渡して、自分がしたことを申し立てた。だが、相手はなかなか信じようとせず、憲兵《ジエンダルメ》をふたり〈アントワーヌ〉の店に派遣しているあいだに、ワインをふるまってくれた。一時間後、犯行現場でおびただしいメモを取った憲兵たちが、エズモン伯爵をともなってもどってきた。

エズモンはあなたをもらい受けに来たのだと言った。すべては誤解、単なる事故だったのだから、と。デイン侯爵の傷は命にかかわるものではなく、かすり傷程度で、マドモワゼル・トレントを訴えるつもりはないという。

そりゃそうでしょう、とジェシカは心のなかでつぶやいた。訴えたとしても、負けるに決まっている。なんといっても、ここはパリなのだから。
「でしたら、自分で自分を訴えます」顎をぐいっとあげた。「お友達にもそうお伝えくださ
い――」
「マドモワゼル、もちろんお望みならそういたします」エズモンはおだやかに言った。「し
かし、わたしの馬車のなかのほうがもっと快適に話ができると思いますよ」
「とんでもないわ。自分の身の安全のためにも、わたしは投獄されることを強く要求します。
そうすれば彼も、わたしを殺して黙らすことはできないでしょう。だってね、ムシュー、相
手がだれであろうと、わたしを黙らせる方法はそれしかないんですから」
担当の警官に向き直った。「自白書でしたら、喜んで洗いざらい書きます。包み隠すこと
などなにもありません。もう半時間もすれば記者たちが殺到してくるでしょうが、彼らの質
問にも喜んでお答えします」
「マドモワゼル、事態はきっとあなたの満足がいくようにおさまります」エズモンが口をは
さんだ。「しかし、だれと話すにしろ、まずは気持ちを落ちつけたほうがよくはありません
か」
「それが賢明ですな」警察官が言った。「あなたは興奮していらっしゃる。まあ、それも無
理はない。恋愛事件ですからね」
「そのとおりですわ」エズモンの謎めいた青い目を見つめて言った。「痴情のもつれです」
「そうですよ、マドモワゼル、だれもがそう思うはずだ」エズモンが言った。「ただちに釈

放されないと、押しかけてくるのは記者だけではすまなくなる。パリじゅうの人間があなたを救いだすために蜂起《ほうき》し、街では暴動が起こるでしょう。あなただって、自分のせいで罪のない人々が命を落とすのをお望みではないはずです」

外が騒がしくなった――記者の第一陣が到着したのだろう。ジェシカは間をおき、室内に緊張が高まるにまかせた。

やがて、おもむろに肩をすくめた。「よくわかりました。わたしは家にもどります。罪のない人たちを危険な目にあわせないように」

午前のなかばまで、エズモン伯爵は書斎のソファに横たわったデインに付き添ってくれた。傷が浅いことはデインにもわかっていた。痛みもほとんどない。弾丸が貫通したからだ。腕の出血はかなりあったが、血を見るのは自分のものもふくめて慣れていたし、気絶するほどのことでもない。

それなのに何度か失神し、意識がもどるたびに熱があがるのを感じた。医者が来診し、手当をして包帯を巻いてから、運のいい人だと言った。

傷口はきれいなものだった。骨も砕けてはおらず、筋肉と神経の損傷もごくわずかだ。感染の心配もなかった。

だから発熱などするはずもないのに、熱が出た。まずは腕が焼けるように熱くなり、つぎに肩と首が火のついたようになった。いまは頭が燃えている。

体じゅうを業火《ごうか》であぶられながら、相変わらずおだやかで心地よいエズモンの声を聞いている。

「もちろん、彼女《ナチユレルマン》はフランスの陪審が自分を有罪にしないのを承知している。この国で美しい女性を恋愛《ル・アムール》がらみの事件で有罪にするなんて、針の穴をらくだが通るよりもむずかしいからね」

「そりゃ、知っているだろうよ」デインは歯がみしながら言った。「向こうがその場の勢いでやったんじゃないのは、こっちだって百も承知だ。彼女の手を見たか？　びくりとも震えなかった。血も涙もないってやつだ。怒りに我を忘れてはいなかった。自分がなにをしているのか、ちゃんとわかっていた」

「いまだってそうさ」エズモンはうなずいた。「きみを撃ったのは、ほんの幕開けにすぎない。彼女はきみを笑いものにするつもりだ。あの一件をなにもかも公表する——彼女の望みどおり裁判になるなら法廷で、それが無理なら新聞紙上で——と伝えるよう頼まれた。きみが言ったことも、やったことも洗いざらい話すと言っている」

「つまり、自分に都合のよいように話を誇張し、ねじ曲げるということか」そう言いつつも、彼女はただ真実を述べればいいのだと気づいて腹立たしくなった。それだけで、ベルゼブブ卿を見る世間の目は変わり、恋に悩み、胸を高鳴らせ、うめき、苦しむ若造に成りさがってしまうのだ。友人たちは、甘ったるい感情の吐露に大笑いするだろう。たとえそれがイタリア語であっても。

彼女は言葉の響きをおぼえているにちがいないから——なにしろラテン語にも通じているのだ——それなりの口真似をしてみせるだろう。目端が利き、頭の回転が速く……復讐に燃えているから。そののち、あの沽券にかかわる秘密や夢や空想は、すべてフランス語や英語に——そして時をおかず全世界の言語に翻訳される。やがてそれらの言葉は、風刺漫画にされたデインの頭上の吹き出しに印刷される。この茶番劇は、舞台でも演じられるだろう。

だがそんなことは、これから直面する事態のほんの一部にすぎない。

十数年前、新聞が詩人バイロンのことをどんなふうに槍玉にあげたかを思いだすだけでわかる。デイン侯爵とくらべれば、バイロン卿は清廉《せいれん》の士のお手本のような人物だ。そのうえ、許しがたいほど金持ちでもなければ、恐ろしいほど巨大で醜いわけでもなく、腹立たしいほど権力を持っていたわけでもない。

巨大であればあるほど、転落したときの打撃は強い。そして世間は、そんな人間が転落するのを見たがる。

デインは世間がどういうものか承知していた。今後、待ち受けている事態もはっきり見える。もちろん、ミス・ジェシカ・トレントにも見えているはずだ。だから、とどめを刺さなかった。デインに、生きながらにして地獄の苦しみを味わわせたかったのだ。

デインが苦しむことは、彼女にはわかっていた。相手の急所、すなわち自尊心を攻撃したから。

デインがそれに耐えられなければ——もちろん耐えられないことはお見通しだ——してや

ったりとほくそ笑むのはまちがいない。彼女はデインを足もとに這いつくばらせたいのだ。そして、そのとおりの目にあわせた。なんという悪女。

業火《ごうか》に半身をあぶられたうえ、頭がずきずき痛みはじめた。「彼女と直接話をしよう」そう言ったが、舌は重く、ろれつがまわらない。「交渉するさ。彼女に伝えてくれ……」ぐっとつばをのみこんだ。喉までが燃えるように熱い。「条件を。彼女に伝えて……」

デインは目を閉じ、がんがん鳴る頭で言葉を探したが、どうしても出てこなかった。頭はまるで、地獄の鍛冶屋《かじや》に鍛《きた》えられている真っ赤に焼けた金属のようで、しだいに理性も思考もすべて消し飛んでいった。エズモンの声がはるかかなたから聞こえてくるが、なんと言っているかはわからない。やがて悪魔のような強烈な一撃が加えられ、デインは意識を失った。

原因不明の発熱に見舞われたデインは、それから四日間、夢と現《うつつ》のあいだをさまよった。

五日目の朝、完全に目を覚ましたときには、多少なりとも回復していた。つまり、燃えるような熱さと頭の疼《うず》きが消えていた。しかし、左腕は動かず、体のわきでだらりとしている。感覚はあるのだが、どうしても動かすことができないのだ。

ふたたび来診した医者は、もっともらしい講釈を垂れたあげく、いぶかしげに首を振った。

「どこにも異常は見当たりませんな」

医者は同僚を呼んだが、やはり異常は見つからず、もうひとり別の医者を呼んでも結果はおなじだった。

夕刻までに八人の医師の診察を受けたが、口をそろえたようにおなじことを言うので、デインはすっかり逆上していた。一日じゅう、つつかれたり質問されたりぶつぶつぶやかれたりしたあげく、多額の無駄金を払わされたのだ。

とどめの一撃は、最後の藪医者《やぶいしゃ》が帰ってすぐに訪ねてきた弁護士助手だった。彼が携えてきた伝言をハーバートが持ってきたとき、デインはちょうどグラスにワインを満たそうとしているところだった。銀の盆に載った封筒に目をやったせいで注ぎそこね、ワインは部屋着やスリッパや東洋段通に飛び散った。

腹立ちまぎれに、ハーバートの頭めがけて呪詛《じゅそ》の言葉と銀の盆を投げつけると、荒々しく居間を飛びだした。自室にもどって、怒り狂いながら片手で封をあけて書状をひろげる。そのころには頭に血がのぼりすぎて、まともに文字が読めないほどだった。

だが、読むほどのことは書かれていなかった。文面によれば、ミスター・アンドルーズ・ヘリアードは、ミス・ジェシカ・トレントの代理人としてデイン侯爵の訴訟代理人に面会することを希望しているという。

デインの心は鉛のように重くなった。

アンドルーズ・ヘリアードはロンドンの著名な訴訟代理人で、イングランドからパリに移り住んだ有力者をおおぜい依頼人に抱えている。彼はまた清廉の士とも呼ばれ、私欲がなく誠実なうえ、依頼人を守るためには疲れを知らないことでも定評があった。世間と同様デインも、この聖人然とした風貌の裏には、鮫でさえ羨むような強靭《きょうじん》な顎と鋭い歯でできた鉄の罠が潜んでいるのを知っていた。その罠はもっぱら男性専用とされている。ミスター・アンドルーズ・ヘリアードは、か弱き女性に仕える雄々しい高潔の騎士だからだ。

法律はあくまでも男性に与えられた特権であり、女性には事実上いかなる権利もなく、彼女らが自分のものと呼べるのは、わが子はもとよりなにひとつない、ということなどこの弁護士にはどうでもよかった。

ヘリアードは女性に与えられるべきだと信じる権利を作りだし、それを行使させた。あの食わせ者のフランシス・ボーモントさえ、この男のせいで妻の収入にはびた一文手を出せないのだ。

それはひとえにヘリアードのやり口が巧みだからで、相手が法外な要求にたじろいでいるあいだに、その哀れな男のもとにつぎつぎと法廷弁護士を送りこみ、つまらない訴訟を起こしつづける。男は疲労困憊《ひろうこんぱい》の果てに譲歩するか、訴訟費用で身を滅ぼすか、さもなければわけのわからないことをわめきちらして病院送りになる。

つまり、ミス・トレントはデイン卿を足もとに這いつくばらせるだけでなく、その汚れ仕事をヘリアードに委ねて法的な手段に訴えるつもりなのだ。しかも逃げられないように抜け道をすべてふさいだうえで。

『女ほど征服しがたい動物はいない』とアテネの詩人アリストファネスも言っている。『火も山猫も、残忍さでは女にかなわない』

残忍で、邪悪で、まるで悪魔のようだ。

「いいや、そうはさせない」とデインはつぶやいた。「仲介者なぞあいだに立てられてたまるものか、この悪魔の申し子め」手紙をぎゅっと丸めると、暖炉に投げつける。つかつかと机に歩み寄り、便箋《びんせん》をつかんで返事を殴り書きし、従者を呼ばわった。

デインからのヘリアード宛《あ》ての手紙には、今晩七時、ミス・トレントの弟の家で彼女にお目にかかりたいとしたためてあった。そちらの要請にしたがって両者の訴訟代理人に話し合いをさせる気はない、なぜならデイン侯爵は『代理人をもって、宣誓や署名をさせられ、干からびるまで搾り取られる』つもりはないから。ミス・トレントのほうに提示したい条件あるのなら、直接言い渡してもらえばけっこう。それがいやなら、弟を寄越してもらってかまわない。喜んで決闘で話をつけよう――今回は双方とも武器を有しての決闘だ、と。

最後の提案を読んだジェシカは、今夜はパーティをよそで過ごさせたほうがいいと思った。弟はまだなにが起こったのかまったく知らない。

警察署から帰ってきたとき、レディ・ウォリンドンの舞踏会で飲みすぎた弟はまだその酒が抜けずに苦しんでいた。何カ月にもわたる放蕩で体がすっかり弱っていたため、きのうも深刻な消化不良を起こし、お茶の時間までベッドを離れられなかった。

調子がいいときでさえ、弟の脳みその働きはあてにならない。それがいまのような状態でデインの異常な行動を理解しようとすれば、卒中こそ起こさないまでも、ふたたび体調を崩すおそれがある。それに、姉の名誉を回復しようなどというお門違いの考えにとらわれて、おぼつかない足取りでデインを追いかけるなどという無鉄砲な行ないは、なんとしても避けさせたい。

ジュネヴィーヴも同意見で、バーティをアヴォンヴィル公爵家での食事に連れだしてくれた。公爵なら、秘密を守ってくれる。そもそも、弁護士に相談するまではなにも話さないようにと助言してくれたのもアヴォンヴィル公爵だったのだ。

ヘリアードの報酬を負担してくれたのも公爵だ。その好意を受けなかったら、アヴォンヴィル公爵みずからデインに決闘を申しこんでいただろう。そこまでしてくれるのを見ても、このフランス人貴族のジュネヴィーヴへの思いのほどがわかる。

そんなわけで午後七時には、バーティは無事に遠ざけられ、居間にいるのはヘリアードとジェシカだけだった。書類が積みあげられたテーブルの前に立っていると、デインが悠然とはいってきた。

デインはヘリアードに侮蔑の一瞥をくれると、皮肉っぽい黒曜石の目をジェシカに向けた。

「やあ、お嬢さん」と小さくうなずく。

「ごきげんよう、侯爵様」ジェシカもさらに小さな会釈を返す。

「上品ぶったご挨拶は終わりだ。さあ、ゆすりをはじめるといい」

ヘリアードは唇をぎゅっと結んだまま、なにも言わずテーブルから書類を取りあげた。

書類の束を手渡されたデインは、窓辺へ向かうと、幅のある窓台にそれを置き、いちばん上の一枚を取ってゆっくりと読みはじめた。読み終わると下に置き、つぎを手に取った。

時がじりじりと過ぎていく。ジェシカは刻一刻といらだちを増しながら待った。

半時間近くたったころ、デインはようやく、本来ならたちまちにして理解できるはずの書類の束から顔をあげた。

「そちらがどういう手に出るかと思っていたんだが」とヘリアードに言った。「小むずかしい法律用語やラテン語を省いて言えば、名誉毀損《めいよきそん》をめぐる訴訟になるということだね——私がそちらの途方もない条件にもとづく和解に応じなければ」

「六人の傍観者がいる場所であなたが口にした言葉は、ひとつの意味にしか取られません、侯爵」ヘリアードが言った。「あの言葉によって、あなたはわたしの依頼人の社会的かつ経済的信用をだいなしにしたのです。あなたのせいで、彼女は結婚することも、まともな自立した生活を送ることもできなくなりました。これまで育ち、属していた世界からつまはじきにされてしまった。そうなったら、友人や愛する者たちと離れ、追放者として生きていかざるをえません。新たな人生を築かなければならないのです」

「それで、私がその費用を負担するというわけか。六千ポンドにのぼる弟の負債をすべて支払い」デインは書類に目を走らせた。「彼女の生活費に毎年二千ポンドもの金を支払う……なるほどね。たしか、住まいの確保と維持に対する支払いもあったな」

デインは書類をめくりながら、何枚か床に落とした。

そのとき、ジェシカは彼が左手をまったく使わないのに気がついた。まるで怪我《けが》でもしているかのように、腕が妙な恰好になっている。銃弾によるかすり傷程度で、たいした怪我は負っていないはずなのに。狙いは慎重に定めたし、射撃の腕も抜群なのだ。そもそも相手は、はずすほうがむずかしいくらい大きな標的だ。

デインがこちらを向き、目が合った。「自分の腕前にうっとりしているのか？　もっとよく見たいのだろうが、期待を裏切ることになる。藪医者どもに言わせれば、どこも悪くないそうだ。ただ、動かないだけだ。それでも、運がよかったと思っているよ、ミス・トレント。もう少し下を狙われたらたいへんだった。おかげで腕は使えないが、男として使えなくなるのは免れたからな。だが、こちらのヘリアードなら、私を骨抜きにしてくれるのはまちがいないだろう」

良心がちくりと痛んだが、あえて気づかないふりをした。「それは自業自得だし――これからもその報いを受けるのよ、この嘘つきで底意地の悪いろくでなし」

「ミス・トレント」ヘリアードがおだやかに声をかける。

「いいえ、わたしは口を慎んだりはしません。侯爵がわたしを同席させたがったのは、喧嘩がお望みだからだわ。悪いのは自分だとわかっているくせに、強情すぎてそれを認めることができない。彼はわたしをこんな人間だと思わせたいんです。狡猾《こうかつ》で強欲で――」

「執念深い」デインが口をはさんだ。「それを忘れちゃいけない」

「このわたしが、執念深いですって？」ジェシカは声を張りあげた。「パリでたまたま起こった最大のゴシップを仕組んだのは、いったいどなたかしら。わたしは半裸にされたうえ、愚かにも、破滅への道をまっすぐ進まされたのよ」

デインは黒い眉をかすかに持ちあげた。「まさか、ミス・トレント、私があの茶番を仕組んだと言いたいんじゃないだろうね？」

「言いたいかどうかじゃありません！　事実ははっきりしています。あの場にはヴォートリーがいたわ。あなたのお友達のね。ほかにも、パリの口さがないすれっからしたちがいたじゃないの。わたしのあられもない姿を彼らに見せようとたくらんだ張本人は、わかっているわ。その理由も。あなたが腹いせにやったのよ。ゴシップになったことも、あなたの大事な評判に傷がついたことも、なにもかもわたしのせいだと言わんばかりに！」

つかのま、張りつめた静けさが訪れた。デインは残りの書類をすべて床に払い落とすと、デカンターののった盆へ近づき、グラスにシェリーを注いだ。片方の手だけでそれをおこない、ひと口で飲み干した。

振りかえった顔には、あの癪にさわる嘲笑が浮かんでいた。「どうやら、われわれはどちらもおなじ誤解で苦しんでいるようだ。私はあの――邪魔がはいったのは、あなたが仕組んだことだと思っていた」

「ええ、そうでしょう。あなたはご自分が理想の結婚相手だという誤解にも苦しんでいるようね――わたしのことを頭がおかしいと勘違いしているだけではなく。たとえ、わたしが必死に夫を捜しているとしても――もちろんそんなことはないし、これからだってそうですけど――そんな古臭くてばかばかしい手を使う必要はありません」

ジェシカは背筋をのばした。「あなたから見れば、わたしなんて取るに足らない、干からびた行き遅れかもしれませんけど、でも侯爵、はっきり申しあげてそれは少数意見なんです。わたしはみずから望んで結婚していないだけで、求婚者がいないわけじゃありません」

「しかし、これからはだれも出てこないだろう」デインは言った。嘲るような目で舐めまわされ、ジェシカは肌がちくちくした。「それもこれも私のせいで。なるほど、それがこの騒ぎの顚末《てんまつ》というわけだ」

デインは空のグラスを置くと、ヘリアードのほうを向いた。「私は商品に疵《きず》をつけた。だから、あなたが見積もったその商品の値段を支払わなければならない。さもないとあなたは書類の山を押しつけ、法廷弁護士やら事務員やらを送りこんで私を悩ませ、何カ月にもおよぶ法廷闘争の場に引きずりだすというわけだな」

「法が女性を適切に扱うなら、訴訟手続きも果てしなくつづきはしないでしょう」ヘリアードはさらりと言った。「迅速かつ厳しい処罰が下されるはずです」

「だが、われわれは未開の時代に生きている。そして、私がもっとも未開な男であることは、ミス・トレントが断言してくれるだろう。そんな私の古風な考え方のひとつに、なにかに金を払ったら、それは自分のものになる、というものがある。ミス・トレントには金を払うほかないようだから——」

「わたしは懐中時計ではありません」ジェシカはそっけなく言った。この思いあがったばか男が、わたしを愛人にすることで話をつけようと言いだしても、これっぽっちも驚いてはいけないと胸に言い聞かせた。「わたしは人間です。いくらお金を積まれても、人のものにはなりません。世間的にはわたしの名誉を傷つけることはできても、ほんとうに傷つけることはできないわ」

デインは眉をあげた。「きみの名誉を傷つける？　これはこれは、ミス・トレント、こちらはその名誉の回復を申しいれているのに。われわれは結婚するんだから。さあ、そこにおとなしくすわって、細かい話は男たちにまかせたらどうだね」

ぼうっとして意味がのみこめなかったが、一瞬のち、頭に強烈な一撃を受けたかのように理解の波が襲ってきた。部屋が暗くなり、室内にあるすべてのものが酔っぱらったように揺れている。ジェシカは必死に目の焦点を合わせた。「結婚？」自分の声がはるかかなたから、情けないほど弱々しく聞こえてくる。

「ヘリアード君は、私がきみの弟の借金を清算し、きみの住まいと生活の面倒を一生見ることを要求している。よかろう。こちらに異存はない――だが、その条件ならどんな男でも、独占的な所有権と子孫を作る権利を主張するはずだ」

デインに薄目で見られて、ボディスの内側がかっと熱くなり、その熱が全身にひろがっていった。まるで視線ではなく、手で撫でまわされたかのように。

ジェシカは懸命に平静を装った。「あなたの魂胆はわかっています。本気で求婚しているんじゃない。わたしたちが手も足も出せないようにするつもりなのよ。天晴《あっぱ》れな行ないだと思われていることを申し出られたら、こちらが訴えられないのはわかっているから。それに、わたしがあなたなんかと結婚しないのもわかっている。そうやってわたしたちを途方に暮れさせる気でしょう」

「たしかに」デインは笑顔で言った。「私の求婚を拒んで訴訟を起こせば、きみが恥をかくだけだ。世間はきみをふしだらな金の亡者と思うだろう」

「でも、そんな見せかけの求婚を受けたとしても、あなたはぎりぎりまで結婚するふりをしたあげく――祭壇の前でわたしに待ちぼうけを食わせるでしょう。そして、結局わたしに恥をかかせるのよ」

デインは声をあげて笑った。「そしていつ終わるとも知れぬ、金のかかる婚約破棄訴訟への扉をあけるのかね。そうやってヘリアードの仕事をしやすくしてやるのか。早まるな、ジェス。もっと単純に考えてみたらどうだ？　結婚か、すべてをあきらめるか」

ジェシカはとっさに手近にあったものをつかんだ――小さいながらも重たい真鍮《しんちゅう》の馬の像だ。

ヘリアードが歩み寄ってきた。「ミス・トレント」と静かに呼びかける。「どうぞ、挑発にはお乗りにならないように」

「いかにも」とデイン。「そんなことをしてもなにもならない。さすがに弾丸はよけられないが、そのぐらいならよけられる」

ジェシカは馬の像を置き、ヘリアードに向き直った。「おわかりになったでしょう？　彼には償いをするつもりなんてないんです。償うような借りなどないと思っているんですから。彼の望みはただひとつ、わたしを負かすことだけ。そのうえ、この駆け引きであなたまで負かせば、彼の勝利はもっと甘美なものになるでしょう」

「きみにどう思われようとかまわない」デインが言った。「選択肢はふたつだけだ。だが、結婚してくれとひざまずいて懇願されたいなら、最後の審判の日まで待たされることになるだろう」と笑いながら言い足した。

そのとき、かすかではあるが、それが聞きとれた。少年じみた空威張りやこけおどしのなかにあったのとおなじ響きだ。その笑いの裏にのぞく、見かけにそぐわぬかすかな不安。ジェシカは頭のなかでデインの言葉をすばやく反芻《はんすう》し、自尊心が高いからこんな言い方しかできないのかもしれないと思った。男の自尊心というのは、傷つきやすく、もろい。だから男は、物心がつくかつかないかのうちに、まわりに要塞《ようさい》を築きはじめるのだ。

怖くなんかないさと笑いながら言うとき、彼らは死ぬほど怖がっている。たとえ鞭打たれても、笑い飛ばしてなにも感じないふりをする。好きな女の子の膝にネズミやヘビを落とし、相手が悲鳴をあげて逃げていくときも、やはりあの不安げな笑い声をたてる。

この求婚は、少年が少女に贈るヘビやネズミとおなじなのかもしれない。こちらがむっとして拒絶すれば、彼は笑いながら、それこそが自分の狙いだったのだと自分に言い聞かせるだろう。

でも、もしかしたら本音はちがうのかもしれない。

〝もしかしたら〟では、結婚の前提としては頼りなさすぎる、とジェシカは自分を戒めた。いっぽうで、ジュネヴィーヴは彼を釣りあげなさいと言っていた。あんなことがあったあとの今朝でさえ、その考えは変わっていなかった。「ひどいことをされたのもわかっていますし、あなたが彼を撃ったのも無理もないでしょう。でも、思いだしてごらんなさい。彼は男なら絶対に邪魔されたくないところを邪魔されたのよ、冷静ではいられないでしょう。冷静に考える余裕などなかったの。それでもやはり、彼はあなたに好意を寄せているとわたくしはにらんでいます。あなたと踊っているときの彼は、横柄にも皮肉屋にも見えなかったもの」

「結婚か、すべてをあきらめるか」デインのじれったそうな声が、物思いを破った。「ほかの条件は認めない。さあ、選びたまえ、ジェス」

答えはどちらでもかまわない、とデインは心のなかでつぶやいた。結婚に同意すれば、とりあえずは法外な金と引き換えにおのれのばかげた欲望を解消することができる。あとは彼女をデヴォンに置き去りにし、これまでどおりの生活にもどればいい。断られたら、一ペニーも払わなくてすむし、彼女は自分の前からいなくなる。もう悩まされることもなくなれば、彼女への欲望も彼女自身のことも忘れられる。いずれにしても、勝つのは自分で、負けるのは向こうだ。

だが、動悸は激しくなるばかりで、子供のころ以来感じたことのない、ぞくぞくする冷たい恐怖に内臓を締めつけられた。

歯を食いしばり、不安に耐えながら、彼女の動きを目で追う。ヘリアードのそばを離れて椅子へ向かったが、腰をおろすでもなく、ただ見つめている。その美しい顔には、なんの表情も浮かんでいない。

ヘリアードが眉をひそめた。「ミス・トレント、急がないほうがよいでしょう。少しのあいだ、ひとりでじっくり考えてみられてはいかがですか。侯爵もそのぐらいはお許しになるはずです」しかめっ面をデインに向けた。「なんといっても、この女性の人生がかかっているのですから」

「これ以上の時間は必要ありません」ミス・トレントが答えた。「損得を計算するのは簡単ですから」

彼女はこちらを見あげると、意外にも笑顔になった。「文明からはるか離れた土地で貧しくひっそり送る人生なんて、つまらないわ。自分の誇りのためだけにそんな暮らしをするほどばかげたことはありません。でしたら、裕福な侯爵夫人になるほうがずっとましです。デイン、もちろんあなたは申し分なくひどい人だし、わたしを不幸にしようとするに決まっています。でも、お金という点では、何不自由なく暮らせるようにミスター・ヘリアードが取り計らってくださるでしょう。それに、まともな女性と結婚したり深い関係にはまったりした男性たちに吐いてきた侮蔑的な言葉を、あなたがすべて撤回しなければならないと思うだけでも、胸がすく思いを味わえるわ。壁にとまる蠅《はえ》になって、あなたがご自分の婚約をお友達に説明するのを聞けるのなら、わたしはどんな犠牲でも払いますわ、ベルゼブブ卿」

デインは自分の耳を疑いながら、ぼんやりと彼女を見つめていた。

「お受けいたします」相手がしびれを切らしたように言った。「お断りしてあなたをみすみす無罪放免するほど、わたしがばかだとお思いなの？」

なんとか声を絞りだした。「虫がよすぎる望みだとは思っていた」

ミス・トレントが近寄ってくる。「お友達にはなんておっしゃるの、デイン？　わたしに追いまわされて撃たれるよりは結婚のほうが面倒がない、といったところかしら」

上着の袖に軽く触れられ、そのなんでもない仕草に胸がぎゅっと締めつけられる。

「布で吊ればよろしいのに。そのほうが見せびらかせるわ。もちろん、うっかり痛めてしまうおそれも少ないし」

「吊り包帯をすると上着の形が崩れるだろう」こわばった口調で言った。「それに見せびらかす必要も、わけを説明する必要もない」

「お友達からはたっぷりからかわれますわよ。なんとしても聞きたいものだわ」

「われわれの婚約については、今夜〈アントワーヌ〉で発表する。彼らは好きなように解釈するだろうが、ばかな連中になんと思われようがどうでもいい。それより、さっさと帰って荷造りしたほうがいい。ヘリアードと私はまだ話しあう件がある」

彼女がはっと身を硬くした。「荷造り？」

「あさって、われわれはイングランドへ発つ。旅の手配はこちらでやっておく。ロンドンで結婚するのだ。野次馬どもにダートムーアの田舎まで押しかけられて家畜を驚かされてはかなわないからな。披露宴のあとデヴォンへ向かえばいい」

彼女の目が暗くなった。「そんなのだめよ。結婚ならここでできるわ。デヴォンに追放されるまえに、もう少しだけパリを楽しませてくださらなきゃ」

「式はハノーヴァー広場の聖ジョージ教会で挙げる。一カ月のうちに。あの忌々《いまいま》しいカンタベリー大主教に特別結婚許可証を願い出るのはまっぴらだ。結婚予告を公示するから、そのあいだきみはロンドンを楽しめばいい。パリに置いておく気はないから、そんな望みはさっさと捨てることだ」

自分がシチュー鍋《なべ》と呼んでいるリヴォリ通りの自邸にデイン侯爵夫人を住まわせるなど、考えただけでもぞっとする。この上品な妻を、パリの不良どもの半数が具合が悪くなるまで――そして絨毯《じゅうたん》や家具に嘔吐するまで――牛飲馬食したテーブルにつかせるわけにはいかない。ローマ人がうらやむほどの乱痴気騒ぎがくりひろげられた居間の暖炉のそばで、彼女に刺繡《ししゅう》や読書をさせるわけにはいかない。

デヴォンにある先祖伝来の寝台用に新しいマットレスを注文し、いまある寝具やカーテンをすべて燃やすよう命じておこう。チャリティ・グレイヴズを孕《はら》ませたときにあった品々で、デイン侯爵夫人を汚すわけにはいかない。

「あなたのおかげで、わたしのパリ滞在はこれ以上ないほどみじめなものになったわ」銀色の目を光らせて言った。「せめて、その埋め合わせぐらいはしてくださいな。あなたがわたしの言いなりになるとは夢にも思いませんけど、パーティに行って挽回《ばんかい》されたわたしの名誉を楽しんだり――」

「パーティならロンドンでも行ける。披露宴は好きなだけ盛大にしてかまわない。ドレスもけばけばしい装飾品も好きなだけ買えばいい。支払いは私がするのだし、場所がどこであろうとかまわないだろう？」

「あなたってどうしてそう無神経なの？」彼女は金切り声をあげた。「パリから逃げだすのはいやです。これではまるで、わたしのことは人に言いたくない秘密みたいじゃないですか」

「秘密だと？」デインは声を荒らげた。「ハノーヴァー広場の聖ジョージ教会で式を挙げることが？　この呪われた結婚をどうやってこれ以上華々しく発表できるというんだ？」

デインは彼女の頭越しにヘリアードを見た。テーブルの前で革のカバンに書類をしまっている顔には、こちらの口論など聞こえていないかのような表情が浮かんでいる。「ヘリアード、ロンドンで結婚すると、どんな大罪を犯すことになるのかこの人に説明してやってくれ」

「それはわたしの管轄ではありません」ヘリアードが答えた。「招待客の人数や、婚約にまつわる意見の食い違いについても管轄外です。ご自分で交渉なさるといい」

〝交渉〟はもう一日分の限界を超えている。そもそも、苦労の種を背負いこむつもりでここに来たわけではない。少なくとも、そのつもりはまったくなかった。結婚を申しこむはめになったのは、執念深い未婚女と悪魔のような弁護士に追いつめられ、せかされ、やりこめられるのに耐えられなかったからだ。

実際に求婚するまで、彼女の答えがどれほど大事かには気づいていなかった。もし彼女がいなくなったら、それも永遠にいなくなってしまったら、パリやこれからの日々がどれほど退屈で憂鬱《ゆううつ》なものになるか、いまのいままで気づいていなかった。

同意は得られたものの、不安はまだ残っている。彼女はまだ自分のものではなく、土壇場で逃げられてしまうおそれがある。それでも、デインの自尊心は譲歩を許さなかった。女というものは、少しでも甘やかせばすぐつけあがるのだ。

何事もはじめが肝心だし、家では主としてふるまわなければならない。あれこれ指図されるつもりなど毛頭なかった。だれになにを言われようが、それがたとえ彼女でも、自分のやり方を変える気はない。命令を下すのはデインであり、ほかの者はそれに従えばいいのだ。

「愛しい人《カーラ》」と彼女に呼びかけた。

こちらを向いた顔には、警戒するような表情が浮かんでいる。

デインは彼女の手を取った。「荷物をまとめなさい」とおだやかに言う。

手をひっこめようとしたので放してやり、動くほうの腕で腰を引き寄せ、ひょいと抱きあげて、唇をぴったり重ねた。

ほんの一瞬のことで、相手には抗《あらが》う暇《いとま》もなかった。すばやく、あつかましいキス……そして彼女をおろし、放免してやった。彼女は顔を真っ赤にして、ふらりと後ずさる。

「ジェス、いまのが交渉のすえに手にはいるものだ」デインはそう言って、つかのまの抱擁が呼び起こした熱と飢餓感をあわてて掻き消した。「まだ口論をつづける気なら、もっとキスを欲しているとみなすことにしよう」

「それなら、ロンドンでけっこうです——でも、高くつきますわよ」

ミス・トレントは顔をそむけた。「ミスター・ヘリアード、手加減は無用です。彼が盲従を望むのなら、それなりのものを支払っていただかないと。王様の身代金ほどの額のお小遣いをいただきましょう。わたし専用の馬車と馬。子供たちへの分与金もたっぷりと保証していただきますわ、男の子はもちろん、女の子の分も。彼に怨嗟《えんさ》の声をあげさせてくださいね、ミスター・ヘリアード。怒り狂った象のように叫んだり足を踏み鳴らしたりしなかったら、まだ要求が足りないということですから」

「いくらでも払わせてもらうよ」デインは邪悪な笑みを浮かべた。「盲従のためなら。さっそく今夜から、命令の一覧表を作るとしよう」大げさなお辞儀をしてみせる。「では、あさってお目にかかりましょう、ミス・トレント」

彼女も膝を曲げてお辞儀をした。「地獄に落ちるがいいわ、デイン」

「まちがいなく、そうなるだろう——ゆくゆくは」弁護士のほうを見た。「ヘリアード、あすの二時に、くそいまいましい書類を持ってうちへ来てくれ」

弁護士の返事も待たず、デインは悠々と部屋から出ていった。

9

カレーへ向かう道中、デインはバーティとともに四頭立て馬車の外側に乗った。宿屋では、バーティと酒場に行ってしまい、ジェシカには祖母とふたりで食事をさせた。フランスの蒸気船で海峡を越えるときは、船の反対側の端から動かなかった。ロンドンまでもやはり、自分が雇った豪華な馬車の外側に乗っていた。ロンドンに着くと、アーサー叔父とルイザ叔母の家の前でジェシカとバーティとジュネヴィーヴをおろした。それ以来、ジェシカは婚約者の姿を見ていない。

そして、パリを離れてから丸二週間がたった日の午後二時——その十四日間、婚約者はジェシカを存在しないものとして無視することに決めたらしかった——デインは突然姿をあらわすと、こちらの都合にはかまわず、ただちに一緒に出かけることを望んだ。

「馬車で遠乗りでもするつもりかしら」叔母があわててデインのことづけを伝えに居間に来ると、ジェシカはむっとして言った。「こんなにいきなり？　わたしのことなんて忘れていたくせに、急に思いだして、指を鳴らせばいそいそついてくるとでも思っているのかしら。どうして、いいかげんしなさい、って言ってくださらなかったの？」

ルイザ叔母は椅子に沈みこみ、額に手をあてた。わずか数分間で、デインは叔母の独裁者のごとき冷静さを失わせたらしい。

「ジェシカ、お願いだから窓の外を見てちょうだい」

結婚披露宴のメニュー作りと格闘していたジェシカは、書き物机にペンを置き、立ちあがって窓辺へ行った。眼下の通りには立派な黒塗りの二頭立ての二輪馬車がとまっていた。引いているのは黒の去勢馬で、非常に大きくて気むずかしく、バーティがなんとかおとなしくさせようと躍起になっている。馬たちは鼻息を荒くし、興奮して足を踏み鳴らしていた。このままではまもなく、バーティは頭を蹴りつけられるにちがいない。

「侯爵様はあなたが一緒に来ないかぎり、ここから出ていかないと言っておられるのよ」ルイザ叔母の声は怒りで震えていた。「お願いだから急いでおくれ。あの残忍な獣たちに弟が殺されないうちに」

腹を立てたジェシカは、三分でボンネットをかぶり、昼のドレスの上に緑色のペリースをきっちりとまとった。

そして二分後、馬車の座席に乗せられた。いや、押しこまれたというほうが近い。デインがすばやく、大きな体で乗りこんできたからだ。おかげで、そのたくましい肩を避けるため隅に詰めなければならなかった。それでも、狭い空間で体が触れあわないようにするのは不可能だった。デインは使えない左手を自分の腿にのせ、あつかましくも、痛めたという左腕や筋肉質の体を押しつけてきた。厚地のペリースやその下のモスリンのドレス越しにぬくもりが伝わってくると、ジェシカの肌に痺《しび》れが走った。

「乗り心地はいかがかな？」小ばかにしたような慇懃な態度できいてくる。

「デイン、この馬車はわたしたちには狭すぎます」ジェシカは不機嫌に答えた。「押しつぶされそうだわ」

「それなら、私の膝に乗ればいい」

薄ら笑いを浮かべた顔をひっぱたきたいという衝動を抑え、ジェシカは弟のほうへ目を向けた。まだ馬の首筋をいじくりまわしている。「ばかね、バーティ、どきなさい！」と叱りつける。「敷石に頭をたたきつけられたいの？」

デインは声をあげて笑うと、馬たちに出発の合図を送った。バーティはあわてて後ろによけ、なんとか無事に歩道に逃げこめた。

つぎの瞬間、馬車は猛烈な勢いで混雑したウェストエンドの通りを疾走しはじめた。けれど、頭上までクッションのきいた座席と、悪魔のような婚約者の頑丈な体にはさまれているので、外に転がり落ちる心配はない。ジェシカは座席に背中を預け、地獄の馬たちのことを考えた。

二頭とも、これまでお目にかかったことがないほど気性が荒かった。ばたばたと暴れ、行く手をさえぎるすべてのものや人間に、鼻を鳴らし難癖をつける。歩行者を踏みにじろうとし、仲間に出会うたびに、馬語で罵《ののし》りあう。街灯や道端の柱を見れば踏み倒そうとし、自分たちとおなじ道を走る厚顔無恥な乗り物にはことごとく体当たりを試みた。

ハイドパークに着いても、馬たちはいっこうに疲れた気配を見せない。ハイドパーク・コーナーの新しいアーチ道の仕上げをしていた職人たちを跳ね飛ばそうとしたほどだ。そのうえ、国王の馬車専用の道であるロットンロウを暴走しそうになった。

しかしながら、悪魔のような企てはなにひとつ完了しなかった。デインは馬たちに好きなようにさせておき、土壇場でその目に余る行為を防いだのだ。いらだちと感嘆が入り混じった思いで見守る横で、彼は片手だけでいとも簡単にそれをやってのけた。

「きっと張り合いがないのね」ジェシカは考えを声に出していた。「お行儀のいい馬では」

デインはアキレス像にぶつかりそうになった右側の馬をひょいと引きもどし、けだものたちを西の馬車道へ向かわせた。「おそらく、きみの機嫌の悪さが伝わって、馬も怖がっているのだろう。どこへ逃げればいいかも、どうすればいいかもわからない。そうだろう、ニック、ハリー？　撃たれやしないかとはらはらしているんだ」

馬たちは頭をもたげ、邪悪な笑い声をあげた。

勝手にすればいい、とジェシカは心のなかでつぶやいた。馬に悪魔の愛称（オールド・ニック、オールド・ハリーはスコットランド民間伝承に登場する悪魔）をつけるのも、その名前を地で行く馬たちを所有するのも、彼の勝手だ。

「あなただって不機嫌にもなるわ。この一週間、招待客のリストやら結婚披露宴のメニューやら衣装合わせやらうるさい親戚のことやらで、悪戦苦闘しているのよ。そのうえ、ロンドンじゅうの商人たちに家を包囲されたり、山と積まれたカタログや見本で客間が倉庫のようになってしまったりすれば、機嫌よくしていられるはずがないでしょう。婚約の発表が新聞に掲載された朝からずっと、あの人たちに悩まされているんだから」

「私なら、不機嫌になどならない。そんなことで頭を悩ますほどまぬけではないから」

「ハノーヴァー広場の聖ジョージ教会で盛大な結婚式をすると言いだしたのはあなたよ。それなのに、なにもかもわたしに押しつけて。手伝う素振りすら見せてくださらない」

「私が？　手伝う？」信じがたいことのようにききかえす。「使用人はいったいなんのためにいるんだい、おばかさん？　請求書は全部私にまわすようにと言わなかったかね。その用事をできる人間が屋敷にいないなら、人を雇えばいい。裕福な侯爵夫人になりたければ、それらしくふるまったらどうだ？　働くのは労働者階級の人間にまかせておけばいい」デインはことさら噛んで含めるように言った。「彼らに仕事を命じるのが上流階級の役割だ。社会秩序を乱してはいけない。フランスがどうなったか考えてみたまえ。何十年もまえに、長年にわたって作りあげてきた秩序を崩壊させたが、その結果はどうだ？　国王は身なりも振る舞いもブルジョア同然だし、もっとも華やかな地域でさえ下水には蓋もなく、パレ・ロワイヤル以外はまともに照明のある通りすらない」

ジェシカは彼をにらみつけた。「あなたがそれほど保守的な俗物だとは知らなかったわ。お友達を見るかぎりでは、だれもそう思わないでしょうけど」

デインは視線を馬に向けたまま言った。「あの娼婦たちのことを言っているなら、断わっておくが、彼女たちも私が雇った使用人だ」

ベッドの相手たちのことは、いちばん思いだしたくなかった。彼が夜をどんなふうに楽しんでいたかなど考えたくもない。その間こちらは、新婚初夜のことや自分に経験のないことをくよくよ悩んで眠れぬ夜を過ごしていたというのに。もちろん、彼の大好きなルーベンス風の肉体に恵まれていないことを嘆いたのは言うまでもない。

ジュネヴィーヴがなんと言おうと、この結婚は失敗に終わるだろうという暗い確信があるから、ベッドで彼を喜ばせることができるかどうかなど気にするのも癪だ。それでも誇りと女特有の虚栄心が許さず、夫を虜にできないと思うのには耐えられなかった――相手がだれであろうと、たとえデインであっても。ジュネヴィーヴの過去の夫たちは浮気など考えたこともなかったし、長いやもめ暮らしのあいだに慎重に選んできた恋人たちも、みんなそうだった。

でもいまは、そんな困難な問題で悩んでいるときではない。それよりこの機会に、現実的な問題を解決しておいたほうがいい。たとえば、招待客のリストとか。

「女性のお友達についてはこちらも悩みませんけど、男性がたはちがいます。たとえば、ミスター・ボーモントは、ルイザ叔母様によれば、上品なかたではないからふつうなら披露宴にはお招きしないそうよ。でも、あなたのお友達ですものね」

「招く必要などない」デインは口もとを引き締めて言った。「あのろくでなしめ、私が娼婦といるところを盗み見ようとした。結婚式に招待したら、あいつのことだ、新婚初夜にも招待されたと思いかねない。アヘンと酒のせいで、自分のものが役に立たないから、ほかのやつがやっているところをのぞくのだろう」

それを聞いたとたん、ルーベンス風の豊満な娼婦が彼の膝で身をくねらせている姿より心乱される光景が頭に浮かんだ——身の丈六フィート半の浅黒い大男が、全裸で、性的に興奮している姿だ。

男性が興奮するとどうなるかは、ちゃんと知っている。ローランドソンの官能的な版画を見たことがあるから。あんなものなど見なければよかった。デインがあの肉感的な娼婦を相手に、ローランドソンの絵に描かれた男とおなじことをしている姿は想像したくもない。

その光景は国家祝典のときの照明と変わらぬ鮮やかさで胸に焼きつき、心がぐるぐるよじられて、だれかを殺したいような気にさせられる。

ただの嫉妬などではない、気も狂わんばかりの嫉妬だった。しかもこれほど悔しい思いをさせるのに、相手は無神経な言葉をいくつか発しただけなのだ。この先も、こちらが正気をなくすまでこんなことがくりかえされるのが目に浮かぶ。

そんなことはさせるべきではないし、娼婦にやきもちなど焼いてはいけないことも承知している。それどころか、幸運を感謝すべきだ。彼女たちのおかげでデインと過ごす時間は最低限ですみ、自分は裕福な貴婦人として自由気ままに暮らせるのだから。無礼な求婚をされ、愚かにも気持ちをやわらげたあの日以来、ジェシカはこんなことを数えきれぬほど自分に言い聞かせていた。

だが、自分を説き伏せてもなんにもならない。デインが残酷きわまりない男で、自分が利用されているだけなのはわかっている。彼は人を愛することができず、この結婚も目的は報復しかない……それでも、ジェシカは彼に自分だけを求めてもらいたかった。

「ついにきみを驚かせることができたのかな」デインがきいた。「それとも、ふくれているだけか。沈黙が耳障りになってきたぞ」

「驚いているのです」ジェシカはそっけなく答えた。「のぞかれるのがお嫌いとは思ってもみなかったから。人目に立つのがお好きそうですもの」

「ボーモントはのぞき穴から見張っていた。第一に、私はこそこそするのが我慢ならない。第二に、私が娼婦に金を払ったのは、観客に無料で見せるためではない。第三に、私にも人目に触れずにしたい行為はある」

このとき、馬車はサーペンタイン池を離れて北へ向かいはじめた。木立ちめがけて土手沿いを走りつづけようとする馬たちを、デインは無意識にも見える手綱さばきでやすやすと進路にもどした。

「いずれにせよ、私はこの拳で決まりをたたきこんでおくべきだと思った」デインは言った。「だから、私を恨んでいる可能性は大いにある。あいつのことだから、その恨みをきみで晴らそうとしかねない。卑怯でずるがしこいうえに厄介な癖が……」言葉がとぎれ、顔をしかめた。「ともかく」と険しい顔でつづけた。「きみがあいつとかかわりを持つ必要はない」

一瞬ぽかんとしたが、その言葉の含みがわかったとたん、世界はいくぶん明るくなり、ジェシカの心も少しばかり軽くなった。そっと視線を横にずらし、怒ったような顔を盗み見る。

「ずいぶんと……ご心配くださっているように聞こえますけど」

「金を払ったからな」デインは冷ややかに答えた。「きみは私のものだ。自分の持ち物のことは気にかける。ニックやハリーにも、やつを近づけさせるつもりはない」

「あら——わたしはあなたの馬とおなじくらい大事だとおっしゃっているの？」胸に手をあててみせる。「まあ、デイン、あなたって驚くほどロマンティックね。すっかり感動してしまいましたわ」

デインは顔をしっかりこちらに向け、ジェシカが手をあてている場所を不機嫌な目で見た。ジェシカはあわてて手を膝におろした。

眉をひそめながら、デインは馬に注意をもどした。「きみがはおっているそのなんとかいう代物だが」と無愛想な口調で言う。

「ペリースのこと？　これがなにか？」

「まえはもっと体にぴったりしていた。パリで、きみが客間に乗りこんできて、迷惑をかけたときだ」デインは馬たちを右に向け、衛兵所の南にある並木道へ乗り入れた。「私に襲いかかったときだよ。おぼえているはずだ。あのときは雨に濡れたからぴったりしているように見えただけか？」

もちろん、おぼえている。それより肝心なのは、数ポンド痩せたという些細《ささい》な事実に気づいてくれたことだ。ジェシカの心はさらにまた少し軽くなった。

「わたしをサーペンタイン池に放りこんだらわかりますわ」

並木道はほどなく木が生い茂った環状の小道へ出た。木立のせいで、周囲からは見えなくなっている。やがて五時の散歩がはじまると、人気のないこのあたりもハイドパークのほかの場所同様、ロンドンの上流階級の人々でごったがえすだろう。だが、いまのところは閑散としていた。

デインは馬車をとめ、ブレーキをかけた。「おまえたち、おとなしくしていろよ」と馬たちに警告する。「少しでも騒いだら、ヨークシャーで乗合馬車を引かせるぞ」

大きな声ではなかったが、〝服従か死〟を迫っているのははっきり聞きとれた。馬たちは人間のようにその言葉に反応した。たちまちのうちに、このうえなく従順でおとなしい去勢馬に早変わりしたのだ。

デインは不機嫌そうな黒い目をこちらに向けた。「さて、おつぎはガミガミ屋のミス・トレント――」

「あなたが思いつく愛称はみんな大好きよ」ジェシカはうっとりと彼の目を見つめた。「おばかさん。まぬけ。ガミガミ屋。胸がわくわくするわ！」

「ならば、私の頭にあるほかの呼び名を聞いたら有頂天になるだろう。きみはどうしてそう考えが足りないんだ。それとも、わざとやっているのか？　自分の姿を見てみろ！」最後の言葉は、ジェシカのボディスに向けられた。「こんな具合では、結婚式までに影も形もなくなってしまう。最後にまともな食事をとったのはいつなんだ？」

たぶんデインの辞書では、これは心配の表現なのだろう。

「わざとじゃありません。ルイザ叔母様の家にいるのがどんなものか、おわかりにならないのよ。まるで戦《いくさ》を指揮する将軍のように結婚準備を進めるんですもの。わたしたちが到着してからというもの、家のなかは戦場さながらよ。あなたもきっとお気に召さないでしょう。叔母様の趣味ときたら恐ろしくひどくて。だから、朝から晩までかかわらざるをえないんです。叔母様はあらゆることに気を配るために精も根も尽き果てて、ちゃんとしたお食事をとる気はなくなってしまうの。それだって使用人がまともな食事を作ればの話で、彼らも叔母様に振りまわされてくたくただから、食事の支度どころじゃないんです」

短い沈黙のあとに「なるほど」と言うと、デインは居心地悪そうに身じろぎした。

「手伝いを雇えばいいとおっしゃいましたけど、叔母がその人たちにも口出しをしたら、結局おなじことだわ。わたしはやっぱりかかわらなければいけないし、また――」

「わかった、わかった。叔母君が悩みの種なのだな。ならば、私がやめさせよう。もっと早く言えばいいものを」

ジェシカは手袋のしわをのばした。「あなたがわたしのためにドラゴンを退治してくださるなんて、いままで気づきませんでした」

「そんなことはしない。だが、やむをえぬ場合もある。結婚初夜のために体力を温存しておいたほうがいい」

「どうして体力が必要なのでしょう」頭に浮かんだ背筋がぞくぞくする一連の映像を無視しながら言った。「ただ横たわっていればいいのに」

「裸でね」デインは冷ややかに言った。

「まあ」ジェシカは上目遣いに彼を見た。「でも、そうしなければいけないのならしかたありませんわね。こういうことについては、あなたのほうがご経験がありますから。それでも、もっと早くおっしゃっていただきたかったわ。ネグリジェのことで仕立て屋にうるさく言わずにすんだのに」

「なんだって？」

「ものすごく高かったの。でも、あの絹はゴッサマー（薄くて軽い布地）のようにきめが細かいんです。それに、襟ぐりにあしらわれた穴かがり刺繍がまたすばらしいのよ。ルイザ叔母様は仰天なさっていたわ。そんなものを着るのは娼婦だけですって。想像の必要もないほど透けて見えるんですもの」

　デインが息をのむ音が聞こえ、押しつけられた腿がこわばるのを感じた。

「でも、ルイザ叔母様にまかせたら」ジェシカはかまわずつづけた。「せいぜいピンクのリボンとバラのつぼみがあるくらいで、顎の下から爪先まで分厚い木綿の真っ白お化けになってしまうわ。そんなのおかしいでしょ。夜会服でさえもっと肌を露出しているし、それに――」

「何色だ？」とたずねる低い声はかすれていた。

「ワインレッドよ。襟ぐりに細い黒のリボンが通っているの。ここのところ」ジェシカは胸に向かってU字型の切れ込みを描いた。「すごくかわいい透かし模様もあるの……ええと、ここに」乳首のすぐ上に指で曲線を描いた。「スカートの右側にも透かし模様があるわ。ここから」と腰を指さした。「裾まで。ほかにも――」

「ジェス」名前を呼ぶ声は、喉が締めつけられたようなささやきになっている。

「おそろいのスリッパを買ったし、黒のミュールは――」

「ジェス」腹を立てたかのような性急さで、デインは手綱を投げ落とすと、ジェシカを膝にのせた。

驚いた馬たちは、首を振り、鼻を鳴らしながら、そわそわと足踏みをはじめた。「静かにしろ！」デインが鋭く命じると、馬たちはぴたりと動くのをやめた。

腰にまわされたたくましい右腕に力がはいり、さらに引き寄せられる。

激しく燃える暖炉のなかにすわっているかのようだった。レンガのように固く熱い彼の体が緊張で震えている。デインは手をジェシカの尻へ滑らせ、太腿をつかんだ。

見あげると、デインはまがまがしい顔で、手袋をはめた自分の大きな手を見つめていた。

「まったく」と彼はうなった。「忌々しいやつめ」

ジェシカは小首をかしげた。「お望みなら返品します。あのネグリジェを」

怒り狂った黒い目は、ジェシカの口もとに向けられた。息づかいが荒くなっている。「いや、その必要はない」

そして飢えた荒々しい口がおりてきて、罰するようにジェシカの唇を吸った。

けれどジェシカは、勝利を味わっていた。デインの隠しきれない情熱と脈を打つ緊張にそれを感じとり、押し入ろうと焦る舌に、どんな勝利宣言よりもはっきりとそれを聞きとった。デインは自分を求めているのだ。いまもなお。

不本意ではあるかもしれないが、ジェシカが彼を求めずにはいられないように、彼も自分を抑えることができないのだ。

このとき、ジェシカは欲望を隠す必要がなくなった。身をよじってのびあがり、腕を首にまわすと、唇を奪われながらしっかりとしがみついていた。そしてジェシカも、彼の口をむさぼった。

ふたりはまるで相対する強力な軍隊のようで、そのくちづけは生死をかけた戦いのようだった。どちらも勝ち取ろうとしているのは、征服と占領だ。敵の攻撃に容赦はなく、ジェシカもそんなものは求めていない。罪深い熱い唇を、腰をまさぐり乳房にずうずうしくのびる焼けるような手を欲する気持ちには、これでいいということがなかった。

ジェシカもがっしりした肩に手をのばし、その輪郭をなぞり、たくましい腕に指を食いこませた。手の下の筋肉が膨らんだり縮んだりするのを感じながら、わたしのものよ、と心のなかでつぶやいた。

わたしのものよ、とひろく頑丈な胸に手をあてながら心に誓った。自分の命と引き換えにしてでも、彼をわがものにしておきたい。彼は怪物かもしれないが、このわたしの怪物だ。嵐のように激しいくちづけをだれとも分けあいたくない。大きくすばらしい体をだれとも分けあいたくはなかった。

ジェシカは身もだえして体を押しつけた。デインは体をこわばらせ、喉の奥からうめき声をもらしながら、手をさげてジェシカの尻をつかみ、さらにしっかりと引き寄せた。革の乗馬用手袋と幾枚かの布地越しに伝わる手の力強さに、じりじりする感触が肌にひろがっていく。

ジェシカはその手を肌で直接感じたかった——大きく浅黒い素手に、体じゅうを撫でまわされたい。荒々しくても、やさしくても、どちらでもかまわない。この体を求めてくれさえすればいい。こんなふうにくちづけをし、肌に触れてくれれば……自分とおなじくらい飢え、自分とおなじようにまだ足りないと求めつづけてくれさえすれば。

デインは口を引きはがすと、呪詛のような言葉をイタリア語でつぶやき、尻をつかんでいた熱い手を放した。

「離してくれ」と濁った声で言う。

ジェシカは落胆の叫びをのみこみ、手をおろして膝の上でそろえ、反対側の木をにらみつけた。

デインは腹立ちまぎれに彼女を見た。

一マイル以内に近づくようなことはすべきではなかった。あと十三日でふたりは結婚するのだ。その日が来れば初夜を迎えられるし、そのあとにつづく夜も好きなだけ欲望を満たすことができる。そうなればこっちのものだ。それまでにどれほど悩まされようが、そんなことは関係ない、と何度も言い聞かせてきたではないか。もっとささやかな見返りのために、もっとつらい忍耐をしのいだこともあるのだし、数週間の欲求不満ぐらいたやすく耐えられるはずだ。

耐えなくてはならない。そうできなかった場合の自分の姿が、まざまざと目に浮かぶから。ことあろうにデイン侯爵が、肉屋の荷車にまとわりつく飢えた犬のようにあえぎながら、花嫁となる女性にまとわりつく。昼は彼女の戸口でけたたましく吠えたて、夜は彼女の窓辺で悲しげに鳴きわめく。仕立て屋、帽子屋、靴屋、小間物屋とどこへ行くにも彼女のあとを追いかけ、パーティではやかましくうなったりする。

いままではほしいと思った瞬間にそれを手に入れることに慣れていた。すぐ手にはいらないものは無視するか拒絶する知恵があった。しかし、腹をすかせた猟犬が肉の塊に見向きもせずにはいられないように、自分も彼女に見向きもせずにはいられないのだ。

彼女と出会った日に、シャンプトアの店でぐずぐずし、彼女から目が離せなかったあの日に、気づいておくべきだった。せめて、あのくだらない手袋を脱がせただけで理性を失ったあの日に、このことを見抜くべきだった。

ともあれ、悔しいが自分自身にも彼女にも、思いをあからさまにしてしまったとなれば、もはや真実から逃れるすべはない。ランジェリーの話をちらりと聞かされただけで、自分は我を忘れ、彼女をむさぼろうとしたのだ。

「お膝からおりたほうがいいかしら」ジェシカは前を見据えたまま、ばかていねいにたずねた。

「おりたいのか」と尖《とが》った声できさかえす。

「いいえ、とても快適ですわ」

自分もそう言えたらどんなにいいか。けれども、小さくて丸い尻が厄介なほど心地よくのっているおかげで、股間は恐ろしいほどの苦痛を味わっていた。もう爆発寸前になっている。彼女をこちらに向け、そのスカートを持ちあげさえすれば……

だが、彼女は目の前にいながら中国にいるのもおなじだ。そんなことはできないのだから、とデインは苦々しく考えた。それが、淑女の数ある面倒のうちのひとつだ。相手が淑女では、ただやみくもに事をすますというわけにはいかない。まずは機嫌を取り結び、口説きおとしてから、ふさわしいベッドでいたさなければならないのだ。それも明かりを消して。

「ならば、このままでいい。だが、もうキスはしないように。つまり……癪にさわるから。それに、夜着の話もするな」

「わかりました」まるでお茶のテーブルについてでもいるかのように、のんきにあたりを見まわしている。「詩人のシェリーの最初の妻がサーペンタイン池に身投げしたのはご存じ？」

「私の最初の妻もおなじことを考えているのか」彼女を見つめたまま、こわごわときいた。

「まさか。ジュネヴィーヴに言わせれば、男性のために自殺するなんて許しがたいほどまぬけなんですって。ただのおしゃべりよ」

つらいのはたしかだが、やわらかく清潔な香りのする淑女を膝にのせ、たわいないおしゃべりに耳を傾けるのも悪くない。つい口もとがほころぶのに気づき、あわてててしかめっ面を作った。「要するに、とりあえずご機嫌斜めはおさまったというわけか」

「ええ」ジェシカはデインの使えない左腕に視線をさげた。さっきの嵐のような抱擁のあいだに座席に滑り落ちていたのだ。「デイン、ほんとうに吊り包帯をなさったほうがいいわ。そうすれば、あちこちにぶつけずにすみますもの。気づかないうちに大怪我をしてしまうかもしれないでしょ」

「ぶつけたのは一度か二度だけだ」デインは左腕をにらみつけた。「それに、ぶつけたことにはちゃんと気がついた。感覚はあるのだ。だが、動かない。動こうとしないのだ。ただそこにあるだけ、ぶらさがっているだけとでもいうのかな」声をあげて笑った。「良心が痛むかね?」

「いいえ、全然。最初は馬用の鞭でひっぱたこうかと思ったんですけど、それぐらいじゃあなたはなにも感じないでしょうから」

デインはほっそりとした腕に目をやった。「馬の鞭を使うには、思ったより力がいる。それに、きみは機敏さでもかなわない。私ならなんなくかわして、大笑いしただろう」

ジェシカは顔をあげた。「首尾よく打ち据えても、やっぱりあなたはお笑いになるわ。背中をずたずたにされても笑うでしょうね。わたしに撃たれたときも、お笑いになった?」

「そのはずだが、わからない」何気ない調子で答えた。「気絶していたから。ばかばかしい」

ほんとうにばかげていた、と涼しげな銀色の目の奥をうかがいながら思った。彼女に怒りをぶつけるなど愚の骨頂だった。ウォリンドン邸の庭での騒動は、この娘が仕組んだのではない。犯人の見当もついている。その推測が正しいなら、自分はひどい振る舞いをしただけでなく、許しがたいほど愚かだったことになる。

撃たれて当然のことをしたのだ。彼女はそれをまんまと、しかも劇的にやってのけた。デインは思い出し笑いをもらした。「なかなか手際がよかったぞ、ジェス。それは認めよう」

「見事でしたでしょう？　計画から実行まですばらしかったと認めていただきたいわ」

デインは目をそらし、ニックとハリーのほうを見た。二頭とも、思いわずらうことはなにもないとばかりに眠そうなふりをしている。「ああ、上出来だった。いま思えばな。赤と黒の衣装、マクベス夫人さながらの声」こらえきれず笑った。「私の勇敢な仲間は、きみを見たとたん恐ろしさに立ちあがっていた。お茶会に闖入《ちんにゅう》したネズミを怖がる淑女のように」

デインは悦に入った視線をジェシカにもどした。「あれを見ただけでも、撃たれた価値はあったかもしれない。たかが癇癪を起こした小粒の女に、セロウビーやグッドリッジまで震えあがっていた」

「小粒じゃありません」きっとした声が返ってきた。「いくらあなたがでくのぼうだからって、わたしを取るに足りない存在のように言わなくてもいいでしょう。巨人のゴリアテ様、念のために申しあげておきますが、わたしの背は平均より高いほうですのよ」

デインはなだめるように腕をたたいた。「心配は無用だ、ジェス。それでもきみを娶《めと》る気持ちに変わりはないし、なんとかうまくやっていくつもりだ。その点については、心配いらない。じつは、ここにその証拠を持っている」

馬車の深いポケットに手を差しいれた。隠した包みを見つけるのに一瞬の間があったが、デインの心臓はもう不安に高鳴りはじめていた。

その贈り物を選ぶために、三時間もあれこれ悩んだのだ。またラドゲイト・ヒル三十二番地にもどってあの地獄のような思いを味わうくらいなら、絞首台に吊るされたほうがましだと思ったとき、ようやく指に小箱が触れた。

だが、小箱をひっぱりだし、ぞんざいに相手の手に押しつけても、まだ動悸はおさまらなかった。「自分であけたほうがいいだろう」と無愛想な口調で言う。「片手であけるのはひどく面倒だから」

ジェシカは銀色の目をそちらに移し、包みをあけた。

短い沈黙のあいだも、胃が締めつけられ、肌がじっとり汗ばむ。

やがて、「まあ」という声が聞こえた。「ああ、デイン」

どうしようもないパニックがかすかにやわらいだ。

「婚約したのだから」とぶすっとした声で言った。「婚約指輪がいるだろう」

〈ランデル・アンド・ブリッジ〉の店員はぞっとするような提案をくりだした。最初は誕生石——誕生日など知らなかった。おつぎは瞳とおなじ色——そのような石も品物もこの世に存在するわけがない。

腰の低い店員はなんと、宝石の頭文字がメッセージになっている代物まで持ちだしてきた。

ダイヤモンドのD、エメラルドのE、アメジストのA、ルビーのR、緑簾石《エパドート》のE、サファイアのS、トルコ石のTを並べて、最愛の人《DEAREST》になるというのだ。危うく、朝食べたものを吐きそうになった。

そうして、エメラルド、アメジスト、真珠、オパール、アクアマリン、ほかにも職人が指輪にできそうなありとあらゆる鉱物を眺めても決めることができず、絶望の淵に追いやられたそのとき、千はあるかと思えたベルベット敷きのトレイの最後にそれを見つけたのだ。半球形《カボション》にカットされた一粒のルビー——液体のようになめらかに磨きあげられ、息をのむほど見事なダイヤモンドに囲まれている。

ジェシカが気に入ろうが気に入るまいがかまうものか、とデインは自分に言い聞かせた。いずれにせよ、はめることになるのだから。

ジェシカがそばにいないと、自分の心を偽るのはわけもなかった。最高級の品だから選んだにすぎないと、すんなり思いこむことができた。それを選んだ真の理由を、暗く不毛な心の奥に隠すことができた。実際には——愛情の証《あかし》であり、宝石屋の売り子たちが口にするのとなんら変わらぬ感傷的な意味を象徴していたのだ。

真紅の石は、自分に血を流させた勇敢な娘。炎のような輝きを放つダイヤモンドは、はじめてくちづけたときにひらめいた稲妻。

ジェシカがこちらを見あげた。その目にある銀色の露《つゆ》がきらりと光った。「なんて美しいのかしら」とつぶやく。「ありがとうございます」手袋をはずし、指輪を箱から取りだした。

「はめてくださらなきゃ」

「私が？」うんざりした声を装う。「くだらん感傷だな」

「だれも見ていませんわ」

デインは指輪を受けとってはめてやり、手の震えに気づかれないようあわててひっこめた。

ジェシカがためつすがめつするたびに、ダイヤモンドが燦然《さんぜん》と光を放つ。

そして、にっこりほほえんだ。

「サイズはいいようだな」

「ぴったりよ」首をめぐらせ、デインの頬にすばやくキスをすると、またすわりなおす。

「ありがとう、ベルゼブブ」やわらかな声で礼を言った。

胸が痛いほど締めつけられ、デインはさっと手綱を取った。「退散したほうがよさそうだ。上品な連中が押し寄せてこないうちに」ぶっきらぼうに言った。「ニック！　ハリー！　もう死んだふりはやめてもいいぞ」

この馬たちはどんな芝居もお手の物だった。サーカスの曲馬師にみっちり仕込まれたおかげで演技が大好きで、元の主人から三日間かけて手ほどきを受けたデインが出す微妙な合図にも、即座に応えてくれる。馬たちはしかるべき手綱さばきや口調の変化に反応するのであって、言葉を聞き分けるわけではないのだが、それでもときどきその事実を忘れてしまうことがある。

ともあれ、ハイドパークに来るときに演じた荒馬役は彼らのいちばんのお気に入りで、帰りの道中もその役をやらせることにした。そうしておけば、婚約者の注意は自分からそれ、叔母の玄関先まで生きてもどれるようにと祈ることだけに集中するはずだ。

ジェシカの気持ちがそれているあいだに、デインは動転した気持ちを鎮め、理性を総動員して二週間前にしておくべきだったことを検討しなおすことにした。

傍観者は六人いた、と弁護士のヘリアードは言っていた。

そこで、あの場にいた連中の顔を思いかえしてみた。まず、驚愕の表情を浮かべていたヴォートリー。デインが公衆の面前で恥をかかせたルビエ。〈ヴァン・ユイ〉で何度も見たことのあるフランス人の男がふたり。フランス人の女がふたり。ひとりは知らない顔だったが、もうひとりはイゾベル・カロン——パリの社交界でもっともたちの悪いゴシップ好きで……フランシス・ボーモントと仲がいい。

あの夜のことを、ジェシカはなんと言っていたか。自分がデインの家に乗りこまなかったら、噂もそのうち消えたはずだとかそんなことだ。

だが、そんなことにはならなかっただろう。デインとミス・トレントの関係に対する世間の興味は、常軌を逸した規模にまで膨れあがったにちがいない。なんとなれば、噂を煽《あお》っていた人物がいるからだ。その噂にベルゼブブがいきり立つとわかっていた者が、ゴシップを煽り、賭け金を釣りあげていたのだ。

それがボーモントなら、噂をひろめそうな人間にちょいと耳打ちするだけですむ。たとえばイゾベル・カロンだ。彼女ならおいしいネタに食いつき、そこらじゅうに触れまわるだろう。デインのことを憎んでいるから、さほど焚《た》きつける必要もない。そうやって報復の種をまいたのち、ボーモントはイングランドへもどって、安全な場所から高みの見物を決めこんだのだ。あとはデイン対トレントのドラマの進展を逐一知らせてくる友人たちの手紙を読みながら、腹を抱えて笑えばいい。

この疑念が最初に頭をよぎったとき、デインもまさかそれはないだろうと打ち消した。動揺してあらぬことを妄想しているだけだ、と。

だがいまは、どんな説明より筋が通っているように思える。少なくともそう考えれば、醒めたパリっ子どもが、たかが醜いイギリス男と美しいイギリス娘が数回会っただけのことに、あれほど熱狂したのもうなずける。

デインはジェシカを見やった。

婚約指輪に神経を集中することで、ニックとハリーが演じる地獄の馬の芝居を無視しようとしていた。まだ手袋をはずしたまま、手をあちこちにかざしてダイヤを虹色《にじいろ》に輝かせている。

その指輪を気に入ったのだ。

黒い縁取りのある赤いシルクの寝巻きを買ったと言っていた。初夜のために。

彼女はキスを返し、体に触れてきた。おれにキスされ、触れられるのもいやではないらしい。

美女と野獣。毒舌家のボーモントならそう言うだろう。

しかし十三日後には、この美女はデイン侯爵夫人となり、野獣のベッドに横たわるのだ。一糸まとわぬ姿で。

そしてデインは、永遠とも思われるあいだ待ち望んでいたことをすべて実現する。彼女は自分のものとなり、ほかのどんな男も触れることはできなくなる。彼女はデインだけのものだからだ。

そう、この〝独占的所有権〟のためなら、ポルトガルでさえ買い取っただろう。

なんといっても、彼女はただの女とはちがう。最高の淑女。デインの淑女だ。

それもこれも、すべてはあの小ずるくて、卑劣で、底意地が悪く、堕落しきったフランシス・ボーモントのおかげなのかもしれない。

だとすれば、あいつをずたずたに引き裂くのは無意味だし、そんなエネルギーは初夜のためにとっておいたほうがいい。

それどころか、ボーモントに感謝すべきところなのだ。

とはいえ、デイン侯爵は礼儀を重んじる人間ではない。

そこで、あんなブタ野郎など気にする価値もないと判断した。

10

一八二八年五月十一日の麗《うら》らかな日曜の朝、デイン侯爵は故レジナルド・トレント準男爵のひとり娘ジェシカとともに、ハノーヴァー広場にある聖ジョージ教会の祭壇の前に立った。

大方の期待に反して、デイン卿がこの大寺院に足を踏みいれたときも屋根は落ちず、式のあいだも一度として稲妻がひらめくことはなかった。式の最後に花嫁を抱き寄せ、花嫁が祈禱書を取り落とすほど激しいくちづけをしたときでさえ、雷鳴が聖ジョージ教会の壁を震わすことはなく、ただ年配の淑女が何人か失神しただけだった。

この結果、その日の夜、ローランド・ヴォートリーはフランシス・ボーモントに三百ポンドの約束手形を手渡すはめになった。ヴォートリーはこれまでにも、セロウビー卿、ジェームズ・バートン大佐、オーガスタス・トリヴァー、アヴォリー卿に、それぞれ額の異なる手形を書いて渡していた。

ヴォートリーはそれらの手形を支払う金をどう工面すればいいかわからなかった。十年ほどまえに、金貸しに頼ったことはある。そのとき、二年のみじめな日々と引き換えに学んだのは、早い話が、五百ポンド借りたら千ポンド返さなければならないという仕組みだった。

あの苦労をもう一度味わうくらいなら、銃で頭を吹き飛ばしてしまうほうがましだ。

ヴォートリーは痛感していた――パリを離れるまえにあれほど多くの借金を清算する必要がなかったら、現在の借金を支払うことなどわけもないのに。いや、パリでの経験を肝に銘じ、デインにかかわるいかなる賭けにも手を出さずにいたら、現在の借金だって生じなかったはずだ。そう考えると、自分が情けなくなる。

賭けには一度だけ勝ったこともあるが、そんなものは焼け石に水だ。イゾベル・カロンが、デインはミス・トレントと愛を交わすためにレディ・ウォリンドンの庭に彼女を連れだす、と言い張ったときは二百ポンド巻きあげられた。

だがその負けはあっさり返上できた。イゾベルの自信満々の予想とは裏腹に、現場を押さえられたデインが勇敢な色男の役割を演じなかったからだ。このとき、デインはいかにも彼らしくふるまった。

ヴォートリーの懐具合にとってはあいにくながら、デインが彼らしくふるまったのはこの一回きりだった。たとえ純金の皿にのせて差しだされようと、ミス・トレントには手を出さないと断言して一週間もしないうちに――あの理解しがたいミス・トレントが彼を撃ったしばらくのち――デインはふらりと〈アントワーヌ〉の店にはいってくると、何食わぬ顔で彼女との婚約を発表した。その言い草がまたふるっている。社会の脅威となるあんな女は結婚させてしまうのがいちばんだが、彼女を操れるほど大きく手強いのは自分くらいのものだろう、というのだ。

操られているのはどっちだか。悄然《しょうぜん》として、ヴォートリーはボーモントとともに、ドルリー・レーン劇場の南側にあるミスター・パークのカキ料理店の隅のテーブルについた。

高級な店とは呼べないものの、芸術家たちの溜まり場だという理由でボーモントはここを気に入っていた。値段も安いため、目下のところヴォートリーの贔屓《ひいき》の店にもなっている。

「デインのやつ、やってくれたそうじゃないか」女給が酒を注ぎおえると、ボーモントが言った。「司祭を震えあがらせ、花嫁の誓いの言葉を笑い飛ばし、彼女の顎がはずれそうなキスをしたそうだな」

ヴォートリーは顔をしかめた。「デインは土壇場まで結婚するふりを装ったあげく、『誓うものか』と大声で宣言すると思ってたよ。そして登場したときとおなじように、笑いながら悠々と退場するだろうってね」

「彼女のこともほかの女たちと同様の扱いをすると思ってたのか。どうやらきみは、ほかの女たちというのがみんな娼婦だったのを忘れてたようだな。貴族であるデインの辞書では、娼婦はただの田舎娘さ。用がすめば捨てられるだけだ。だが、ミス・トレントはお育ちのいい処女だ。状況がまったくちがうんだよ、ヴォートリー。そこをわかってくれてたらなあ」

いまならヴォートリーにもわかる。それどころか火を見るより明らかで、どうしてもっと早く気づかなかったのか、自分でも信じられない。淑女——それはまったく別種の生き物なのだ。

「だけどわかってたら、きみは三百ポンド負けてるところだったんだぜ」声は軽いが、気持ちは重かった。

ボーモントはグラスを手にすると、しばらく眺めてからそうっと口をつけた。「飲めないことはないな。かろうじて、というところだがね」

ヴォートリーはグラスをぐいっと傾けた。

「いやそれよりも」ややあって、ボーモントはつづけた。「おれがあのことを知ってればよかったんだ。そうすれば、事情はまるきりちがってただろう」

ボーモントはテーブルをにらみつけた。「あのとき真実を知ってたら、きみにヒントぐらいはやれたかもしれない。だが、知らなかった。妻はなにも言ってくれなかったから。ほら、ミス・トレントは一文無しだと頭から信じてたんだよ。ちょうどゆうべ、クリスティーズの出品作品のスケッチを描いてる画家の友人が、誤解を解いてくれるまではね」

ヴォートリーはこわごわと友人の顔を見た。「どういう意味だい？　バーティ・トレントの姉さんが、弟のおかげで文無しだってことはみんな知ってるぞ」

ボーモントはあたりを見まわすと、テーブルに身を乗りだしてささやいた。「デインが言ってたぼろぼろの絵をおぼえてるか？　あの女がシャンプトアから十スーで買い取った小さな絵のことだ」

ヴォートリーはうなずいた。

「あれがロシアの聖人画《イコン》だと判明したんだよ。それも、現存するストロガノフ派の作品のなかで、もっとも見事でめずらしい作品だ」

ぽかんと見つめかえした。

「十六世紀末に」ボーモントは説明をはじめた。「ロシア貴族のストロガノフ一族がイコンの工房をひらいた。その工房で、絵描きたちは家庭用の小型版を作った。きわめて精緻《せいち》な労作だ。材料にも金を惜しんでない。いま買うとかなり値が張る。彼女が手に入れたイコンには金箔が使われてる。額縁は金《きん》で、高価な宝石で飾られてる」

「たしかに十スー以上はしそうだな」つとめてさりげない調子で言った。「彼女は利口だとデインも言ってたからな」ヴォートリーはふた口でグラスを空け、酒を注ぎ足した。目の端に、彼らの料理を運んでくる女給の姿が映った。早く来てくれと祈る。これ以上こんな話は聞きたくない。

「作品の値打ちなんてものはもちろん、見る者の目しだいだ」ボーモントはしゃべりつづける。「俺なら最低でも千五百ポンドつける。オークションにかかれば、その数倍にはなるだろう。あれを手に入れるためなら跡継ぎを売り払うこともいとわないロシア人を、少なくともひとり知ってる。たぶん一万、いや二万ポンドにはなるだろう」

イングランド屈指の資産家と言われるサザランド公爵の娘レディ・グランヴィルは、夫に二万ポンドの持参金を払ったと噂されている。

そんな世襲貴族の娘はヴォートリーには高嶺の花だし、高額な持参金も望むべくもない。いっぽうミス・トレントは、自分とおなじ地方地主《ジェントリー》層に属していたぱっとしない準男爵の娘だ。

デインが公衆の面前で彼女を侮辱し恥をかかせたときこそ、交際を申しこむ絶好の機会だったのだ。相手は傷ついていた。あのとき上着を差しだすだけでなく、白馬の騎士を気取ることもできた。そうしていれば、きょう、ミス・トレントと並んで司祭の前に立っていたのは自分だったかもしれない。

そうすればそのイコンは自分のものになり、目端の利くボーモントが現金に……投資へまわせる現金に変えてくれただろう。ローランド・ヴォートリーは美しい妻を娶り、平穏で快適な生活を送ることができ、もはや運命の女神に、いや、はっきり言えば、デイン侯爵の気まぐれに頼らずにすんだのだ。

だが現在、ローランド・ヴォートリーは五千ポンドの借金を抱えていた。大した金額ではないという人もいるだろうが、自分にとっては何百万ポンドにも思える。金貸しから借りた金のことはさほど気にならないが、友人たちに渡した約束手形については気が重い。近いうちに支払いをすませないと、友人をひとり残らず失ってしまうだろう。賭博の借金を返さない紳士は、紳士とはみなされなくなる。そうなることのほうが、金貸しや債務者拘留所や債務者監獄の恐怖よりはるかにつらい。

絶望的だ。

しかるべき人なら、フランシス・ボーモントという男は二十歩離れたところからでも相手の落胆を嗅ぎとり、その気持ちを募らせることに喜びをおぼえる人間だと教えてくれただろう。しかし、まわりにそんな賢明な人間はおらず、ヴォートリー自身もそれほど聡明《そうめい》な男ではなかった。

その結果、食事がすみ、かろうじて飲める程度のワインを六本空けたころには、ヴォートリーはボーモントが掘った落とし穴に頭から飛びこんでいった。

ローランド・ヴォートリーが穴に落下しているころ、新婚ほやほやのデイン侯爵夫人の臀《でん》部《ぶ》は死後硬直もかくやというありさまになっていた。

その日の午後一時、招待客を残して披露宴会場をあとにしてからずっと、ジェシカは夫とともに優雅な黒い旅行用馬車に揺られていた。

結婚や上流階級の連中を心から軽蔑し嫌悪している人間にしては意外にも、デインはこの日上機嫌だった。それどころか、結婚式さえもおもしろくてしかたないように見えた。震えあがっている司祭には、列席者がひとことでも聞きもらすといけないからもっと大きな声で話してくれと三度も頼んだ。花嫁へのキスを見世物にすることも、上出来の冗談だと思ったらしい。ジェシカをジャガイモの袋ででもあるかのようにひょいと担いで教会を出ていかなかったのが不思議なくらいだ。

たとえそんなことをしたとしても、デインはやはり非の打ちどころのない貴族に見えたにちがいないと考えて、ジェシカは苦笑した。いや、貴族というより君主のほうが近い。デインは自分の影響力をたいそう高く評価しており、ふつうの優先順位などいっさい関係ないのだということはとうに思い知らされていた。

あの胸が痛くなるほど美しい婚約指輪を与えたあと、デインはルイザ叔母にみずからの考えをはっきり宣言した。あの日ジェシカを家まで送ってくると、客間で一時間ほどリストやらメニューやらなんやらといった結婚式にともなう面倒事に目を通した。そして、叔母さんと内々の話があるからとジェシカを追い払い、未来のデイン侯爵夫人がどう遇されるべきかについて言い聞かせたのだ。それは、ごく単純なことだった。

ジェシカにうるさく言ったり反論したりしてはならない。ジェシカはデイン以外の人間に従う必要はなく、デインが従うのは国王だけで、それも気が向いたときだけである。

翌日、デインの個人秘書が男と女の召使をひとりずつ連れてあらわれ、式の準備はすべて彼らに引き継がれた。それからのジェシカは、ときおり命令を下すことと、このうえなく高貴で優美で聡明な、完全無欠の王妃として扱われることに慣れるだけでよかった。

夫だけは、そんな扱いはしてくれないけれど。

旅はもう八時間以上つづいていた。馬を替えるために馬車は何度もとまったが、それも一分か二分を一秒たりとも超えることはなかった。午後四時ごろに到着したバグショットで手洗いに行った。もどってくると、デインは懐中時計を手にして、馬車のまわりをいらいらと歩きまわっていた。用を足すだけで、馬丁が四頭の馬をはずして新しく四頭の馬をつなぐ時間の五倍もかかるなどけしからんと怒った。

「男性なら」ジェシカは根気よく説明した。「ズボンのボタンをはずして、狙いを定めればそれで終わりでしょうけど、わたしは女性ですし、泌尿器も衣装もそれほど便利にはできていないんです」

デインは声をあげて笑うと、ジェシカを馬車に押しこみ、まったく厄介な人だとぼやいた。そう言われても、女性としてそのように生まれついたのだからしかたない。それでも、アンドーヴァーまで数マイルのところで二度目の用を足す必要に迫られたとき、デインはしぶしぶながら、急がなくていいと言ってくれた。もどってきたときには、ジョッキでエールを飲みながら辛抱強く待っていた。そして、ひと口飲むかと笑いながらたずね、ジェシカが残りの四分の一パイントを飲み干すとひときわ大きく笑った。

「あれはまずかったな」ふたたび馬車が走りはじめると、デインは言った。「これできみはエイムズベリーまでのすべての手洗い場で馬車をおりたくなるにちがいない」

そこから話は、便所やおまるにまつわる一連の冗談へとつながっていった。これまでは男がどうしてこの手の話をたいそうおもしろがるのか、まったく理解できなかった。しかし、機知に富んだ人間が上手に話せば、たしかにおもしろいのだということが、このときはじめてわかった。

ジェシカは子供のような大笑いの発作からようやく立ちなおった。

デインは例によって座席の大半を占領し、ゆったりと背を預けていた。なかば閉じられた目の端にしわを寄せ、いかめしい口もとに魅力的なゆがんだ笑みを浮かべている。

あんな下品で幼稚な話で大笑いさせたことを怒りたかったが、どうしてもできなかった。その満足げな表情が、ほほえましくてたまらないから。

ベルゼブブをほほえましいと思うなんて困ったことだけれど、そう感じずにいられない。彼の膝にのぼって、悪ぶった顔にキスの雨を降らせてやりたいくらいだ。

じっと見つめていることに気づかれたようだ。どうかこの熱い思いが顔に出ていませんように、と心のなかで祈った。

「すわり心地でも悪いのか」

「お尻や足がしびれてしまって」心もち体をずらしながら答えた。この四頭立て四輪馬車はあの二頭立て二輪馬車よりはひろいものの、彼から完全に離れることはできない。座席はやはりひとつしかないし、なんといってもデインは大きいのだ。夜になってかなり冷えこんできたが、彼の体はとても暖かかった。

「ウェイヒルでとまったときに、外に出て手足をのばしたいと言えばよかったのだ。エイムズベリーまではもうとまらないぞ」

「ウェイヒルを通ったなんて気づく余裕もなかったわ。いままで耳にしたことのないほどくだらない話を聞かされていたんですもの」

「くだらなさもあのくらいでないと、頭の上を素通りしてしまっただろう。さんざん笑い転げていたではないか」

「あなたの気分を害したくなかったんです。ご自分の知性の限りをつくしてわたしを感動させようとしているのだと思って」

デインはこちらを向いてにやりと笑った。「いいかね、奥方、きみを感動させようと思えば、知性などはどうでもよくなる」

ジェシカは表情ひとつ変えず目を合わせたが、体の奥では熱い混乱が起こっていた。「初夜の話をしていらっしゃるのね」と冷静に応じる。「あなたが法外な金額を払った〝跡継ぎを作る権利〟のこと。わたしを感動させるのなんて簡単でしょう。あなたはその道の達人、わたしはまったくの未経験者なんですから」

デインの笑顔がかすかに曇った。「それでも、知識はあるはずだ。祖母君に進呈した懐中時計の淑女と紳士を見ても、いささかも驚いていなかったではないか。それに、娼婦たちがどんな奉仕をするために雇われているのかについても、しっかり理解しているように見えたぞ」

「頭でわかっているのと実際に経験があるのとでは大違いだもの。後者については、多少不安に思っていることはたしかです。でも、あなたはけっして内気なほうではないようですから、わたしへの指導をためらったりしないでしょう」

あまり性急に事を運ばないでくれればいいなとジェシカは思っていた。覚えは早いほうだから、どうすれば彼を喜ばせられるかも、それほど時間をかけずに身につけられるだろう。向こうがその機会を与えてくれたら。問題はそこだ。彼は相手を満足させることを知りつくした玄人に慣れている。未熟な女にはすぐに飽きるか腹を立てるかして、ジェシカを見捨ててほかの女のもとへ……もっと面倒のない女のもとへ走ってしまうかもしれない。

自分をデヴォンへ連れていくのは、心ゆくまで味わったあとでそこに置き去りにするつもりだからなのだ。

それ以上のつながりを望んだり試したりしても、自分がつらくなるだけだということはわかっている。

世間の大方は――結婚式の招待客のうち、ひと握りの人間をのぞけば全員が――彼のことを怪物とみなしているし、〝名家の面倒と滅亡の種〟と結婚するなど死刑を宣告されたも同然だと考えている。けれど、ジェシカをその腕に抱いているときの彼は怪物などではなかった。だからこそ、ジェシカはそれ以上のことをせめて期待せずにはいられないのだ。そして、それ以上のつながりを試してみる勇気が出るようにと願った。

デインがふと目をそらした。膝のあたりを親指でこすり、ズボンに無礼なしわが寄っているかのように、そこをにらみつけている。

「この話の続きはあとにしたほうがよさそうだ。私はなにも……まったく、ごく単純なことではないか。大学の古典や数学で一番を競うようなことではない」

わたしはただ、あなたのその暗い心のなかで一番になりたいの。

「なにをやるにしても、うまくやりたいのよ」声に出してはそう言った。「それより、いつだって一番になりたいんです。負けん気が強いのはご存じでしょ。たぶん、何人もの男の子たちの面倒を見なきゃいけなかったからね。勉強だけじゃなくスポーツでも、弟やいとこたちを負かさなければいけなかったんです。そうじゃないと、わたしの言うことを聞いてくれないから」

デインが顔をあげた。こちらにではなく、窓の外に目をやった。「エイムズベリーだ。ちょうどいい。腹が減って死にそうだ」


〝名家の面倒と滅亡の種〟はこのとき怖気《おじけ》づいていた。

初夜を恐れていたのだ。

遅まきながら、デインはみずからの過ちにようやく気づいた。

もちろん、ジェシカが処女だということは承知している。忘れたくても忘れられるものか。事の顚末のなかでも腹立たしくてたまらない点なのだから——ヨーロッパ屈指の放蕩者である男が、行き遅れの痩せたイギリス娘がほしくて血迷っているのだ。

彼女が処女だということは、彼女の瞳がダートムーアの靄《もや》の色であり、その気まぐれな天候と同様に変わりやすいこととおなじくらいよく知っている。彼女の黒髪が絹のようにつややかで、その肌がベルベットのようになめらかなこととおなじくらいよく知っている。ちゃんと知っていたし、祭壇の前で花嫁を見おろしたとき、その事実がうれしかった。銀白色のドレスをまとい、頰を薄紅色に染めた姿は、このうえなく美しいばかりでなく、このうえなく清らかだった。いまだかつて彼女に手を触れた男はいない。彼女は自分のもの、自分だけのものなのだ。

自分が彼女と褥を共にすることも承知している。ずいぶんまえから幾度も夢見てきた。あまつさえ、永遠を六度か七度もくりかえしたかと思えるほど長いあいだ待ちつづけたすえに、こうなったからにはきちんとやりとげようと決めていた——豪華な宿の清潔なリネンで整えられた大きく快適な寝台で実行するのだ、手のこんだ食事と上等なワインを楽しんだあとに。

しかしなぜか、処女というのは手つかずの女というだけではないことを忘れていた。なぜか、あの熱い妄想のなかでも、重要な事実がひとつすっぽりと抜け落ちていた——事がやすやすと進むように道をひらいてくれた男はひとりもいない。デインみずから、彼女に押し入らなければならないのだ。

これからしようとしているのは、まさにそういうことだ——彼女に押し入る。

馬車がとまった。走りつづけろ、できることなら最後の審判の日まで走りつづけろ、と御者に叫びたい衝動を抑え、デインは馬車をおりる妻に手を貸した。

宿の玄関へ向かいながら、彼女が腕を絡ませてきた。手袋をはめた手がこんなに痛々しいほど小さく見えたのははじめてだった。

背は平均より高いほうだと自分では言っていたが、家ほどの大きさがあるデインにはなんの気休めにもならなかった。自分にのしかかられたら、天井が落ちてきたような衝撃を受けるだろう。

彼女をつぶしてしまう。どこかを壊し、どこかを引き裂いてしまう。たとえなんとか殺さずにすんだとしても、そのショックで彼女の気がふれなかったとしても、もう一度触れようとすれば悲鳴をあげて逃げだすことだろう。

彼女は逃げだし、二度とキスをしてくれることも、抱きしめてくれることもなくなり、そして――

「おやおや、これはたまげた――そこに姿をあらわしたのは石炭船か、あるいはデインなのか」

耳障りなどら声に、デインははっと現実に引きもどされ、周囲を見まわした。無意識のうちになかにはいり、宿の主人の出迎えを受けていたようで、部屋に案内する主人のあとから階段へ向かっているところだった。

どら声の主が階段をおりてくる。イートン校での学友のマロリーだった。というより、いまはエインズウッド公爵だ。一年前、先代の公爵はジフテリアでわずか九歳の命を落とした。デインは秘書がしたためた、先代公爵の母親に宛てた悔み状と、先代公爵のいとこであるマロリーに宛てた弔意と祝辞を巧みに盛りこんだ手紙に署名をしたことを思いだした。そんな気遣いなどヴィア・マロリーには無用だが、わざわざ指摘することはしなかった。

マロリーに会うのはワーデルの葬儀以来だ。あのときは酔っていたが、いまも酔っぱらっている。黒っぽい髪は脂ぎってぼさぼさに乱れ、目は腫れぼったく真っ赤で、顎には二日分くらいの不精ひげがのびている。

かなり神経質になっていたところへもってきて、この不快な男に、たおやかで清らかな新妻を紹介しなければならないのかと思うと、すでに擦り減っていた神経が切れる寸前まで張りつめた。

「エインズウッド」デインはそっけなくうなずいた。「こんなところで会えるとは奇遇だな」

「奇遇なんてもんじゃない」エインズウッドはどしどしと階段をおりてきた。「びっくり仰天したよ。最後に会ったときは、だれになにがあろうと、もうこの国にはもどってこないと言っていたじゃないか。葬式に出てもらいたけりゃ、パリで死ぬことだなって」充血した目をジェシカに向け、なんとも我慢ならない下卑た笑みを浮かべた。「おやおや、地獄が凍結するぐらいありえないことだな。デインがイングランドに帰ってきたばかりか、女まで連れているとは」

自制心の糸がほどけはじめた。「おまえがどんな片田舎にひっこんでいるのかはどうでもいいが、私がひと月近くまえからロンドンにいることも、今朝結婚したばかりなのも知らないらしいな」声は冷静だが、はらわたは煮えくりかえっていた。「こちらのレディは、私の妻だ」

デインはジェシカを振りかえった。「マダム、どうも光栄とは言いがたいが、こちらは――」

紹介の言葉は、公爵のばか笑いにさえぎられた。「結婚だと?」と声を張りあげる。「嘘をつくな。この極楽鳥はおまえの妹かなんかだろう。いや、ちがう、マチルダ大叔母さんだ」

社会に出た女性ならだれでも〝極楽鳥〟が〝娼婦〟を指すことは知っているだろう。妻は自分が侮辱されたことに気づいたにちがいない。

「エインズウッド、私を嘘つき呼ばわりしたな」デインは不気味なやさしい口調で言った。「私の妻を中傷した。二度も。きっかり十秒やるから、謝罪の言葉を考えろ」

エインズウッドは、しばしデインを見つめてから、にやりと笑った。「おまえは昔から人をけしかけたり脅しつけたりするのがうまかったな。だが、その手は食わないぞ。インチキは見ればわかる。ねえ、きみ、最近はどこの舞台に出たの？　キングズ・シアターかヘイマーケット劇場か。もちろん、きみを中傷しているわけじゃない。こいつがなじみにしているロイヤル・オペラハウスの娘たちより上物だってことはわかる」

「それで三度目だ。おい、主《あるじ》」

廊下の薄暗い隅にひっこんでいた主人がそろりと出てきた。「はい、侯爵様」

「奥様を部屋へ案内してくれ」

ジェシカが腕に指を食いこませてきた。「デイン、こちらのかたは酔っていらっしゃるわ」とささやく。「できれば――」

「上に行っていなさい」

ジェシカはため息をつくと手を離し、夫の命令に従った。

デインは妻が階段をのぼりきるまで後ろ姿を見守ってから、公爵のほうを向いた。エインズウッドはまだジェシカを目で追っており、その表情には淫らな考えがあらわれていた。

「上玉だな」公爵はデインに視線をもどし、片目をつぶってみせた。「どこで拾った？」

デインは相手のクラバットをつかみ、壁に押しつけた。「この汚らわしいくそったれ。機会はやったんだぞ、ばかなやつめ。こうなればおまえの首をへし折るまでだ」

「おお、怖い」とエインズウッドは言ったが、喧嘩を期待してどろんとした目を輝かせた。

「こっちが勝ったら、あの娘をもらえるか？」

それからほどなく、ジェシカは侍女がとめるのも聞かず、中庭を見おろすバルコニーへ出た。

「奥様、後生ですからおもどりください」ブリジットが泣きつく。「奥様がご覧になるものではございません。きっとご気分を悪くされるでしょうし、今夜はお床入りが控えていらっしゃるではありませんか」

「喧嘩なら何度も見たことがあるわ」ジェシカは言った。「でも、わたしをめぐる喧嘩ははじめて。派手な怪我をすることはないと思うの。ふたりは互角ね。もちろん、体はデインのほうが大きいけど、片手で闘わなきゃならないでしょ。エインズウッドも体格はいいけど、酔ったせいで感覚が鈍っているはずよ」

玉石を敷いた中庭には、男たちがどんどん集まってくる。なかには部屋着にナイトキャップという姿の者までいた。噂はたちまちひろまったようで、こんな遅い時間でも殴り合いの魅力に逆らえる者はあまりいなかった。それもただの殴り合いではない。世襲貴族同士の闘いなのだ。拳闘《けんとう》好きにすれば願ってもないお楽しみだろう。

ふたりにはそれぞれ友人の応援がついた。デインを囲んでいるのは身なりのいい紳士が六人ばかりで、従者のアンドルーズが主人の上着を脱がせているあいだ、例によって相反する助言をわめいていた。

ブリジットは甲高い悲鳴をあげると、バルコニーのドアの陰に逃げこんだ。「まあ、いやだ——あのかたたち裸です！」

ジェシカには〝あのかたたち〟のことなどどうでもよかった。目はひたすらひとりの男だけに向けられている。その肌脱ぎになった姿は、息をのむばかりだった。たいまつの明かりに照り映える、つややかなオリーブ色の肌、大きな肩、たくましい二頭筋。胸板の鋭角なラインや盛りあがった丸みにも、光がやさしくこぼれている。彼が背を向けると、黒い大理石さながらにきらめくなめらかな背中と、くっきりと刻まれた背骨や波打つ筋肉があらわになり、目がくらみそうになった。まるで、ローマ時代の競技者の大理石像に命が吹きこまれたかのようだ。

胸がきゅっと締めつけられ、いつものあこがれと誇りが入り混じった興奮が体の奥で渦巻いた。

わたしのもの、よ、と心のなかでつぶやく。だがそれは、希望と絶望が綯《な》い交《ま》ぜになった、痛みやほろ苦さをともなう思いだった。神の法においても俗世の法においても、彼はジェシカのものだ。けれどいかなる法律をもってしても、彼を完全に自分のものにすることはできない。

そうするためには、長く根気強い闘いが必要になるだろう。

デインとの闘いには、あの酔っぱらいのほうがまだ勝ち目がありそうだ、とつい気弱なことを考えてしまう。とはいえ、エインズウッドはさほど頭がよさそうには見えない。ジェシカの闘いに必要なのは、腕力ではなく知力だ。

知力には自信がないわけではないし、なによりこのデインの魅力的な姿を眺めているだけで、ふたたび戦闘意欲がわいてきた。

見物人のひとりが、デインの左腕を当座しのぎの吊り包帯で固定した。闘士たちが爪先がぶつかるほど間近で向かいあう。

決闘開始の合図が送られた。

エインズウッドはすかさず頭を低くし、両拳を振りまわして突撃した。デインは微笑を浮かべたまま後ずさると、猛打の雨をこともなげに避けながら、相手に力任せの攻撃をさせている。

いくら力任せに向かっていっても、エインズウッドの拳は空を切るばかりだった。デインは軽い足さばきですばやい反射神経を見せている。そうせざるをえないのは、泥酔しているにもかかわらずエインズウッドの動きが意外にも敏捷だからだ。それでも、デインは楽しげに相手をかわしつづけている。何度殴りかかっても命中しないため、公爵はだんだんいらだってきた。

攻撃は激しさを増し、さまざまな角度からいっそう力をこめて殴りかかる。ついに一発がデインの腕をかすめた。つぎの瞬間、ふたりの動きが乱れ、大きな音がした。エインズウッドが後ろによろめいた。鼻からは血が噴きだしている。

「まあ、すごい」ジェシカがつぶやいた。「目にも留まらぬ速さだったわ。さすがの公爵も、血まみれになりながらも、エインズウッドはひるみもせずに笑い声をあげると、執拗《しつよう》な反撃を開始した。

このころには、ブリジットも新しい女主人のそばにもどっていた。「まあ」丸い顔を不快げにしかめる。「一回殴られただけじゃ足りないんでしょうか」

「あの人たちは痛みなんて感じていないのよ」ジェシカは闘士たちに視線をもどした。「すっかり勝負がつくまではね。お見事、デイン」公爵の脇腹に夫が強烈な右をたたきこむのを見て歓声をあげた。「そこよ。ボディを狙うのよ、あなた。そのうすらとんかちの頭は、鉄床《かなとこ》みたいに堅いんだから」

おりよく、ジェシカの叫びは野次馬の歓声にのまれてデインには届かなかった。聞こえていたら、上品な妻が発する残忍な言葉に気をとられ、助言は逆効果になっていただろう。

いずれにせよ、そんなことは言われなくてもわかっているらしく、ボディを容赦なく攻めている。一発、二発、三発目で、とうとうエインズウッドは膝をついた。

見物人がふたり、公爵を助け起こしに駆け寄ってくると、デインは後ろにさがった。

「降参しろよ、エインズウッド」デインの応援団のひとりが叫んだ。

「そうだ、そうだ。こてんぱんにやられちまうまえに」

高みから見物しているジェシカには、デインがどの程度相手を痛めつけたのかはわからなかった。かなりの血が飛び散ってはいたが、鼻血というのはたいてい盛大に出るものだ。

エインズウッドはふらつきながら立ちあがった。「さあ、かかってこい、大くちばし野郎」あえぎながら挑発する。「まだ終わったわけじゃないぞ」ぎくしゃくと拳を振ってみせた。デインは肩をすくめるとゆっくり歩み寄り、公爵が振りまわす手をさっと払いのけて、みぞおちに拳を見舞った。

公爵はぬいぐるみのように身を折り、そのままひっくりかえった。幸いにも友人たちがすかさず反応したおかげで、敷石に頭を打ちつける寸前で抱きとめられた。友人たちに抱き起こされると、エインズウッドはデインを見あげ、間の抜けた笑いを浮かべた。その頰を血の混じった汗が伝う。

「謝れ」とデインは言った。

エインズウッドは何度か肩で大きく息をしてから、かすれた声を出した。「すまない、ベルゼブブ」

「私の妻にも機会がありしだい謝るんだ」

エインズウッドはうなずき、しばらく荒い息をしていた。やがて、あいにくなことにこちらを見あげた。「すまなかったね、レディ・デイン!」としゃがれ声でどなった。

デインもこちらに顔を向けた。濡れた黒い巻き毛が額に張りつき、首と肩にうっすらにじんだ汗が光っている。

デインは驚きに目を見開き、苦しそうな奇妙な表情をよぎらせた。が、すぐにいつもの人を小ばかにした顔にもどり、「奥様」と呼びかけて、芝居がかったお辞儀をした。

野次馬たちがわっと歓声をあげる。

ジェシカは会釈を返した。「旦那様」内心では、バルコニーから彼の腕のなかへ飛び降りたくてたまらなかった。

このわたしのために、片腕で自分の友人と闘ってくれたのだ。驚くほど巧みな闘いぶり、あまりにも堂々とした姿に、泣きだしたくなった。ジェシカは無理に笑みを浮かべると、くるりと背を向け、ブリジットがあけてくれたドアから部屋に駆けこんだ。

妻が複雑な笑みを浮かべた理由がわからなかったデインは、状況と自分の恰好を振りかえり、悪いほうに考えた。

あの笑顔も落ちつきはらった態度も、野次馬たちの目をごまかすためだったのだ、と。自分の場合がたいていそうであるように、彼女の笑顔も真実をおおい隠すものなのだ。なにを隠そうとしているかは、容易に想像することができた。

新郎はけだものだということだ。

デインはそのへんのごろつき同然に、宿屋の庭で暴れまわったのだ。

薄汚れ、エインズウッドの血にまみれ、汗だくで、しかも臭い。

そのうえ半裸だ。暗闇にまぎれて彼女には見せまいと決めていた姿——このおぞましい浅黒い体を、たいまつの明かりは煌々《こうこう》と照らしだしていたにちがいない。

いまごろ、妻は室内用便器にしがみついて嘔吐していることだろう。いや、ドアに駆け寄り、ブリジットと一緒に重たい家具で戸口をふさいでいるかもしれない。

デインは部屋で体を洗うのをやめることにした。夜気は体に悪いとか、恐ろしく寒いという従者の言葉には耳を貸さず、井戸端へ歩いていく。

エインズウッドも負けじとついてきた。黙ったまま体に水をかけるふたりのまわりでは、仲間たちがさっきの立ち回りについて大声で語りあっている。

冷たい沐浴《もくよく》をすませると、ふたりは顔を見合わせて肩をすくめ、体の震えをごまかした。

先に口をひらいたのはエインズウッドだった。「なんと、結婚とはね」と言って首を振る。

「そんなことになるとはだれが予想しただろう」

「彼女は私を撃った」デインは言った。「だから罰してやらねばならなかった。ブブリリウスも言っているではないか。『ひとたび無礼を許せば、多くの無礼がなされるのをうながすことになる』とね。私に腹を立てた女たちがみんな、ピストル片手に追いかけまわすようになってはたまらない。見せしめが必要だろう?」

デインは周囲をぐるりと見まわした。「ベルゼブブを撃ったのに無罪放免となれば、女たちはどんな些細な口実でも男を撃ってかまわないと思うようになるかもしれない」

男たちは黙りこんだ。それがどんな恐ろしい結果を招くかを想像し、深刻な表情を浮かべた。

「彼女と結婚したのは、いわば社会奉仕だな。男には自分のつまらぬ利害を犠牲にしてでも、同胞のために立ちあがらねばならないときがある」

「いかにも」エインズウッドがあいづちを打ち、にっこり笑った。「だが、大した犠牲には思えないがね。あの上玉――いや、おまえの奥方はやけに垢《あか》ぬけしている」

デインは無関心を装った。

「かなりの美人だね」とカラザーズが言った。

「一級品だ」ほかのひとりが言う。

「物腰が美しい」さらに声があがる。

「白鳥のように優雅だ」

デインの胸は喜びに膨らみ、思わず背筋がのびたが、うんざりとした表情は崩さなかった。

「勝手に知恵を絞って、彼女の完璧さを称《たた》える叙情詩でも作るがいい。だが、私は酒を飲むぞ」

11

夕食は殴り合いがすんで二十分ほどしてから運ばれたが、夫は姿をあらわさなかった。宿の主人はデインにことづけを頼まれてきた。友人たちとパブにいるから待つ必要はない、と。べつに驚きはしなかった。男というのは、脳みそがはみでるほど激しく殴りあったあとはたちまち無二の親友となり、へべれけに酔っぱらうことで親密さを確かめあうものなのだ。

ジェシカは夕食をすませ、体を洗って寝巻きに着替えた。例の赤と黒のネグリジェは着なかった。夫がそれに心を動かされるような状態で帰ってくるとは、とうてい思えなかったから。そのかわり、クリーム色のおもしろくもないネグリジェを選び、その上からパステルカラーの錦織の部屋着をはおり、バイロンの『ドン・ジュアン』を持って暖炉のそばの心地よい椅子に落ちついた。

十二時をはるかに過ぎたころ、廊下から酔っぱらった三人組のおぼつかない足音と、ろれつも怪しい下品な歌声が聞こえてきた。ジェシカは立ちあがって、ドアをあけた。

仲間に両脇から抱えられていたデインは、ふたりを押しのけると大きく前によろめいた。

「そら、花婿のご帰還だぞ」だみ声で宣言し、ジェシカの肩に腕を預ける。友人たちには

「失せろ」と命じた。

彼らがふらふらもどっていくと、デインはドアを蹴るようにして閉めた。「待つなと言っておいたはずだ」

「お手伝いが必要かと思ったものですから。アンドルーズはもうさがらせました。立ったまま眠りこんでいたので。どちらにしても、わたしは目がさえて本を読んでいたんです」

上着もまっさらなシャツもしわだらけで、クラバットもどこかへ行ってしまっていた。血しぶきの飛んだズボンは湿っぽく、ブーツには泥がこびりついている。

デインは手を離すと、ぐらつきながらしばらく自分の足もとを見つめ、小声で悪態をついた。

「ベッドにおすわりになったらいかが?」ジェシカはうながした。「ブーツを脱がせてあげるわ」

デインは千鳥足でそちらへ向かい、ベッドの柱にしがみつき、そろりと腰をおろした。

「ジェス」

そばへ行って、足もとにひざまずいた。「はい、旦那様」

「はい、旦那様か」笑いながらくりかえす。「ジェス、わが奥方よ、どうやら私は難破したようだ。よかったな」

ジェシカは左のブーツをひっぱりはじめた。「よかったかどうかはそのうちわかるわ。ベッドはひとつしかないんですから、酔っぱらったあなたが、アーサー叔父様みたいないびきをかくとしたら、わたしの夜は——といっても、それほど残っていませんけど——悲惨なものになるでしょう」

「いびきか。いびきのことなど心配しているのか。いかにも女が考えそうなことだ」

左のブーツを脱がしおえ、もう片方に取りかかる。

「ジェス」

「とりあえず、わたしのことはおわかりになるのね」

右のブーツはもっと厄介だったが、力任せにひっぱる気にはなれなかった。そんなことをしたら、前につんのめってきた彼につぶされてしまう。「横になったほうがいいわ」

デインはにたにた笑った。

「横になりなさい」ジェシカはぴしゃりと言った。

「横になりなさい」おうむ返しに言い、まぬけな笑みを浮かべたまま部屋を見まわす。「どこにだね？」

ジェシカは立ちあがり、両手を彼の胸にあてて強く押した。

後ろに倒れた勢いでマットレスを弾ませ、デインはおかしそうに笑った。

ジェシカは前かがみになると、ブーツとの悪戦苦闘を再開した。

「たおやかな」デインは天井を見つめたまま言った。「たおやかな《デインティ》レディ・デイン。その味は雨《レイン》。彼女は大いなるわが痛み《ペイン》。わが尻の痛み《ペイン・イン・ジ・アース》（頭痛の種の意）。マ・コーメ・ベッラ。モールト・ベッラ。されど美しい。とても美しい……わが……尻の痛み」

思いきりブーツをひっぱり、なんとか脱がせた。「韻を踏んでもいないくせに」ジェシカは体を起こした。「バイロンではないんですものね」

かすかないびきが返ってきた。

「見よ、この花婿を」ひとりごとのようにつぶやく。「ベッドが大きくて助かったわ。いくら夫への愛が深くても、床で寝るのはいやだもの」

ジェシカは洗面台へ行って手の泥を洗い落としてから、部屋着を脱いで椅子にかけた。そして、ぐるりとまわってベッドの反対側に行き、力いっぱい寝具をめくった。だが、まるで用をなさない。寝具の上に、夫が上半身を斜めにのばしているのだ。

ジェシカは彼の肩を押してみた。「どいてちょうだい、でくのぼう」

もごもご言いながら、デインは寝返りを打ったものの、また元の場所にもどってしまった。

さらに力を入れて押しやる。「もう、どいてよ」

なにごとかうなると、デインはやや体の向きを変えた。ジェシカはなおも押しつづけ、やっとのことで、正体をなくした夫の頭を枕にのせ、足をベッドにあげさせた。デインはこちらに顔を向け、胎児のように体を丸めた。

ジェシカはかたわらにもぐりこみ、腹立ちまぎれに毛布をひっぱった。「わたしが臀部の痛みですって?」と小声でつぶやく。「ほんとうにそうなら、あなたのことなんて床に突き落としているわ」

ジェシカは彼のほうを向いた。もつれた黒い巻き毛が額に垂れている。眠っているときの額は邪気のない幼児のようになめらかだ。右手で枕の端を握りしめ、いびきをかいている。だが、すやすやという寝息のような低いいびきだった。

ジェシカも目を閉じた。

体が触れているわけでもないのに、彼の存在がひしひしと感じられる。マットレスに伝わる重み……葉巻と酒と体臭が混ざった男性的な香り……その大きな体から発散される暖かさ。

ジェシカは理不尽な怒りにかられ……自分に正直になるなら、傷ついてもいた。

デインが友人たちと何杯か飲んでくることは予想していた。酔ってもどってくることも予期していた。そんなことは、まったく気にならない。初夜のベッドに千鳥足であらわれる新郎は、彼が最初でもなければ最後でもないだろう。それに、意識がもうろうとしていれば、ジェシカが未経験であることにも寛大になってくれるかもしれない。

もっと正直に言えば、夫には意識不明寸前でいてもらいたかった。処女を奪うというのは、あまり優美なことではない。ジュネヴィーヴの話では、図体も大きく面の皮も厚い無頼漢にかぎって、乙女の証である数滴の血を見て取り乱しやすいという。そんな場合はどうすればいいかも含め、ジュネヴィーヴは初夜の心得をいろいろ伝授してくれた。

デインとの将来が今夜の営みにかかっていることを承知していたジェシカは、決戦にそなえる賢明な将軍のように準備万端怠りなかった。

知識はじゅうぶん仕入れたし、最大の努力をする覚悟もあった。うれしそうに熱意を示し、敏感に反応する心の準備はできていた。

けれども、こういう事態に対する準備はできていなかった。

彼だって子供ではないのだから、自分の酒量の限界くらいわかっているはずだ。どれだけ飲めば使い物にならなくなるか知らないはずがない。

それでも、飲むのをやめなかったのだ。新婚初夜だというのに。

男ならではの愚かな理由があったのだということはわかる。そのうち、その理由も明らかになるだろうし、悪気があったわけでもなければ、魅力に乏しいと思わせるつもりも、こんな憂鬱な気分を味わわせようというつもりもなかったことは判明するだろう。

とはいえ、きょうは長い一日だったうえ、いまにして思えば、その大半を結局は起こらずじまいだったことへの期待と不安のうちに過ごしたのだ。

疲れきっているというのに眠ることもできない。あすもまた長い長い道のりを、昂《たかぶ》った気持ちを抱えたまま、馬車で慌ただしく進まなければならない。まったく泣きたくなる。それどころか、叫び声をあげ、彼を殴ったり髪をひっぱりたりして、こちらとおなじ痛みと怒りを味わわせてやりたかった。

ジェシカは目をあけて体を起こし、後遺症を与えずにすむ鈍器を探してあたりを見まわした。水差しの中身をぶちまけてやるという手もあるか、と洗面台を眺めて考えた。

そのとき、ほんとうなら洗面台など見えないはずだということに気がついた。サイドテーブルのオイル・ランプを消し忘れていたのだ。ベッドの端に寄って、明かりを消す。

そこにすわったまま、じっと闇を見つめた。窓の外からは、夜明け前の鳥のさえずりが聞こえてくる。

デインがなにやらつぶやき、もぞもぞと体を動した。

「ジェス」と寝ぼけた声がする。

「わたしがここにいることはわかっているのね」ジェシカは小声で言った。「それは褒めてあげてもいいわ」ため息をついて、ふたたび横になる。毛布をひっぱりあげると、マットレスが動いたり沈んだりするのが伝わってくる。わけのわからない寝言がつづいてから、おなかの上に腕が、脚の上に脚がどさりとのっかってきた。

毛布をはさんで、デインはその上に、ジェシカはその下にいる。

彼の大きな手足は重かったが、とても暖かかった。

少しだけ、機嫌が直った。

そしてまもなく、ジェシカは眠りについた。


デインが最初に気づいたのは、下腹部に寄り添う小さくやわらかな尻の感触と、手の下にある乳房の甘美な丸みだった。つぎに、このまことに好ましい体の部分とその持ち主である女性が頭のなかで結びつくと、そのほかの記憶がいっきに押し寄せ、まどろみのなかの悦楽は自己嫌悪の大波に跡形もなく流されてしまった。

自分は妻が見ている前で、一介の田舎者よろしく宿屋の中庭で殴り合いをしたのだ。そして東インド会社の貿易船を浮かべられるほど大量のワインを飲んだあげく、パブで酔いつぶれるという考えも思いつかず、初夜の部屋まで無粋な友人どもに送らせた。汚れて汗臭い姿を見せただけでは足りないかのように、泥酔した醜態を新妻の前にさらしたにちがいない。そればかりか、彼女から距離を置いた床の上で寝こむという心遣いすら見せなかった。ワインと葉巻のにおいがしみこんだ象のような体をベッドに倒し、上品な淑女の妻にブーツを脱がせることまでさせたのだ。

顔が燃えるように熱くなった。

デインは寝返りを打ち、天井をにらみつけた。

少なくとも、彼女の純潔を奪ってはいない。そんなことにならないために、いつも飲みつけている量よりずっと多めに飲んだのだ。階段をあがってこられたのはまさに奇跡だ。奇跡など起こらなければよかったのに。ほかのことも起こらなければよかったのに——たとえば、なにもかもおぼえていることとか。いま願うのは、左手同様、それ以外の部分もすべて麻痺《まひ》していればいいのにということだ。

頭のなかではまたもや悪魔の鍛冶屋が鎚《つち》をふるいはじめ、口のなかでは魔王の料理長がいやなにおいのするものを混ぜあわせていた。そのうえ、数時間の眠りうちのどこかの時点で、この闇の帝王は荒れ狂うサイの群れに自分の体をふみつぶせと命じたようだった。

かたわらで、悩みの元凶がかすかに身じろぎした。

デインはそろりと体を起こしたが、幾千もの鋭い針に左腕をつつかれているような感触と、ひりひりと焼けつくようなてのひらの痛みに、思わず顔をしかめた。

骨や筋肉や内臓の猛烈な抵抗を無視してベッドから出ると、よろよろと洗面台へ向かう。ベッドのほうから、衣擦れの音と眠たげな女性の声が聞こえた。「なにかお手伝いしましょうか、デイン」

どんなものであろうとデイン卿の良心は、十歳の誕生日を迎えるころには死の淵に沈みこんでいた。それが、手助けを申しでる妻の声を耳にするなり、死からよみがえったラザロのごとく息を吹きかえしたのだ。その良心は、節くれだった指でデインの心臓をわしづかみにし、窓も水差しも、目の前の洗面台の小さな鏡をも粉々にしそうな悲鳴をあげた。

たしかに、とデインは声に出さずに答えていた。手助けが必要だ。もう一度生まれなおし、いまこのときへと立ちかえる助けが必要だった。

「きっと、ひどい頭痛がしているでしょう」しばらくして、ジェシカが言った。「もうブリジットも起きているはずだから、階下《した》へ薬を作らせにやりますわ。それから、なにか軽い朝食を注文しましょうね」

彼女が話しているあいだも、衣擦れの音はつづいている。そちらを見なくても、ベッドから出てきたのがわかる。椅子にかかった部屋着を取りにくると、デインは窓に目を向けた。ぼやけた日差しが窓枠や床にまだらを作っている。六時を過ぎたころだろう。月曜日。五月十二日。結婚式の翌日。

そして、自分の誕生日でもある。それを思いだして、憮然《ぶぜん》とした。三十三歳の誕生日。その朝を、過去二十年の朝と、おそらく今後二十年の朝とも、おなじ状態で迎えたのだと思うと、やりきれない気持ちになる。

「治す薬などない」とデインはつぶやいた。

ジェシカはドアへ向かいかけていたが、足をとめて振り向いた。「それなら、賭けてみます？」

「私に毒を盛る口実を探しているだけだろう」水差しを持ちあげ、ぎこちない手つきで洗面器に水をあけた。

「あなたにお薬を試す勇気があるなら、出発するころにはほぼ完全に回復しているとお約束しますわ。そのときまでに噓みたいに具合がよくなっていなければ、いくらでも請求なさってけっこうよ。でも、具合がよくなっていたら、感謝のしるしにストーンヘンジへ寄ってくださいな。予定が遅れただのなんだのという皮肉や文句を聞かされずに、ゆっくり探検させていただきたいの」

ちらりとそちらに目をやり、すぐにもどしたが、しっかり目にはいってしまった。もつれた黒髪を肩のあたりに垂らし、起き抜けの顔にはかすかな赤みが残っている。まるで真っ白な磁器に淡いピンクを刷毛ではいたかのようだ。彼女がこれほどはかなげに見えたことはなかった。髪は乱れ、洗顔もすませておらず、ほっそりとした体には疲労がにじみでていたが、それでもこれほど美しく見えたことはない。

まさに美女と野獣だな、と鏡に映るおのれの姿を見ながらデインは思った。

「もし回復しなかったら、デヴォンまできみの膝を枕がわりにしよう」

彼女は声をあげて笑うと、部屋を出ていった。

午前七時三十分、デインはエイムズベリーから二マイルほど先の小高い丘で、巨石に寄りかかってソールズベリー平野を見おろしていた。眼下には、うねるような緑の毛布がひろがり、菜種畑の鮮やかな黄色の長方形が点在している。家もぽつんぽつんとあり、羊や牛の群れもちらほら見えるが、いずれも巨大な手によって無造作にばらまかれたかのようだった。その不器用で大きな手は、木立ちも地平線のそこここに貼りつけたり、ゆるやかに波打つ丘の谷間に押しこんだりしていた。

デインはみずから選んだたとえに顔をしかめた――毛布、谷間、不器用で大きな手。ジェシカがくれたあの芳しい液体など飲まなければよかった。気分がよくなりだしたとたん、例の疼きがもどってきたのだ。

もう何週間も……いや、何カ月も女を抱いていない。

早いところなんとかしなければ、人に危害を加えかねない。それもひとりやふたりではすまないだろう。エインズウッドを殴り倒したぐらいでは、少しも楽にならなかった。正体がなくなるまで飲んでも、疼きを一時的に鎮めたにすぎない。デヴォンに着くまでにはふくよかな娼婦が見つかるとは思うが、それだって喧嘩や酒以上の役には立たないのではないかという気がする。

デインがほしいのは、ほっそりとした痛ましいほど華奢な自分の妻なのだ。その思いは、出会った瞬間からとめることができなかった。

あたりは静かだった。彼女が動くたびに、旅行着がさらさらと音をたてる。からかうような衣擦れの音が近づいてきた。ジェシカがすぐそばに来て足をとめるまで、デインは眼前の眺望から目を離さなかった。

「三石塔《トリリトン》のひとつが倒れたのはそれほど昔じゃないんですってね」

「一七九七年だ。イートン校の友人が言っていた。しかもその石は、私が生まれたことに肝を冷やして転げ落ちたんだそうだ。調べてみたが、彼はまちがっていた。石が落ちたとき、私はすでに二歳だった」

「そのお友達には真実を腕づくで教えてやったのね」ジェシカはこちらを仰ぎ見た。「それはエインズウッドだったの？」

朝の清澄な空気のなかにいるというのに、彼女は疲れて見えた。青白い顔をして、目の下にはクマができている。このデインのせいで。

「いや、ほかのやつだ」デインはそっけなく答えた。「それに、小賢《こざか》しい口をきく連中すべてと殴り合うわけではない」

「あなたのは殴り合いじゃないわ。とても巧みな戦士ですもの。知的というべきかもしれないわね。エインズウッドがどんな手に出てくるか、あなたは彼より先に知っていたわ」

ジェシカは落ちた巨石のほうへ歩いていった。「腕を一本しか使えないのに、どうするのかしらって思っていたの」石の上に傘を置くと、拳を握りしめ、片方の手を自分の体に引きつけた。「防御と攻撃を同時にできるのかしらって。でも、あなたの作戦はちがった」彼女は拳をよけるように頭を横にそらし、後ろにさがった。「攻撃をかわしたり、後退したり、おびきよせたりして、相手を消耗させていたわ」

「たいしてむずかしくはなかった」デインは驚きをのみこみながら言った。「彼はいつもより感覚が鈍っていた。素面のときほど機敏じゃなかったんだ」

「わたしは素面よ」そう言うと、石に飛びのった。「さあ、わたしが機敏かどうか試してみましょうよ」

ジェシカは大きな麦わらのボンネットをかぶっていた。左耳の下に大きな蝶結びで留めてあり、てっぺんからも花やらサテンのリボンやらが突きでていた。旅行用のドレスも例のごとくばかげた最新のスタイルで、ひだ飾りやレースや大げさな袖がついている。肘の上をサテンの紐で締めているせいで、上腕部分は風船のように膨らんでいる。肘の下を締めている紐は、先端が長い房飾りになって前腕のなかほどからぶらさがっていた。

このちょっとおかしな淑女が、石の上で大真面目《おおまじめ》にボクシングの構えをしている光景ほどばかばかしいものは、ついぞ見たことがない。

笑いをこらえて唇を震わせながら、デインは歩み寄った。「おりなさい、ジェス。頭がどうかしているように見えるぞ」

彼女は拳をくりだした。とっさに身をそらしたおかげで当たらずにすんだが……毛幅ほどの差だ。

声をあげて笑ったとき、なにかが耳をたたいた。じっと見据えたが、ジェシカは銀色の瞳をいたずらっぽく輝かせてほほえんでいる。「怪我をさせてしまったかしら」さも心配しているかのような見え透いた演技をした。

「怪我をさせた？」デインはくりかえした。「私に怪我を負わせられると本気で思っているのかね。そんな手で」

そして、当の手をつかんだ。

ジェシカはバランスを崩してつんのめり、デインの肩につかまった。

彼女の口が、すぐそばにある。

デインは顔を近づけ、唇を押しつけながら、手を離して腰に腕をまわした。

暖かい朝の日差しが降り注いでいたが、彼女は雨の味がした。まるで夏の嵐のよう。耳に響く雷鳴は、おのれの欲望の音だ。たぎる血潮が耳朶《じだ》を打ち、心臓もそわそわと高鳴っている。

くちづけに熱をこめ、甘さを奪っていく。その渇望に応えるように、ジェシカが舌をなぶるように動かしだしたとたん、デインはたちまち陶酔境にひたった。彼女はほっそりとした腕を首にまわしてしがみついてくる。ぴんと張った丸い乳房が胸に押しつけられると、渦巻く熱が下へおりていき、股間がうずいた。デインは手を滑らせて小さな尻を包みこみ、甘美な丸みを味わった。

おれのものだ、と心のなかでつぶやく。この華奢で、完璧な曲線を持つ体……そのすべてが自分のものなのだ。自分のあどけない妻が、淫らな口と舌でうっとりさせる妻が、夢中でしがみついている。あたかも、彼女もこのおれをほしがっているかのように、彼女もわけのわからぬ強烈な欲望を感じているかのように。

唇をしっかり重ねたまま、デインはジェシカを抱きあげて石の台からおろした。そのまま固い地面に横たえようとしたとき……頭上でけたたましい鳴き声が響き、いきなり現実に引きもどされた。

唇を離して、顔をあげる。

一羽のハシボソガラスが、恐れ知らずにも小ぶりの青石へ舞い降り、くちばし越しに小ばかにしたようなにやついた目をした。

大くちばし野郎。エインズウッドはゆうべ、デインをそう呼んだ。〝ハサミ虫〟や〝黒ノスリ〟などと同様、イートン校時代につけられたあだ名のひとつだ。

顔に血がのぼり、デインはあわててそっぽを向いた。「さあ、来なさい」苦々しさのにじんだ鋭い声で言った。「こんなところでぐずぐずしているわけにはいかない」

ジェシカはその口調の苦々しさとオリーブ色の肌の紅潮に気づき、夫を怒らせたり不快にさせたりするようなことをしてしまったのだろうかと心配になった。坂を半分ほどおりたところで、夫が足取りをゆるめてくれたので追いついた。使えないほうの手を取り、握りしめると、デインはこちらを見て言った。「私はカラスが嫌いなのだ。やかましくて、汚い」

きっとそれが、精いっぱいの説明か謝罪なのだろう。ジェシカは背後の古代遺跡を振りかえった。「それはあなたが神経質なサラブレッドだからじゃないかしら。わたしにはあのカラスは風景の一部でしかないもの。すべてがロマンティックに思えたわ」

デインは短く笑った。「怪奇的《ゴシック》、と言いたいのだろう」

「いいえ、ちがいます。古代の謎と言われるストーンヘンジの廃墟の真ん中で、浅黒く、危険なにおいのする英雄の腕に抱かれていたのよ。バイロンだって、あれ以上ロマンティックな場面は描きだせないわ。あなたはご自分にはロマンティックさなんてこれっぽっちもないと思っているんでしょうね」ジェシカは横目でこちらをうかがい、言い添えた。「きっと、そのかけらでも見つけようものなら、たたき壊してしまうでしょう。でも、ご心配なく。あなたがロマンティックだなんて、だれにも言いませんから」

「私はロマンティックではない」デインはそっけなく言った。「それにまちがいなく、神経質ではない。サラブレッドに関しては——私にイタリア人の血が半分流れていることは知っているはずだ」

「そのイタリア人の血も、貴族のもの。アヴォンヴィル公爵がおっしゃっていたけど、お母様の家系はフィレンツェの由緒正しい貴族だとか。それで公爵も、わたしたちの結婚に納得してくれたようですわ」

デインがなにやらつぶやいた。その意味はわからなかったが、おそらく母の国の言葉で悪態をついたのだろう。

「彼はジュネヴィーヴと結婚するつもりなの」ジェシカはなだめるような口調で言った。「だからわたしにも過保護になってしまうのね。でも、ありがたいこともあるのよ。バーティのことを引き受けてくれたから、あなたも今後は弟の財政難のことで悩まなくてもすみますわ」

デインは考えこむように押し黙ったまま、馬車に乗りこんだ。そしてため息をつくと、座席の背に寄りかかり、目を閉じた。「ロマンティックに、神経質。おまけに、祖母の愛人がまぬけな弟の面倒を見てくれるから安心だと思っている。ジェス、きみの頭も、気のふれた家族や未来の家族同様、相当いかれているな」

「少し眠りますか？」

「たぶん。きみがその口を三分でもつぐんでいてくれればの話だが」

「わたしも疲れたわ。腕に寄りかかってもいいかしら。まっすぐすわったままじゃ眠れませんから」

「それなら、まずはそのばかげたボンネットを取りなさい」

ジェシカはボンネットを脱ぎ、彼のたくましい腕に頭をのせた。しばらくすると、彼は心持ち体をずらし、胸に頭をもたせかけてくれた。このほうがずっと快適だ。

いまのところはこれでじゅうぶん気休めになる。あの抱擁のさなかに彼がなにに腹を立てたのか、そして母親の家系の話になぜあれほど神経をぴりぴりさせたのかは、あとで考えよう。さしあたっては、このなんとも心地よい、いくらか夫らしい愛情を楽しむだけで満足だ。

ふたりはデヴォンの州境にさしかかるまでの大半を眠って過ごした。出発時の遅れにもかかわらず、午後遅くにはエクセターに到着した。まもなくテイン川を越え、ボビートレーシーへ向かい、ボビー川を渡った。くねくねと曲がった道をさらに数マイル西へ進むと、奇妙な形をしたダートムーアの岩が目に飛びこんできた。

「ヘイトアの岩だ」デインはそう言って、馬車の窓越しに、丘のてっぺんに顔を出している巨大な石を指さした。ジェシカはもっとよく見ようと、彼の膝によじのぼった。

デインが笑い声をあげた。「見逃す心配はない。ほかにいくらでもあるから。あんなものが、見渡すかぎりどこにでもある。山頂の岩、石塚、丘、沼地。私と結婚したからには、きみがいやがっていたこの〝文明からはるか離れた土地〟に落ちつくことになる。荒涼としたダートムーアの地へようこそ、レディ・デイン」

「なんて美しいのかしら」ジェシカはそっと声をもらした。

まるであなたのように、とつけくわえたかった。オレンジ色の入り日に映える荒涼とした風景は、暗く険しい美しさを見せている。そう、彼のように。

「今度また賭けに勝ったら」陰鬱な沈黙を破って、ジェシカは言った。「あの岩のある場所に連れていってくださいね」

「あんなところへ行ったら肺炎になる。寒いし、風は強いし、じめじめしている。そのうえ陽気は、さわやかな秋から厳しい冬へ、そしてまた秋へといった変化を一時間に十回もくりかえすんだぞ」

「わたしは病気になんかならないわ。だれかさんみたいに神経質なサラブレッドじゃありませんから」

「膝からおりなさい。もうすぐアスコートに着く。使用人たちは完全な正装で出てくるだろう。だが、私はこのとおり惨憺たるありさまだ。きみのおかげで、着ているものは取り繕《つくろ》いようもないほどしわだらけになってしまった。寝ているときのきみは、起きているとき以上に落ちつきなく暴れるからな。エクセターまでの道のり、私は目を閉じることもできなかった」

「じゃあ、あなたは目をあけたままいびきをかいていらしたのね」ジェシカは隣の座席にもどりながら言いかえした。

「私はいびきなどかいていない」

「頭の上から聞こえてきたわ。何度かは、耳もとで直接聞かされました」そのとき、その太く男らしいいびきをたとえようもなく愛しいと思ったのだ。

デインがこちらをにらみつけた。

ジェシカは気づかぬふりをして、過ぎゆく景色に目をやった。「あなたのお生まれになった家はどうしてアス屋敷《アスコート》と呼ばれているの？　ブレナム宮殿のように、大戦にちなんでつけられたのかしら」

「バリスター一族は以前はもっと北に住んでいたのだ。そのひとりがダートムーアの領地と、この地の有力者だったサー・ガイ・デ・アスの唯一の子孫である娘を好きになった。ちなみにデ・アスはもともと〝デス〟だったのだが、いわずと知れた理由で改められた。私の先祖はその風変わりな名を残すという条件で、娘と領地を手に入れた。それで、一族の男たちにはバリスターの前にガイ・デ・アスがついている」

ジェシカは結婚にともなう数々の書類で彼の名前を目にしていた。「セバスチャン・レスリー・ガイ・デ・アス・バリスター」ほほえみながらその名を呼んだ。「あなたの名前がこんなに長いのは、体に合わせているのかと思っていたわ」

デインの体がこわばるのを感じた。見あげると、顎を引き締め、口をぎゅっと結んでいる。彼の気にさわるような、どんな不用意なことを言ってしまったのだろう。

けれど、その謎を解いている暇はなかった。すっかり忘れていたボンネットをデインがさっとつかみ、ジェシカの頭に後ろ前にのせたため、かぶりなおしてリボンを結ぶのに忙しかった。そのあとは、早朝から着つづけのドレスをなんとか見苦しくない状態に整えなければならなかった。馬車が道を曲がって門をくぐると、隠しようのない動揺が伝わってきて、この先に彼の家があることを告げていたからだ。

12

ストーンヘンジで思いもよらぬ道草を食ったにもかかわらず、デインの馬車は予定どおり八時ちょうどにアスコートの正面玄関に到着した。八時二十分までには、主人とその花嫁はこぎれいな正装に身を包んだ使用人の一団の点検を終え、彼らからも控えめな品定めを受けた。数人の例外をのぞけば、現在の使用人たちはこの屋敷の主人を目にしたことがなかった。それでも彼らはたっぷりしつけられ、たっぷり給料ももらっていたから、好奇心はもとよりいかなる感情もおもてには出さなかった。

すべてがデインの命じたとおりに準備され、あらかじめ伝えておいたスケジュールに沿って一分《いちぶ》の狂いもなく提供された。使用人たちを吟味しているあいだに風呂の用意が整えられていた。晩餐《ばんさん》用の衣装にはアイロンがあてられ、きちんと並べられていた。

だだっぴろい食堂の長テーブルの両端に侯爵と侯爵夫人がついたとたん、一皿目が運ばれてきた。冷たい料理は冷たく、温かい料理は温かく供された。従者のアンドルーズは主人につききりで、デインが両手を必要とするときにはすかさず手を貸した。

ジェシカはウエストミンスター寺院のごとくひろい食堂にも、食事をするあいだ一ダースものお仕着せ姿の従僕たちが食器棚のそばで直立していることにも、まったくひるんでいないようだった。

十一時十五分前、彼女はポートワインを楽しむデインを残して食卓を離れ、この館で何世紀も女主人をつとめてきたかのような落ちついた口調で、お茶を書斎に運ぶように、と執事のロッドストックに言いつけた。

彼女がドアを出るより早く、食卓はきれいに片づけられ、ほぼ同時に、目の前にデカンターがあらわれた。あいかわらず静かに目だたぬように、グラスに酒が注がれた。「さがってよい」と命じると、やはり亡霊のようなもの静かとすばやさで、使用人たちはいっせいに姿を消した。

この二日間ではじめて、デインはプライバシーらしきものを得た。処女を奪うという問題の深刻さを認識して以来、それについてゆっくり考えるいい機会だ。

だが、頭をよぎることといえば、きょうは長い一日だったとか、麻痺した腕がずきずき痛むとか、食堂は静かすぎるとか、カーテンの色が気に入らないとか、暖炉の上にかかった風景画はあの場所には小さすぎる、などといったことばかりだった。

十一時五分前、デインは手つかずのワイングラスを押しやって立ちあがると、書斎へ向かった。

ジェシカは書見台の前に立ち、結婚や誕生や死を記録したページがひろげられている大型の家庭用聖書を眺めていた。夫がはいってくると、とがめるような視線を投げた。「きょうはあなたのお誕生日だったのね。どうして教えてくださらなかったの？」

デインはそばに寄り、人を小ばかにしたいつもの顔に険しい表情を浮かべて、妻が指さす場所に視線を落とした。「意外なこともあるものだ。尊敬すべき父上が、私の名を塗りつぶさなかったとは。これは驚いた」

「ひょっとして、これを一度もご覧になったことがないのかしら。ガイ・デ・アスのことはよくご存じなのに、ご自身の祖先のことには興味がなかったの？」

「祖先のことは家庭教師が教えてくれた。彼はいつも肖像画を陳列したギャラリーをぶらぶらすることで、歴史に精彩を与えようとした。金色の長い巻き毛をした騎士の前で立ちどまると、おごそかにこう言ったものだ。『初代ブラックムーア伯爵は、チャールズ二世の治世に生まれました』そして、チャールズ二世の時代の出来事について説明し、私の高潔な祖先がどう登場し、どうやって伯爵の地位を手に入れたかを語ってくれた」

それを教えたのは家庭教師であり、父親ではなかったのだ。

「わたしもそんなふうに教えていただきたいわ。あした、そのギャラリーを案内してくださいね。長さはきっと十マイルから十二マイルはあるのでしょうね」

「百八十フィートだ」デインは聖書に目をもどしながら言った。「きみはアスコートの広さをずいぶん大げさに考えているらしい」

「すぐに慣れますわ。〈奥様のお部屋〉と呼ばれている大聖堂のある村ほどの広さのところに案内されたときだって、口をあんぐりあけたりせずにできたんですから」

彼はまだ自分の誕生が記されたページを見つめていた。冷笑を浮かべた表情はそのままだが、黒い目に動揺があらわれている。すぐ下にある記述に胸を痛めているのだろうか。ジェシカもそれを見たときは悲しくなり、胸が痛んだのだ。

「あなたのお母様が亡くなった翌年、わたしも両親を喪いました。馬車の事故で命を落としたんです」

「熱病だ」とデインは言った。「母は熱病で死んだ。彼はそれもここに記している」その声は驚いているようだった。

「お父様が亡くなったときは、どなたが記入したんでしょう。これはあなたの筆跡ではありませんわね」

デインは肩をすくめた。「彼の秘書だろう。あるいは教区牧師か。さもなければどこかのおせっかい野郎だ」ジェシカの手を押しのけ、古い聖書を荒々しく閉じた。「わが家の来歴が知りたければ、いちばん端の本棚にそれに関する本が何冊かあるはずだ。ローマ人の征服にまでさかのぼって、どうでもいいことが細々と記録されているだろう」

ジェシカはもう一度聖書をひらいた。「あなたは一族の長なんですから、この場で、わたしの名前を記してくださらなきゃ」やさしく話しかけた。「あなたは妻を娶《めと》ったんですもの、それを書いてくださいな」

「この場でか？」デインは片方の眉をあげた。「だが、やはり妻にしないと決めたらどうする？　そうなれば、またもどってきてきみの名前を消さなければならない」

ジェシカは書見台を離れて書き物机へ行き、ペンとインク壺を手に取って、デインのもとにもどった。「どうやって縁を切れるのか、ぜひ見せていただきたいわ」

「婚姻を無効にすることもできる。婚約したとき、私の精神が異常をきたしていたという理由で。ポーツマス卿の結婚はそれで無効になった。ついおとといのことだ」

そう言いながらも、デインはペンを取りあげると、大げさな身振りでふたりの結婚を記した。筆跡は力強く、効果的な飾り書きも添えられている。

「まあ、すばらしいわ」ジェシカは夫の腕越しにのぞきこみながら感嘆の声をあげた。「ありがとうございます、デイン。これでわたしも、バリスター家の歴史の一部になったのね」

ジェシカは自分の乳房が彼の腕にのっているのを意識した。

デインも意識したらしく、焼けた石炭同士でもあるかのようにぱっと身を離した。

「そうだ、きみはこの聖書に名をとどめた。つぎは自分の肖像画を描いてくれと言いだすのだろう。そして私は、偉大なる祖先のだれかを倉庫に移し、きみを飾る場所を確保しなければならなくなる」

入浴、晩餐、一、二杯のポートワインで気分もなごむだろうと期待していたが、夫はいまもアスコートの門をくぐったときとおなじくらいピリピリしていた。

「アスコートには幽霊でも出るの？」何気ないふりを装って背の高い書棚のほうへ向かいながらたずねた。「鎖を引きずる音や、真夜中に聞こえる恐ろしい泣き声や、おかしな恰好をした男女が廊下を歩く姿を覚悟をしておいたほうがいいかしら」

「まさか。そんなことを吹きこんだのはだれだ？」

「あなたよ」ジェシカは爪先立って、詩集の並んだ棚を眺めた。「あなたがそんなふうに身構えているのは、なにか恐ろしいことを告げようとしているせいなのか、なにか恐ろしいことが起こるのを予期しているせいなのかはわからないわ。でも、その〝なにか〟は、どこからともなくあらわれるバリスター家の亡霊なのかもしれないと思ったの」

「私には身構えなければならないようなことなどない」彼はゆっくりと暖炉に歩み寄った。「私は身構えたりなどしていない。完璧にくつろいでいる。当然だろう、ここはわが家というやつなのだから」

家族の歴史を父親ではなく家庭教師から教えられるような家、とジェシカは心のなかでつぶやいた。彼が十歳のときに母親が死んだ家……その喪失感からいまもなお立ちなおっていないように見える。彼が一度ものぞきこんだことのない大型の家庭用聖書がある家。

彼は亡くなった異母兄弟の名前を知っていたのだろうか、それとも自分とおなじようにきょうはじめてそれを目にしたのだろうか。

ジェシカは書棚から美しく豪華な装丁の『ドン・ジュアン』を取りだした。

「これはあなたがお買い求めになったのね。『ドン・ジュアン』の最後の巻が出版されてからまだ四年しかたっていないもの。バイロンの作品をお好きだとは知らなかったわ」

デインは暖炉のほうへ歩いていった。「べつに好きなわけではない。イタリアへの旅の途中で本人に会った。バイロンは邪悪な男で、書くものは下品だという評判だったから買ったまでだ」

「つまり、まだお読みになっていないのね」ジェシカは本をひらき、第一篇から一節を選んだ。「『結婚してから何年か経《た》ち、／夫は五十四歳になっていた、／こういう夫は世の中に／たくさんいるとはいいながら、／それでも、わたしは思うのだ、／こういう夫を一人持つより／二十五歳のを二人持つほうが／好ましいことだろう、』」

デインが険しい口もとをぴくりと動かした。ジェシカはページをめくった。「『なおも少々さからって、／彼女は大いに後悔した、／「お心には従いませんわ」と／囁《ささや》きながら——従った』」

押し殺した笑いが聞こえたが、彼が興味を引かれているのはわかっている。ジェシカはソファに腰をおろし、あいだを飛ばして、ゆうべ読みかけていた第二篇へ進んだ。

十六歳のドン・ジュアンは、五十歳の男の妻である美しいドンナ・ジュリアとの情事のせいで、祖国を去らなければならなくなる。

そういった背景を説明すると、ジェシカはふたたび朗読をはじめた。

第三節で、デインは暖炉から離れた。

第八節で、隣に腰をおろしていた。第十四節にはいったころには、クッションを頭の下にあて、ふっくらした足載せ台に足をのせ、だらしなく身をのばしていた。そしてどうしたわけか、自由の利かない左手はジェシカの右膝にのっている。ジェシカは気づかぬふりをして、読みあげつづけた。船が祖国を離れていくときのドン・ジュアンの悲嘆、改心の決意、ジュリアへの永遠の愛、彼女のことを忘れられず、彼女のことしか考えられない心情を。

「『〝病んだ心は、いかような／薬も医《いや》せるものではない〟／（このとき船がぐいと傾《かし》いで／胸がどうやらおかしくなった）』」

デインが忍び笑いをもらす。

「『〝天が地と接吻《キス》するような／ことが起こらぬかぎり――／（胸が一層むかついてきた）／ああ、ジュリアよ！　ほかの一々の／悲しみなんぞ何だろう？／（後生だ、リキュールを一杯／持ってきてくれ、ペドロ、バティスタ、／ぼくを下へつれてってくれ）〟』」

ひとりでこれを読んでいたのなら、ゆうべとおなじくジェシカは笑いだしていただろう。けれどここはデインのために、ドン・ジュアンのメロドラマじみた恋わずらい宣言や、永遠の愛をもしのぐ船酔いのせいでその苦悩が妨げられていく様子を朗読していった。

かたわらのデインが、押し殺した笑いに大きな体を震わせていることにも、抑えきれずにもらした笑いがときおり頭にくすぐったい風を送ってくることにも、気づいていないふりを装った。

「『〝愛するジュリアよ、いまあなたを／求めてやまぬ声聞いておくれ！〟／（ここで彼は嘔吐して、／口がきけなくなってしまった）』」

彼の吐く息が耳のてっぺんをくすぐり、顔をあげなくても夫が身を乗りだして、肩越しにページをのぞきこんでいるのがわかった。つぎの節へ読み進みながら、ジェシカは耳にかかる暖かい息や、低くかすれた忍び笑いで、自分の身内に火がついたのを感じていた。

「『間違いなく彼はもっとはるかに／悲愴になるべきところだったが、――』」

「『あいにく海が強い吐剤の／役目をつとめてしまったのだ。』」デインが厳《おごそ》かに節の最後を読みあげた。ジェシカは顔をあげたが、その瞬間、彼がそっぽを向いてしまったため、険しく美しい顔に浮かんだ表情は読みとれなかった。

「せっかくお買いになったのに読んでいなかったなんて、信じられないわ。こんなにおもしろいものだとは思っていなかったのでしょう？」

「淑女が朗読するのを聞いたほうが、ずっとおもしろい。もちろん、そのほうが手間も省ける」

「それでは、これからはしょっちゅう読んでさしあげます。あなたをもっとロマンティックな人にするわ」

デインは体を引き、動かない手がソファに滑り落ちた。「あなたはこれをロマンティックだというのか？　バイロンは徹底した皮肉屋じゃないか」

「わたしの辞書では、ロマンスは甘ったるい感傷的なものではないの。ロマンスというのは、刺激とユーモアとたっぷりの皮肉を利かせたカレー料理よ」ジェシカはおもむろに目を伏せた。「あなたもいつかおいしいカレーを作れるようになるわ、デイン。味つけを少々調整すれば」

「調整だと？」デインは体を硬くしてききかえした。「この私を調整するというのか」

「そのとおりよ」ジェシカはかたわらに置かれた手を軽くたたいた。「結婚というものは、双方が調整しあわなければならないんです」

「この結婚はちがうぞ、マダム。私が金を支払ったのは、それも目の玉が飛びでるほどの金額を支払ったのは、盲従させるためだ。それはまさしく――」

「もちろん、あなたはこの屋敷の主《あるじ》です。なにからなにまでをあれほど巧みに仕切る男性は見たことがないわ。それでも、すべてを念頭に置くわけにはいかないし、経験のないことは予期できないでしょう。妻を持つということには、あなたが思いもよらない利点もあるはずです」

「利点はひとつだけだ」デインは忌々しげに目を細めた。「いいかね、奥方、その件については私も考えた。何度も。なぜなら、それが唯一厄介な――」

「今朝は気分がよくなるお薬をさしあげました」ジェシカはこみあげる腹立ちと……不安を押し殺しながら言った。「あなたは治す薬などないと思っていらしたのに。そしてたったいま、わたしのおかげでバイロンのおもしろさを知り、あなたのご機嫌もよくなったわ」

デインは足載せ台を蹴とばした。「なるほど。そういうことか――私の機嫌を取っていたというわけだな。私を懐柔していた――いや、しようとしていた」

ジェシカは本を閉じ、かたわらに置いた。

辛抱強く夫に仕え、面倒を見てやろうと、ジェシカは心に決めていた。本人は気づいていないかもしれないが、それを心から求めていたからだ。けれど、もうそんなことはどうでもよくなってきた。ゆうべも今朝もあれほど世話になったうえ、妻を食堂の一マイルもありそうなテーブルの端に追いやったあげく、この石頭は厚かましくもジェシカの超人的な努力を、操縦術ででもあるかのようにぬかした。これには堪忍袋の緒も切れた。

「あなたを……懐柔しようと……していた」ゆっくりくりかえした。その言葉は胸をたたき、煮えくりかえる怒りで心臓がばくばくしはじめた。「あなたって人は、なんて恩知らずで思いあがったとんまなの？」

「私の目は節穴ではない。きみが考えていることくらいわかる。もしきみが――」

「わたしにそれができないと思っているなら」ジェシカはぴしゃりと言った。「あなたを手玉に取ることができないと思っているなら、そして、それがほんとうにわたしの狙いなら、もう一度考えなおすことね、ベルゼブブ」

一瞬、途方もない沈黙が訪れた。

「手玉に取る」デインはひどく静かな声でくりかえした。

その静かな口調がなんの前兆なのか、ジェシカにはわかった。頭の片隅で『逃げるのよ！』と叫ぶ声がする。けれどそれ以外の部分は、真っ赤に焼けた怒りの塊となっていた。

ジェシカはてのひらを上にして左手をゆっくり膝に置いた。その真ん中に、右手の人さし指で円を描く。

「ほら」ジェシカの声も彼とおなじくらい静かだったが、唇には嘲《あざけ》るような笑みを浮かべていた。「こういうふうにね、デイン。あなたはわたしのてのひらの上にいるの」てのひらを撫でながらつづけた。「あなたをわたしの足もとに這いつくばらせてやるわ。そして懇願させてあげるから」

またもや、雷のようにすさまじい沈黙が響き渡った。書棚から本が落ちてこないのが不思議なほどだ。

そして、ベルベットのようにやわらかな予想外の答えが返ってきた。だが、当然予期しておくべきだったと、瞬時に悟らされた返事。

「それはぜひ見せてもらいたいものだ」

理性はなにか告げようとしているが、デインには耳のなかで響く言葉以外なにも聞こえなくなっていた。這いつくばらせ……懇願させる。彼女のやわらかな口調にこめられた嘲りと、自分がはらわたのねじれるような怒りにかられていること以外なにも考えられなかった。

それで、冷ややかな怒りのなかに自分を閉じこめた。そこなら安全であり、傷つくこともないのがわかっていたから。唯一知っていた愛のようなものが自分のもとから逃げだし、父親に家を追いだされ、世界が粉々に砕け散ってしまった八歳のとき以来、這いつくばったり懇願したりしたことはない。デインは便器に突っこまれ、あざ笑われ、からかわれ、殴られた。世間のつまはじきにあい、幸せという名のペテンにことごとく金を払わされてきた。そうやって世間は自分を打ちのめし、屈服させようとしてきたが、デインはけっして屈せず、ついには世間のほうがこちらの条件に従わざるをえなくなったのだ。

彼女もそれを思い知らなければならない。それを教えてやるためなら、どんなことも耐え忍べるだろう。

数時間前、彼女に教えてやった巨石のことが頭に浮かんだ。それは何世紀ものあいだ、激しい雨風や厳しい寒さにも擦り減らされることも破壊されることもなかった。デインもおのれをそんな石と化した。かたわらでジェシカが動きだすのを感じながら、彼女には足がかりを見つけることさえできないと自分に言い聞かせていた。このおれを溶かしたり擦り減らしたりすることができないように、このおれに登ることもできないのだ。

ジェシカが隣で膝をついた。そのままぴくりとも動かない彼女を、デインはじっと待った。彼女はためらっている。その目は節穴ではないからだ。相手が石になっているのは、見ればわかる。おそらく、すでに自分の過ちにも気づいている……じきに降参するだろう。

ジェシカは手をあげてデインの首に触れ――そのとたんに手をひっこめた。皮膚の下で、静電気のような衝撃が悲鳴をあげながら神経の末端まで走っていくのを、彼女も感じたかのように。

デインはまっすぐ前を見つめつづけたが、視界の隅では彼女の怪訝《けげん》そうな様子をとらえていた――自分の手を見つめながら眉根を寄せ、思案の体《てい》でデインの首へ視線を移す。

おもむろに口もとをゆるめたのを感じとって、デインの気持ちは沈んでいった。ジェシカはさらににじり寄り、右膝をデインの尻の後ろに、左膝を太腿に押しつけてきた。右腕を肩にまわし、左腕を胸の前にまわして体を寄せてくる。形のいい丸い乳房を腕に押しつけ、唇で目尻の敏感な皮膚に触れた。

デインは身を硬くし、規則正しい呼吸に精神を集中することで、叫び声をあげそうになるのをこらえた。

彼女はやわらかく暖かかった。カモミールとかすかなリンゴの香りが網のようにまといついてくる……まるで、デインを包みこむ華奢でまろやかな体だけでは、誘惑するには不充分だというように。そして、かすかにひらきかげんの唇が頰をなぞり、こわばった顎や口もとへおりていった。

この愚か者！　デインはジェシカを挑発した自分を心のなかで罵った。もはや彼女もあとには引けず、自分自身も無傷では逃れられないと悟ったのだ。

またもや自分は、性懲りもなく罠にはまりこんでいた。しかも今回の状況は、これまでよりずっと悪い。そちらを向いて彼女の美しさに見とれることはできない。それでは屈伏することになるし、デインにはそんなことをする気はさらさらなかった。だから、花崗岩の像のようにじっとすわっていなければならない。たとえ、腕に押しつけられたやわらかな胸が波打ち、刷毛《はけ》で払うようなキスの暖かな息やふんわりした唇が肌をなぶろうとも。

耳にやわらかな息を吹きかけられ、その息が血管を伝わっていっても、デインは石のごとく身じろぎもしなかった。ゆっくりとクラバットの結び目をゆるめられ、はずされても、微動だにしなかったが、内心では打ちひしがれていた。

ジェシカの指のあいだからクラバットが滑り落ちるのを見て、足もとでもつれた白い布に注意を向けようとした。だが、彼女は首筋にくちづけをしながらシャツのなかに手をさしいれてくる。もはやデインは、目の焦点を合わすことも、神経を集中させることもできなくなっていた。彼女はそこらじゅうにいて、熱くまとわりつき、体の内側をずきずきとうずかせるから。

「とてもなめらかね」背後からささやきが聞こえてきた。肩を撫でながら、うなじに暖かい吐息をかける。「磨きあげた大理石のようになめらか、でもすごく暖かい」

燃える炎と化したデインに、彼女の低くくぐもった声が油となって滴り落ちた。

「そしてたくましいわ」ジェシカは語りかけながら、ヘビのような手を休ませることもなく、張りつめた筋肉の上に滑らせていく。その手の下で、デインの筋肉はこわばり、震えていた。デインはいまや、図体ばかりがでかい腑《ふ》抜《ぬ》けな牡牛になりさがり、乙女の誘惑の沼にずぶずぶとはまりこんでいた。

「あなたなら、片手でわたしを抱きあげられるわね」かすれた声がつづける。「あなたの大きな手が好きなの。その手を体じゅうに感じたいわ、デイン。あらゆるところに」ジェシカは舌で耳を軽くはじき、デインの体に震えを走らせた。「肌で感じたいの。こんなふうに」上質のキャンブリックのシャツにもぐりこんだ手が、早鐘を打つ心臓の上を撫でていく。親指が張りつめた乳首をかすめると、食いしばった歯のあいだから思わず吐息がもれた。

「あなたにもこうしてほしい」ジェシカは言った。「わたしにしてほしい」

デインもおなじ思いだった。ああ、どんなにそうしたいと思っていることか。拳を握りしめすぎて関節が白くなり、顎を食いしばりすぎて痛みが走ったが、股間の凶暴な疼きにくらべれば、そんな感覚などかえって心地いいくらいだ。

「どうすればいいのだ？」舌がもつれぬよう願いながらきいた。「私は……なにか……感じなければいけないのか」

「意地悪な人ね」そう言って手を引き抜くと、デインはぞくりとする安堵をおぼえた。しかし、息を継ぐまもなく、ジェシカは膝に這いあがり、スカートをたくしあげてまたがった。

「あなたはわたしをほしいのよ。わたしはそれを感じるわ、デイン」

気づかぬはずはない。熱く興奮した男性自身と暖かな女性自身のあいだには、ウール一枚と絹の布きれがあるだけ——ズボンと下穿き《ドロワーズ》。やわらかな太腿はこちらの太腿にぴたりと押しつけられている。哀れなるデイン。

下穿きの先がどうなっているかは知っている——膝上数インチのストッキング、ガーターの結び目、その上にある絹のようになめらかな肌。麻痺しているはずの左手の指までひきつってきた。

心を見透かしたかのように、ジェシカはデインの使えない手を持ちあげると、しわくちゃになった絹のスカートの上に導いた。

その下だ、とデインは叫びたかった。ストッキング、ガーター、そして甘美な絹の肌……頼むから。

デインは歯を食いしばった。

押されて、デインは苦もなくソファのクッションに倒れこんだ。渾身《こんしん》の力をふるって、叫び声をもらさないことに集中する。

懇願する気も、這いつくばる気もない。

ジェシカはボディスの紐に手をかけた。

「結婚には双方の妥協が必要だわ。あなたが娼婦をお望みなら、わたしもそれらしくふるまわなくては」

目を閉じようとしたが、そうする力さえ残っていなかった。彼女の細く優雅な指と、その邪悪な動きを、ただ食い入るように見つめていた……紐やホックがはずされ、布地が滑り落ち……レースや垂れさがった絹の下から、乳白色のふくらみがこぼれでた。

「わたしの肉体は……あなたがおなじみのものほど豊かではないわ」ボディスを腰まで押しさげながら言う。

目の前に、雪花石膏《アラバスター》のように白くなめらかな双子の月があらわれた。

口はからからに渇き、頭は脱脂綿が詰まったように重かった。

「でも、そばでご覧になれば、あなたも気づいてくださるかも」ジェシカは上半身を起こすと、デインのそばへ……近すぎるほどそばへかがみこんだ。

つんと立ったバラのつぼみがひとつ……渇ききった唇の前に迫ってきた。女性らしい香りが鼻腔に押し寄せ、頭のなかで渦を巻いた。

「ジェス」その声はしわがれ、干からびていた。

デインの頭は砂漠だ。思考も、誇りもない。暴風に翻弄される砂粒でしかなかった。声を詰まらせて叫びながら、デインはジェシカを引き寄せ、唇をとらえた……甘美なオアシス……そうだ、お願いだ……その必死の願いに、彼女も応えている。渇ききった喉を潤すように、デインはその甘さをむさぼった。渇いてほてったデインを、彼女は冷ますと同時に燃えあがらせていった。彼女は雨であり、熱いブランデーだった。

なめらかでしなやかな背中を撫でると、ジェシカは小刻みに体を震わせ、唇を重ねたままため息をもらした。「あなたの手が好きよ」と低く甘い声でささやく。

「きみは美しい《セイ・ベッラ》」デインは荒々しく答えると、彼女の腰にまわした指に力をこめた。引き締まったウェストはよく撓《しな》ったが、この大きな手の下ではあまりにもか細い。折れそうなほど華奢だが、デインはそのすべてが、どうしようもなくほしかった。飢えた唇が、彼女の顔、肩、喉をかすめていく。ベルベットのようになめらかな胸のふくらみを頬で撫で、芳しい谷間に鼻をこすりつける。舌をらせん状に這わせながら、さっきまで彼を焦《じ》らしていたバラのつぼみをとらえた。それを唇と舌で愛撫し、震える彼女の体をしっかり抱きしめて乳首を吸った。

頭上で驚いたような小さな叫びがあがった。だが、彼の髪にさしいれられた指が落ちつきなく頭をまさぐっていることから、それが苦痛の声ではなく、歓喜の声だとわかる。

彼を苦しめる悪魔のような女も、これは気に入ったらしい。

気も狂わんばかりに欲情していたデインは、自分がけっして無力ではないことに気がついた。

自分も彼女に懇願させることはできるのだ。

心臓は早鐘のように打ちつづけ、頭は酒に酔ったように朦朧《もうろう》としていたが、それでもどうにか抑制のかけらを掻き集めると、事を急ぐのをやめ、ゆっくりと焦らすようにもう片方の乳房を攻めていった。

彼女はすっかり理性を失っていた。

「ああ、デイン、お願い」ジェシカは発作的に、彼の首や肩に手を這わせた。

そうだ、懇願するんだ。胸のなかでつぶやきながら、デインは小刻みに震える乳首を歯でそっとはさみ、やさしくひっぱった。

「どうか、お願いだから……やめて。そうよ。ああ」彼女は力なく身もだえ、彼のほうへ体を傾けてはまた逃れようとする。

くしゃくしゃになったスカートの下に手を滑りこませ、絹の下穿きの上からさすると、ジェシカはあえいだ。

乳房を解放してやると、ぐったりと体から力を抜いて、ひらきかげんの唇を重ねてきた。デインは喜んで迎えいれ、口をむさぼられる快感にわが身を打ち震わせた。

くちづけの熱い酒を味わいながら、薄い絹の下穿きの脚の部分を押しあげ、ストッキングの上から撫であげてガーターを探りあてる。その結び目をすばやく解いてストッキングをさげ、太腿に指を走らせた。さらにその上のたくしあげられた絹の下穿きにたどりつき、かわいらしい丸みを帯びた尻をつかんだ。

ジェシカが唇を引きはがした。息遣いは浅く、乱れている。なおも尻をつかんだまま、デインは姿勢を変え、ジェシカを彼の大きな体とソファの背にはさむように横倒しにした。ふたたび激しくくちづけながら、下穿きの紐に手をのばしてほどき、引きおろした。彼女が体をこわばらせるのがわかったが、唇は離さず、ゆるやかなやさしいキスで相手の気をそらしつつ、太腿をそっと撫でまわし、彼女の純潔へとこっそり近づいていった。

ジェシカは身をよじってキスから逃れようとしているが、そうはさせない。彼女に触れることをやめられない……太腿の内側のぴんと張ったきめの細かい肌……淫らにもつれあう絹のような巻き毛……すばらしい女らしさ、暖かで、バターのようにやわらかく……バターのようになめらかな……心地よい欲望の証。

デインは彼女の快感を目覚めさせ、興奮をかきたてたのだ。ジェシカは彼をほしがっている。

やわらかなひだをそっと撫でると、動きがぴたりととまった。

つぎの瞬間、「ああ」という驚きの混ざったつぶやきがもれた。「そんな……いけないわ。わたしは――」あとの言葉はくぐもった叫びに掻き消され、甘美なぬくもりが彼の指に押しつけられた。彼女は細い身をよじり、もだえながら、近づいたり離れたりをくりかえす。

「ああ、どうか、お願い」

その懇願の声を、デインはろくに聞いていなかった。血管のどくどくいう音が耳のなかで響き、もはや聞こえなくなっていたのだ。

やわらかなつぼみの下に細い裂け目を見つけたが、太い指が押し入るにはあまりにも小さく、あまりにもきつかった。

敏感な頂きを愛撫すると、ふっくらと膨らんだ。彼女はデインの上着を握りしめ、息も絶え絶えな声をもらして、彼の引き締まった体にもぐりこもうとする。まるでおびえた子猫のように。だが、彼女はおびえてはいなかった。彼女はデインを信じきっていた。疑いを知らない彼の子猫。純真で、壊れそうな子猫。

「ああ、ジェス。きみはなんて小さいんだ」デインはやるせなくつぶやいた。

彼女のなかにそっと指をのばす。すっかり濡れて熱くなってはいるものの、そこへいたる道は限りなく小さく、狭かった。

欲望ではちきれそうなものが、ズボンを激しく突きあげている。このばかでかいものが押し入ったら、彼女はずたずたになってしまうだろう。デインは泣きわめきたい気持ちだった。「狭すぎる」その声はみじめさにかすれていた。手に入れられないとわかっていながら、触れずにはいられず、愛撫せずにはいられなかったから。

だが、ジェシカには聞こえていないようだった。注ぎこまれた情熱に我を忘れているのだ。彼女はただひたすらこちらへ手をのばし、キスの雨を降らせていた。

その手も、無邪気で淫らな口も、せわしなく彼を求めつづけている。彼女を征服するために熾《おこ》した火で燃やされ、デインもその炎に油を注ぐのをとめることができずにいた。

「どうか、だめよ……いいえ……お願い」

ジェシカのあえぎが聞こえ、やがてそれはすすり泣きに変わった……体を痙攣《けいれん》させ、きつい肉が彼の指を強く締めつける……力がゆるみ……つぎのクライマックスで華奢な体を震わすと、ふたたび締めつけてきた。

手をひっこめると、その手は震えていた。彼女を引き裂くのを全力でこらえたせいで、体じゅうの筋肉が張りつめ、痛みに悲鳴をあげている。股間はまるで悪魔の万力で締めあげられているかのようだ。

デインは疲れきった息をついた。もう一度、息をついた。彼女が我に返るの待ち、自分が動きだすまでに股間が鎮まってくれるのを願いながら、さらにもう一度大きく息をした。

デインは待ちつづけたが、何事も起こらなかった。彼女が死んでいないのは確かだ。息遣いは聞こえるし、呼吸する気配も感じる……ゆっくりと、規則的で、おだやかな……じつにおだやかな。

デインは信じられない思いで彼女を見つめた。「ジェス？」

ジェシカはむにゃむにゃとつぶやくと、身をすり寄せ、デインの肩に頭を預けてきた。

さらに丸一分、デインはぽかんと口をあけたまま、美しく、安らかな寝顔に見入っていた。ただの腰抜けのように、とデインは腹立ちまぎれに自嘲した。彼女は自分が求めるものを手に入れるなり、さっさと体を丸めて寝入ってしまった。

こっちがそうするはずだったのに、まったく、忌々しくもずうずうしいやつめ。それがいまはどうだ——彼女の自分勝手な恩知らずぶりを罵りながら、起こさないように片手でベッドまで運んでいく方法を考えねばならないのだ。

13

抱きかかえられて階段をあがっていることにいつ気づいたのか、ジェシカにはよくわからなかった。それは夢のひとコマのようでもあったし、遠い昔のことのようでもあった。当時の自分はかなり小さく、うとうとしだすと、一族でいちばん小柄なフレデリック叔父さんでさえ片手で軽々と抱きあげて、階上の子供部屋へ運んでいけたほどだった。いま自分を抱えている叔父さんの腕はごつごつと固く、よく揺れて乗り心地も悪かったが、それでも大きな男性の体にゆったりおさまり、ひろい肩に頭をもたせかけているから安心だ。

睡魔《すいま》の霧がだんだん晴れていくと、重たいまぶたをひらくより先に、自分を運んでいるのがだれかわかった。

さっきの出来事についても思いだした。すべてとは言えないけれど。記憶の大部分は、デインに引きずりこまれた忘我の渦に置いてきてしまったから。

「もう目が覚めたわ」眠そうな声で言った。まだ疲れが残っていて、意識もプディングのようにどろどろだ。「あとは自分で歩けます」

「階段から転げ落ちるぞ」デインはそっけなく言った。「いずれにせよ、すぐそこだ」

そことは〈奥様のお部屋〉のことだ。心のなかで〈大地下墓地〉と命名しなおしているうちに、薄暗い洞窟のような私室に着いた。

デインはそっとベッドにおろしてくれた。

それから呼び鈴を鳴らして侍女を呼び……そのまま出ていってしまった。ひとことも言わず、そそくさと。

ジェシカはだれもいない戸口を見つめながら、絨毯を敷きこんだ長い廊下を遠ざかる足音に耳を澄ましていた。しばらくして、彼の部屋のドアが閉じるかすかな音がした。

ため息をひとつついてから、前かがみになり、ガーターをゆるめられたせいで足首までずり落ちていたストッキングを脱いだ。

この結婚を承諾したときから、生易しいものではないことくらいわかっていたはずでしょ、と自分に言い聞かせる。今夜は、というよりも今朝からずっと、彼の神経がひどく昂ぶっていたことには気づいていた。冷静な振る舞いや……きちんとベッドを共にすることや……添い寝してくれることなんて、端《はな》からあてにしてはいけなかったのだ。

やがてブリジットがあらわれた。女主人の乱れた服装にも、心ここにあらずといった様子にも気づかぬふりで、もの静かに手際よく床につく手伝いをしてくれた。

ベッドにはいり、侍女もいなくなってしまうと、デインに処女を奪われなかったことをよくよく考えてもしかたないと割りきることにした。

彼が与えてくれたものはそれはすばらしく、驚きに満ちた体験だった。とくに最後の、体に小さな地震を起こされたときは恍惚となった。あれがなにかは知っている。ジュネヴィーヴから聞かされていたから。そして、あのとてつもない快感がつねに訪れるものではなく、とりわけ結婚したばかりではめったに味わえないことも教わっていた。すべての男性が手間をかけてくれるとはかぎらないのだ。

デインが念入りに手間をかけたのは、ただこちらをやりこめ、自分の力を見せつけるためだけとは思えなかった。ジュネヴィーヴの話では、欲情した男性が射精を我慢するのはひどくつらいものらしい。祖母が言い忘れただけで、なにか興奮を鎮める秘策でもあるのだろうか。そんな方法でも知らないかぎり、デインはさぞかし不快な目にあったことだろう。

彼がそれでも我慢したのには、きっとよくよくの理由があるはずだ。

でも、どんな理由なのかは想像もつかなかった。彼が自分を欲していたのはまちがいない。その欲望をこらえようとしていたけれど、わたしが恥知らずにも乳房をあらわにし、傲慢なフィレンツェ人の鼻先に突きつけてからは……スカートをたくしあげて彼のものにまたがってからは、抑えきれなくなっていた。

その場面を思いだすと顔が熱くなるが、このほてりは気恥かしさのせいではなかった。あのとき、ジェシカはこのうえなく自由で淫らな気分だった……そして大胆になった甲斐があって、熱く、甘美なものを手に入れることができたのだ。

いまでもまだ、贈り物をもらったような気がしている。まるできょうは彼の誕生日ではなく、自分の誕生日だったかのようだ。夫はあの小さな地震を妻にプレゼントし、激しい肉体的苦痛を耐え抜いたあとで、おそらくはたいへんな思いをして、妻を起こさずに階上へ運んでくれたのだ。

そんなことなどしてくれなければよかったのに。たたき起こし、あざ笑い、陶然として足もともおぼつかない妻に、自分で階段をあがらせればよかったのに。いえそれよりも、ただ押し倒し、乱暴に押し入り、あとはごろりと寝返りを打ってそのまま眠ってくれたほうが、どんなに気が楽だったか。

ところが彼はそうせず、気遣いを見せた。妻に悦びを教え、そのあとも面倒を見てくれた。じつにやさしく、騎士のように礼儀正しかった。

夫は単なる動物的魅力の持ち主から、もっと複雑なものへと変貌している。

こんなことではよほど気をつけないかぎり、彼に夢中になってしまうという致命的な誤りを犯しそうだ。

翌日の午後、レディ・デインは、やはりアスコートには亡霊がいることを思い知らされた。

ジェシカは〈北の塔〉の最上階で、擦り切れた絨毯に膝をついていた。この部屋もアスコートの調度品や服飾品の墓場になっている。あたりに散らかっているのは、過ぎ去った時代の衣装を詰めたトランク、カーテン、リネン類、さまざまなガラクタ、はんぱな食器類を放りこんだ木箱、使い道のわからない家庭用品などなど。家政婦《ハウスキーパー》のミセス・イングルビーもかたわらで膝をついている。

ふたりが見ていたのは若い女性の肖像画だった。黒い巻き毛に黒い瞳、高慢そうなフィレンツェ人の鼻。この肖像画を、ジェシカは薄暗い片隅で見つけた。ベルベットのベッドカバーにしっかりくるまれ、積みあげられたトランクの後ろに隠されていたのだ。

「旦那様のお母様にちがいないわ」と言いながらも、なにかを恐れているわけでもないのに、そんなふうに胸が騒ぐのが解せなかった。「ドレスも髪型も、まちがいなく十八世紀末のものだもの」

外見がそっくりなことについては言うまでもなかった。その淑女はまさに、現在の侯爵の女性版なのだ。

デインと似ている肖像画を目にしたのも、これがはじめてだ。

ひとりきりの朝食を終えたあとで――デインはジェシカがおりてくるより先に食事をすませ、どこかへ消えてしまっていた――ミセス・イングルビーに案内されてこのとてつもなく大きな館の一部をめぐり、三階の寝室の向かいにある〈ロング・ギャラリー〉もぶらぶらした。そこには一族の肖像画が陳列されていたが、初代ブラックムーア伯爵がデインのように目を細めてにらみつけているのをのぞけば、彼と似たところのある肖像画はひとつもなかったのだ。

ずらりと並んだ立派な先祖たちのなかには、デインの母親とおぼしき女性も見あたらなかった。ミセス・イングルビーにたずねると、そんな肖像画があるとは聞いていないという。彼女がアスコートに来たのは、現侯爵が先代の跡を継ぎ、それまでの使用人の大半を入れ替えたときだった。

　ということは、この肖像画は彼の父親の時代からここに隠されていたことになる。悲しみから目をそらすため？　亡くなった先代侯爵は、妻の肖像を見るのがつらすぎたのだろうか。もしそうなら、彼自身の肖像画――クエーカー教徒のような質素な身なりをした色白の中年紳士《ジェントルマン》――から受けた印象とは、かなりちがう人物ということになる。身なりこそつましいものの、冷淡な青い目を不機嫌そうに細めたその険しい表情には、やさしい友《フレンド》など住んでいなかったのだ。

「お母様のことはなにも聞いていないの」ジェシカは言った。「知っているのは、彼女が結婚した日と亡くなった日のことだけ。こんなに若かったなんて思ってもいなかったわ。後妻だからもっと大人の女性だとばかり。でも、この肖像画の彼女はまだ少女だわ」

　このうっとりするほど美しい少女を、こんなつまらない古びた氷の館に縛りつけるなんて、いったいどんな人間だろう。

　自分の激しい反発に思わずたじろぎ、ジェシカはそそくさと立ちあがった。

「わたしの居間に運んでちょうだい」と家政婦に命じる。「そのまえに軽く埃を払うくらいはいいけど、わたしが明るいところでよく見るまでは、それ以上の手入れはしなくていいわ」

　ミセス・イングルビーはダービシャーから送りこまれてきた。この館に来るまえの一族の話は、なにも知らない。使用人が雇い主の噂話をするのをよしとしないため、なにひとつ聞かされていなかったのだ。デイン卿の代理人が彼女を雇ったのは、家政婦としてのすぐれた評判ばかりでなく、厳格な管理方針を持っているからでもあった。ミセス・イングルビーの考えでは、家族の世話をするのは厳粛な信頼の上に成り立つものであり、陰でゴシップをささやいたりしてその信頼を裏切ってはならなかった。雇用条件が良かろうが悪かろうが、それは関係ない。条件が悪ければ、きちんと通知してから去ればいいのだ。

しかし、厳格な管理方針をもってしても、自分の目が届かないところで使用人が噂話をするのを防ぐことはできなかった。だから使用人たちの大方は、先代のレディ・デインの話を聞いていた。くだんの肖像画を現在のレディ・デインの居間に運ぶよう言いつけられた従僕も例外ではなかった。彼は肖像画の主がだれであるかを執事のミスター・ロッドストックに教えた。

ロッドストックのほうは従僕の頭を炉棚にたたきつけたい思いだったが、威厳が許さず、まばたきをひとつしただけで、旦那様がもどられたらすぐ知らせるようにと命じた。

デイン卿はその日の大半をチャドリーで過ごした。〈スター&ガーター〉ではシャーバーン卿と出くわした。デヴォンポートでレスリングの試合を見るため南へ向かう途中だという。

シャーバーンは結婚して一年にもならないが、妻をロンドンに置き去りにしている。だから新婚の男が妻も連れず、家から何マイルも離れた宿屋の酒場にいるのを見ても、変だと思うような男ではない。それどころか、一緒にデヴォンポートへ行かないかと言いだす始末だ。今夜ここで仲間たちと落ちあうことになっているから、デインも家に荷物を取りにいき、従者を連れて夕食までにもどってきてはどうかと提案した。そうして、朝一番に全員で出発しようというのだ。

デインは頭が割れそうな良心の叫びを無視し、ためらうことなく誘いに乗った。ためらいとは弱さの証だ。ここで少しでもためらえば、シャーバーンはこう思うだろう。ベルゼブブはまず妻の許可をもらわなければならない、あるいは数日だろうと妻と離れているのが我慢できない、と。

我慢と呼ぶほどのことでもない、と思いながらデインは北側の階段をのぼっていた。それよりなにより、自分を操るのは無理だということを妻に教えてやらねばならない。こちらのほうが、ゆうべ教えてやったことよりはるかに苦痛が少なくてすむだろう。あのぞっとする体験をくりかえすくらいなら、股間のものをハシボソガラスに食われたほうがましだ。

しばらく家を離れて頭を冷やし、物事を遠くから眺めてみる。そしてもどってきたときにはきっと……

まあ、どうすればいいかはわからないが、それは自分がまだ冷静になっていないからだ。冷静になれば、どうすべきかもおのずとわかる。かならず簡単な解決方法があるはずなのだが、彼女がそばにいて悩ますかぎり、冷静かつ客観的に考えることなどできないのだ。

「旦那様」

階段のてっぺんで足をとめ、デインは下を見た。ロッドストックがあわてて駆けあがってくる。「旦那様」彼は息せき切ってもう一度呼びかけた。「恐れながら、ひとこと申しあげます」

話はひとことですむようなものではなかったものの、執事は必要最小限のことしか言わなかった。奥様が〈北の塔〉の物置を探索されたこと。ある肖像画を見つけられたこと。そこに描かれていたのは先代の侯爵夫人だったこと。旦那様のお耳に入れておいたほうがいいと思ったこと。

ロッドストックはまさに執事の鑑《かがみ》で、たしなみと如才なさの権化《ごんげ》だった。その物腰からは、たったいま主人の足もとに爆弾を落としたという意識はいっさい感じられない。

主人のほうもまた、爆発なりなんなりに気づいた素振りはまったく見せなかった。

「そうか、それはおもしろい。そんなものがあったとはな。どこにある？」

「奥様の居間でございます」

「うむ、ならば、私も見てみよう」デインは向きを変え、〈ロング・ギャラリー〉を進んだ。鼓動が乱れている。だが、それ以外はなにも感じなかった。ずらりと並んだ肖像画――自分がその一員だとは思ったこともない貴族の家柄に属する男女――の前を通り過ぎながらも、その目にはなにも映っていなかった。

ただやみくもにギャラリーの端まで行き、左手にある最後のドアをあけ、ふたたび左に折れて細い通路へ出る。ひとつ目のドアを素通りし、ふたつ目のドアを抜け、二本目の通路を突きあたりまで進むと、居間のドアは開け放たれていた。

存在するはずのない肖像画は、勉強部屋から見つけてきたらしい使い古したイーゼルにのせられ、東向きの窓の前に置かれていた。

デインは近くに寄って、しげしげと眺めた。だが、その冷たく美しい顔を見つめることは、想像以上につらかった。喉も目も、ひりひりと痛む。できることなら、この場で泣きくずれてしまいたかった。

しかし、そんなことはできない。デインはひとりきりではないからだ。肖像画から目をそらすまでもなく、妻がこの部屋にいるのはわかっていた。

「またもや掘り出し物か」焼けつくような喉から、なんとか嘲笑を絞りだした。「それも、この館での最初の宝探しで見つけるとはな」

「幸いにも〈北の塔〉は涼しくて乾燥していたわ」と答える声も、涼しくて乾いている。「そのうえ厳重にくるまれていました。これなら、ほとんど手をかけずにすむでしょう。でも、額縁は変えたいわね。これはちょっと暗いし、凝りすぎですもの。それから、さしつかえなければ、肖像画用のギャラリーには飾りたくないの。この絵のための場所がほしいわ。食堂の暖炉の上なんてどうでしょう。あの風景画のかわりに」

ジェシカはこちらへ向かってきて、デインのすぐ右側で足をとめた。「あの風景画ももっと小さい部屋を望んでいるはずよ。たとえそうじゃなくても、わたしはこの肖像を眺めていたいわ」

デインだってそうしたい。もっとも、そのためには生き地獄を味わうことになるだろうが。この美しく手に負えない母親を、ただ見ていられるだけで満足だったろう。求めるものはなにも……いや、ほんのわずかしかなかった。一瞬でいいからやわらかな手で頬を撫で、気もそぞろに抱きしめてもらうだけでよかった。それだけで、自分はいい子でいられただろう。いい子でいようと……

くだらない感傷はよせ、とデインは自分を叱りつけた。こんなものは、カンバスに絵の具を塗りたくっただけのものでしかない。この館じゅうの者が、デヴォンじゅうの者が、世間の大方が知っているように、これは娼婦の肖像だ。知らぬはわが妻ひとり、世界を混乱におとしいれる悪魔のような才能に恵まれた妻だけだ。

「母は娼婦だった」その口調は厳しかった。そして、さっさとこの問題を片づけてしまおうというように、早口でずけずけとつづけた。「ダートマスの海運商の息子と駆け落ちし、堂々と二年間一緒に暮らしたあげく、熱病がはびこる西インド諸島の島でふたりとも死んだ」

デインは振りかえり、こちらを向いた妻の血の気の引いた顔を見おろした。その目はショックに見開かれている。さらに、信じがたいことだが、涙に濡れていた。

「なんてことをおっしゃるの?」ジェシカは腹立たしげにまばたきをして涙をこらえた。「よくもまあ、母親のことを娼婦だなんて呼べるものね。ご自分は毎晩、新しい愛人を買っているくせに。それも、硬貨数枚で。あなたのお話では、お母様のお相手はひとりじゃないの。そしてその人のために、お母様はすべてを犠牲にしたのよ。友人も名誉も。わが子も」

「きみはこんなことまでロマンティックな話に仕立てるのだな」デインは茶化すように言った。「情熱的な娼婦を殉教者にでも——愛の殉教者にでもするつもりかね、ジェス?」

デインは肖像画に背を向けた。体のなかで例のわめき声が暴れだし、なぜなんだ、と叫びたくなったから。だが、その答えはきくまでもない。ずっとまえからわかっていた。もし息子を愛していたら——たとえ愛せなくても、かわいそうだと思っていたら——母は自分を一緒に連れていったはずだ。地獄のような家に、ひとり置き去りにするわけがない。

「お母様の人生がどんなものだったか、ご存じないでしょう。あなたはまだ子供だった。お母様のお気持ちなんてわかりようがないわ。外国人で、自分の父親と言ってもおかしくない年齢の男性に嫁いだのよ」

「バイロンのドンナ・ジュリアのようにか?」皮肉まみれの口調で言った。「おそらく、きみの言うとおりなのだろう。おそらく、二十五歳の夫がふたりいたほうが好ましかったのだろう」

「お父様がお母様を大切にしたのか邪険にしたのか、あなたは知らないでしょ」妻は強情な生徒を諭す教師のようにねばった。「お母様の人生を楽にしたのか、耐えがたいものにしたのかもわからない。ことによると、お母様を悲しませたかもしれない。お父様の肖像画が人柄を正確に描きだしているとすれば、おおいにありうることだわ」

だったら、このおれはどうなるのだ、とデインは叫びたかった。おれがどんな思いをしたか、きみは知らないじゃないか。母親に捨てられた醜い怪物……拒絶され、嫌われ、嘲笑され、いじめられた。忍耐を強いられ……寛容や受容や女性のやさしい手といった、みんながあたりまえだと思っているもののために法外な代償を払わされたのだ。

デインは内心の怒りと悲しみ……二十五年前に葬られた子供の動揺に、自分でも驚いていた。

それを無理やり笑い飛ばすと、お得意の相手を小ばかにした顔つきで、まじろぎもせぬ銀色の目を見かえした。「私の父が気に入らないなら、どうぞ〈北の塔〉に追放してやってくれ。あいたところに母の肖像画を飾ればいい。なんなら礼拝堂でもかまわないぞ」

デインはドアへ向かった。「模様替えをするのに、いちいち私の意見を聞く必要はない。女というものが、なにか模様替えをせずには二日といられない生き物だということは知っている。私がもどってきたときに、自分がどこにいるのかわかったら、それこそ驚きだ」

「お出かけになるの？」その声音は落ちついたままだった。戸口で足をとめて振りかえると、ジェシカは窓の外を眺めていた。いつもの顔色にもどり、悠然としている。

「デヴォンポートまで」妻の冷静さをこれほど不吉に感じるのはなぜか、とデインはいぶかった。「レスリングの試合がある。シャーバーンたちと一緒で、九時に落ちあうことになっている。これから荷造りだ」

「では、晩餐の指示を変更しなくてはいけないわね。わたしは居間でいただこうかしら。でも、そのまえにひと眠りしたほうがよさそう。このままだとお皿につっぷして寝てしまいそうだから。まだ館の四分の一しか見ていないけど、まるでドーヴァーからランズエンドまで歩いたような気分だわ」

デインは館についての感想をきいてみたかった。衝撃的な母の肖像画のほかになにが気に入り、食堂の不愉快な風景画以外に――そういえば、あれは自分も気に入らなかった――なにが気に入らなかったかを。

出かける予定さえなければ、居間の心地よい親密さのなかで晩餐をとりながら知ることもできたのだ。

だが、親密さなどいまの自分にはもっとも無用なものだ、とデインはみずからに言い聞かせた。必要なのはここから逃れること。心臓がとまるような〝発見〟でめちゃくちゃに混乱させられたり……香りや、絹の肌や、華奢な体のやわらかな曲線で苦しめられたりすることのない場所へ逃げるのだ。

デインはあらんかぎりの自制心を動員し、走りだすことなく部屋をあとにした。


ジェシカは十分ほど努力してみたが、やはり気持ちは鎮まらなかった。

ブリジットともほかのだれとも顔を合わせたくなかったので、自分で風呂の用意をした。幸い、アスコートは世にもまれなことに、湯と水の両方が出る水道を金に飽かせて三階まで通していた。

ひとりきりになっても風呂にはいっても心は落ちつかず、眠ることなどとても無理だった。

つけていた。

ジェシカは大きなベッドにひとり横になり、火かき棒のように体を硬直させて天蓋《てんがい》をにらみつけていた。

まだ新婚三日目だというのに、あのろくでなしは自分を置き去りにするのだ。友人と遊ぶために。レスリングの試合なんかのために。

ジェシカはベッドから出ると、さえない木綿の寝巻きを脱ぎ捨て、裸で衣装部屋に行った。ワインレッドと黒の絹のネグリジェを見つけてまとい、黒のミュールに足を滑らせる。黒と金のどっしりした絹の部屋着をはおり、サッシュを締め、ネグリジェがちらりとのぞくように胸もとをゆるめた。

髪を梳《と》かしてから寝室にもどり、ミセス・イングルビーが〈応接の間〉と呼んでいた部屋のドアをあけてなかにはいった。そこは目下のところ、デインが集めた骨董品置き場になっている。そして、〈旦那様のお部屋〉につづいている。

薄暗い大きな部屋をつっきってデインの部屋の前に立ち、ドアをそっとたたいた。それまで聞こえていたくぐもった話し声がぴたりとやんだ。一瞬のち、アンドルーズがドアをあけた。彼は女主人の部屋着姿に息をのんだが、すぐさま礼儀正しい小さな咳払いでごまかした。

ジェシカは無邪気なやさしい笑顔を向けた。「あら、まだ出発していなかったのね。よかったわ。少しお時間があるなら、旦那様にうかがいたいことがあるの」

アンドルーズは左手を見やった。「旦那様、奥様が――」

「聞こえている」デインの腹立たしげな声がした。「そこをどいて、奥様をお通ししろ」

アンドルーズが後ずさると、ジェシカはのんびりとなかにはいり、あたりを眺めまわしながら、十七世紀の巨大なベッドをぐるりとまわって夫に近づいた。ベッドは自分の部屋のものよりさらに大きく、十平方フィートはありそうだ。

デインはシャツとズボンと靴下だけの恰好で窓辺に立ち、旅行カバンをにらみつけている。ひらいたままのカバンがのっているのは、やたらに彫刻が施されたテーブルで、どうやらベッドと同時代のものらしかった。夫はこちらを見ようともしない。

「あの……ちょっと込み入ったお話なの」おずおずとためらいがちに切りだした。頬も赤らめたいところだが、そうは簡単にいかなかった。「できれば……ふたりきりでお話ししたいんですけど」

デインはジェシカを一瞥しただけで、すぐに旅行カバンに目をもどした。それから、まばたきし、ふたたびこちらに顔を向けると今度はそらさなかった。上からじろじろと眺めおろし、もう一度視線を上にやって、はだけた部屋着の胸もとに据え、頬の筋肉をぴくりとさせた。

そして表情を、花崗岩のごとくこわばらせた。「なるほど、ひと眠りする準備はできたようだな」怖い目をアンドルーズに移す。「なにをぐずぐずしている？　奥様は『ふたりきりで』と言っただろう。おまえは耳が聞こえないのか」

アンドルーズが出ていき、ドアが閉められた。

「ありがとう、デイン」ジェシカは夫にほほえみかけ、旅行カバンに歩み寄ると、きちんと畳まれたしわひとつないクラバットをひとつかみ取りだし、床に落とした。

デインがこちらを見てから、床のクラバットに目をやった。

笑顔のまま、純白のハンカチの山を取りだし、それも床に投げ捨てた。

「ジェシカ、なんの遊びか知らないが、ちっともおもしろくないぞ」デインはものすごく静かな声で告げた。

ジェシカはシャツをひと抱え取りだすと、それも床に放り投げた。「結婚してまだ三日しかたっていないのよ。とんまなお友達のために、新妻を置き去りにするなんて許さないわ。わたしを笑いものにはなさらないわよね。なにかご不満があるなら、おっしゃってくださいな。じっくり話しあいましょう――いえ、お望みなら喧嘩でもけっこうよ。でも、これだけは――」

「私に指図するな」デインは淡々と言った。「私がいつ、だれと、どこへ行こうが行くまいが、口をはさむな。いちいち説明はしないし、きみも質問はしない。私の部屋にやってきて、癇癪を起こすことも許さない」

「いいえ、します。お出かけになるなら、あなたを乗せた馬を撃つわ」

「私の馬を――」

「わたしを置き去りにはさせないわ。シャーバーンのように妻をないがしろにされては困ります。わたしを彼女のような世間の笑いものには――そして同情の的には――なさらないわよね。どうしてもその大事なレスリングの試合を見逃したくないなら、きっとわたしも連れていってくださるわ」

「きみを連れていく？」声が高くなった。「ああ、そうするよ、マダム――あなたの部屋にな。そして閉じこめておく、行儀よくしていられないならね」

「できるものなら、やって――」

デインがつかみかかってきた。とっさにかわそうとしたが一歩遅かった。つぎの瞬間、たくましい片腕に抱きかかえられ、ボロ袋のように戸口へ引きずられていった。

ドアはあいたままだった。幸いにも、内側に向かってあいていた。しかも、デインの体に押さえつけられて自由がきかないのは片方の腕だけで、もう一方の手はあいている。

ジェシカは思いきりドアを閉めた。

「くそっ！」

彼には毒づくことしかできなかった。使えるほうの腕はふさがっている。ジェシカを放さないかぎり、ノブをまわすことはできない。

デインはもう一度悪態をつくと、ベッドのほうへもどり、妻を放り投げた。

ジェシカはマットレスにあおむけになった。部屋着の前はすっかりはだけている。

デインは怒りに燃えた黒い瞳でこちらをにらみつけた。「まったく、ジェス、なんのつもりだ。そんなことは――絶対に――」怒りに声を詰まらせながら手をのばしてきたが、ジェシカはさっと後ろにさがった。

「追いだそうとしても無駄よ」巨大なベッドの中央へ後ずさりしながら言う。「わたしは子供じゃありません、部屋に閉じこめられたりしないわ」

デインはマットレスの端に膝をついた。「いいか、私の手が使えないからといって、折檻《せっかん》できないわけではない。逃げられると思うな」デインが飛びついてきて足をつかもうとしたが、ジェシカはすばやく足をひっこめた。黒のミュールだけが手に残ると、彼はそれを部屋の奥に放り投げた。

ジェシカはもう一方のミュールも脱ぎ、デインめがけて投げつけた。彼がひょいとよけると、ミュールは壁にぶつかった。

低いうなり声とともに、デインが飛びついてきた。ジェシカはベッドの頭のほうへくるりと転がった。デインはバランスを失って顔から落ち、大きなマットレスの下半分に倒れこんだ。

この間に飛び起きて逃げだすこともできたが、ジェシカはそうしなかった。取っ組み合いになる覚悟を決めていたのだ。とことんまで闘うつもりだった。

デインはゆっくり起きあがり膝をついた。シャツの胸もとがはだけ、引き締まった首と、ゆうべ指で弄《もてあそ》んだ悩ましい胸毛がのぞいている。息をはずませ、ひろい胸を波打たせている。いま彼をとらえている感情のうち、怒りがほんの一部でしかないことは、目を見ただけですぐわかった。

「きみと取っ組みあうつもりはない。言い争う気もない。さっさと自分の部屋にもどりなさい。さあ」

サッシュはとっくにどこかへ行ってしまい、部屋着は肘のあたりまでずり落ちていた。ジェシカは身をくねらせて脱ぎ捨てると、枕に頭をのせ、天蓋をにらみ、唇をきっと引き結んだ。

デインが近づいてくると、その重みでマットレスが沈みこむ。「ジェス、いい気になるな」ジェシカには答える気も、彼のほうに顔を向ける気もなかった。その必要はなかったからだ。脅すような口調は、彼が自分で思っているほど恐ろしくもまがまがしくもなかった。そちらを見なくても、彼がなぜ動きをとめたのかはわかっていた。

こちらに目をやりたくないけれど、それでも見てしまう。彼は男だから、見たくなって当然だし、見れば心を奪われずにはいられないのだ。ジェシカはネグリジェの細い肩紐が一本、滑り落ちていることに気づいていた。薄く透きとおったスカート部分が脚に張りついているのも気づいていた。

デインが息を荒らげた。

「いいかげんにしろ、ジェス」

ジェシカはそのかすれたバリトンに彼の迷いを聞き取った。天蓋の黒と金のドラゴンをにらみつけたまま、デインに葛藤《かっとう》させておく。

丸一分以上、彼は身じろぎもしなければ声もあげず、ただ荒く乱れた呼吸をくりかえしていた。

やがて、マットレスが波を打って沈み、腰に膝を押しつけられるのを感じた。そして、くぐもった敗北のうめきが聞こえた。膝に置かれた手が、上のほうへ滑っていき、絹がさらさらと音をたてる。

腰から腹をゆっくり撫であげられるあいだも、ジェシカはじっと横たわっていた。愛撫のぬくもりが皮膚の下にもぐりこみ、体に火をつける。

デインは胸もとで手をとめ、胸の穴かがり刺繡をなぞった。たちまち乳房が張りつめ、硬くなった乳首が薄い絹を突きあげる……もっとさわってほしいと願う気持ちを代弁するかのように。

彼は華奢な布をさげて、うずく乳首を親指で撫でた。そして顔を近づけ、それを口にふくんだ。ジェシカは彼の頭を抱えこまないように拳を握りしめ、ゆうべみたいな悲鳴をあげないように歯を食いしばった。そうよ……お願い……なんでもいいから……やめないで。

デインはゆうべ、わたしに懇願させることには成功したが、自分のものにすることはできなかった。きょうは、背を向けて立ち去り、自分の好き勝手にすることができると考えていた。わたしをほったらかしにし、みじめな思いと屈辱を感じさせ、花嫁ではあってもまだ妻ではないことを思い知らせてやれる、と。

自分の意思とは裏腹に、彼はわたしを求めている。けれど、ジェシカのほうから愛の行為をせがませたい。そうすれば、主導権を握っているのは自分だと思いこめるから。

でも、それはちがう。胸や肩や首を這う唇はほてり、手は震え、触れ方は荒々しくなっている。彼の欲望にも火がついているのだ。

「ああ、ジェス」かたわらに身を横たえながら、デインは苦悶《くもん》に満ちたささやきをもらした。ジェシカを抱き寄せ、顔に熱いキスの雨を降らす。「バーチャミ。キスしてくれ。アブラーチャミ。抱きしめてくれ。私に触れてくれ。お願いだ。すまなかった」細いリボンをほどくのに手こずりながら、切羽詰まったせつない声でささやく。

すまなかった。彼はたしかにそう言った。でも、自分がなにを口走っているかには気づいていないだろう。ゆうべのわたし同様、ただの動物的な飢えに我を忘れているだけ。

すまないなどとは思ってはおらず、原始的な男の欲望に突き動かされているにすぎない。

夢中で手を動かし、部屋着を引きおろし、背中やウェストを撫でまわしている。

デインはジェシカの手をつかみ、そこにくちづけた。「怒らないでほしい。私に触れてくれ」つかんだ手を自分のシャツの下に押しつけた。「ゆうべのように」

彼の肌は燃えるように熱く、なめらかで、引き締まっていた……羽毛のような胸毛……手の下でさざなみをたてる筋肉……軽く触れただけで震える大きな体。

もう少し怒ったまま抵抗をつづけたかったが、望む気持ちのほうが強かった。出会った日から、彼に触れ、くちづけ、その体を抱きしめることを望んでいた。燃えあがらせてほしいと願うのとおなじくらい、彼にも熱烈に求めてほしかったのだ。

デインがネグリジェを腰までおろした。

ジェシカは両手で彼のシャツの裾を握り、いっきにひっぱって前をはだけさせた。

彼の手が腰からはずれると、シャツの袖口を破り、肩まで引き裂いた。「あなたも脱ぎたいでしょ」

「ああ」デインはあえぐように言い、体をずらして自由の利かないほうの腕をさしだした。ジェシカはそちらの腕にも容赦せず、ひと思いに袖を引きちぎった。

ジェシカは引き寄せられ、むきだしになったたくましい胸に裸の乳房が押しつけられた。隣り合わせの心臓が、おなじようにせわしげなリズムを刻んでいる。デインは頭の後ろに手を添えて、唇を重ねさせた。そして、怒りや誇りや思考をすべて追い払うかのように、むさぼるようなキスをつづけた。

気がつくとジェシカの手には、ぼろぼろになったシャツの残骸が握られていた。デインも夢中でネグリジェをはぎ取っていた。ふたりの手が絡みあい、彼のズボンのボタンを引きちぎろうとする。ウールが裂け、ボタンがはじけ飛んだ。

脚のあいだにデインの膝が割ってはいった。腿にあたる硬く直立したものがぴくぴく脈を打ち、ジェシカも興奮に胸を高鳴らせていた。彼の探るような手が、ゆうべ悶《もだ》えさせた場所を見つけ、ふたたびやさしく責めさいなみはじめた。やがてジェシカは叫び声をもらし、体の奥から愛の涙をあふれさせた。

体を震わせながら、ジェシカは必死にしがみつき、懇願した。「お願い」

渇望にかすれた声と……理解できない言葉が聞こえ……突き刺すような痛みが来て、彼がはいってきた。

頭のなかが真っ暗になった。神様お願い、どうかわたしを気絶させないで、と祈ることしかできない。意識を失わないよう彼の背中に指を食いこませ、すがりついた。

彼の湿った頰が頰に押しつけられ、燃えるように熱い息が耳にかかる。「なんてすばらしいんだ、たまらないよ――ジェス」デインはさっと腕をまわし、ジェシカを抱いたまま横向きになった。その腕を膝の裏に移動し、脚を持ちあげて自分の腰に巻きつけさせる。強烈な圧迫感がやわらぐとともに、パニックも薄れていった。ジェシカはのびあがり、彼の喉もとに顔をうずめた。しっかりとしがみつきながら、汗に濡れた熱い肌の、濃厚な情熱の香りを嗅いだ。

自分のなかで、ふたたび彼が動きはじめたのを感じ、未熟な体がそれに応えようとしている。痛みはとうに忘れていた。もう悦びは与えられていたから、それ以上は求めていないけれど、ゆっくりと執拗に突かれるたびに、また快感が襲ってきた。

体の奥で、むずむずするような暖かさが泡立ち、ジェシカは背を弓なりにしてそれを迎えた。甘美な愉悦が鋭く突き抜けていく。

すでに教えられた快感とはちがっていたが、あらゆる感覚がそれをとらえ、もっとほしがった。彼のリズムに合わせるように体を揺らすうち、さらなる快感が、より速く、より激しく襲いかかり……猛烈なスピードでのぼりつめ……恍惚の稲妻がひらめき……充足のやさしい雨が降り注いだ。

14

「しまった」そっと体を離しながら、デインはつぶやいた。

「このぶんでは夕食までにチャドリーに着くのは無理だぞ」

くるりとあおむけになり、天蓋に刺繍された金のドラゴンを一心ににらみつける。そうすることで、飛び起きて、妻の体をくまなく検査したくなるのをこらえた。幸い、欲望が鎮まったおかげで、思考が活動を再開したようだ。論理的に考えられるようになると、単純な事実に気がついた。

無理やり襲ったわけではない。向こうがこっちを誘ったのだ。

大槌《おおづち》のように強引に押し入り、そのあとはほとんど自制できなかったのは事実だが、それでもジェシカは悲鳴をあげもしなければ泣きだしもしなかった。それどころか、事の趣旨をはっきり理解しているようだった。

隣を見やると、垂れた髪で目が隠れていた。横向きになり、髪を払いのけてやる。「どうやら無事のようだな」とそっけなく言った。

彼女は妙な音を出した——咳なのかしゃっくりなのか、判別しがたい。そして、いきなりしがみついてきた。「ああ、デイン」と言って声を詰まらせる。

つぎの瞬間、デインの胸に顔を押しつけて泣きだした。

「頼むよ《ペル・カリータ》」デインはジェシカを抱きしめて背中を撫でた。「ジェス、頼むからやめてくれ……こういうのは……苦手なんだ」その髪に顔をうずめる。「わかったよ。泣かずにいられないなら、泣けばいい」

まさか永遠に泣きつづけはしないだろう。たしかに、泣き声を聞いたり、流れる涙を肌で感じたりするのにはぎょっとさせられるが、もっと厄介な事態も考えられたのだ。とりあえず、彼女はこっちを向いている。顔をそむけてはいない。それに、彼女には泣く権利がある。この数日、自分の態度は褒められたものではなかった。

いや、もっと悪い。野獣同然だった。

自分は彼女に、広大な館で召使の大軍に囲まれた新妻に、手を貸さなかった。妻を楽にしてやろうとしなかった……母に対する父の態度についてジェシカが言っていたように。自分の振る舞いはあの父親とおなじだったのだ。冷たく、敵意に満ち、相手を喜ばせる努力をすっかり拒否していた。

かたやジェシカは、夫を喜ばせようと努力していたじゃないか。本を読んでくれたり、話しかけてくれたり。母の肖像画だって、素敵な贈り物になると思ったのだろう。ほかの女たちならデインがいなくなると小躍りするだろうに、彼女はそばにいてほしがった。ほかの女たちなら、デインの目が届かなくなるとほっとして気絶するだろうに、彼女はその身を捧げてくれた。それも、みずから進んで、情熱的に。

感謝のあまり泣かなければいけないのは、デインのほうだ。

涙の豪雨は降りはじめと同様、だしぬけにやんだ。ジェシカは身をよじって離れると、顔をこすって起きあがった。「もう、こんなに気持ちが昂ぶってしまうなんて」震える声で言う。「わたしの鼻、赤い?」

「ああ」そう答えはしたものの、明かりは消えかかっていたし、いまのデインにはまともに顔を見ることなどできなかった。

「顔を洗ってくるわ」ジェシカはベッドから降り立ち、部屋着を手に取ってはおった。

「私の浴室を使いなさい。案内しよう」ベッドを出ようとすると、彼女は手を振って制した。

「場所はわかります。ミセス・イングルビーが間取りを教えてくれたから」ジェシカはまっしぐらに進み、目的のドアをあけ、急いでなかに消えた。

彼女がいないあいだに、デインはすばやく寝具を点検してから、シャツの切れ端で体をぬぐって、それを暖炉に投げ捨てた。

妻が発作的に泣きだした理由がなんであれ、体に傷を負ったせいではなかったのは心の慰めだ。血痕はベッドカバーの金のドラゴンの上と、デイン自身にも少しついていたが、この三日間危惧していた流血の惨事とはほど遠かった。

頭がそこまで錯乱していたのが、自分でも信じられない。ひとつには、女性の体は子供を産むようにできているのだから、当然、男性のものを受け入れられることくらいばかでもわかるはずだ。もちろん、象のような男なら話は別だが、さすがにデインもそこまで大きくはない。ふたつには、パリの街灯の下での一件以来、彼女が接近を拒んだことがないのは、どんなまぬけでもおぼえているはずだ。そのうえ彼女は、子孫を残すデインの権利について、一度ならず、ためらいもせずに明言したではないか。

いったいどこから、ひ弱だの可憐だのという考えが出てきたのか。相手はこのおれを銃で撃った女なんだぞ！

きっと緊張を強いられたせいにちがいない。結婚したショックと、花嫁への強烈な欲情があいまって、頭が対応しきれなくなっていたのだ。そこへもってきて、母の肖像画だ。あれですっかり思考停止におちいってしまった。

ジェシカがもどってきたときには、デインはすでに身づくろいをすませ、ほかのこともすべてしかるべく整えられていた。うっちゃられた旅行用の衣装の山はアンドルーズが運び去り、旅行カバンはしまわれ、ランプには火がともされている。チャドリーには従僕が使いに出され、晩餐の準備も進められていた。

「ずいぶんお働きになったのね」こちらに近づきながら、ジェシカはあたりを見まわした。「お部屋がすっかり片づいているわ」

「きみが遅いからだ」

「お風呂にはいっていたんです。ご覧になったとおり、動顚《どうてん》していたから」彼のサッシュの結び目を見つめたまま、眉をひそめた。「ヒステリーを起こしていたのね。泣くつもりはなかったのに、我慢できなかったの。とても……感動的な経験だったんですもの。あなたは慣れていらっしゃるからなんでもないでしょうけど、わたしは感激しました。まさかあんな……正直に言うと、もっとひどいことを覚悟していたんです。いよいよのときには、という意味だけど。でも、それほど苦労なさらなかったようね。わたしが未経験なことに妨げられることも、とまどわれることもなかったようだし、わたしも一瞬をのぞけば、はじめてではないような気分だったわ。とにかく、想像していたのとはまるでちがうものだった。それで、不安がなくなったところに、あの驚くような感覚に襲われて……要するに、感情が抑えられなくなったのよ」

どうやら今回ばかりは、彼女の出したサインをなんとか正確に読み取ることができたようだ。世界はきちんとまわっている。あとは慎重に歩を進め、この調子を維持すればいい。

「私のほうもつねにおだやかな気分だったとはいえない」デインは言った。「女性と一緒にいることに慣れていないからな。なんというか……気が散る」

「ええ、それはわかるわ。それでも、デイン、もう二度とこんな思いはしたくありません」

デインは彼女の頭のてっぺんをにらみつけ、秩序立った自分の世界がまたごちゃごちゃになるのを見守った。さっきまでの軽やかな心は、一瞬にして鉛の棺となり、芽生えたばかりのはかない希望がおさめられた。希望を持つなど浅はかだった。なにもかもまちがえていたことに気づくべきだった。だが、どうしてこうなってしまったのか、いまもさっぱりわからない。なぜ彼女は自分の人生に送りこまれたのか。なぜ希望を与えるようなふりをし、おそるおそる信じたとたん、それを踏みにじるのか。

顔はこわばり体は石になったが、なじみの場面を締めくくりたくても、非情な笑い声も気の利いた言葉も出てこなかった。彼女の腕のなかで幸せと希望を味わったのだ。理由も知らずに、手放すことなどできない。

「ジェシカ、私の態度が……厄介だったことは認める。それでも――」

「厄介ですって？」ジェシカは顔をあげ、銀色の目を見開いた。「手に負えなかったわ。頭がどうかなさったのかと考えはじめたくらい。わたしを求めているのはわかっていた。それだけは一度も疑ったことはありません。なのに、キリスト教徒一好色家のあなたをその気にさせるのに、バーティを歯医者に連れていくよりも手がかかったなんて。この先もずっと、わたしに期待なさっているなら、考え直してくださいな。つぎはあなたが誘う番です、旦那様――そうしてくださらないなら、つぎは絶対ありませんからね」

ジェシカは後ずさり、胸の前で腕を組んだ。「本気よ、デイン。あなたに身を投げだすのはもうたくさん。わたしを気に入っているくせに。さっきのお床入りでもふたりの相性がいいことがわからないというなら、どうしようもないわね。あなたとは手を切ります。わたしの人生をだいなしにはさせません」

口をひらいたが、言葉は出てこなかった。ふたたび口を閉じ、窓辺へ歩いていく。ふかふかの椅子に身を沈め、外を眺めた。「バーティを……歯医者に連れていくより……手がかかった、か」デインは体を震わせて笑った。「歯医者とはな、ジェス」

スリッパを履いた足音が近づいてきた。

「デイン、だいじょうぶ?」

デインは額をこすった。「ああ。いや、だめだ。なんてばかなんだろう」振りかえると、彼女は怪訝《けげん》そうな目で見つめていた。「神経質、それがよくないんだよな。私は神経が過敏すぎる」

「とても緊張なさっていたのよ。わたしも気づくべきだったわ。ふたりとも、神経が張りつめていたのね。でも、あなたのほうが繊細で多感だからたいへんでしょう」

繊細。多感。デインは牡牛のごとき面の皮の持ち主だ――が、どうやら知性のほうも牡牛並みだったらしい。けれど、反論はしなかった。

「緊張か。そうかもしれない」

「あなたもお風呂にはいられたらいかが」ジェシカはそう言って、デインの額にかかった髪を撫でつけた。「のんびりつかっていらっしゃるあいだに、晩餐の用意を命じておきます」

「それはすませた。まもなく運ばれてくるはずだ。ここで食事をするのもいいかと思ってね。着替えをする手間も省ける」

ジェシカはまじまじとこちらを見つめ、ゆっくりと口もとをほころばせた。「思っていたほどどうしようもないかたじゃなさそうね。シャーバーンはどうなさるの?」

「従僕に手紙を届けさせた。レスリングの試合会場で会おうと伝えておいたよ。土曜日に」

ジェシカは笑みを消し、後ずさった。「わかりました」

「いや、わかっていない」デインは立ちあがった。「きみも一緒に来るのだ」

その言葉を聞いて夫を信じることにしたらしく、彼女の顔から冷ややかさが消えていった。やわらかな唇に笑みがもどり、銀色の瞳を潤んだように輝かせる。

「ありがとう、デイン。ぜひ、ご一緒したいわ。レスリングの正式な試合は見たことがないの」

「目新しいことばかりだろう」妻を食い入るように見まわしながら言った。「私が奥方を連れて到着したときのシャーバーンの顔が見ものだ」

「ほら、ご覧なさい」ジェシカは気分を害することもなく言った。「妻を持つことにはいろいろ利点があると言ったでしょ。お友達を驚かせたいときにも、とても役に立つのよ」

「そうだな。だが、私の心の平安がなにより肝心だ」少しずつ歩きだしながらつけくわえた。「きみに望むのは、私の気まぐれに応え、私の繊細な神経を癒し、それから……」そこでにやりと笑った。「私のベッドを暖めることだ」

「まあ、なんてロマンティックなの」ジェシカは胸に手をあてた。「気が遠くなりそう」

「いまはやめてくれ」デインはさっき妻が出てきたドアへ向かった。「あなたを抱き起こしている暇はない。膀胱《ぼうこう》が破裂しそうなんだ」

世界の秩序が取りもどされて、デインはのんびりと風呂につかりながら、頭のなかの辞書を編集しなおしていた。妻を〈女性〉という一般的な分類からはずし、専用の項目を作ってやった。彼女が夫をおぞましく思っていないことを書きこみ、その理由をいくつか挙げてみた。a)目が悪く、耳もよく聞こえていない、b)知性はおおむね正常だが一部に欠陥がある、c)風変わりなトレント家の気質を受け継いでいる、d)神の恵み。少なくとも二十五年間、神からは思いやりひとつ示してもらっていないのだから、そろそろなにかしてもらってもいいころだが、それでもデインは神に感謝し、できるだけ真人間になると誓った。

だが、そうなる見込みは彼の志同様きわめて低かった。理想的な夫になど絶対になれないだろう。そもそも、夫の役割がどういうものなのか見当もつかない。わかっているのは、妻に衣食住の安心を与えてやること、そして、子供を作ることだ。

子孫のことが頭に浮かんだ瞬間、デインは辞書をぴしゃりと閉じた。避けては通れないことであれこれ悩んだり、またもや常軌《じょうき》を逸したりして、せっかくのいい気分をだいなしにしたくない。それに、生まれてくる子は自分よりも彼女に似るかもしれないのだ。いずれにしろ、子供ができるのは防ぎようがない。彼女に手を出さずにはいられないのだから。

デインは手に入れたものの価値がわかる男だ。妻との愛の営みが、これまで味わったことのない天にも昇る心地であることも知った。それをあきらめるなど、利己的で下劣な自分には無理な相談だ。彼女にその気があるかぎり、結果を心配するのはよそう。もちろん、いずれ恐ろしい事態になるに決まっている。だが、デインの人生とはそういうものなのだ。なにが起こるにせよ、防ぐことができないのであればホラティウスの格言に従うまでだ。『明日《カルペ・》に信をかけず、今日を楽しめ《ディエム・クアム・ミニムム・クレデュラ・ポステロ》』

とりあえずは問題が解決したところで、妻と晩餐をとることにした。食事のあいだに、デインはまた頭のなかの辞書を改訂することになった。妻の妙な特技欄に、ボクシングの技術に関する知識はすでに加えておいた。晩餐の席でさらに判明したのは、レスリングにも通じていることだった。スポーツ雑誌や男たちの会話から学んだようだ。ジェシカの話では、弟ばかりでなく、男のいとこの面倒を十人も見てきたのだという。なぜなら、「あの無知な原始人連中を巧みにさばける」人間がほかにいなかったから。それなのに、無知な連中はだれも彼女をレスリング観戦に連れていこうとしない。

「あのポーキンホーンとカンの試合にさえ連れていってくれなかったのよ」ジェシカはむっとして言った。

その有名な試合はやはりデヴォンポートで二年前におこなわれたものだった。

「観衆は一万七千人もいたのに。いくら女性だからって、そんなにおおぜいいたら目立つわけがないでしょう?」

「きみなら七万の大観衆のなかでも人目につくだろう。パリでもそう言ったことをはっきりおぼえているが、私がこれまでに見ただれよりも美しいから」

ジェシカはあっけにとられ、なめらかな頬をほんのり染めた。「まあ、デイン、なんてすてきな褒め言葉なの——ベッドにいるわけでもないのに」

「私は意表をつく人間だ。いつなにを言いだすか、だれにもわからない」デインはワインを口に運んだ。「要するに、きみは人目を引く。ふつうなら、酔っぱらった田舎者に囲まれて、エスコートもままならなくなるところだ。だが、そのエスコート役が私となれば、わずらわしい邪魔ははいらない。田舎者どもは、たとえ酔っぱらっていようと、目はレスラーに向けたままで、よけいな手出しもしない」ワイングラスを置き、ふたたびフォークを取りあげた。

「娼婦のかたたちも、そうしたほうがいいわ」ジェシカも食事に注意をもどしながら言った。「わたしはあなたのように大きくもなければ、威圧的でもないけど、自分なりのやり方があります。わたしも邪魔がはいるのは我慢できないわ」

デインは皿に目を落としたまま、喉につかえそうになった料理をゆっくり飲みこんだ。

彼女は独占したがっている……このおれを。

この美しく、頭のおかしな、あるいは目も耳も不自由らしい女性は――それともほかに障りがあるかどうかはともかく――それをさらりと表明した。大地を揺るがしたことなどどこ吹く風で、まるで「塩入れをとってくださいな」とでも言わんばかりに。

「こういった大々的なスポーツ行事には、娼婦どもが大挙してやってくる。きみは手一杯になるかもしれないな……」デインは唇をひくひくさせた。「あいつらを追い払うのに」

「彼女たちをそそのかさないでとお願いしても無駄でしょうね」

「ジェス、そそのかそうなんて夢にも思わないよ。妻がそばにいるときにほかの女性を――その、誘惑してはならないことくらい、私にだってわかる。きみに撃たれることはさておき」デインは哀れがましく首を振った。「私が自分を抑えるだけですめばいいのだが。困るのは、あいつらは誘惑するまでもないことだ。私がどこへ行こうと――」

「困ってなどいないではありませんか」ジェシカはとがめるような目で見た。「手応えをちゃんと感じているくせに。女性たちがあなたのすばらしい体に、ため息をついたりよだれを垂らしたりするのを眺めるのは、さぞご満足でしょう。わたしだって、あなたのお楽しみを奪うつもりはないのよ、デイン。でも、わたしにも誇りというものがあることを考えていただきたいわ。人前で恥をかかせるのは差し控えてくださいな」

女性たちが……あなたのすばらしい体に……ため息をついたりよだれを垂らしたりする、だと？

おそらく、さっきの野蛮な床入りで、脳のどこかがいかれてしまったのだろう。

「きみがどう思おうが知らないが、私はきみのために大金を払ったんじゃなかったかね？なのになぜ、ほかの女たちを誘惑して金やエネルギーを浪費する必要がある？　私は一生ものの女性を手に入れたんだぞ」

「ほんの数時間前には、わたしを置き去りにしようとしました」ジェシカは指摘した。「結婚してわずか三日、それも、まだ完全な夫婦にもなっていないうちに。わたしの誇りはおろか、お金やエネルギーのことも気にかけていないようだったわ」

「さっきは頭がちゃんと働いていなかった。繊細な神経に振りまわされていたのだ。それに、人の気持ちを斟酌《しんしゃく》することにも慣れていない。だが、もう頭ははっきりしたから、きみの意見ももっともだとわかる。なんといっても、きみはデイン侯爵夫人だ。だれからも笑われたり憐れまれたりしてはならない。私が下種《げす》な振る舞いをするのは勝手だが、きみまでとばっちりを食うとなると話は別だ」デインはフォークを置き、身を乗りだした。「私の理解は正しいかね、奥様？」

やわらかな唇に笑みが浮かんだ。「お見事。頭がはっきりしているときは、慧眼《けいがん》の士なのね、デイン。まさに核心を突いています」

ジェシカの満足そうな笑顔が、心臓を射抜き、そこで暖かな渦を巻いている。

「おやおや、ずいぶん褒められたものだな」デインはとろけていく胸に手をあてた。「それも、知性を。この粗野な男の知性を褒められた。感激に気を失ってしまいそうだ」視線をデコルタージュのドレスに落とす。「さてと、そろそろ横になるとするか……きみも」目をあげて彼女を見た。「もうすんだだろう、ジェス？」

ジェシカは小さくため息をついた。「たぶん、あなたに出会った日に、わたしの人生はすっかりすんでいたのでしょう」

デインは立ちあがり、妻の席に近づいた。「だれかにきいていれば、そう教えてくれただろうに。きみがなにを考えて、あんなふうに私を悩ませつづけたのか、まったくわからない」デインは絹のようになめらかな頬を指の節でやさしく撫でた。

「はっきりした考えなどなかったの」

妻の手を取って立たせた。「きみはもともと、なにも考えていないような気がしてきた」と言いつつ、デイン自身もいまはなにも考えられなかった。白磁のような肌や、掌中の小さく優美な手を痛いほど意識していたから。

そして、自分の不恰好な巨体や、がさつな身のこなしや、内面と外面の黒さを痛切に感じていた。ほんの数時間前の出来事が、いまだに信じられない。彼女のなかに押し入り、その清らかな体で獣のような欲望を満足させてしまったとは。その欲望が、これほどすぐに、これほど激しくよみがえるとは。自分はやはり野獣なのだ。彼女がほほえみかけるだけで、怪物のように残忍な欲望が膨れあがり、理性を殺し、薄っぺらな文明人の仮面をはぎとってしまう。

落ちつけ、とデインは自分に言い聞かせた。なにか話をしろ、甘い言葉をかけるんだ。彼女は口説かれたがっているし、せめてそれくらいはしてやれるだろう。できなければおかしい。そのぐらいの自制心は、ないほうがおかしい。だが、どうにかできたのは、彼女をテーブルに押し倒して乗りかかりたいという衝動を抑え、ベッドへいざなうことだけだった。

デインは寝具をめくり、彼女をベッドにすわらせた。なすすべもなく見つめたまま、澱《よど》んだ沼のような頭でふさわしい言葉を探した。

「あなたに近寄らずにはいられなかったの」ジェシカは銀色の目でこちらの表情をうかがいながら言った。「近づいてはいけないとわかっていたけど、だめだったわ。そんな気持ちをあなたはすっかりお見通しだと思っていたけど、そうではなかったようね。あなたも勘違いしていたんでしょう？　いったいどう思っていたの、デイン？」

デインにはわけがわからなかった。自分の顔色から彼女はなにを読み取ったのだろうか。

「私がなにを勘違いしていたのかな？」寛大な笑顔を取り繕いながらきいた。

理もないわね」

「なにもかも、のようです」黒っぽいまつげを伏せた。「わたしがあなたを誤解したのも無

「だから、私に近づいたのか。私を誤解していたから？」

ジェシカはかぶりを振った。「ちがいます。それに混乱していたからでもないわ。ねえ、デイン、わたしの頭がおかしいなんて思わないでほしいの、そうじゃないんですもの。そんなふうに見えるのはわかっています。でも、それにはちゃんとした理由があるのよ。あなたがた男性はご存じでしょうけど、動物的欲求の激しさの前では理性も形なしなの。あなたと出会った瞬間から、わたしはあなたに欲望を感じていたのよ」

デインは腰が抜けそうになった。彼女のほうへ身をかがめ、マットレスの縁をしっかりつかみ、咳払いした。「欲望」どうにか声が裏返らずに、そのひとことが出た。それ以上はなにも言わないほうがいい。

ジェシカはまた顔色をうかがっている。「知らなかったでしょう？」

何食わぬ顔を装うことはもう無理だ。デインは首を振った。

彼女は手をさしのべ、デインの顔をそっと包んだ。「あなたにはなにも見えていないのね。それに、なにも聞こえていない。そうじゃなければ、ひどく混乱しているんだわ。パリじゅうの人たちが知っていたというのに。かわいそうな人。あなたがどんなことを考えていたかなんて、想像したくもないわ」

デインはやっとのことで笑い声をあげた。「世間が噂していたのは、てっきり私のことだ

と思っていた。私が……のぼせあがっていると。たしかにそのとおりだった。きみにもそう伝えたと思うが」

「でもね、愛《ダーリン》しい人、あなたは女性ならだれにでも欲情するのよ」ジェシカは噛んでふくめるように説明した。「だれかに夢中になったくらいで、パリっ子がいちいち大騒ぎするかしら。あの騒ぎはみんな、わたしの妙な振る舞いのせいだとおわかりならない？　あの人たちの目には、わたしがあなたに首っ丈で近寄らずにはいられないと映っていたの。賢明な淑女らしからぬ行為だから、みんなおもしろがったのよ」

愛《ダーリン》しい人。部屋が陽気にまわりはじめた。

「わたしだって、賢明な淑女でいたかったわ」ジェシカは話をつづけた。「あなたをわずらわせるのもいやだった。厄介なことになるとわかっていたんです。でも、どうすることもできなかった。あなたがそれはそれは……男らしいんですもの。あなたは男性そのものだわ。大きくて、強くて、わたしを片手で抱きあげることもできる。その感動は、口ではとても説明できないわ」

男らしい、というのは納得できる。たしかに、自分は男らしい。蓼《たで》食う虫も好き好き、ということもわかる。自分だって、彼女があらわれるまで魅力を感じるのはいつも大柄な女性だった。よかろう。彼女が好むのは大きくて強い男なのだ。それなら、自分にもあてはまる。

「あなたの噂はさんざん聞いていました。だから、わかっているつもりだったの。でも、あなたのことをちゃんと説明した人はいなかった。わたしはてっきり、ゴリラみたいな人だと思っていたんですもの」ジェシカは人さし指でデインの鼻をなぞった。「それがまさか、メディチ家の御曹司のようなお顔をしたかただったとは。ローマ神のような体をしたかただったとは。そんな人だとは思ってもいなかったわ。だから、心の準備ができていなかったの」小さくため息をつき、両手をデインの肩へ持っていった。「いまもそうよ。体が、あなたを拒めないの」

頭のなかの辞書の〈デイン〉という項目に、メディチ家の御曹司やローマ神などという言葉があっただろうかと探してみたが、もちろんどこにもあるはずはなく、考えただけで笑いだしそうになった。いや、泣きだしたくなったのかもしれない。どっちなのか、自分でもわからなかった。どうやら取り乱しかけているらしい。驚くことではない。彼女はこちらの気持ちを乱すコツを心得ているのだ。

デインは体を起こした。「心配するな、ジェス。欲望はまずいことではない。幸い、私はその手のことに対処するのが得意でね」

「わかっています」ジェシカはデインを眺めまわした。「あなたは完璧に対処しているもの」

「なんなら、いますぐそうしてやってもいい」枕をベッドのヘッドボードにもたせかけはじめた。

「なんて……話のわかるかたかしら」ジェシカは枕からデインへさっと視線を移した。

積み重ねた枕をぽんとたたく。「ここに横になってくれないか」

「裸で？」

デインはうなずいた。

ジェシカは一瞬のためらいもなく、立ちあがって、サッシュをほどいた。部屋着の前がはだけると、気だるげに肩をすくめてみせた。

魔性の女《ファム・ファタル》か、と思いながらデインはうっとりと見とれた。厚地の黒い絹が華奢な肩を滑り、なめらかな肌や心をうずかせる女性らしい曲線を伝い、官能的な衣擦れの音とともに足もとに落ちる。

ジェシカは恥じらいも、ためらいも、恐れも見せず、優美な動きでベッドにのぼり、枕に小さな背を預けた。

「できることなら、ずっと裸でいたいぐらいだわ」と、ささやく。「そういうふうにわたしをご覧になる顔つきが好きだから」

「あえいだり、よだれを垂らしたりするところがか？」デインもサッシュをほどいた。

「眠そうで、すねたような顔がよ」ジェシカは腹に手をあてた。「体の奥が熱くなって、掻き乱されるの」

デインは部屋着を脱ぎ捨てた。

ジェシカは鋭く息を吸いこんだ。

膨らみつつあるものが、まるで名前を呼ばれたかのように起立した。デインは視線を落とし、笑い声をあげた。「きみは男らしさを求め、それを手に入れる」

「大きくて、たくましいのね」ジェシカの声はかすれていた。やわらいだ銀色のまなざしが、デインの全身に注がれる。「それに、美しいわ。そんな魅力に、どうすれば抗《あらが》えましょう？どうしたらそんなことができるというの？」

「きみがそれほど軽薄だとは知らなかった」デインはベッドにあがり、彼女の脚にまたがった。

「そのほうがよかったわ。そうじゃなければ……」ジェシカはデインの太腿を撫であげた。「ああ、デイン、あなたに出会ったとき、わたしがどんなことを考えていたかを知られたら……」

やさしく、しかしきっぱりと、彼女の手を腿からはずしてマットレスの上に置いた。「言ってごらん」

「頭のなかでは、あなたの着ているものを全部脱がせていたわ。そうせずにいられなかったの。いま考えてもぞっとします。理性がぷつりと切れて、ほんとうにそうしてしまうんじゃないかとはらはらしたわ。ほら、あのお店で。シャンプトアの目の前で。バーティの目の前で」

「私の服を脱がせていたのか、頭のなかで」

「ええ、というより、はぎ取っていました。さっきのように」

デインは前かがみになった。「私がなにを考えていたか知りたいかい、愛する人《カーラ》？」

「おなじくらい淫らなことだといいんだけど」

胸にのばしてきたジェシカの手を、デインはまたもや払った。「私は……あなたを舐めたいと思っていた」と、おもむろに言う。「頭のてっぺんから……爪先まで」

ジェシカは目を閉じた。「それは、淫らだわ」

「舐めて、くちづけをして、さわりたかった……どこもかしこも」彼女の額にキスした。「白い場所をすべて。バラ色の場所をすべて。それ以外の場所をすべて」

デインは舌で形のいい眉をなぞった。「これからそれを実行する。きみはそこに横になり、されるがままになりなさい」

「はい」かすれた声で短く答え、身を震わせた——それが喜びである証拠に、ふっくらとやわらかな唇をほころばせている。

デインは満悦の笑みを浮かべたかわいい口を唇でなぞると、あとはなにも言わず、妄想を実現することにした。

現実はよりすばらしく、夢想をはるかに超える味や香りにうっとりとなった。

その鼻にくちづけ、頰のなめらかさを享受する。においを胸いっぱいに吸いこみ、彼女を味わいながら、すばらしさをあらためて思い知らされた。見事な卵型の顔、突きでた頰骨、きめ細かで染みひとつない肌——ひと目見たとたん泣きたくなったほどの美しさ。

あのとき、完璧だと思うと同時に、自分には手の届かないものだと悟り、心が打ちのめされそうになったのだった。

だが、なにはともあれ、ついに手に入れたのだ。その完璧さに唇で触れることができる……息をのむほど美しい顔に……蠱惑《こわく》的な耳朶に……すべすべした首に。

物陰にたたずみ、灯火に照らされた白妙《しろたえ》の肌を食い入るように見つめたことを思いだす。そのときひそかに眺めた雪のように白い右肩に、ひらいた唇をつけ、腕から指先までゆっくりなぞってから、また肩にもどっていった。左の腕にも、執拗な唇を這わせていく。彼女が指を曲げ、甘いため息をそっともらすと、デインの血管にさざなみが起こり、心臓がチェロのように掻《か》き鳴らされた。

高鳴る鼓動に合わせて上下する張りきった乳房にくちづけを浴びせる。紅潮し、ぴんと立った乳首を舌でなぞり、小さなあえぎ声をつかのま楽しんでからその先へ進む。まだ先は長く、なにひとつおろそかにするつもりはなかった。すべてを味わいつくすのだ。明日には世界は終わってしまうかもしれず、地獄が口をあけて待っているかもしれないから。

デインは下へさがり、心に決めたとおり、隅々までキスの雨を降らせていった。なめらかな腹から甘美な曲線を描く腰へ、ほっそりとした形のいい脚から華奢な足首や爪先へ。そして、サテンのごとき内腿へとゆっくりもどっていく。

ジェシカの体は小刻みに震えはじめた。デインの股間は熱く猛《たけ》り立ち、待ちきれなくなっていた。

だが、まだじゅうぶんではない。信じられるのは、いまだけだから。いましかないかもしれない。だからもう一度、爪先まで舌で味わい、来た道をもどっていった。

そして、脚のつけ根の黒っぽい茂みを越えて、ベルベットのような肌に舌を這わせた。

「なんて美しいんだ、ジェス。なにもかもが美しい」濁った声でささやき、湿り気を帯びたほの暗い巻き毛に指を滑りこませた。

うめき声が聞こえる。

デインは暖かく湿った部分に口を寄せた。

ジェシカは低く叫び、デインの髪をつかんだ。

女性らしい喜悦の声が、血管を走り抜ける。濃厚な女性の香りと味が、あらゆる感覚を満たしていく。世界でいちばんほしいのは、彼女だった。その女性が自分のものとなり、彼を求め、彼のために濡れ、欲情しているのだ。

デインは自分を求めている女性を口であがめた。そうしているとえも言われぬ幸せを感じるから、彼女を喜ばせた。やがてジェシカがデインの髪を握りしめ、名前を呼んだとき、その体が痙攣するのがわかった。

そこでようやく、熱く迎える柔肌の奥へわが身を沈め、彼女とひとつになる。

すると、デインの世界も揺れだした。もしこの瞬間に世界が終わったとしても、自分は喜んで地獄に落ちるだろう。なぜなら、ジェシカも明日などないかのような激しさですがりつき、くちづけに応えているから。このまま死ねば、ジェシカに抱かれ、求められたままだから。

やがて世界が爆発し、デインはみずからを解き放った。まるで魂まで奪われたような感覚だったが、それが彼女から与えられた純然たる幸福の代償なら、魂だろうとなんだろうと喜んでさしだしただろう。

翌日、ジェシカは例のイコンを夫に贈った。

デインは朝食の部屋にやってきて、それを自分の席に見つけた。イコンはコーヒーカップと皿のあいだに立てかけてあった。曇った朝の弱い光のなかでも、真珠はきらめき、トパーズとルビーは輝き、ダイヤモンドは虹色の光を放っている。かすかに光る金色の輪の下で、聖母は灰色の目に憂いの笑みをたたえ、腕のなかのしかめっ面の幼子を見つめている。

宝石をちりばめた額縁の下に、折りたたんだメモがはさまれていた。胸を高鳴らせながら、デインはメモを取ってひらいた。

〝お誕生日おめでとう〟と書かれている。それだけだった。

メモから目をあげて向かいの席を見やると、窓からさしこむおぼろな光が、妻のつややかな髪を縁どっていた。

いつものように、ジェシカは自分が引き起こした混乱などおかまいなしに、スコーンにバターを塗っている。

「ジェス」締めつけられた喉から、ようやくそのひとことを絞りだした。

「はい？」ナイフを置き、スプーンでジャムをすくってスコーンにのせる。

デインは頭のなかの辞書のページを必死に繰ったが、目当ての言葉を見つけることはできなかった。自分でもなにを探しているのかわからなかったからだ。

「ジェス」

ちぎったスコーンを口もとへ運ぶ手をとめ、こちらを見た。

デインはイコンを指さした。

ジェシカはそれに目をやった。「ああ、それね。遅くなってしまったけど、ないよりはましだと思ったの。本物のプレゼントと言えないのはわかっているわ。どちらにしても、あなたのものなんですから。わたしのものはすべて――でなければ、ほぼすべて――結婚と同時に法的にはあなたのものになったんですもの。でも、そういうことにしておきましょうよ。だって、お誕生日にふさわしい贈り物を見つけるどころか、そんなことを考える暇もなかったのよ」彼女はバターとジャムたっぷりのスコーンを口に放りこんだ……まるでこの説明で問題はすっかり解決し、何事もなかったかのように。

このときはじめて、デインはバーティ・トレントの気持ちがわかった気がした。人間として必要な脳みそを持ちながら、それを働かせようという考えのない男の気持ちが。バーティも、もともとあんなふうだったわけではないのだ。おそらく、生まれてからずっとこんな衝撃にさらされつづけたせいで、無能になってしまったのだろう。

魔性の女《ファム・ファタル》という言葉は、文字どおりに解釈すべきなのだろう。彼女が惑わすのは相手の思考なのだ。

だが、おれはちがう、とデインは決意を新たにした。彼女の手にかかって、底抜けのまぬけになどされてたまるものか。

こんなことはなんでもない。うまく対処できる。自分はただ面食らっているだけなのだ。

最後に誕生日プレゼントをもらったのは八歳のときで、母からだった。もちろん、ワーデルとマロリーが十三歳の誕生日に用意してくれた売春婦は、数にははいらない。結局金を払ったのはデインだったのだから。

デインはただただ驚いていた。ものすごく驚いていた。このイコンを自分に渡すぐらいなら、酸が煮え立つ大釜《おおがま》に放りこんでしまうだろうと信じて疑わなかったから。結婚の交渉のときも、イコンのことは持ちださなかった。とっくの昔に売り払ったと思っていたから、ほんの一瞬でも、あわい期待をかけたりしてはいけないと自分に言い聞かせていたのだ。

「これはまた……望外の喜びだ」知的な大人が口にしそうなことを言ってみた。「グラツィエ。ありがとう」

ジェシカはほほえんだ。「あなたならわかってくださると思っていたわ」

「含蓄だの象徴的意義だのをすっかり理解するのはとても無理だ」デインはきわめておだやかに言った。「それどころか、私は男だし、頭も単純だから込み入った思考は向いていない。それでも、汚れが落とされるなり気づいたとおり、これは精美な芸術作品だ。いくら見ても見飽きることはないだろう」

なかなかうまい受け答えだ、とデインはひとり悦に入った。知的で、理性的で、大人らしい。手もテーブルにのせておきさえすれば、震えることもない。

「そう感じてくださることを願っていたの。これがどれほどすばらしく貴重なものか、おわかりになると思っていました。ストロガノフ派の作品はどれも見事だけど、これはとりわけ喚起力に富んでいますものね」

「喚起力に富んでいる」デインは華麗に描かれた肖像に目をやった。これが自分のものになったいまでさえ気持ちは落ちつかず、この絵に夢中になったりこの絵が呼びさます感情について考えたりなどしたくなかった。

ジェシカは立ちあがり、近づいてきて、デインの肩に手を置いた。

「きれいに修復されたこの絵を見たとき、深く心を動かされたわ。とても妙な感覚だった。どうやら、芸術もこのレベルになるとわたしの手には負えないようね。あなたは目利きだけど、わたしはただのガラクタ蒐集家だから、価値のある作品だということはわかっても、それに引かれる理由までわかるわけではないの」

デインはとまどって、顔をあげた。「これが無類の作品である理由を説明しろというのかね？」

「聖母の目の色がめずらしいこと、金《きん》がふんだんに使われていること、出来栄えが見事なことはわかります。でもそのどれも、見る者の心を強く揺さぶる理由にはなっていない」

「心が揺さぶられるのは、きみが感傷的だからだ」デインはしぶしぶイコンに目をもどした。

咳払いをひとつしてから、家庭教師のような辛抱強い口調で話しだした。「私もロシアの典型的なふくれっ面は見慣れている。しかし、ご覧のようにこの絵はまったくちがう。幼子イエスは心から怒ってすねているように見える。ポーズをとるのに飽きたか、おなかをすかせているか——あるいは、単にかまってもらいたいだけなのか。母親のほうはお決まりの悲しげな表情はしていない。そう、どちらかといえば不快そうな顔だ。むずかる息子に少しばかり腹を立てているのかもしれない。それでも、わが子をなだめるか許すかするような淡い笑みを浮かべている。子供だからしかたないと思うからだ。子供というのは無邪気で、なんでもあたりまえだと思っている。母親に笑顔を向けてもらうのも、なだめてもらうのも、根気よく相手をしてもらうのも……許してもらうのも。この子は自分がなにを授かっているかを知らない。ましてそれに感謝するなんて。だからむずかり、しかめっ面をしている……幸せな無知というわけだ」

デインは言葉を切った。いきなり室内が静まりかえり、かたわらの女性も身じろぎすらしていないように思えたからだ。

「ごく自然な、人間らしい構図だ」つとめてあたりさわりのない軽い口調でつづける。「われわれはつい、このふたりが聖母子だということを忘れ、芸術上のしきたりと華やかな装飾のなかに息づく人間ドラマとして見てしまう。このマドンナと幼子が聖人然としていたら、作品の希少価値も興趣も半減していただろう」

「ええ、おっしゃることはよくわかるわ」妻は静かにあいづちを打った。「これを描いた人はモデルの性格や、幼い息子への母親の愛情や、ふたりのあいだの一瞬の雰囲気までとらえているのね」

「それがきみの情感を呼び起こしたのだ。私でさえ、このふたりには興味がそそられ、彼らの顔つきがなにを語っているのかを考えてしまう――とうに死んでしまっている者たちなのに、真実などは重要ではないのに。そこが、この画家のすぐれた点だ。人にあれこれ考えさせる。まるで、この絵を見る人間をからかっているようじゃないかね?」

デインはジェシカを見あげ、笑ってみせた。母親の愛情が描かれた胸が張り裂けそうなほど美しいこの絵が、芸術上のしゃれた謎にすぎないかのように。

ジェシカは肩に置いた手に力をこめた。「この絵には、素人の目に映る以上のものがあると思っていたわ」おだやかすぎる口調で言った。「あなたの目はほんとうに鋭いのね、デイン」そう言うと、さっとそばを離れ、自分の席へもどった。

けれども、一瞬遅かった。ジェシカが隠すまえに、その目によぎったものを見てしまったのだ。直前に彼女の声に聞き取った悲しみと……哀れみを。

デインの心は怒りにねじれ、荒れ狂った。しゃべりすぎてしまった自分が腹立たしい。自分の言葉の意味をすばやく——それも、本人よりすばやく——読み取ったばかりか、気持ちまで感じ取ったジェシカが腹立たしい。

だが、もう子供ではない、とデインはおのれに言い聞かせた。無力ではない。たとえうっかり妻に心情をさらけだしてしまったとしても、自分という人間は変わってはいない。そう、なにひとつ変わっていないのだ。

ジェシカを得たのは僥倖《ぎょうこう》であり、この幸運を存分に活《い》かすつもりでいる。そうとも、妻が彼を幸せにしようとするのはかまわない。けれど、妻に哀れまれるぐらいなら、生きたまま皮をはがれ、油で煮られるほうがずっとましだ。

15

やがて、アンドルーズが従僕頭のジョウゼフをしたがえてはいってきた。夫の前にビーフステーキとエールが置かれる。ステーキを切り分けてやりたかったが、そのささやかな奉仕もアンドルーズにとられてしまった。ジェシカは所在ないままに、おがくずのように味気なく喉につかえる料理を食べるふりをした。

男性の心を読むことにかけては達人だと自負しているものの、夫の気持ちはちっともわからない。ゆうべも、彼がうぬぼれの強い人間ではないことや、女性を愛するのが苦手だという推測が正しかったことは確かめられたが、彼の抱えている心の荷物がどれほど重いものであるかまでは考えてみなかった。

男性というのはたいがい自分のことがはっきり見えないのだ、と思うことですませてしまった。たとえばバーティは、鏡を見ると頭脳明晰な男が映るらしい。いっぽう、デインは鏡に映る肉体美がまったく見えないらしい。目利きの彼にしては奇妙だが、しょせん男とは矛盾した生き物なのだ。

女性を愛する件に関しては、ジェシカも彼と相愛の仲になる予感にどきどきさせられたことは厳密にはない。だから、ほかの女性たちが――海千山千の玄人たちでさえ――彼のことを手に余ると思ったとしても当然だ、と考えたのだ。

けれど、問題の根が予想以上に深いことにも気づいておくべきだった。手がかりはいくらでもあったのに。研ぎ澄まされた神経、女性への不信感、生まれ育った家に対する居心地の悪さ、母親への敵意、厳格そうな父親の肖像画、そしてジェシカへの矛盾した態度。

彼がわたしを、わたしのなかのなにかを強く求めていることは、とっくにわかっていた――直感が告げていたではないか。

彼もふつうの人とおなじものを求めていた――愛を。

だが、ふつうの人たちよりずっと強く求めている。それはどうも赤ん坊のころから、あまり愛情に恵まれていなかったせいのようだ。

〈……なんでもあたりまえだと思っている。母親に笑顔を向けてもらうのも、なだめてもらうのも、辛抱強く相手をしてもらうのも、許してもらうのも〉

あのとき自分がなにを感じ取ったにしても、一緒になって笑い飛ばせばよかった。母親のことや、母親に愛されている子供の話などするべきではなかった。そうしていれば、デインだってあんな目でこちらを見たりしなかっただろうし、ジェシカも孤独な少年の影を見ずにすんだ。気の毒な少年のことで胸を痛めることもなかったし、自分の目に浮かんだ痛ましさに気づかれることもなかったのだ。

ところがそうはならず、デインは同情されたと思っている――いえ、それどころか、本音を吐露するように仕向けられたと思っているかもしれない。

きっとジェシカにひどく腹を立てているだろう。

お願い、とジェシカは心のなかで祈った。そうしたいなら怒ってもかまわない、でも、わたしに背を向けて去っていくのはやめて。


デインは去っていかなかった。

とはいえ、男性の理不尽な振る舞いにあまり慣れていなかったら、まともな結婚生活らしきものを築きたいという希望は、このあと数日間の彼の行動ですっかり打ち砕かれていただろう。彼はやはりベルゼブブなのであり、悲しみに打ちひしがれた孤独な子供だったことはおろか、ただの子供だったこともなく、ゼウスの頭からアテナが生まれたように、闇の帝王の頭から一人前の人間の姿で飛びだしてきたのだと信じたにちがいない。

けれど、ジェシカはすぐに気づいた。それこそがデインの目論見なのだ。自分は冷酷な放蕩者であり、ジェシカのことはおもしろい玩具《がんぐ》とみなしているだけで、もっぱら淫らな興味しかない、と思わせようとしているのだ。

それから金曜日まで、デインは寝室の窓下の腰掛けや、肖像画が飾られたギャラリーのアルコーヴや、音楽室のピアノの下や、ジェシカの居間の戸口で――それも彼の母親の肖像画の前で――体を求めてきた。そのいずれも白昼に限られていた。

それでも、愛を交わしているときは情熱的だった。冷静で理性的なときにはどんな態度でも装えるかもしれないが、そのあいだだけはジェシカを強く求めていることを隠すことはできなかったし、欲望に狂っているのが自分だけでもかまわないというふりをすることもできなかったのだ。

しかしそれ以外のときは、世間が知るデインそのものだった。何時間もご機嫌で感じよくふるまうこともあるかと思えば、わけもなく敵意を示し、辛辣な皮肉を浴びせたり、子供扱いしたり、こちらの心を怒りで黒く塗りつぶすような計算しつくされた言葉を何気なく口にしたりもした。

つまり、彼に欲望を感じるのはかまわないが、愛情や同情といった甘い感情で彼を侮辱してはならない、ということを伝えたいのだ。さらに言えば、彼を虜にしてはならない、彼の腐った暗い心に忍びこむのは断じて許さん、ということになる。

これはまったく不公平な話だ。このけだものはすでにジェシカの心をとらえ、悪性の寄生虫のように巣食っている。相手はなんの努力もしていないのに、いろいろあるにもかかわらず、ジェシカは心ならずも彼に恋していた。彼に欲望をおぼえたときよりはゆっくりと、けれどおなじように確実に。

だからといって、彼に手痛い傷を負わせてやりたいという衝動にかられないわけではない。世話が焼けるということにかけては、デインはまさに天下一品だ。金曜日には、ジェシカももう一度銃弾を撃ちこんでやるべきかどうかを真剣に考えはじめ、体のどの部位ならなくなってもかまわないかを検討するようになっていた。

土曜日には、いちばん無用なのは脳みそだという結論に達していた。

その早朝、淫らな気分で目を覚ましたデインに、ジェシカはもやもやを解消するために起こされた。結局、それをなだめるには二回の処置が必要となり、そのせいでふたりは寝過ごすことになった。

こうしてデヴォンポートへの出発が遅れ、レスリングの会場に着いたときには試合がはじまっていて、いい席をとることができなかった。デインはそれもこれもみんなジェシカのせいだと責めた。そもそもジェシカが股間に尻を押しつけて寝ていなければ、自分だって淫らな気分にはならなかったというのだ。

「ここでは近すぎるな」デインはかばうように妻の肩に手をまわしながら文句を言っている。「あと数ラウンドもすれば、きみは汗と、おそらく血しぶきにもまみれてしまうぞ。ソーヤーがキーストの膝を蹴るのをやめないかぎり」

人ごみを掻き分けていちばん前まで行こうと言い張ったのは彼だったが、ジェシカはあえて指摘しなかった。

「カンもああやってポーキンホーンと闘ったわ。西部地方では蹴りを使ってもいいはずですけど」

「石鹸と水を使ってもいいことを知っている見物人がいることを願うよ」あたりを見まわしながらつぶやく。「一マイル四方に、この十二カ月に風呂にはいった人間がひとりもいないほうに五十ポンド賭けてもいい」

ジェシカに嗅ぎとれたのは、酒や煙草や麝香《じゃこう》といったごくふつうの男性らしいにおいだけで、それも強く意識しないと感じないくらいだった。というのも、夫に寄り添っているから、彼独特の香りにすっかり気をとられてしまうのだ。彼のぬくもりのせいで、早朝の熱烈な愛の営みが鮮烈によみがえり、試合に集中するのはひと苦労だった。彼の大きな手が、胸のすぐ上にだらりと垂れている。夫にもっとぴったり近づいたら、まわりで押し合いへし合いしている観衆のだれかに気づかれるだろうか。

もっと近づきたい、と思っている自分がいやになる。

「情けない試合だな」デインがぼやいた。「私なら、たとえ両手を縛られ、片方の脚を骨折していても、ソーヤーを倒せる。まったく、きみでも勝てるぐらいだよ、ジェス。シャーバーンのやつ、よくもこんなひどい試合を見るために、はるばる二百マイルもやってこられたものだ。家でゆったりくつろいで、奥方としっぽり濡れていればいいのに。まあ、相手が醜女だとかあばただらけだというならわかる――しかし、華奢な女が好みなら、彼女はけっして悪くない。たとえ好みじゃないとしても、それならどうして結婚なんかしたんだ？　おなかに子供がいたわけでもないのに――いまもいないだろう。夫があれほど家をあけているんじゃ、作れるわけがない」

その口吻《くちぶり》は、きょうのデインの気分そのものだ――世界じゅうが共謀して彼を怒らせようとしている。シャーバーンまでもが、妻と家でくつろいでいないというだけで陰謀の一味にされてしまった。

家でくつろぐですって？　ジェシカは驚いて目をぱちくりさせた。ということは、この石頭の夫を多少でも改心させたということなのかしら。

笑いを嚙み殺しながら、ジェシカは夫の不機嫌そうな顔を見あげた。「旦那様、あまり楽しんでいないようね」

「臭くてたまらん」デインはジェシカの背後をにらみつけながら言った。「それに、あの忌々しいエインズウッドの野郎がきみに色目を使っている。まぬけ頭を首から切り離してくれと頼んでいるようなものだ」

「エインズウッドですか」ジェシカは首をめぐらしたが、群衆のなかに見知った顔はなかった。

「やつと目を合わす必要はない。そんなことをしたら、あのまぬけのことだ、きみにその気があると勘違いする。ほう、すばらしい、トリヴァーまできみを見ている。ヴォートリーもだ」

「きっとあなたをご覧になっているのよ」夫をなだめながらも、ジェシカの心は躍っていた。この人でなしが、やきもちを焼いているのだ。「あのかたたちは、あなたが来るかどうか賭けていたのでしょう。エインズウッドは色目を使っているんじゃなくて、賭けに勝ってほくそ笑んでいるんだわ」

「ならば、家にいたほうがよかったな。寝床のなかに」デインは眉をひそめながらジェシカを見た。「いや、だめだ。レスリングの試合を見られないと、わが妻の人生は味気ないものになる。そのうえ――」

「だからご自分がくつろぐ時間を犠牲にして、わたしにつきあってくださった。そこまでしてやってきたのに、大した試合ではなかった。いらいらなさっているのは、わたしを喜ばせる計画がだいなしになったと思っているからなのね」

デインはいっそう顔をしかめた。「ジェシカ、私の機嫌をとろうとしているな。私は子供ではない。機嫌をとられるのは大嫌いだ」

「機嫌をとられるのがおいやなら、駄々をこねるのはおやめになって、なにが気に入らないのかはっきりおっしゃればいいのよ」ジェシカはレスラーたちに目をもどした。「わたしだって、人の心を読めるわけではありませんから」

「駄々をこねる？」デインは手を離しながらくりかえした。「駄々をこねる？」

「お昼寝しそこなった二歳児みたいにね」

「二歳児だって？」

ジェシカはうなずいた。目は試合に向けつづけながらも、全神経はかたわらで怒り狂っている男に向けられていた。

逆上したデインは大きく息をつき、さらに二度深呼吸してから「帰るぞ」と言った。「馬車にもどるんだ。ただちに」

馬車にはたどりつけなかった。群衆のいちばん端まではなんとか出られたものの、馬車はずっと遠くにある。到着が遅れたせいで、会場のまわりはほかの乗り物に占領されていたのだ。紋章入りの馬車の列はみすぼらしい荷馬車に囲まれ、馬の世話に残された者たちが大声で言い争いながら、いらだちを発散している。

自分も発散すべきものを抱え、馬車を見つけるより先にそれが爆発するのがわかっていたので、デインは妻をせかして最初に目についた人気のない場所へ向かった。

そこはスペインの無敵艦隊を迎え撃った時代から礼拝などおこなわれていないような、崩れかかった教会の墓地だった。墓碑銘が潮風に浸食された墓石は、どれも酔っぱらったようにあらゆる方向に傾き、自分で立つ気力さえ見せていない。半分近くは、とうの昔に立っていることをあきらめて横倒しとなり、まわりには酔いつぶれた水兵に群がるスリのように丈高い雑草が生い茂っていた。

「まるで存在していない場所みたい」ジェシカはあたりを見まわした。自分の腕をつかんでひっぱっていく、怒りに満ちた大きな手などかまわずに言った。「こんな場所があることに、だれも気づきもしなければ、気にもかけてもいないようだわ。不思議ね」

「そんなことはすぐに不思議でもなんでもなくなる。きみも、自分など存在しなければよかったと思うだろう」

「どこへ行くの、デイン？　馬車への近道じゃないわ」

「これが自分の葬式への近道でなければ、きみはとびきり運がいい」

「あら、見て！」ジェシカが大声をあげた。「なんてきれいな石楠花《しゃくなげ》でしょう」

彼女の指さす先を追うまでもなかった。デインはすでに、白やピンクや紫の花をつけた灌《かん》木《ぼく》の茂みに気づいていた。その真ん中に支柱つきの門があるのにも気づいていた。かつてはその門のわきに、教会の敷地や建物を囲む壁があったのだろう。ことによると、その壁――あるいはその残骸はいまでもあり、石楠花の厚い茂みに隠れているのかもしれない。いま重要なのは、その〝隠れている〟場所だ。あの茂みなら通行人の視線をさえぎってくれる。

デインは妻をその門までひっぱっていき、より人目につかない右側の柱の前に立たせた。

「私が二歳児だと、奥様?」歯を使って右手の手袋を引きはがす。「私が何歳か、教えてやろう」もういっぽうの手袋も引きはがした。

そして、ズボンのボタンに手をのばした。

ジェシカが視線をさげる。

すかさず小さな開閉部のボタンを三つはずすと、ズボンのフラップがはらりと垂れた。

ジェシカの息をのむ音が聞こえる。

デインの逸物はみるみる膨らみ、フランス製の生地を押しあげる。九秒で九つのボタンをはずすと、それは颯爽《さっそう》と飛びだしてきて、熱く脈打ちながらそそり立った。

ジェシカは柱に背を預け、目を閉じた。

デインはスカートを捲《まく》りあげ、うめくように言った。「ええい、忌々しい。きょうはずっと、きみがほしくてたまらなかったのだ」

もはや紐だのなんだのといった細かいことにかまっている余裕はなかった。下穿きの隙間《すきま》を見つけ、そこから指をつっこんで絹のような巻き毛の奥に忍ばせた。

せっかちに何度か撫でただけで、ジェシカはその気になり、デインの指に体を押しつけてきた。息づかいは浅くせわしなくなっている。

なかにはいると、熱く濡れたものが迎えてくれ、押し殺した歓喜の声が聞こえてきた。焼けるような喜びが総身を突き抜ける。デインは彼女の尻を抱えて持ちあげた。

ジェシカはデインの腰に両脚を巻きつけ、肩にしがみつき、顔をのけぞらせてかすれた笑い声をあげた。「わたしもあなたがほしかったわ、デイン。気が変になりそうなほど」

「愚か者め」こんなけだものをほしがるなど、どうかしている。

「あなたの愚か者よ」

「やめろ、ジェス」彼女はだれの愚か者でもない。とりわけデインのものではない。

「愛しています」

その言葉は胸を射抜き、心の扉をたたいた。だが、その扉をあけるわけにはいかない。

デインは離れる寸前まで体を引いてから、さらに強く突いた。

「わたしを黙らせることはできないわ」ジェシカはあえぎながら言った。「愛しています」

何度も何度も、猛烈に突きたてる。

だがそれでも、彼女を黙らせることはできなかった。

「愛しているわ」ひと突きごとに、ジェシカはその言葉を口にした。デインがわが身を押しこんでいるように、ジェシカもその言葉をデインに押しこもうとするかのように。

「愛しているわ」大地が揺れ、天国の門がひらき、恍惚が稲妻のように体を貫いた。聞くまいと彼女の口を押さえたが、みずからの精を流しこみながらも、その危険な言葉は乾ききった心に流れこんでくる。心がその言葉を受けいれ、信じていくことを、もはやとめることはできなかった。これまでずっと、彼女を締めだそうとしてきた。自分が傷つくほど必要としないようつとめてきた。むなしい努力だった。

この女を避けることはできなかったし、これからもできないだろう。

魔性の女《ファム・ファタル》。

だが、そんな女の手にかかって死ぬのも一興かもしれない。

いまを生きろ《カルペ・ディエム》、そう自分に言い聞かせながら、デインはジェシカにぐったりともたれた。

予想どおり、楽園の外には悪夢が待っていた。

ふたりが教会の庭を出て馬車を探しはじめたころには、お粗末な試合は審議に持ちこまれるというお粗末な結果になっていた。会場から出てきた群衆は四方八方へ散っていく。街の中心へ向かう者もあれば、乗り物の列のほうへ向かう者もいた。

馬車のすぐそばまで来たとき、ヴォートリーに呼びとめられた。

「わたしは馬車で待っています」デインの腕から手を離しながら、ジェシカが言った。「いまはとても、きちんとご挨拶できそうにないから」

デイン自身もはなはだ心許なかったが、なんとかしたり顔でほほえみ、妻を馬車に乗せて、ヴォートリーのもとへ近づいていった。

まもなくエインズウッドやほかの仲間たちも加わり、デインはたちまち、あの嘆かわしいレスラーたちをこきおろす会話に巻きこまれていた。

審議の対象になった投げ技をヴォートリーが論じるかたわらで、エインズウッドはうわの空であらぬほうを見ている。

どうせまたジェシカに見とれているのだろう。デインは威嚇《いかく》の一瞥を投げつけた。エインズウッドはそれには気づかず、こちらを向いてにやりと笑った。「どうやら、おまえの従僕にはいささか手に余るようだな」

デインは愉快そうな公爵の視線の先をたどった。ジェシカはすでに馬車のなかにいて、公爵のいやらしい目は届いていない。

いっぽうで、従僕頭としてデイン侯爵夫人に付き添っているジョウゼフが、薄汚い少年と格闘していた。そのみすぼらしい身なりからすると、スリのようだ。スポーツ行事には、娼婦同様、スリもおおぜい押しかけてくる。

ジョウゼフがやっとのことで浮浪児の襟首をつかんだが、その子は身をよじって彼を蹴飛ばした。どなりつけるジョウゼフに、浮浪児は水兵ですら舌を巻くような悪態を並べた。

そのとき、馬車のドアがひらいて、ジェシカが声をかけた。「ジョウゼフ、いったいなにをしているの」

彼女がどんな事態にも対処できるのは承知しているものの、この場は自分がにらみをきかせなくてはならないはずだ……それに、友人たちも事態を見守っている。

デインはジェシカを制しようと馬車へ急いだ。

すると背後から、身の毛もよだつ悲鳴が聞こえた。

驚いたジョウゼフが手をゆるめた隙に、浮浪児は彼を振り切って脱兎のごとく逃げだした。

だが同時に、デインは少年に飛びつき、薄汚れた上着の肩をつかんで引きとめた。「こら、この――」

そう言いかけて、言葉を切った。こちらを見あげたのは……浅黒いしかめっ面で、細めた陰気な目の下には大きな鉤鼻があった。

デインは思わず手を放した。

少年は動きをとめた。陰気な目を見ひらき、不服そうな口をあんぐりとあけている。

「そうだよ、坊や」耳障りな女性の声が、恐ろしい白日夢の縁から聞こえてきた。「だから言ったろう、その人がおまえのパパだよ。そっくりじゃないの。そうでしょう、侯爵様？この子はあなたにそっくりじゃない？」

たしかに、忌まわしいほど似ている。その子とのあいだにあるのは空気ではなく、二十五年の歳月であるかのように、自分の顔が悪魔の鏡のごとくこちらを見返している。

そして聞こえてきた声が悪魔の情婦のものであることを、チャリティ・グレイヴズの悪意ある視線をとらえるまでもなく悟った――その悪意を察したとたん、彼女がこの出会いをわざとたくらんだのを悟ったように。なにもかも彼女のたくらみだったのだ。この化け物のような子をこの世に産み落としたことも。

デインは一笑に付そうと口をひらきかけた。そうせざるをえないから。ほかに方法はないから。

けれどそのとき、地獄の島にいるのは自分たちだけでないことに気がついた。この恐ろしい茶番は公衆の面前でくりひろげられているのだ。

その観客のなかには、わが妻もいる。

無限の時が過ぎたかに思えたが、実際にはほんの一瞬のことで、デインはとっさに少年がジェシカの目にはいらないよう動きだしていた。だが、その子も放心から立ちなおっており、人ごみのなかへすばやく消えていった。

「ドミニク！」呪わしい母親が大声をあげた。「もどっておいで、坊や」

二十フィートほど離れたところにいる妻の様子をうかがうと、ジェシカはおもむろに女から夫に視線を移し、それから少年が消えた人ごみのほうを見やった。デインは妻に近づきながらエインズウッドに目配せした。

公爵は例によって酔っていたものの、デインの意は汲み取ったらしく、女に声をかけた。

「おや、きみはチャリティじゃないか」

エインズウッドは、馬車のほうへ——ジェシカのほうへ足早に進むチャリティをすばやくさえぎった。女の腕をつかみ、ぐいっとひっぱる。「なんと、きみに会うとはな」大声で言った。「てっきり、まだ精神病院に閉じこめられているものとばかり思っていたよ」

「放してよ！」女はキンキンした声を張りあげる。「あたしは奥方様にお話があるの」

すでに妻のそばに着いていたデインは、「馬車に乗っていなさい」と命じた。

ジェシカは見ひらいた目に沈痛な色を浮かべ、チャリティのほうを見た。エインズウッドに引き立てられていくところで、やはり事態を察した仲間たちが手を貸している。

「あの女は頭がおかしいのだ」デインは言った。「いいから、さあ、乗るんだ」


馬車のなか、ジェシカは膝の上で両手を握りしめ、全身をこわばらせていた。馬車がぐらりと揺れて動きだしても口をぎゅっと結んだままで、そのあとも押し黙って冷たい態度を崩さなかった。

大理石の彫像のような妻と馬車に揺られて二十分あまりたつと、デインはそれ以上、沈黙に耐えられなくなり、ぎこちない口調で謝った。「すまない。人前で恥をかかせないと約束したのはおぼえている。だがあれは、わざとではないのだ。それはわかってくれるだろう」

「あなたがわざと子供を作ったのでないことはわかります」ジェシカはにべもなく言った。「娼婦と寝るときに、そんなことを考える男性はめったにいませんから」

少年の顔を見られていないようにと願うほうがばかだった。

やはりそうだったか。彼女の鋭い目を逃れられるものなどないのだ。カビと泥におおわれた絵画が貴重なイコンであることを見抜いた目が、二十歩先にいた者を見逃すはずがない。まちがいなく見たのだ。ジェシカは娼婦の言葉だけで物事を判断するような人間ではない。

あの子の顔を見ていなければ、夫に弁明の機会を与えていただろうし、そうなれば自分もチャリティの非難を言下に否定していただろう。

しかし、あの浅黒い肌とばかでかい鼻を否定するすべはない——数マイル離れた場所からでも簡単に見分けがつく。そのうえ、母親のほうは白い肌と緑の目と赤褐色の髪の持ち主であることもわかっているのだから、なおさら否定のしようがない。

「それから、自分の子だとは知らなかったなんてしらばくれても無駄ですわ」ジェシカはつづけた。「お友達のエインズウッドは事情をご存じだから、あわててあの女性を連れだしたのでしょ——わたしがなんにも気づかないまぬけだとでも思っているのかしら。精神病院ですって？　病院にはいるべきなのはあなたがたのほうよ。興奮した雄鶏《おんどり》みたいに走りまわって、そのあいだに、あの子に逃げられてしまったではないの。せっかくつかまえていたのに」怒りに燃えた非難がましい目を向ける。「それなのに、行かせてしまった。よくもそんなことができたわね、デイン。わたしは自分の目が信じられませんでした。正気とは思えません」

デインは彼女をまじまじと見つめた。

ジェシカは窓に目をもどした。「これでわたしたちはあの子を見失ってしまったわ。また見つけだすのに、どれほどかかるやら。あのとき、悲鳴でもあげておけばよかった。あなたと教会の庭などへ行かなかったら、わたしにもあの子をつかまえられたかもしれない。でも、走るどころか歩くのもおぼつかなかったんですもの——それに、人前であなたにたてつくわけにもいかないから、まさかお友達の前で『なにをしているの。あの子を追いかけて!』と叫ぶこともできなかったの。たとえ間に合ったとしてもね。あんなにすばしっこい子は、はじめて見たわ。いまそこにいたと思ったら、つぎの瞬間には姿を消していたんだもの」

固い拳と化した心臓が、あばらを容赦なくたたきつづけている。

あの子を見つけろ。あの子をつかまえろ。

ジェシカはあの醜怪な子を捜しだせというのか。あの強欲で執念深い女とのあいだにできた代物を、この目で見て、この手でさわり、そして……

「だめだ!」思わず拒絶の叫びが口をつき、と同時に、デインの心は黒く、冷たくなった。さっき見た小さな浅黒い顔は、自分がこれまで全力で抑えてきた感情を沸きたたせた。妻の言葉は、その溶岩を割れ目から噴きださせた。

だが、いつものようにおのれを守る冷たい闇があらわれ、いつものように熱い感情を消しとめたのだった。

「だめだ」抑制された冷ややかな声で静かにくりかえす。「捜す方法はないだろう。そもそも、あの女には子供を産む権利などなかった。チャリティ・グレイヴズはそういう "不都合" を始末する方法をわきまえた女だ。私とたまたま出会うまえにも、そのあとにも、数え切れないほどやっているに決まっている」

妻はこちらをじっと見つめていた。デインが母親の話をしたときとおなじく、ショックで血の気が失せた顔をしている。

「ところが、チャリティは金持ちの貴族とかかわることはめったにない」デインは母親の話をしたときのように、冷酷な口調で語りつづけた。「身ごもっていることに気づいたとき、あの女は父親が私かエインズウッドのどちらかだとわかっていた。どちらにしても、いい金づるだと考えた。そして、私の子であることが判明するなり、私の訴訟代理人を捜しだし、すぐさま手紙を書いて、年に五百ポンドの手当てを要求してきたのだ」

「五百ポンドですって？」ジェシカの頬に血の気がもどった。「玄人の女性に？　あなたの愛人でもない、ご友人と共有した一介の娼婦に？」憤然とつけたした。「それもわざと身ごもったのよ――まともな娘ならそんなことは――」

「まともなだと？　ジェス、この私が、無垢な娘を口説いて――たぶらかして子供を産ませたと、一瞬でも思ったのか」

思わず声が大きくなっていた。デインは拳を握りしめながら、淡々とつけくわえた。「きみがだしぬけに目の前にあらわれるまで、私がまともな女性とのかかわりを避けてきたのは、よく知っているだろう」

「もちろんわたしも、あなたが無垢な娘を口説くなどという手間をかけるとは思っていませんそっけない口調で言った。「ただ、娼婦が欲得ずくだけで子供を産むということが納得できないだけよ。お話をうかがったいまでも、そんなあこぎな女性がいるなんて想像もできない。五百ポンドだなんて」ジェシカは首を振った。「王族の公爵でさえ、外にできた子にそんな大金を出すとは思えないわ。あなたがそこまでお怒りになるのも、あの子の母親との仲がひどくこじれているのも無理もないわね。彼女はあなたに恥をかかせたくて、わざわざあんなことをしたのではないかしら。あなたが妻を連れてきたのを耳にしたか、あるいは自分の目で見たかして」

「あの女がもう一度あんなことをしたら」デインは険しい声で言った。「あいつの産んだガキもろとも追放してやる。あの女がきみの二十マイル以内に近づいたら――」

「デイン、あの子は話が別です。あの女性を母親にしたいと願ったわけでもなければ、生んでくれと頼んだわけでもないのだから。さっきのようにわが子を利用するのは残酷な行為だし、子供にあんな経験をさせるべきではないわ。そうはいっても、彼女は自分以外の人間の気持ちを考えるような人ではなさそうね。『坊や』と呼んでいたあの子より、ずっといい身なりをしていました。あの子が泥だらけなのはしかたないわ――幼い子が三分以上きれいなままでいるのは無理だから。でも、ボロを着ている言い逃れはできない。自分はロンドンの高級娼婦のような恰好をしているんだから」

ジェシカはこちらを見あげた。「ところで、彼女にはいくら支払っていらっしゃるの」

「五十ポンド」デインはぶすっと言った。「子供に食事と服を与えてもじゅうぶんお釣りがくる。それに、自分で稼いだ金はすべて自由に使えるんだ。おそらく、子供にボロを着せているのは計算だろう――私を悪者に見せるためのね。あいにくだが、こっちは悪者という役まわりには慣れっこだ。世間の愚か者どもにどう思われようが、痛くもかゆくもない」

「一年に五十ポンドなら、気前がよすぎるくらいだわ。あの子はいくつ？」ジェシカはたたみかけた。「六つか七つ？」

「八歳だが、そんなことは――」

「八歳なら自分の身なりも気にかけます。なのにあんなボロを着せるなんて、弁護のしようもないわね。お金はあるのだし、あの年頃の少年の気持ちもわかってやらなければいけないのに。きっと恥ずかしい思いをしているのよ――だからジョウゼフを困らせたんだわ。やっぱり、彼女は子供のことなんて考えていない。ねえ、デイン、母親への悪感情は忘れて、ご自分の息子のことを考えていただけないかしら。法律上はあなたの子よ。あなたなら、彼女からあの子を取りあげられるわ」

「だめだ」感情は押し殺せたものの、頭が痛み、使い物にならない腕までうずきだした。肉体的な苦痛を鈍らせたり消しとめたりすることはできなかった。これ以上なにも考えられそうもない。たとえ冷静に考えられたとしても、妻を納得させる説明などないだろう。

説明しようなどと考えるべきではなかったのだ。彼女に理解してもらうことは絶対にできない。そもそも理解してもらおうとも思わないし、自分でもわかりたくない。あの子の顔を見たときの気持ち、悪魔の鏡をのぞきこんだときの気持ちなど。

「だめだ」デインはくりかえした。「もうこの話はおしまいだ、ジェス。きみがあの呪われたレスリングの試合を見たいなどと言いださなければ、こんなことにはならなかった。まったく、きみがそばにいると身動きひとつとれないようだ」うんざりしたような仕草をしてみせる。「目の前でなにかが突発せずにはね。頭痛がするのも無理はない。女というやつがいると、かならずなにかしら起こる。女はそこらじゅうにいる。妻やら聖母やら母親やら娼婦やら――そのうえ、きみの存在そのものが、私を死ぬほど悩ますのだ」

そのころ、ローランド・ヴォートリーはエインズウッドたちからチャリティ・グレイヴズの世話を肩がわりし、滞在先だと本人が言う宿屋に連行していった。

本来ならこの女は、デヴォンポートの宿屋にいるはずはない。二日前に置いていったアッシュバートンにいるはずだし、そのときもデインのことやデインとの子のことなどなにも言っていなかった。アッシュバートンの宿屋で出会ったとき、彼女は知り合いらしき男と一緒にラウンジにはいってきて、近くのテーブルに陣取った。そのうち男がいなくなり、ヴォートリーの友人たちもそれぞれ用事で帰ってしまい、気がつくとヴォートリーは彼女のテーブルにいて、エールをおごってやっていた。そのあと場所を移し、そういう気晴らしが必要だとボーモントからもすすめられていた浮かれ騒ぎをくりひろげたのだった。

何事においてもそうだが、ボーモントの言葉は正しかった。

そのボーモントに言われるまでもなく、チャリティ・グレイヴズに必要なのは殴って半殺しの目にあわせることだ。

幸い、そこは上品な宿ではなかったから、ヴォートリーがチャリティの部屋についていっても、文句を言う者はいなかった。ドアを閉めたとたん、ヴォートリーは彼女の肩をつかんで揺さぶった。

「この卑劣で人騒がせな嘘つき女め！」と大声で怒鳴りつけたが、このままでは殺してしまいかねないと思って手を放した。さすがに、売春婦殺しで縛り首になりたくはない。

「あらあら」チャリティは笑いながら言った。「会えてうれしくないの、ロリー、あたしの愛しい人？」

「その呼び方はやめろ――それに、僕はおまえの愛しい人じゃないぞ、このばかな牝牛め。僕を殺す気か。アッシュバートンでおまえと一緒だったことがデインに知れたら、僕があの騒ぎを仕組んだと思われる」

ヴォートリーは椅子にどさっと腰をおろした。「そして、説明もきかずに僕を八つ裂きにするだろう」髪を掻きむしった。「やつにばれないようにと願っても無駄だ。デインのこととなると、すべてが裏目に出るから。きっと呪われているんだ。このあいだは僕の手から二万ポンドが滑り落ちていった――そこにあることも知らなかったのに。おつぎはこれだ。僕はおまえがあそこにいたのも、ここに泊まっているのも知らなかったんだぞ。あのガキのことも。やつに子供がいたなんてだれが知ってた？　だが、おまえのおかげで、みんなに知られてしまった。奥方にもね。たとえデインに殺されなくとも、あの女に撃たれるのはまちがいない」

チャリティが近づいてきた。「いま『二万ポンド』って言ったの、あなた？」膝にすわり、彼の腕を自分の体にまわして、手を豊かな胸に押しつけた。

「やめてくれ」ヴォートリーはうなった。「そういう気分じゃない」

ローランド・ヴォートリーの気分は、暗い絶望の淵にいるようだった。

彼はどうあがいても抜けだせない借金の泥沼にどっぷりつかっていた。運命の女神に翻弄されているせいだ。賢明なボーモントが指摘したとおり、彼女はひどく気まぐれだった。運命の女神は値もつけられないほど貴重なイコンを、三回生まれ変わっても使い切れない財産を持つ男にくれてやった。いっぽう、無一文同然の男から金を巻きあげ、無一文以下に追いやった。おまけに売春婦でさえ、破滅をもたらすような女しか寄越してくれないのだ。

もはや絶望のどん底だ、とヴォートリーは本気で信じていた。かつて持ちあわせていたささやかな常識や自信は、ここ数日のあいだに、他人の不幸に最大の喜びを感じる男によって情け容赦なく踏みにじられていた。

ヴォートリーには、現状が自分で思うほど悲惨ではないことがわからなかった。フランシス・ボーモントが、自分の心の平安を乱す悪辣な人物だということもわからなかった。ゆがめられた頭は、デインとの友情が災いの元凶だと思いこんでいた。『悪魔と組む者は油断も隙もあってはならない』という諺《ことわざ》をボーモントが口にしたとき、自分が油断も隙もありすぎることに気づいたのだ。そして、自分もバーティ・トレントと同類だということに気がついた。ベルゼブブとかかわったせいで、ふたりとも破滅への道をたどらされたのだ。

いまや、ヴォートリーは破滅しただけでなく、チャリティのせいで非業の死をとげる危機にさらされている。とにかく考えなければ、いやそれよりも逃げださなければならない。けれど、膝に肉づきのいい売春婦をのせていては、どちらもままならない。

この女に腹を立てているのは事実だが、それでも彼女を押しのける気にはなれなかった。豊満な胸は暖かくてやわらかい。チャリティはほんの少しまえに殺されそうになったことなど嘘のように、彼の髪を撫でている。女性の手は——たとえそれがあつかましい娼婦の手であっても——心を癒してくれる。

心地よい手に撫でられているうちに、チャリティへの怒りはやわらいでいった。デインだってこの女にひどい仕打ちをしたのだ。ともあれ、彼女にはデインに立ち向かう勇気だけはある。

それに、美しい——とびきりの美人だし、ベッドの相手としては最高だ。ヴォートリーは乳房をもみながら、彼女にキスをした。

「さあこれで、自分がどれだけ悪い子だったかわかったでしょ。あなたのことはちゃんと考えてるに決まってるじゃないの。おばかさんね」彼女はヴォートリーの髪をくしゃくしゃにした。「あの男はそんなこと思いもしないわよ。あたしがみんなにこう言えばいいんだから。ミスター・ヴォートリーはあたしを追っぱらおうとして……」ちょっと考えてからつづけた。「二十ポンドくれたの。大切な友達のデイン卿を困らせるな、新婚旅行の邪魔をするなとも言われてた」

この女はなんと頭がいいのだろう。ヴォートリーは彼女のふくよかで美しい胸に顔をうずめた。

「それでもあそこへ行くのは——行ったのは、あたしがあくどくて嘘つきな売女《ばいた》だから。それであなたを怒らせてぶたれた」彼の頭のてっぺんにキスをした。「そう言っておくわ」

「いまここに二十ポンドあったらなあ」ヴォートリーは胸もとに顔をうずめたまま言った。

「そうすれば、絶対おまえにやっていたさ。ああ、チャリティ、僕はどうしたらいいんだろう?」

天性の娼婦であるチャリティはこれからどうすべきかを教えてやり、見え透いたことを誤解する天才のヴォートリーは、玄人女の手管を自分への愛情と取りちがえた。そしてたちまち、自分の悩みをすべて打ち明けた。しばらくたって、チャリティ・グレイヴズは眠りこんだ彼を腕に抱きながら、自分の夢をすべてかなえる方法をまんじりともせずに考えた。

16

自室に駆けこんでドアをたたきつけるように閉めた半時間後、デインはジェシカの衣装部屋の戸口に立っていた。女主人の髪からピンを抜いていたブリジットを恐ろしい目つきでにらみつけ、静かな声で命じる。「さがれ」

ブリジットが逃げるように去っていく。

ジェシカは化粧台の前の椅子から動かず、背中をこわばらせたまま、両手でピンを抜きつづけた。「この件についてはもう言い争うつもりはありません。時間の無駄だわ。あなたは聞く耳を持たないんだから」

「聞くべきことなどない」デインは嚙みついた。「きみにはなんの関係もないことだ」

馬車でもどる道中、問題の核心を理解させようとしても、デインはそう答えるばかりだった。過去の女とのちょっとしたいざこざのせいで、ジェシカがここまで育んできた関係は帳消しになった。ふたりの関係は、彼を撃ったあのときへと逆戻りしてしまったのだ。

「あなたのことなら、わたしにも関係があります。わかりやすく言ってあげるわ」椅子をくるりとまわし、夫を真正面から見据えた。「自分で蒔《ま》いた種は、自分で刈り取りなさい、デイン」

デインはまばたきをひとつすると、口をゆがめて凄みのある笑みを浮かべた。「それが私の務めだというのだな。あらためて言っておくがね、奥様、きみであれ、ほかのだれであれ、私に指図するなど——」

「あの子は困っているのよ。あの母親のもとにいてはだめになってしまう。さんざんそれを説明しているのに、あなたは聞こうともなさらない。わたしの勘をまったく信用していないのね。わたしがほとんどひとりで、十人の少年たちの面倒を見てきたことはご存じなのに。それだけではないわ。その子たちの腕白な友達も何十人も相手にしてきた。わたしになにかひとつでもたしかな知識があるとしたら、それは少年について——いい子に悪い子、そのあいだにいるありとあらゆる子よ」

「どうやらきみには、私が少年ではないということがわからないようだ。あれこれ命令されるような子供ではないぞ！」

なにを言っても無駄だ。ジェシカは鏡に向き直り、残りのピンを抜き取った。

「もううんざりです。夫に信用されないことに疲れました。あなたを操ろうとしているとか、押しつけがましいとか……邪魔だとかなじられるのにも。頑固なわからず屋をものわかりのいい人として扱うのにも。あなたにさしのべた手が、失礼な言葉とともにはねつけられるのにも、ほとほと疲れたわ」

ジェシカはブラシを取り、落ちついた手つきで髪を梳かしはじめた。「あなたはわたしに、肉体的な快楽以外なにも求めていない。ほかのことはすべて、わずらわしいのでしょう。それならそれでけっこうよ。あなたをわずらわせるようなことはもうしないわ。理性的な大人の話し合いなんてばかげたことは、二度としようとしませんから」

デインは苦笑した。「なるほど。そして冷やかな沈黙で通すというわけだ。あるいは非難がましい沈黙か、ふくれっ面か。つまり、アスコートまでの残り十マイルのあいだに見せた、あの愉快な態度をとりつづけるということだな」

「不愉快な態度をとったのでしたら、ごめんなさい」ジェシカは澄まして言った。「今後はそんなことはありませんから」

デインは化粧台に近づき、右手をのせた。「こちらを向きさい。どういう意味なのか教えてもらおう」

ジェシカはデインのこわばった顔を見あげた。その瞳の奥で感情が激しく揺れ動いているのを見て、これまでにないほど胸が痛んだ。彼はジェシカの愛を求めている。ジェシカはそれを与えてきた。きょう、彼を愛していることをはっきり宣言し、彼もそれを信じてくれた。それは彼の目にもあらわれていた。彼はその愛を受け入れ――もっとも、それをどうすればいいのかはわからなかったようだ。きっとこの先何カ月も、いえ何年もわからないままだろうが――つっぱねようとはしなかった。

悪意に満ちたチャリティ・グレイヴズが登場するまでは。

ジェシカにはふたたび何週間もかけて夫の心をなごませる気はない。そんなことをしても、また何者か、あるいは何事かが彼の怒りを爆発させれば、せっかくの努力も水の泡になる。彼は現在を——とりわけ妻のことを——過去の色眼鏡で見るのをやめるべきだろう。自分の妻がどんな人間かを知って、向きあわなければならない。その女性が、これまで蔑《さげす》んできたいわゆる〝女たち〟とはちがうことを学ばなければならない。しかも独力で。いまのジェシカには、尽力が必要なもっと差し迫った問題があるからだ。

デインは立派な大人だから、表面上は自分の面倒くらい見られるし、事態を冷静におさめることもできるはずだ……すぐには無理でも。

しかし彼の息子の場合は、悠長にかまえてはいられない。あの子の運命は完全に他者の手に握られている。だれかがドミニクにかわって行動してやらなければ。そのだれかが、ジェシカだということは明らかだった。いつもそうなのだ。

「あなたが勝ったという意味よ。これからはお言葉どおりにいたしますわ、旦那様。あなたは盲従を望んでいる。それを手にお入れになるのよ」

デインはまたもや、小ばかにしたように笑った。「その言葉を信じるのは、この目で確かめてからにしよう」そう言い残し、すたすたと出ていった。

デインはそれを信じるのに丸一週間かかった。昼夜を分かたず、目や耳にしていたけれど。どんなにばかげたことでも、ジェシカはことごとく夫の言葉に従った。どんなにけしかけても、口答えひとつしない。どんなに不愉快な態度をとっても、にこにこしている。

デインが迷信深い男なら、ジェシカの美しい肉体に別の女性の霊が乗り移ったと信じたかもしれない。

つねに愛想がよく従順なこの他人と一週間過ごすうちに、ひどく居心地が悪くなり、二週間目にはみじめな気持ちになった。

だが、文句を言うことはできない。誇りにかけても、絶対にできない。

反抗的な態度や不機嫌な様子をにおわせもしない彼女に、死ぬほど悩まされているなどとは口が裂けても言えなかった。

閨房《けいぼう》においても、最初のころはあんなに積極的で淫らだったのに、いまではすっかり冷淡でおざなりになっている、などと言うわけにはいかない。

外から見る者がみな、まさに天使のようだと称えそうな振る舞いに対し、心がこもっていないと不満を述べるわけにもいかない。

これが罰であることを知っているのは、自分と彼女だけなのだ。その理由を知っているのもふたりだけだった。

それもこれも、チャリティ・グレイヴズとのあいだにできた、口にするのもおぞましい化け物のせいだ。

あの化け物の内面が恐ろしい外面とおなじだとしても、父親が下劣な怪物で母親がた
ちの悪い娼婦で、美点などひとかけらも受け継げるわけがなくても、ジェシカはかまわないようだ。たとえ頭がふたつあろうが、耳からウジ虫が這いだしていようが、ジェシカは気にしな

いだろう——デインにとっては、いまのままでも虫酸《むしず》が走ることには変わらないが。あの化け物が地を這い、緑色のヘドロでおおわれていたとしても、ジェシカにとってはおなじことなのだ。それをこの世に生みだしたのはデインなのだから、デインが面倒を見るべきだと考えている。

彼女は自分の弟についてもおなじ見方をしている。バーティが救いようのないまぬけなのはどうでもいい。そのばかを本人の力のおよばないことに誘いこんだのはデインなのだから、後始末をするのもデインなのだ。

自分のことについてもそうで、彼女を破滅させたのはデインなのだから、デインがその損失を償うべきだという理屈だ。

そしてパリのとき同様、ジェシカはまたしても恐ろしく念の入った罰を考えだした。今回はデインのいやがることをなにひとつしないというものだ。悩ませたり、困らせたり、逆らったりしない。面倒な感傷も哀れみも……愛情もなし。なおかつ、デヴォンポートの墓地で夫の頭と心にその言葉をたたきこんでから、ジェシカは一度も「愛している」と口にしていない。

末代までの恥辱であるが、デインはそれを言わせようとした。愛を交わしているあいだ、考えうるかぎりの手を尽くしてそう仕向けた。しかし、どれほどやさしくしようが、どれほど精魂こめようが、どれほどイタリア語で甘い言葉をささやこうが、彼女は頑として言おうとしなかった。ため息をもらしたり、あえいだり、うめいたりはする。夫の名を呼び、神の名を呼び、ときには悪魔の名を呼ぶことすらあった……が、聞きたくてたまらないあの甘美な言葉は、絶対に口にしないのだ。

三週間もたつと、デインはやけくそになっていた。もう愛情らしきものがかすかにでも感じられるなら、どんなことでもかまわない。〝でくのぼう〟だの〝とんま〟だのと罵られるとか、高価な花瓶を頭に投げつけられるとか、シャツをびりびりに引き裂かれるとか、口喧嘩とか、なんでもいいから、と神にも祈る思いだった。

問題は、相手をけしかけすぎてはいけないことだ。その気になれば、とことん傍若無人な態度にも出られる。そうなれば待望の喧嘩に発展するかもしれないが、逃げられてしまうおそれもある。それも永遠に。そんな危険は冒せない。

じつのところデインも、ジェシカのこの忍耐強さが無限につづくとは思っていなかった。世界一手に負えない夫のために、世界一完璧な妻を演じるのは至難の業だ。さすがの彼女も、いつまでも演じつづけることはできまい。堪忍袋の緒が切れたとき、彼女は去っていくだろう。永遠に。

ひと月後、ジェシカの非の打ちどころがない天使のような忍耐強さと愛想のよさに、焦燥の影が兆《きざ》したのを感じ、デインはうろたえた。六月なかばの日曜の朝、沈んだ顔で朝食の席についたとき、妻の額と目尻に緊張による小じわが刻まれていることに気づいた。態度にも緊張がにじみ、不気味なほど陽気な会話のあいだじゅう張りつけていた笑顔もこわばっていた。その会話にしても、これといった話題があるわけではなく、どちらにとってもどうでもいい内容だった。

彼女を失ってしまうと思い、デインはとっさに取りもどそうと手をのばした。だが、手に触れたのはコーヒーポットだった。カップにコーヒーを注ぎ、なすすべもなく黒い液体を見つめて、そこに暗い未来を見た。彼女の求めに応じることができないから。ジェシカがあなたの〝息子〟だと呼ぶあの化け物を受け入れることができないから。

それが妻の目には理不尽に映るのはよくわかっている。この地獄のような一週間、どうして受け入れられないのかを考えてみたが、自分でも説明がつかなかった。嫌悪以外の理由を見つけることができないのだ。うろたえ悲嘆に暮れているいまでさえ、あのおぞましい鉤鼻やふてくされた浅黒い顔、不恰好で奇妙な小さい体を思い浮かべるだけで、理性が吹き飛び、癇癪を起こしそうになる。せいぜい分別のある大人を装い、静かに椅子にすわっているが、内側では怪物が荒れ狂い、わめきたて、手当たりしだいに破壊することを切望していた。

「急いだほうがよさそうね」ジェシカが立ちあがりながら言った。「ぐずぐずしていると、教会に遅れてしまうから」

デインも礼儀をわきまえた夫らしく席を立つと、妻を階下までエスコートし、ブリジットが女主人にショールとボンネットを身につけさせるのを眺めた。

デインは日曜日ごとに口にする冗談をくりかえした。レディ・デインは領民の良き手本となっているし、デイン卿は思慮深くも教会に近づかないようにしているから、敬虔《けいけん》なアストンの住民たちの頭上に教会の屋根は落ちてこない、と。

そして妻の馬車が走りだすと、これまでの四回の日曜日とおなじく、私道の端から馬車が見えなくなるまで見送った。

だが屋敷にもどっても、いつもとちがって書斎へは向かわなかった。この安息日、デインはアスコートの小さな礼拝所にはいり、固いベンチに腰をおろした。子供時代にいやというほど過ごしたベンチだ。そこで震えながら、心を苦しめる飢えではなく、神聖なことに気持ちを集中しようと必死につとめた。

いま、デインは子供のころのように心細く途方に暮れていた。あのころ、神はなぜ自分の外面と内面をこんなふうに作ったのかを理解しようとした。どんな祈りを捧げ、どんな償いをすればまともな人間になれるのかと考えた。

そしていま、大人になったデインは、数十年前の子供時代とおなじ絶望感にとらわれながら神にたずねた。なぜ、おれを助けてくれないのか、と。

デイン卿が内なる悪魔と闘っていたそのころ、彼の妻は生身の悪魔をつかまえる準備を整えていた。もちろんジェシカも信心家ではあるが、手近な相手に助けを求めるほうが性に合っている。その相手とは、御者のフェルプスだ。

彼は先代侯爵の時代からアスコートにいる数少ない使用人のひとりで、当時は下っぱの馬丁だった。その後もアスコートに残り、御者の地位まで出世したのは、彼の能力をデインが買っているからだ。ふつうなら〝御者のジョン〟と呼ばれるところを、〝フェルプス〟と呼ばれているのも、彼が一目置かれている証だった。

当人も、その評価に応える働きをしている。

だからといって、フェルプスが主人を絶対視しているわけではない。デヴォンポートでの一件の直後、ジェシカは悟ったのだが、彼は主人の命令に従うことと、主人のために働くことの違いをわきまえているのだ。

フェルプスと同盟を結んだのは、最初にアストンの教会へ出かけた日曜日のことだった。馬車からおりた女主人に、彼は〈ホイッスリング・ゴースト〉というパブで自己流の〝瞑《めい》想《そう》〟をしたいと願い出た。

「もちろん、いいわよ」ジェシカは恨めしげにほほえんだ。「わたしもおまえと一緒に行けたらいいんだけど」

「そりゃ、そうでしょうとも」フェルプスは強いデヴォン訛りで言った。「きのうのばか女が起こした騒ぎは、いまごろじゃダートムーアじゅうにひろまっちまってるだろうからねえ。でも奥様は、そんなくだらん噂なんぞは気になさらんでしょう？　なんたって、旦那様を銃で撃ったおかただ」ごわごわの顔をしわだらけにして笑った。「だったら、ほかの連中にも奥様の性根を見せてやんなさいな」

その数日後、お茶に呼ばれたジェシカを牧師館へ送る道すがら、フェルプスはチャリティ・グレイヴズと息子のドミニクについて自分が知っていることに加え、〈ホイッスリング・ゴースト〉で耳にした話を伝えることで、みずからの立場をより明らかにした。

こうして、五回目の日曜日までには、ジェシカもチャリティ・グレイヴズという女についてかなりの情報を仕入れ、ドミニクを救いださなければいけないという確信を深めていた。フェルプスの話では、チャリティがダートムーアを転々と放浪しているあいだ、少年はアニー・ギーチという年寄りの産婆に預けられていた。そのアニーはデインがイングランドにもどってくるひと月ほどまえに死んでしまった。それ以来、チャリティはアストン周辺をうろついているらしい。もっとも本人がアストン村に姿をあらわすことはほとんどないが、ひとり取り残されたも同然の息子のほうは、頻繁に村に出てきてはしょっちゅう面倒を起こしていた。

一カ月半ばかりまえのこと、善意の人々が彼を学校に入れようとした。ところがドミニクは拘束されるのをいやがり、学校に出席した三日間、乱暴狼藉《ろうぜき》を働いたのだという。ほかの子たちに喧嘩をふっかけ、教師や生徒にひどいいたずらを仕掛ける。正しい行ないを教えこもうとしても、彼はそれを鼻で笑い、口汚く罵り、罰当たりな言葉を吐いて、従おうとはしない。鞭《むち》で従わせることもできなかった。鞭打つには本人をつかまえなければならないが、彼は恐ろしく逃げ足が速いのだ。

この数週間、ドミニクの所業はますます目に余るものとなり、騒ぎを起こす頻度も増していた。ある週を例にとると、月曜日にはミセス・ナップが干した洗濯物をひっぱがしてぬかるみで踏みつけ、水曜日にはミッシー・ロブの買い物かごにネズミの死骸を放りこみ、金曜日にはミスター・ポメロイの塗りたての厩《うまや》の扉に馬糞を投げつけた。

最近では、ふたりの若者を殴って目に青アザを作らせ、別のひとりの鼻を血まみれにした。パン屋の店先の階段に小便をし、牧師館の女中に下半身を見せつけた。

これまでのところ、村人たちは苦情を自分たちの胸におさめていた。たとえドミニクをつかまえられたとしても、この悪魔のような領主の息子の扱いには閉口しただろう。現時点では、息子の悪事をなんとかしてくれとデインに掛けあう勇気を奮い起こした者はまだいない。礼儀も節度もかなぐりすててまで、デインの落とし胤《だね》の苦情を本妻に言う者もまだいない。さらに、悪魔の子をどうにかさせるためにチャリティ・グレイヴズを捜しだせた者もいなかった。

ジェシカがいちばん気になるのは、そこだった。この二週間、チャリティの姿を見かけた者はなく、ドミニクの人の気を引こうとする行動——ジェシカは彼の狼藉《ろうぜき》をそう解釈していた——はいっそうひどくなっていた。

あの子は父親の気を引きたいにちがいない。デインには近づくことができないから、父親の注意を引くには村で騒ぎを起こすしかないのだ。そのいっぽうで、母親がなんらかの形でかかわったりけしかけたりしているかもしれないという疑念も捨てていない。けれどそれは、愚かしいほどまずい方法だ。チャリティの狙いが金をせびりとることだとしても、デインは金をやって追い払うことはなく、彼女を追放するという脅しを実行に移すに決まっている。

もっと不穏な状況も考えられる。少年はほんとうに母親に捨てられてしまい、馬小屋や沼地の岩陰で夜を過ごしているかもしれないというものだ。でも、あまり筋が通らない。あの女が手ぶらでこの地を離れるとはとても思えなかった。だれか金持ちを籠絡《ろうらく》したということもありえない。もしそうなら、ダートムーアじゅうが知っているはずだ。フェルプスによれば、チャリティは吹聴《ふいちょう》せずにはいられない人間らしいから。

いずれにしても、これ以上あの少年を野放しにしてはおけないと、ゆうべ結論を出した。アストンの住人たちの堪忍袋の緒も切れかかっている。このぶんでは、怒り狂った村人たちがアスコートに乗りこんでくる日もそう遠くないだろう。ジェシカはそのような事態をただ漫然と待っているつもりはなかった。ましてや、あの少年を野ざらしにして飢え死にさせるつもりも、ダートムーアの危険な沼地にはまって死なせてしまうつもりもない。もはや、デインが頭を冷やすのを待っている猶予《ゆうよ》はないのだ。

そんなわけで、朝食にはクレア叔母さんがひどい頭痛に苦しんでいるときのようなやつれた表情であらわれた。使用人たちは全員それに気づいた。ブリジットには教会へ向かう途中、二度も具合が悪いのではないかとたずねられた。「頭痛がするだけよ。きっとすぐに治るわ」

馬車をおりると、ジェシカはあたりをぶらぶらしながら、ジョウゼフがいつものように弟が働くパン屋へ向かい、ほかの使用人たちが教会へはいったり、それぞれの日曜日の気晴らしへ出かけたりしてしまうのを待った。これで、残った厄介な監視人はブリジットひとりになった。

「きょうは礼拝を休んだほうがよさそう」ジェシカは右のこめかみをさすりながら言った。

「頭痛は運動すると治るものなのよ。ゆっくり長い散歩がしたいわ。一時間ほど歩けば、よくなると思うの」

ブリジットはロンドンでしつけられたから、長い散歩といっても、せいぜい正面玄関から馬車までの距離くらいしか頭にない。しかし、奥様のいつもの歩調を考えれば、〝一時間ほど〟の散歩が三マイルから五マイルになるのは容易に想像がつく。そのため、御者のフェルプスがかわりに奥様のお供をしようと〝申し出る〟と、形ばかりの遠慮をしただけで、相手の気が変わらないうちにとそそくさと教会にはいってしまった。

ブリジットの姿が見えなくなると、ジェシカは御者に向き直った。「ゆうべはどんな話を聞いたの？」

「金曜の午後はトム・ハンビーのウサギを逃がしちまった。トムはあの子を追いかけて旦那様の庭園《パーク》の南側の塀まで行ったとか。きのうの午後は、ジェム・ファーズの屑箱《くずばこ》を漁ったんで、やっぱりおんなじ場所までジェムが追っかけたそうで」

フェルプスは庭園がある北のほうを見やった。「あの子は村人たちがはいれない旦那様の敷地に逃げこむんですよ」

つまり、あの子は父親に守ってもらいたいのだ。

「村人があの子を見失った場所の近くに、小さなあずまやがあるんですがね」御者は話をつづけた。「旦那様のおじい様が、ご婦人がたのために作られたもんだ。その気になりゃ、あの子なら簡単にはいりこめるでしょう」

「そのあずまやをねぐらにしているなら、急がなくちゃ」ジェシカは言った。「ここから二マイルはあるわ」
「表通りやお屋敷内の道を通ればそうだが、奥様が急な坂道をのぼっても平気だっつうなら、近道を知っておりますよ」

十五分後、ジェシカは空地の端から、第二代侯爵が妻のために建てた風変わりなあずまやを眺めていた。それは白く塗られた八角形の石造りの建物で、屋舎とおなじくらいの高さがある真っ赤な円錐形《えんすいけい》の屋根がのっていた。建物の八つの側面にはひとつおきに丸窓があり、凝った彫刻をほどこした窓枠で囲まれている。窓がついていない壁面には、窓と同様の大きさと形をした浮き彫りがあり、中世の騎士や淑女らしき姿が彫られている。八角形の角のひとつおきに植えられたツルバラが巧みに窓や浮き彫りを縁取り、丈高いイチイの生垣が戸口へつづく曲がりくねった砂利道を縁取っている。

美的観点から言えば、いささか寄せ集めのきらいがあるが、それでもその建物には独特の魅力があった。この風変わりな場所に子供が引きつけられるのももっともだ。

フェルプスが窓をそっとのぞいていくのをジェシカは待っていた。ゆっくりと建物をひとまわりして、御者は首を振った。

ジェシカは悪態をのみこんだ。村で悪さをするのが平日の午後に限られているし、いまが日曜日の午前中だからといって、あの子がここにいると思うのは甘すぎた。つぎの手をフェルプスと相談するため隠れていた場所から出ようとしたとたん、小枝が折れる音と、急いでいるかすかな足音が聞こえてきた。近づくなとフェルプスに手で合図をして、すばやく生垣の影に身をひそめる。

その瞬間、あの少年が空地に走りこんできた。立ちどまりもしなければ、あたりをうかがうこともなく、あずまやへの小道を駆けていく。あと少しで戸口にたどりつくというところで、フェルプスが物陰から飛びだし、少年の袖をつかんだ。

少年はその股間に肘鉄を食らわせた。フェルプスは体をふたつ折りにし、苦しげに罵《ののし》った。ドミニクは猛然と小道をもどり、空地を横切ってあずまやの裏の木立ちのほうへ向かった。だが、行く手を見てとったジェシカも、そちらへ走りだしていた。少年を追って、乗馬道を行き、橋を渡り、小川沿いの曲がりくねった小道を駆けていく。

少年が急な坂道を駆けあがってきたばかりでなかったら、つかまえることはできなかっただろう。けれど、ドミニクはすでに息を切らしており、いつもの悪魔のようなすばしっこさもいくらか人間並みになっていた。分かれ道にさしかかると、どうやら来たことのない場所だったらしく、どちらへ行こうかと一瞬ためらった。その隙をついて、ジェシカはさらに速度をあげ、少年に飛びついた。

そのまま倒れこんだ少年に――幸いそこは草地だった――ジェシカは馬乗りになった。相手が身をよじって逃げだすより早く髪をつかみ、ぐいっとひっぱった。少年は怒りのうめき声をあげた。

「女はずるい手を使うのよ」ジェシカはあえいだ。「じっとしていないと、髪の毛を全部引き抜くわよ」

ドミニクは息もつかず罵詈雑言を浴びせた。

「そういう言葉はさんざん聞かされてきたの」肩で息をしながら言った。「それよりずっとひどいのも知っているわ」

少年は思いもよらない反応にとまどったらしく、一瞬黙りこんだ。それから「どけよ!」とどなった。「どけよ、クソババア!」

「口のききかたをまちがっているわ。ちゃんと『どいてください、奥様』とおっしゃい」

「うるせえ」

「あらあら、それじゃ、奥の手を使わなきゃならないわね」

ジェシカは少年の髪から手を離すと、後頭部に大きな音をたててキスをした。

ドミニクは驚きに息をのんだ。

今度は薄汚れた首筋にも音をたててキスをする。少年が体をこわばらせると、つぎはその汚い頬にもキスをした。

少年は悪態をつくあいだ詰めていた息を吐きだすと、狂ったように身をくねらせて逃げようとした。だが、相手が這いだすより先に、ジェシカはぼろぼろの上着の肩をつかみ、さっと立ちあがると、少年をひっぱって立たせた。

みすぼらしいブーツが向こう脛《ずね》を蹴ろうとしてきたが、ジェシカはドミニクをしっかりつかまえたままひょいとかわした。

「おとなしくなさい」服従か死かを申し渡すような厳《いかめ》しい口調で、相手をたっぷり脅かした。「もう一度わたしを蹴ろうとしたら、蹴りかえすわよ――わたしは的をはずしたりしないから」

「ちくしょう！」少年は大声をあげ、必死に身をよじって逃れようとした。だが、ジェシカの手はみじんもゆるまない。なにしろ、暴れる子供たちをさんざん押さえつけてきたのだ。「放せよ、このばか女！」少年はわめいた。「放せよ、放せったら！」しきりに体を引いたりひねったりするが、ジェシカはその痩せ細った腕をつかんで引き寄せ、両腕でしっかりと抱きしめた。

ドミニクはもがくのはやめたが、怒りの叫びはやめなかった。

この子はほんとうに怖がっている、とジェシカは気づいたが、自分を恐れているとは思えない。

少年の叫びがいちだんと切羽詰まったとき、恐れている相手が明らかになった。フェルプスが女性をともなって乗馬道の角を曲がってきたのだ。少年の叫びがとまり、体がこわばった。

その女性とは、チャリティ・グレイヴズだった。

きょう、この少年を追いかけていたのは、不運なアストンの村人ではなく、母親だった。彼女は息子を懲らしめる方法を心得ていて、まずはこの子をとことん殴ってやりますよ、とうそぶいた。

チャリティの言うには、息子が二週間前に家出してしまい、あちこち捜しまわっていたのだという。それで、いよいよアストンに足を踏み入れざるをえなくなった——侯爵の十マイル以内に近づいたら非常に危険なのは承知していたけれど。〈ホイッスリング・ゴースト〉まで来ると、トム・ハンビーとジェム・ファースが、怒り狂った男たちを十人ほどしたがえて飛びだしてきて、あっという間に彼女を取り囲んだ。

「あいつらに、さんざん文句言われる——言われたんだ」チャリティは息子に険のある目を向けた。

ジェシカはもう少年の襟首をつかんではいなかった。母親があらわれたとたん、少年のほうがジェシカの手を握ってきたのだ。いまもぎゅっと握りしめている。その小さな手にこめられたすごい力をのぞけば、少年は身じろぎもせず、体を固くし、暗い目を母親に据えている。

「ダートムーアの住民はみな、この子がなにをしているか知っていましたよ」ジェシカは言った。「まさか、なにも耳にしていないと言うんじゃないでしょうね。あなた、コンスタンティノープルにでも行っていたの？」

「あたしは働いてるんでね」チャリティは頭をつんとそらした。「四六時中この子を見張ってるわけにはいきませんよ。かわりに見てくれる子守りもいない。あたしはこの子を学校に入れたんですよ、そうでしょ？　でも、先生は言うことを聞かせることができなかったじゃないですか。いったい、どうしろっていうんです？　この子はさっさと逃げだし、あたしはその居どころを知らないのに」

息子がアスコートの庭園に逃げこんだと聞くまで、この母親は息子の居どころなど気にもかけていなかっただろう。塵《ちり》ひとつなく維持されている第二代侯爵の華麗なあずまやに、この〝浮浪児〟が隠れているのをデインが知ったら一大事だとチャリティにはわかっているのだ。

いまも、口で言うほど開き直ってはいなかった。いまにもデインが木立ちから飛びだしてくるのではないかと、緑の目をそわそわと周囲の茂みに走らせている。

不安そうではあるものの、かといって、そそくさと逃げだす気もないようだ。なにを考えているのかわからないが、デイン侯爵夫人の態度を見てから出方を決めようとしているのははっきりしていた。ドミニクを徹底的に折檻してやるという脅しにジェシカがいい顔をしないと見てとるや、即座にこの事態を自分の境遇のせいにしはじめたからだ。

ジェシカがそんな変化に気づくあいだにも、チャリティはさらに方向修正をした。

「あなたがお考えになることはわかりますよ」口調をやわらげながら言った。「あたしがちゃんと面倒を見てないから、この子がみじめな思いをされて――して、逃げだしたんだって。でもね、この子がこんなふうにした――なったのは、あたしじゃなくて、学校の生意気なガキどものせいなんですよ。やつらはあたしの商売のことでこの子をいじめたんだ――まるで、自分たちのパパや兄さんが、あたしのところに来たことがないみたいに。そいつらのママや姉さんだって、自分たちの〝へま〟をなんとかするために来てるんですよ。それなのに、あの悪ガキどもはあたしのことをゴミ扱いしやがって。この子のこともさんざん罵ってさ。そうだろ、坊や？」哀れむようにドミニクを見やる。

「だったら、この子が怒って面倒を起こすのもしかたないでしょ？」少年がなにも答えないと、チャリティは話をつづけた。「かわいそうなこの子をいじめて、つらい思いをさせたんだから、やられて当然なんですよ。だけど、おかげでこの子は自分の母親のこともいやがるようになって、一緒にいたがらない。それで、ばかなこの子はここに来たんですよ。それでも、この子の父親はあたしをひどい目にあわせるんですかね？　まるで、あたしがわざとそうする——そうしたみたいに。きっと、あの人はあたしをつかまえて救貧院に送りますよ。おまけに、子供の養育費までとめられたら、あたしたちはいったいどうなるんです？」

フェルプスは嫌悪もあらわにチャリティを見ていた。なにか言おうと口をひらきかけたが、ジェシカが警告の視線を投げると、目をむくことで気をまぎらせた。

「ずいぶん御託を並べてくださいましたが、こちらで把握していることばかりです」ジェシカはぴしゃりと言った。「まだお聞きしていないのは、侯爵のお気持ちをご存じのあなたが、わざわざアストンにやってきた理由がひとつ。第二に、ドミニクの苦悩も、彼がどんな手段でそれを晴らしているのかもわかっているのに、このあたりをぐずぐずしている理由です。きっと、危険を冒してまでも手に入れたいものがあるのでしょうね」

チャリティの弱々しい表情は一瞬にして消え去った。顔をこわばらせ、品定めでもするかのようにぶしつけにジェシカを眺めまわした。

「なるほど、デインはまぬけを嫁にもらったわけじゃないんだね」チャリティはにやりと笑った。「あたしにも企んでることがあったかもしれないよ、奥様。それがこの子のおかげでだいなしになったのかも。でも、べつに問題はなかったみたいだね。あとはあんたとあたしで話をつけようじゃありませんか」


数分後、ジェシカの手を放すようなだめられたドミニクを連れて、一行は本道へゆっくりともどっていった。女性たちが内密の交渉をできるように、フェルプスは少年の手を引いて、少し前を歩いている。

「あたしだってまぬけじゃありませんからね」チャリティはあたりをうかがいながら言った。「奥様があの悪童をほしがってるのはすぐわかりましたよ。でも、デインはそうじゃない。もしそうなら、とっくに自分であの子を引き取りにくる――きてるはずだからね。奥様も、ひょいとあの子をさらうわけにはいかないのがわかってる。そんなことをしたらあたしが騒いで、デインの耳にもはいってしまう。それから、このへんじゃドミニクをかくまって面倒見てくれる人なんていないよ。わかってるんだ。あたしだって捜したんだから。みんな怖がって引き取ってくれないんですよ。デインも怖いし、あの子のことも怖がってるからね。見てくれもやることも、子鬼そのものなんだから」

「困るのは、わたしだけではないわ」ジェシカは冷静に言った。「あなたがあの子をアストンに野放しにしているとデインが知ったら、救貧院にやられるぐらいではすみませんよ。オーストラリアへでも流してしまうでしょう」

チャリティは声をたてて笑った。「そんなことされるまえに、ずらかりますよ。トムやジエムや、ほかの連中の話は奥様もさっき聞いたでしょう。あいつらは、侯爵が手を打つまで待ってくれません。みんな、あたしにいなくなってほしいんですと。犬を使ってでも、ダートムーアじゅうを捜しまわるって息巻いてますよ。あたしを沼に沈められなかったら、荷馬車にくくりつけてエクセターに追いやるって。だから、あすいちばんの馬車でロンドンに逃げることにしたんですよ」

「賢明ね」かわいそうなドミニクは、ロンドンの泥棒たちの溜まり場をうろつくことになるのだ。ジェシカは身震いをこらえた。「それでも、わたしに会ったからには、手ぶらで出ていく必要はないと思っているんでしょう」

「へえ驚いた、あんた、ほんとに頭の回転が速いね」すっかりご機嫌な笑顔を向けた。チャリティは商才に長《た》けているから、手ごわい相手との取り引きにわくわくしているのだろう。

「そんなに頭がいいなら、あたしがひとつも騒がずにあの子を渡したら、それなりの心積もりはあるんでしょうね。あの子にそこまですることはないっていうんなら、あたしだってロンドンであの子をどうするか、それなりの心積もりはありますけどね」

「あなたをせかしたくはありませんけど、礼拝が終わるまでに教会へもどらなくてはなりませんの。ですから、〝そこまで〟というのがいくらかなのか、はっきりした金額を言っていただきたいわ」

「おや、もっと簡単なことですよ。あの絵をくだされぱいいんです」

17

その日の午後二時、デインは妻と荒野《ムーア》を見おろす高台にたたずんでいた。

昼食のあと、ヘイトアの岩に連れていってほしいと頼まれたのだ。その青白い顔や、疲労のにじんだ目もとや口もとのしわを見れば、坂を登る体調でないのは見てとれた。それに、六月なかばとはいえ、ムーアの寒さと湿気は骨までしみる。デヴォンの南海岸沿いはまるで温室のように亜熱帯植物が生い茂っているが、ダートムーアはまったく別物だ。ここの天候は独特で、たった二マイルしか離れていなくても、谷と高地とでは様子ががらりとちがう。

しかし、デインはそんな懸念は口に出さなかった。ジェシカがムーアに弧線を描く高い尾根のてっぺんに登りたいというなら、それなりの理由があるはずだ。自分も夫婦の関係を修復したいと思うなら、妻の判断を信頼している証拠を見せなければならない。

彼女はなにもかも疲れた、と言っていたではないか。とりわけ、夫に信頼されないことに。だから、凍えるような突風がまともに吹きつける尾根よりは、巨大な岩の陰のほうが暖かいだろうと言うのはぐっとこらえたのだ。

丘のてっぺんに露出した巨大な花崗岩にたどりつくと、猛烈な寒風が吹きつけてきた。空にはダートムーアの嵐をはらむ叢雲があらわれているが、数マイル西のアスコートには明るい日差しが降り注いでいるはずだ。

「ここもヨークシャーのムーアのような場所だと思っていたわ」ジェシカは眼下の岩だらけの景色を眺めている。「でも、まるでちがうのね。岩が多くて、火山みたい」

「ダートムーアはもともとは花崗岩《かこう》の塊だからな。家庭教師から聞いた話では、ここはシリー諸島までのびた花崗岩の連なりの一部なのだそうだ。その証拠に、ほとんどの場所で作物が育たない。植物を見れば、どういう土地かよくわかる。この地にしぶとく根を張れるのはエニシダとヒースぐらいのものだ。緑が茂る場所と言えば――」デインは遠くに見える緑地を指さした。「たとえば、あそこだ。岩だらけの砂漠にあるオアシスのようだろう？　だが、せいぜいちょっとした湿地、悪くすれば流砂といったところだ。ごく小さいものだよ。数マイル北に行けば、グリムズパウンド沼がある。羊や牛や人間さえものみこまれてしまう沼だ」

「デイン、あなたはどうお思いになる？」眼下にひろがる険しい風景を見つめたまま言った。「もし、こんなムーアに子供が置き去りにされて、何日も、何週間もさまよっていたとしたら」

すねた子供の浅黒い顔が目に浮かんだ。

冷や汗がどっと噴きだし、鉛でものんだかのように胃がずしりと重くなる。

「頼むよ、ジェス」

彼女は顔をあげ、こちらを見た。つば広のボンネットの下にある目は、低く垂れこめてきた雲のように暗い。「どの子供のことを言っているかはおわかりでしょう?」

胃の重みのせいで立っていられないほどだ。手足も震えている。巨大な岩までなんとか足を運んだ。握りしめた拳を堅固な花崗岩に置き、ずきずきする額を拳に押しあてた。

ジェシカが近寄ってきた。「わたしは誤解していました。あなたの敵意はあの子の母親へのものだと思っていたの。だから、昔の恨みよりも子供のほうが大切だということは、すぐにわかっていただけると確信していた。たいていの男性は外にできた子供を簡単に受け入れているようだし、自慢にすらしている人もいる。だから、あなたは意地を張っているだけだと思っていたのよ。でも、どうやらそうではないらしい。これは、深遠な問題のようね」

「ああ」デインは身を切るような冷気をのみこんだ。「そうなんだが、きちんと考えられないのだ。頭が……働くのをやめてしまう。麻痺したように」無理やり笑ってみせた。「ばかげているな」

「そうとは知らなかったわ。でも、なにはともあれ、あなたは話してくださった。それは前進よ。残念ながら、あまり役には立たないけれど。じつはね、デイン、わたしちょっと困っているの。実行する覚悟はもちろんできているんだけど、あなたに事情を説明せずにするわけにもいかないから」

雲は冷たい雨粒を落としはじめ、突風が首筋に吹きつけてきた。デインは頭を起こし、妻のほうを向いた。「馬車にもどろう。きみが寒気に襲われるといけない」

「わたしならたくさん着こんでいるわ。天候の変化はわかっているから」

「この話は家でもできる。暖炉の前で。空が口をあけてわれわれをびしょぬれにするまえに、家に着きたい」

「だめよ！」ジェシカは叫び、足を踏み鳴らした。「まだなにも話しあっていないじゃない！　いいから、わたしの話をちゃんと聞いてください。あなたが肺炎になろうが百日咳になろうが知ったことじゃないわ。あの少年がこのムーアにひとりで耐えられるのなら、それもぼろぼろの服に穴だらけの靴をはいて、盗まなければ食べるものすらない状態を耐えられるなら、あなただってそれくらい我慢できるはずよ！」

ふたたび、脳裏にあの顔が浮かんだ。

酸っぱい嫌悪感がどっとこみあげてくる。デインはあえぎながら、ゆっくりと大きく息を吸いこんだ。

むろん、そんなことくらい我慢できる。数週間前に、自分を子供扱いするなと妻に言い渡した。彼女が愛想のいい自動人形のようにふるまうのもやめてほしかった。その望みがかなったのだから、彼女が自分のもとから去っていかないかぎり、どんなことにでも耐えられる。いや、耐えるつもりだ。

「わかった、話しなさい」デインは岩に寄りかかった。

ジェシカは心配そうな目で夫を見た。「あなたを苦しめるつもりはないのよ、デイン。あなたが抱えている問題の手がかりがわかれば、助けてさしあげたいの。でも、それにはかなりの時間がかかるし、いまはそんな余裕がないのよ。あなたの息子のほうがあなたよりもはるかに助けを必要としているんですもの」

デインは彼女の言葉に神経を集中し、あのおぞましい顔を意識の後ろに押しのけた。「わかった。ムーアにいる、と言ったな。それもひとりで。それは好ましくない。非常に」

「だったら、わたしがそれを聞いたとき、なにかせずにいられない気になったのもわかっていただけるわね。あなたはあの子のことなど聞きたくもない、とはっきりおっしゃっていたから、あなたに隠れて事を運ばなければならなかったの」

「なるほど。そうせざるをえなかったというわけだ」

「あなたを悲しませたくないの。わたしがこれをしなかったら、あなたは一生許してくださらないわ」

デインは吐き気と自尊心をひと息にのみこんだ。「ジェス、許せないことがひとつだけあるとしたら、それはきみが私のもとを去ることだ。セ・ミ・ラッシ・ミ・ウチード。そのときは、私はみずからの命を断つ」

「ばかなことをおっしゃらないで。あなたのもとを去るわけがないじゃないの。もう、どうしたら、そんなおかしなことを思いつけるのかしら」

そう言うと、それで説明もかたもついたかのように、ジェシカはすぐ本題にもどり、その日の出来事を話しはじめた——どうやってあの子を隠れ家まで追いつめたか、そこがほかならぬデインの庭園だったこと、あのいたずらっ子はあずまやにはいりこみ、少なくとも先週くらいからずっとそこで寝起きしているらしいこと。

あっけにとられるような話に、嘔吐感はたちまちおさまり、耐えがたい胃の重みごと、すっかり吹き飛んでしまった。チャリティ・グレイヴズに孕ませた悪魔の子が、おのが領民を恐怖に落としいれ、おのが庭園を忍び歩いていたというのに、当人の耳には噂話すらはいってこなかったというのか。

言葉もなくただ妻の顔を見つめていると、ジェシカは少年をつかまえた様子や、その母親とのやりとりをきびきびと語った。

そうこうするあいだにも、あたりは暗澹《あんたん》としてきた。ぽつりぽつりと降っていた雨は霧雨に変わっている。雨に打たれて、ボンネットを飾っていた羽毛やリボンはへなへなとくずおれ、ぐっしょり濡れてつばにへばりついていた。しかしジェシカは、ボンネットのありさまばかりか、猛烈に吹きつける突風も、細かく降りつづく雨も、頭上で渦巻く大きな黒雲も気にとめなかった。

話は山場にさしかかっていたから、それ以外のことはどうでもよかったのだ。美しい弧を描く眉をひそめ、しっかりと指を組みあわせた両手に視線を落とした。

「チャリティはあのイコンを息子と引き換えにするつもりなの。あれを渡さずにあの子を取りあげようとしたら騒ぎたてると脅してきたわ。そうなればあなたが乗りだしてきて、あの子を——彼女もだけど——遠くへやってしまうのがわかっているから。でも、そうはさせない。それを言うために、あなたをここに連れてきたの。そのほうがいいなら、あの子があなたの目に触れないような方法を考えます。でも、あんな無責任な母親と一緒にロンドンへやることはできません。そんなことをしたら、あの子はスリや変質者や人殺しの手に落ちてしまうもの」

「イコンだと?」ほかのことは、ろくに耳にはいっていなかった。「あの女は私の聖母を――ストロガノフの傑作を――あんなおぞましいガキと引き換えに――」

「ドミニクはおぞましい子ではありません」ジェシカはぴしゃりと言った。「たしかに行ないは野蛮だけど、そもそもあの子は家庭でのしつけを受けたことがなかったし、ずいぶんといじめられてきたんだもの。幸いにも、あの子は自分が私生児だということも、その言葉の意味も、母親の商売のことも理解していなかった。学校に行くまでは。そこで村の子たちにひどく残酷な方法でそれを教えられたのよ。あの子はびっくりして混乱して、自分がほかの子とちがうことを痛感したんです――だれも自分を必要としていない」そこでいったん言葉を切った。「わたしをのぞいては。わたしがあの子なんかいらないというふりをしたら、あの母親もこれほど吹っかけてこなかったかもしれない。でも、そんなふりをして、あの子にもっと悲しい思いをさせることはできなかったの」

「まったく忌々しい父《てて》なし子め!」デインは叫び、岩から離れた。「あんな女に私のイコンをやってたまるか!」

「だったら、ご自身で彼女からあの子を取りあげてください。どこに隠れているかは知らないけど、二十四時間以内に捜しだせるとはとうてい思えない。ということは、だれかがあすの早朝、ポストブリッジの馬車乗り場へ出向かなくてはならないわね。そこへイコンを届けるのがわたしではないとすれば、あとはあなたしかいないわ」

デインはどなりつけようとして口をひらきかけたが、ふたたび閉じて十かぞえた。

「きみは私に」抑制した声で言った。「夜明けにポストブリッジまでのこのこ出向き……チャリティ・グレイヴズがやってくるのをじっと待ち……沼沢地の住人どもの前であの女と交渉しろというのか？」

「まさか。交渉する必要はないわ。あの子はあなたの息子なのよ。ただ彼を連れてくればいいんです。彼女だって文句は言えないでしょう。あなた以外の人がそれをやれば、だまされたと騒ぐでしょうけど」

「連れてくる――そんなに簡単にいくのかね？　みんなが見ている目の前で？」

ジェシカはびしょぬれのボンネットの下からこちらを見あげた。「そんなとんでもないことではないでしょう。いつもどおりにふるまってくださいと申しあげているだけよ。つかつかと近づき、子供を取りあげ、チャリティには地獄に落ちろと言ってやればいいんです。ほかの人たちがどう思おうと知ったことじゃないわ」

デインは擦り切れた自制の糸に、ただひたすらしがみついた。「ジェシカ、私もばかではない。きみの魂胆はわかっている。きみは私を……操ろうとしているのだな。チャリティ・グレイヴズをぺしゃんこにしてやるという案は非常に魅力的だ。それに、申し分なく理にかなっている。私にはイコンを手放す気などさらさらないからな。手放してたまるものか」

「わかっています。だから、わたしも盗むことはできなかったの。彼女も、わたしがそこまでするとは思っていないでしょう。でも、彼女は道徳心とは無縁の人だから、〝裏切り〟なんてなんでもないことかもしれないわね」

「それでも、私がきみの言うとおりにしなかったら、あのイコンを持っていくつもりなんだな」

「そうせざるをえないわね。でも、あなたに黙って持っていくことはできなかったわ」

デインは指の関節で彼女の顎を持ちあげ、顔を近づけてにらみつけた。

「いいかね、屁理屈の女王、私がそんなことは絶対にさせないとは思わなかったのかね？」

「わたしをとめようとするかもしれないとは思いました」

ため息とともに顎から手を離し、デインは巨大な花崗岩に目をやった。「私がそうしたとしても、結果はこの大岩にドーセットまで転がってくれと頼むようなものということか」

遠雷の鈍いうなりが聞こえた。まるで天も、勝ち目がないと認めているかのようだ。

デインはパリの迫り来る嵐のなかで感じたのとおなじ、当惑と怒りと無力感に襲われた。チャリティ・グレイヴズとのあいだにできた、あの醜いもののことを考えるだけで具合が悪くなる。いったいどうすれば、あれに近づき、その姿を目にし、話しかけ、体に触れ、手もとに引き取ることができるというのか。

ヘイトアの嵐はアスコートまで追いかけてきた。雨が屋根をたたき、風が窓を震わせ、悪魔のような稲妻が屋敷を白く浮きあがらせる。怒り狂った主人の足音を聞いた者たちは、彼こそまさに、怒りで空を掻き乱すベルゼブブだと思ったかもしれない。

とはいうものの、デインは心の問題をうまく処理できないのだからしかたない。〝面倒〟なことに対処する方法は三つだけ。殴り倒すか、縮みあがらせるか、金で解決するか。どの方法も使えないと、どうしていいかわからなくなってしまう。そして、癇癪を起こすのだ。デインは使用人たちをどなりつけた。奥様の濡れた外套をさっさと脱がせないから、玄関ホールの大理石の床が水浸しになった――びしょぬれの外套からしずくが垂れるのも、泥だらけのブーツが汚い足跡を残すことも知らないのか。

部屋にはいるなり、暖かい風呂の用意ができていないのを見てかっとなった――旦那様と奥様が帰宅する時間くらいわかっていて当然と言わんばかりに。それから、ブーツがだいなしになったとわめきたてた――ブーツなど二ダース以上も持っているというのに。

ジェシカはいくつもの壁越しに響いてくる夫の怒声を聞きながら、風呂を使って着替えをし、こき使われっぱなしの哀れなアンドルーズは、さすがに暇をもらいたいと言いだすだろうかと考えた。

けれど、風呂のおかげでデインもいくぶん落ちついたらしく、ジェシカの部屋にはいってきたときには、怒り狂った象のような雄叫びはうなり声程度におさまり、激怒した顔つきも、不機嫌そうなしかめっ面程度にやわらいでいた。

デインは自由の利かないほうの腕を包帯で吊っていた。「調整だ」賢明なブリジットが、追いだされるより先に逃げだしていくと、そう言った。「結婚には調整とやらが必要だ。きみが吊り包帯をしろと言うから、そのとおりにしてやったよ、ジェス」

「上着のシルエットは崩れていないわ」ジェシカは点検するようにじろじろ眺めた。「それどころか、颯爽として見えます」乗馬用の服装をしていたが、お出かけになる恰好ねとは言わずにおいた。

「私の機嫌をとるんじゃない」デインはつかつかと居間へ向かい、母親の肖像をイーゼルからはずすと、それを抱えて出ていってしまった。

ジェシカは彼を追って廊下を抜け、南階段をおり、食堂にはいっていった。

「きみは母を食堂に置いておきたいのだろう。ならば、食堂に飾ればいい」

肖像画を椅子に立てかけると、呼び鈴の紐を引いた。従僕がすぐにあらわれた。

「あのくだらん風景画をはずして、かわりにこの肖像画を飾れとロッドストックに言っておけ。ただちにやれ、と伝えるんだ」

従僕はたちまちのうちに姿を消した。

デインは食堂を出ると、短い廊下を横切り書斎にはいっていく。

ジェシカはあわててあとを追った。

「暖炉の上なら、あの肖像画はいっそう見栄えがするわ。〈北の塔〉ですばらしいカーテンをひとそろい見つけたから、あれをきれいにして食堂に掛けさせます。肖像画がぐんと引き立つでしょう」

デインは書き物机へ歩いていったが、すわりもせず、こちらに横顔を見せてその前に立っていた。顎をこわばらせ、目をなかば閉じている。

「私は八歳だった」と、そっけなく切りだした。「そこにすわらされた」机の前の椅子へ顎をしゃくった。「父はそこにいた」いつも自分がすわる席を示す。「母はイゼベルだから犬に食われてしまうと言った。母は地獄に落ちるのだとね。母が出奔したことの説明はそれだけだった」

ジェシカは自分の顔から血が引いていくのを感じた。気を落ちつけるために顔をそむけずにはいられなかった。それでも、なかなか冷静になれない。

彼の父親は厳格な人物だったのだろうとは思っていたが、まさかそこまで残酷だとは思っていなかった。実の父親が……幼い息子に向かって……それも母親がいなくなったことにとまどい、おびえ、悲しんでいる息子にそんなことを言うとは。

「お父様はきっと、頭に血がのぼっていらしたし、恥をかかされたと思っていたんだわ」ジェシカはつとめて淡々とした口調で言った。「でも、お父様がお母様をほんとうに愛していたのなら、あなたに当たり散らすのではなく、お母様を追いかけていたでしょうね」

「きみがこの家から出ていったら」デインは嚙みつくように言った。「私は絶対に捜しだす。地の果てまでも追いかけていく」

自分がいなくなったら自殺するという言葉にも腰を抜かさなかったのだから、いまもなんとか耐えられるはずだ、とジェシカはみずからに言い聞かせた。

「ええ、わかっています。でも、あなたとお父様はちがうわ。お父様は結婚する女性をまちがえた、哀れで冷酷なかた。お母様は神経の細やかなかただったようだし——あなたはその血を引いているのね——、お父様にみじめな思いをさせられたのよ。そこへいくと、わたしはちっとも神経質ではないし、みじめな思いをさせられることも許さないわ」

「あの罰当たりな女が悪魔の子を呪われたロンドンへ連れていくことも許さないというのだな」

ジェシカはうなずいた。

デインは机に寄りかかり、絨毯をじっとにらみつけた。「きみには思いもつかないだろうが、子供のほうがあれの……自分の母親から離れたがらないかもしれないぞ。その場合は……」そこで口ごもり、机の縁をたたきながら言葉を探した。

けれど、最後まで聞かなくても、自分自身のことを言っているのがジェシカにはわかった。母親に見捨てられたことに、彼は深く傷ついたのだ……そしていまだに、その傷は癒えていない。

「心に深い傷を残すだろうということはわかります。だから母親には、あの子に心の準備をさせておくように頼んだわ。これから行く場所は小さな子には危険すぎるから、安全な環境で暮らせて、ちゃんと世話をしてもらえることがわかっているところにいたほうがいいと説明してはどうかと」

デインはちらりと鋭い視線をこちらに投げると、ふたたび絨毯に目を落とした。

「実際にそう思っていてくれたら、と願うわ。彼女がほんとうに息子を愛していたら、そんな危険な目にあわせたいとは思わないでしょう。まずは息子の幸福を考えるはずだわ――あなたのお母様がそうしたように」ジェシカはあえてそうつけくわえた。「お母様は幼い息子を危険な船旅にひっぱっていかなかった。たとえ息子がそんな船旅をなんとか生き延びたとしても、自分がちゃんと育てていけるという確証はなかったでしょうからね。でも、お母様は悲劇的な最期をとげられた。だからその死を悼んでさしあげないと。チャリティ・グレイヴズの場合は……そうね、彼女自身がある意味で子供なんだと思うわ」

「私の母は悲劇のヒロインで、チャリティ・グレイヴズは子供だというのか」デインは押しやるようにして机から離れ、後ろへまわって、椅子ではなく窓辺へ行き、外を眺めた。

　嵐は静まりはじめていた。

「チャリティはきれいなドレスや装身具やまわりにいる男性からの注目がほしいのよ。あれだけの外見と機転があれば――それに、たしかに魅力的だし――いまごろはロンドンでも名うての高級娼婦になっていたかもしれない。でも、彼女は怠惰だし、刹那《せつな》主義ですものね」

「その刹那主義者が、私のイコンにひたすら心を奪われている。帰り道にきみはそう言ったが、彼女はあれを見たことがないはずだ。その存在を知っているということは、おそらく、この家の使用人からその話を聞いたまぬけな村人が話したのだろう。しかも、あの女はイコンに二万ポンドの値打ちがあることを確信している。そうなると、きみが提示できる代案はただひとつ、彼女がきみに告げたその金額を支払うだけだ。それも一ポンド金貨でな。あの女は紙幣を信用していないから。だが、わたしが知りたいのは、二万ポンドという金額をだれがあの女に教えたかだ」

ジェシカは夫のかたわらに行った。「わたしも知りたいわ。でも、わたしたちにはそれを突きとめている時間はないでしょう?」

ふっと笑って、デインはこちらを見た。「わたしたち? きみもよくわかっているだろう、これは〝わたしたち〟の問題などではない。〝デイン〟の問題だ。妻の尻に敷かれ、どうするのが身のためかわかっているのに言いなりにならねばならない哀れな男のね」

「あなたが妻の尻に敷かれているなら、やみくもにわたしに従うでしょう。でも、まるでちがうわ。あなたはわたしの真意を聞きただし、今度はチャリティの真意を推しはかろうとなさっている。それに、息子と向きあう心の準備もなさっているわ。あの子の身になって考え、相手がどんな腹立たしい態度をとってもそれを理解し、理性的にぬかりなく対応なさろうとしているのよ」

ジェシカはさらに近寄り、夫のクラバットを軽くたたいた。「さあ、どうぞ。あなたの〝機嫌をとっている〟とでも、あなたを〝操っている〟とでも、妻の務めを果たそうとしゃしゃりでているとでも、なんとでも言ってくださいな」

「ジェシカ、きみはほんとうに手の焼ける妻だ、わかっているのかね?」こちらをにらみつけた。「きみのことを心から好きでなければ、窓から放りだしているところだ」

ジェシカは夫の腰に抱きつき、胸に顔をうずめた。「ただ〝好き〟なだけじゃなくて、〝心から好き〟なのね。ああ、デイン、気絶しそう」

「いまはだめだ」デインはぶすりと言った。「きみを抱きあげている暇はないからな。さあ、どきなさい、ジェス。ポストブリッジくんだりまで行ってこなければ」

ジェシカは驚いて身を引いた。「いまから?」

「もちろん、いまからだ」すでに足を踏みだしている。「賭けてもいいが、あの女はもうポストブリッジに着いている。それなら、このばかげた騒ぎはさっさとすませてしまったほうがいい。嵐はおさまりはじめているから、あと数時間は外もまだ明るいだろう。つまり、馬ごと溝にはまって首の骨を折るおそれも少ないというわけだ」足早に机をまわり、ドアへ向かった。

「デイン、あの人たちの前で癇癪を起こさないようにしてね」ジェシカは背中に呼びかけた。

デインは足をとめ、業を煮やしたような目を向けた。

「私はあの女をやっつけるのではなかったかね」

「ええ、でもどうぞあの子を怖がらせないで。あの子が逃げてしまったら、つかまえるのに手こずるわ」急いでそばに寄った。「わたしも一緒に行ったほうがいいんじゃないかしら」

「ジェシカ、この件は私が始末をつける。私もそこまで無能ではない」

「でも、あなたは子供を扱いなれていないわ。子供って、ときどき突拍子もないことをしでかすから」

「ジェシカ、私はあの小鬼を引き取りにいくのだ」デインは厳めしい声で言った。「どんなことにも驚きはしない。あの子を受け取って、きみのもとに連れてくる。あとは思うぞんぶん頭をひねればいい」

デインはドアまで行き、勢いよくあけた。「まずは、あの子をどうするか考えておきなさい。私には皆目見当がつかないから」

馬車はつながなかったが、御者は連れていくことにした。フェルプスはダートムーアの道なら脇道や家畜の通る道まで熟知しているから、たとえ嵐がぶりかえして彼らとともに西へ向かっても、すみやかにポストブリッジまで案内してくれるだろう。

それに、女主人の手助けをして主人を面倒な立場に追いこんだのなら、主人がそこから脱出する手助けもできるはずだ。

ここ数週間でジェシカがどんな手を使い、この忠実な御者に主人を裏切らせたのかは定かではないが、フェルプスも完全に女主人の言いなりというわけではないらしい。ジェシカが厩まで追いかけてきて、一緒に連れていってくれとまたもやねだると、フェルプスは妥協案を出したのだ。

「奥様にはあの子に届ける荷物を用意してもらったら、気持ちもいくらか楽になるんじゃないですかね。奥様はあの子が腹をすかせちゃいないか、寒いんじゃないかと心配なさるが、旦那様は急いでてそんなこと気にしちゃおれん。あの子の気をそらすオモチャかなにかを奥様に探してもらっちゃいかがです？」

デインはジェシカを見た。

「ええ、そのほうがいいわね。それでもやっぱり、わたしがその場にいたほうがいいんじゃないかしら」

「きみは連れていかない。そんな考えはさっさと忘れなさい。その荷物とやらを用意するのに十五分だけやろう。それだけだ」

十五分後、デインは馬に乗ったまま、アスコートの正面玄関をにらみつけていた。さらに五分待ち、荷物と妻のことはフェルプスにまかせ、長い私道を進みはじめた。

正門を出たところで御者が追いついてきた。「オモチャのせいで奥様は時間がかかっちまった」馬を走らせながら説明する。「〈北の塔〉に行かれて、のぞきからくりを見つけなすったんです。海戦の絵が見えるやつだそうで」

「きっとネルソンとパーカーの〈コペンハーゲンの海戦〉だ。それが私のものだとするなら、おそらく」デインは笑ってつけくわえた。「学校にやられるまえに壊さなかった唯一のオモチャだよ。八歳の誕生日にもらったのだ。驚くにはあたらないな。うちの奥方はまさに干草の山から針を探しだせるから。それもあいつの特技のひとつだがね、フェルプス」

「ええ、好都合ですよ。旦那様はときたまものをなくされるから」フェルプスは主人の左腕に目をやった。屋敷から見えないところまでくるや、吊り包帯を取ってしまったのだ。「腕の支えをなくしちまったんですね、旦那様？」

いだろう？」

デインは腕を見おろした。「おや、そのようだな。だが、そんなものを捜している暇はな

ふたりはしばらく黙って馬を走らせた。

「あの子を捜すのに手を貸すべきじゃなかったかもしれんです」やがて、フェルプスが口をひらいた。「ですがね、アニー・ギーチの婆さんがとうとう死んじまったって聞いてから、ずっと気になってたもんで」

フェルプスの話では、ドミニクに母親らしいことをしてやったのはその年老いた産婆だけだったようだ。

「アニーが死んじまうと、あのガキの面倒を見るもんがだれもいなくなっちまったんです。あの子の母ちゃんが新婚の奥様の前で騒ぎを起こしたのは、旦那様がなにか手を打つと思ったからじゃないですかね。よそへ行く金をくれてやるとか、あのガキに子守をつけるとか。だけど、旦那様はあの女を捜そうとしなかった、あの子が村で大暴れをしても——」

「あの子がそんな騒ぎを起こしているとは知らなかったのだ」デインは腹立たしい思いで口をはさんだ。「だれもそれを私に教えなかった。フェルプス、おまえもな」

「おれが口出しすべきことじゃない。それに、旦那様がとんでもないことをしないって、どうしてわかります？　追放する気だ、って奥様はおっしゃってた。旦那様はそうお考えだと。ふたりとも——母親も子供も。旦那様、おれにはそいつは正しいこととは思えない。その昔、大旦那様が大間違いをしでかされたのをこの目で見ましたからね。大旦那様が旦那様を遠く

へやられたとき、おれはまだ若かった。それに仕事がなくなるのが怖かったし、上流階級のおかたのほうが、世間知らずの若造より物事をわかってるはずだと思ったんですよ。だけど、もう五十の坂を越えたし、世の中も昔とは変わってるんじゃないかって気もしましてね」

「それに、わが妻は他人を自分の思いどおりに動かすのが得意だ」デインはつぶやいた。

「おまえを丸めこんで、鞍嚢《あんのう》に潜りこんでいなくてよかったよ」

「奥様はそうしようとなさいましたよ」フェルプスはにやりと笑った。「だから、あの子のためにできることがもっとほかにある、って申しあげたんです。旦那様が遊ばれた木の兵隊を探すとか、子守を選んだり子供部屋を整えたりするとか」

「あの子供を連れてくるとは言った」デインは冷ややかに告げた。「だが、あの薄汚い浮浪児を私の屋敷に住まわせ、子供部屋に寝かせるとは――」腹立ちのあまり、言葉がとぎれた。

フェルプスはなにも答えず、ただまっすぐ前方を見ている。

デインは心の動揺が落ちつくのを待った。一マイルほど進んだころ、ようやく胃のしこりが我慢できる程度にまでほどけた。

「〝深遠な問題〟と妻は言っていたよ」デインはうなった。「だが、私はそれをポストブリッジに着くまでに解決しなければならないようだ。もうすぐウェスト・ウェブバーン川だな？」

「あと四分の一マイルでさ、旦那様」

「そこからポストブリッジまでは――四マイル弱か？」

フェルプスがうなずく。

「四マイルか。たった四マイルで深遠な問題を解決しなければならんとは。まったく、なんということだ」

18

チャリティ・グレイヴズはたしかに一流の娼婦だ、とローランド・ヴォートリーは思った。そのうえ頭もいい。一方では村の無骨者たち、もう一方ではレディ・デインを相手にしながら、とっさに新たな手を思いつくのだから。

しかしながら、母親としてはまったくだめだった。

ヴォートリーは宿屋の庭を見おろす窓辺に立ち、背後の胸が悪くなるような音や、吐き気をもよおさせるにおいを無視しようとつとめた。

レディ・デインと別れるとすぐに、チャリティはグリムズパウンド沼にある小さなコテージへ急ぎ、荷物をまとめて、一週間前に老いぼれのポニーと一緒に買ったおんぼろの一頭立て二輪馬車に積みこんだのだという。

しかし、子供は遠くから聞こえる雷が怖いと言って、馬車に乗るのをいやがった。

馬車から飛びだして荒野にでも消えてしまわれたらたいへんだと考えたチャリティは、やさしいふりをした。雷がやむまで待とうと言ってなだめ、何食わぬ顔でパンとエールを与えた。そのエールに「ほんの少し、半滴にも満たないアヘンチンキを垂らしといた」のだそうだ。

その〝半滴〟でドミニクは気を失ってしまった。チャリティに馬車に押しこまれ、ポストブリッジの宿屋に着くまで眠りこけ、そのあともしばらく目を覚まさなかった。その間にチャリティは、最初の計画に手違いが生じたため少々修正せざるをえないことを説明した。

ヴォートリーは彼女のことを信用しきっていたから、レディ・デインがこの醜い子供をほしがっているとチャリティが言うなら、それはほんとうなのだろうと考えた。

レディ・デインはこの件をデインには黙っているはずだとチャリティが言うのなら、やはりそれもほんとうなのだろう。だが、こちらのほうは、ヴォートリーもいささか信じがたい気がして、何度も窓辺に行ってはベルゼブブやその手先の姿がないかを確かめた。

「いちばんまずいのは、あした、彼が奥様のかわりにあらわれることね」とチャリティは言っていた。「でも、あなたがしっかり見張ってればだいじょうぶ。あいつなら、一マイル先にいたって見えるでしょ。あいつが来たら、さっさと逃げだしゃいいのよ。この厄介なガキをあと一週間おとなしくさせておけたら、最初の計画にもどれるんだから」

その最初の計画とやらには、犯罪行為がからんでいるのだ。

二番目の計画は、しっかり見張りをしながら、常識的な話に耳を傾けていればいい――たとえレディ・デインが夫に告げ口をしていて、デインがチャリティをつかまえにこようとしても、とりあえずこの悪天候では家を出られないはずだ。あと二時間もすれば日も沈むから、暗い泥道をポストブリッジへ向かってくることはないだろう。チャリティがすでにここにいるのは知らないのだからなおさらだ。デインがわざわざそんなことをするわけがないのは、だれもが認めるだろう。

それでも、チャリティの常識が子育てにもおよんでいればよかったのにと思わずにはいられない。そもそも彼女が子供の面倒をちゃんと見ていたら、アストンの村人まで巻きこむような大事にはいたらずにすんだのだ。それに、子供にアヘンチンキなど盛らず、殴るだけですませておけば、この子だってむさぼり食ったばかりの夕食どころか朝に食べたものまで吐いてはいなかっただろう。

ヴォートリーは室内を振りかえった。

狭い予備のベッドに寝かされたドミニクは、薄いマットレスの縁をつかみ、母親が抱えているおまるの上に顔を突きだしていた。とりあえず吐き気はおさまったらしいが、汚れた顔は灰色で、唇は紫になり、目は真っ赤に充血している。

チャリティは愛人と目を合わせた。「アヘンチンキがせいじゃ——のせいじゃないよ」弁解がましく言う。「きっと、夕食の羊肉が腐ってたのよ——じゃなきゃ牛乳か。この子、どれも変な味がするって言ってたから」

「全部吐いたじゃないか。なのに、ちっともよくなっていない。それどころか、ひどくなっているみたいだ。医者を呼んだほうがいいんじゃないか？　この子がディ・アイ《死》・イー・エス《ぬ》なんて事態になったら」チャリティの綴りの能力が、母親としての能力よりましであることを願いながらつづけた。「侯爵夫人はいい顔しないぞ。そして僕の知り合いのだれかさんは絞首台行きになるかもしれない」

絞首台という言葉に、バラ色の頬から血の気が引いた。「なんでも悪いほうにばっかり考えるのはあなたにまかせるわ」チャリティは苦しそうな子供に視線をもどした。それでも、ヴォートリーが帽子を持って部屋を出ていこうとしてもとめなかった。

階段まで来たとき、下から聞き覚えのある不吉なうなりが聞こえてきた……地獄の底から響いてくるようなその声の主は、あのベルゼブブだった。

硫黄のにおいがしなくても、煙が漂ってこなくても、ヴォートリーにはわかった。自分が窓から目を離した隙に、この〈ゴールデン・ハート・イン〉は黒い地獄と化してしまったのだ。自分もまもなく灰になってしまうだろう。

ヴォートリーは部屋に駆けもどり、さっとドアをあけた。「やつが来た!」と叫ぶ。「下にいる。宿屋の主人を脅しつけている」

少年ががばっと起きあがった。狂ったように室内を駆けずりまわりながら荷物を掻き集めているヴォートリーをぽかんと見つめている。

そのかたわらで、チャリティが立ちあがった。「心配いらないって」おだやかな声で言う。「あわてないでよ、ロリー。頭を使いなさいな」

「やつはすぐあがってくるぞ! どうすりゃいいんだ?」

「さっさとずらかるのよ」窓辺に行き、庭の様子をうかがう。「あなたはドミニクを連れて窓から逃げて。この出っ張りを伝って、あそこにある干草用の荷馬車に飛び降りるの」

ヴォートリーは窓に走り寄った。荷馬車ははるか下に見えるし、干草もたいして積まれていない。「無理だ。この子を連れてはおりられない」

危険の度合いを測っているあいだに、彼女は窓から離れてしまい、すでにドアをあけていた。「今夜はもう会えないだろうね。でも、あなたはその子を連れてってよ。あたしじゃ子供を抱いて逃げられないから。大事な金づるなんだってことを忘れないでよ。あした、モートンハムステッドであたしを捜して」

「チャリティ！」

だが、ドアはもう閉まっていた。ヴォートリーはドアをじっとにらみながら、恐怖に身動きもできず、裏階段へ遠ざかる足音を聞いていた。

振りかえると、少年もドアをにらんでいた。「ママ！」と叫び、寝台から這いだして、よろよろとそちらへ向かったが、三歩進んだところでぐらりと揺れて床に倒れこんだ。そしてこの数時間にさんざん聞かされた嘔吐の音をさせた。

病気の子供と窓のあいだでためらっていると、デインの声が廊下から聞こえてきた。

ヴォートリーは窓に駆け寄り、掛け金をはずして、窓の外に出た。出っ張りをそろそろと歩きはじめて十秒もしないうちに、部屋のドアが勢いよくあけられる音がした。罵るどなり声も聞こえてくる。足もとへの注意もそこそこに、ヴォートリーは荷馬車の真上まで走り、ひと思いに飛び降りた。

チャリティ・グレイヴズをやっつけてやろうと、巨人のように大声を発しながら部屋に飛びこんだデインは、危うくわが子を踏みつぶしそうになった。幸いにも、あと一歩のところで目の前の障害物に気づき、大きく踏みだした足をとめることができた。その間に、室内に目を走らせる。女ものの衣装、食事の残骸がのった盆、空のワインボトル、ひっくりかえった簡易ベッド、その他もろもろの正体のわからないものが散らばり、足もとには胸がむかつくような汚物とボロ切れの塊があった。

もぞもぞと動いているところを見ると、その塊は生きているらしい。

デインはあわてて目をそらし、こみあげてきた酸っぱいものを抑えようと大きく三回深呼吸した。それが間違いのもとだった。あたりにはひどい悪臭が漂っていたのだ。

生きている汚らしい塊から弱々しい声が聞こえてくる。

足もとを見た。

「ママ」とその物体はあえいだ。「ママ」

〃おめでとう、マリア、聖寵《せいちょう》に満ちたかた、主はあなたと共におられます。女のうちにて祝福されたかた、あなたの子イエスも祝福されています（アヴェ・マリア、グラツィア・プレナ、ドミヌス、テクム、ベネディクタ・トゥ・イン・ムリエリブス、エト・ベネディクトゥス・フルクトゥス・ヴェントリス・トゥイ、イエーズ）〃

デインは母親に去られ、ひとりぼっちで途方に暮れ、なすすべもなく聖母マリアに慰めを求めていた子供を思いだしていた。

〝聖なるマリア、神の御母、罪人《つみびと》なる我らのために、今も死を迎えるときも祈ってください(サンクタ・マリア、マーテル・デイ、オラ・プロ・ノビス・ペカトリブス、ヌンク・エト・イン・オーラ・モルティス・ノストレ)〟

その子供は、意味もわからずに祈っていた。自分の犯した罪も、母の犯した罪もわからなかった。わかっていたのはただひとつ、自分がひとりぼっちだということだけだった。

ジェシカはこの子のことを、ひとりぼっちで、だれからも愛されず、おびえ、途方に暮れていると言っていたが、それがどういうことかデインは知っていた。

この見るもおぞましい子供がなにを感じているかはわかる。自分もまた、見るもおぞましく、だれからも愛されない子供だったからだ。

「ママはもういない」デインはそっけなく言った。「私がパパだ」

そいつが顔をあげた。黒い目を腫《は》れあがらせ、目の縁を赤くし、大きな鉤鼻から鼻水を垂らしている。

「まったく、おまえは汚らしいな。いったいいつ風呂にはいったんだ?」

その子は細面《ほそおもて》の顔を魔王でも逃げだしそうなしかめっ面にして、「失せろ!」としわがれた声を出した。

デインは子供の襟首をつかみ、ひっぱるようにして立たせた。「私はおまえの父親だぞ、この恥知らずめ。臭いから風呂にはいれと言われたら、『わかりました』と答えるんだ。まちがってもこの私に——」

「クソったれ」少年は泣き声とも笑い声ともつかない声を絞りだした。「クソったれ、クソったれ、ばか野郎、ばか野郎、ばか野郎」

「驚くような振る舞いのうちにははいらんな。その程度では驚かんぞ。なにをすべきかはわかっている。風呂の用意をさせ——馬丁におまえを洗わせる。途中でおまえが石鹸をのみこんだとしたら、かえって好都合だ」

これを聞いて、そいつはしゃがれ声で罵詈雑言をまくしたて、釣りあげられた魚のように身をよじりはじめた。

襟首をつかんだデインの手はびくともしなかったが、着古したシャツのほうはそうはいかなかった。ぼろぼろの襟がちぎれ、子供は自由の身になった——が、それもわずか二秒のことで、デインはすかさずひっつかまえ、床から持ちあげて脇の下に抱えこんだ。

ほぼ同時に、不吉な息遣いが聞こえてきた。

そして、少年は嘔吐した……侯爵のブーツに汚物をぶちまけたのだ。

やがて、脇の下で身をよじっていたものは死んだように重くなった。

狼狽が体を駆け抜け、目もくらむような恐怖が押し寄せてきた。

自分はこの子を殺してしまった。あんなにきつく抱えてはいけなかったのだ。きっとどこかをへし折るか、つぶすかして……わが子を殺してしまったのだ。

そのとき、こちらに近づいてくる足音がした。うろたえながらドアに目をやる。

フェルプスだった。

「フェルプス、たいへんなことになった」うつろな声でつぶやいた。

「ありゃ、上等のブーツがだいなしですな」フェルプスが近づいてきて、デインの腰のあたりでぐったりしている物体をのぞきこんだ。

「どうしたんです。夕食を吐かせちまったんですか」

「フェルプス、私はこの子を殺してしまったらしい」唇を動かすのも容易ではなかった。全身が麻痺している。視線を落として……死体を見ることすらできない。

「じゃあ、どうして息をしてるんですかね」少年の顔をのぞきこんでいたフェルプスが主人を見あげた。「この子は死んじゃいませんよ。病気じゃないんですか。この天気で風邪でも引いちまったんでしょう。あのベッドに寝かせたらどうです。どんな具合かみてやれるから」

頭が混乱しているのだ、とデインは思った。ジェシカなら、きっとそう言うだろう。いや、神経過敏と言うかもしれない。顔が赤くなるのを感じながら、デインはそっと少年をまっすぐにしてベッドへ運び、静かに横たえてやった。

「ちょいと熱っぽいようですな」とフェルプスが言う。

デインは汚れがこびりついた額に、こわごわと手をのせた。「どうやら——温かすぎるようだが」

フェルプスの注意はよそに向けられていた。「あいつのせいかも」そう言って、小さな暖炉へ歩いていく。炉棚の小瓶を手に取り、デインのところに持ってきた。「たしか、旦那様もアヘンチンキは合わなかったんじゃないですかね。大奥様が出ていっちまったとき、子守りに与えられて、ひどく具合が悪くなった」

だがそのときのデインは、飢え死に寸前でもなければ、びしょぬれでダートムーアじゅうを引きずりまわされたわけでもなかった。ベッドにぬくぬくと横たわり、使用人たちに見守られ、子守にお茶を飲ませてもらったり汗ばんだ体を拭いてもらったりしていたのだ。

〝……安全な環境で暮らせて、ちゃんと世話をしてもらえることがわかっているところにいたほうがいい。〟

愛されたことはなかったが、それでも母は息子を安全なところに置いていった。保護され、ちゃんと世話をしてもらえるところに。

母は自分を一緒に連れていかなかった……その地球の裏側の島にいたら、母と同様に自分も熱病で死んでいたにちがいない。

この少年の母親はこの子が死ぬのもかまわず置き去りにした。

「階下《した》へ行って、ただちにお茶のポットを持ってくるよう伝えろ」デインはフェルプスに命じた。「砂糖もたっぷり用意させるのを忘れるな。銅の盥《たらい》と、ありったけのタオルもだ」

フェルプスがドアに向かう。

「それからあの荷物を持ってこい。奥様が作った荷物だ」

フェルプスは大急ぎで部屋を出ていった。

お茶が届けられるまでに、デインは汗でぐっしょり濡れた息子の服をはぎ取り、体をシーツでくるんでやっていた。

暖炉に火を熾《おこ》してそばに盥を置くようフェルプスに命じると、彼が火を熾しているあいだ、自分の腕にぐったりと身を預けている少年に砂糖たっぷりのお茶をスプーンで飲ませた。ありがたいことに、子供はかすかではあるが意識を取りもどしていた。

ポットのお茶が半分空になったころには、だいぶ具合もよくなってきたようだった。どろんとした目にわずかに生気がもどり、頭もぬいぐるみのようにぐらぐらしなくなっている。父親とおなじもつれた豊かな黒い巻き毛にシラミを見つけても、デインはさして驚かなかった。

とりあえずはそれはあとまわしだ、と自分に言い聞かせる。

「気分はよくなったか」と、ぶっきらぼうにたずねた。

ぼんやりした黒い瞳がこちらを見あげる。べとべとした子供っぽい口を震わせた。

「疲れているのか？　少し眠るか？　急ぐ必要はないからな」

少年は首を振った。

「なるほど。望みもしないのにたっぷり眠らされたらしいからな。だが、もうだいじょうぶだ。ママのくれた薬がおまえの体に合わなかっただけだ。私もおなじ目にあったことがある。さんざん吐いたよ。だが、あっという間によくなった」

少年はうつむき、ベッドの縁から身を乗りだした。すぐにはわからなかったが、デインのブーツを見ようとしているのだ。

「わざわざ見なくてもいい。もうだいなしになっているから。きょう、だめにしたブーツは二足目だ」

「あんたが俺を押しつぶしたからだ」少年は身がまえるように言った。

「そのうえおまえを逆さにした」デインは言い足した。「おかげで調子の悪い胃をよけいおかしくしてしまった。だが、おまえが病気だとは知らなかったのだ」

それを教えてくれるジェシカがここにいないからだ、と心のなかでつけくわえた。

「それでも、ようやくしゃべる元気が出たようだから、食欲も出ただろう」

少年は青い顔をしたまま、ぽかんとしている。

「空腹じゃないのか」デインは辛抱強くきいた。「おなかはぺこぺこか」

この問いかけに、少年はゆっくりとうなずいた。

デインはもう一度フェルプスを階下にやり、パンと具のはいっていないスープを注文させた。フェルプスがいないあいだに、息子の顔を洗ってやることにする。力の入れ具合がわからなかったため、これには少し時間がかかった。しかし、なんとか息子の生皮をはがすことなく汚れの大半を落としてやることができた。少年は生まれたての子馬のように震えながらもそれに耐えた。

トーストを数切れ食べ、スープを飲み終えて、少年の見た目が掘りだしたばかりの死体のようではなくなると、デインは暖炉のかたわらに置かれた小さな銅製の盥《たらい》に目をやった。

「侯爵夫人が清潔な服を用意してくれたぞ」と言い、フェルプスが服を積んでおいた椅子を指さした。「だが、そのまえに体を洗わないとな」

ドミニクの視線が、服と盥のあいだを何度か行き来した。顔に苦しそうな表情が浮かぶ。

「まず、体を洗ってからだ」デインは厳しく言い渡した。

少年はアイルランドの妖精《バンシー》でさえ感心するような、この世のものとも思えぬ泣き声をあげた。デインは必死に起きあがって逃げだそうとする少年を取り押さえると、振りまわす拳にも、蹴りつける足にも、耳を聾《ろう》する泣き声にもかまわずベッドから抱きあげた。

「じたばたするな！」厳しい声で言う。「また病気になりたいのか？　たかが風呂じゃないか。そんなことぐらいでは死なない。私は毎日風呂にはいっているが、まだ死んでいないぞ」

「いやだーーー！」哀れな泣き声をあげながら、息子はシラミだらけの頭を肩に押しつけてきた。「やめてよ、パパ。お願いだから。やめてよ、パパ」

パパ。

喉が締めつけられるようだ。自分の大きな手を、息子の痛々しいほどに痩せこけた背中にあて、そっとたたいた。

「ドミニク、おまえはシラミだらけだぞ。シラミをとる方法はふたつしかない。その立派な盥で行水するか……」

息子が顔をあげた。

「カブをひと皿食べるかだ」

ドミニクははっと身を引くと、恐怖にかられた表情で父親を見た。

「気の毒だな」デインは笑いを嚙み殺した。「ほかに方法がないんだ」

抵抗も泣き声も、ぴたりとやんだ。

カブに比べたらなんでも――死でさえも――ましだ。

デインは子供のころ、そう思っていた。アヘンチンキへの拒絶反応をこの子が受け継いでいるなら、幼少時代のデインのカブ嫌いも受け継いでいるだろうと割りだすのは簡単だ。じつのところ、いまでもカブは苦手だった。

「湯を運ぶように言ってくれ、フェルプス」侯爵は命じた。「私の息子が入浴したいそうだ」


最初はデインみずから洗ってやらねばならなかった。その間、ドミニクは怒ったように体を固くし、殉教者のように口をぎゅっと結んでいた。けれどそれがすむと、褒美にのぞきからくりを見せてもらい、体がすっかりきれいになったらそれで遊んでもいいと言われた。

そこでドミニクは、二度目は自分で洗うことにした。

フェルプスに見張られながら、たらいのまわりに水跳ねを作っているあいだに、デインは夕食を注文した。

食事が届くまでに、デインは行水を終えたドミニクをタオルで拭き、ジェシカが見つけた古臭い子供服を着せてから、くしゃくしゃの髪を梳《と》かしてやった。

それから、待ちに待ったのぞきからくりを渡してやり、ドミニクがそれで遊んでいるかたわらで、フェルプスと食事をとった。

羊肉を切ろうとしたそのとき、デインは自分がナイフとフォークを手にしているのに気がついた。

左手に持ったフォークをじっと見つめる。

特大のパンに盛大にバターを塗っているフェルプスを見た。

「フェルプス、腕が動いている」

「そのようですな」御者はこともなげに言った。

そしてデインは、自分でも知らないうちに、腕はしばらくまえから動いていたのだと気がついた。そうでなければ、息子にお茶を飲ませるとき、どうやって頭を支えたのだ？　どうやって、彼を抱きながら背中をたたいてやれる？　どうやって、こわばった体の向きをあちこち変えながら行水させたり髪を洗ってやったりできる？　どうやって、何列もボタンが並ぶあの厄介で実用に向かない子供服を着せてやれる？

「これといった医学的根拠もなしに動かなくなり、なんの理由もなく動くようになったのか」左手をにらみつけた。「まるで悪いところなどなかったかのようだ」

「奥様が言ってましたよ、腕にはなんの問題もないって。それで——気を悪くせんでくださいよ、旦那様——問題は頭のなかにあるんだって」

デインは眉をひそめた。「おまえもそう思っているのか。問題は私の頭にあると。つまり、私の頭がおかしいと？」

「おれはただ、奥様の言葉を伝えただけで。きっと、医者どもにも見つかんねえちっちゃな破片かなんかがあって、そいつが勝手になくなったんじゃないですかね」

デインは視線を皿にもどし、羊肉を切りはじめた。「そのとおり。医学的な原因があったにちがいない。だが、あのフランス人の藪医者は自分の間違いを認めようとしなかったし、仲間もやつをかばった。やはり、なにか原因があって、そいつが自然に取り除かれたのだろう」

羊肉の最初のひと口をのみくだしながら、ドミニクに目をやった。暖炉の前の敷物に腹ばいになって、〈コペンハーゲンの海戦〉に見入っている。

深遠な問題は、おびえた小さな病人の問題に縮小していた。どういうわけかその過程で、なにか悪いものが勝手に治ってしまったのだ。

息子を眺めているうちに、その〝なにか悪いもの〟が金属の破片でも骨のかけらでもなかったことがわかった。それは自分の頭のなかに、あるいは心のなかにあったのだ。ジェシカはデインの心の左側を狙ったのかもしれない。それでおそらく、その部分が動かなくなっていたのだ……恐怖のために？

きみが私のもとを去ったら、私はみずからの命を断つと《セ・ミ・ラッシ・ミ・ウチード》ジェシカには言った。

そう、怖かったのだ、彼女に捨てられることが。

いまにして思えば、ジェシカに撃たれた日からずっとそれを恐れていたのだ。いつか自分はなにか許しがたいことをしでかし、彼女を永遠に失ってしまう、と。その恐怖をぬぐい去ることができなかった。その昔、自分を愛してくれた唯一の女性に捨てられたから……自分は愛される価値のない怪物だからだ。

だがジェシカは、そんなことはないと言ってくれた。

デインは席を立ち、暖炉へ向かった。ドミニクがこちらを見る。警戒するように見あげる息子の浅黒い顔に、デインはおのれの姿を見た。憂わしげな黒い目……忌まわしい鉤鼻……むっつりした口もと。どんなに想像力を働かせても、かわいい子とはとうてい言えなかった。顔は整っておらず、体つきも不恰好だ——痩せっぽちで、手足ばかりが大きく、ひろい肩は骨ばっている。

性格も明るいとは言いがたかった。汚い言葉づかいがさらに印象を悪くしている。かわいらしい子供でないのはもちろん、愛嬌のある子供でもない。

まさに、父親そっくりだ。

そして、その父親同様、自分を受け入れてくれる人を——だれでもいいから——求めていた。自分を見つめてくれる人、愛情をこめて触れてくれる人を求めている。

それはけっして大それた望みではない。

「フェルプスと私が食事を終えたら、アスコートへ向けて発つぞ」とドミニクに言った。「馬に乗る元気があるか」

子供は父親から目を離さず、ゆっくりとうなずいた。

「よろしい。私の馬に乗せてやろう。慎重に扱うと約束するなら、手綱を持たせてやってもいいぞ。どうだ、用心するか」

今度はすぐにうなずき、そして言った。「はい、パパ」

はい、パパ。

このとき、ダートムーアのように暗く険しいベルゼブブの心に甘美な雨が降り注ぎ、不毛の地に愛の苗が萌《も》えでた。

デイン卿が気もそぞろに夕食を終えたころ、チャリティ・グレイヴズはモートンハムステッドに到着しているはずだった。しかし、実際には二十マイル反対方向のタヴィストックにいた。

というのも、裏口から逃げだそうとしてフェルプスに出くわしてしまったからだ。フェルプスはデインが息子を連れにきたことを告げ、自分の身がかわいいならさっさとここから立ち去れと言った。チャリティが母親らしく涙を絞りだし、愛する息子を取りあげられる悲しみを嘆くよりも早く、フェルプスは小さな包みを取りだした。

包みをあけると、百ポンド分の金貨と千四百ポンド分の紙幣、それにレディ・デインからの短い手紙が出てきた。手紙には、千五百ポンドはなにもないよりはましだし、ニューサウスウェールズで暮らすことを思えばはるかにましだと書かれていた。パリ行きの船を予約したらどうかという提案も記されていた。そこなら、彼女の商売もそれほど肩身が狭くないし、彼女の年齢——チャリティはあと少しで呪わしい三十代に突入する——もそれほど不利にはならないはずだ、と。

結局、チャリティは嘆き悲しむ母親を演じるのをやめ、フェルプスの薦めにしたがい、黙って姿を消すことにしたのだった。

自分の馬車を見つけるまでに、チャリティは簡単な計算をすませていた。愛人と二万ポンドを山分けするのと、千五百ポンドを山分けするのとではまったく事情がちがう。もちろんロリーのことは好きだが、そこまでしてついていくほどの気持ちはない。そこで、北東のロンドンへつづく道の途中にあるモートンハムステッドに行くかわりに、南西に向かった。タヴィストックに着いたら、そこからプリマスへ行こう。そこでフランス行きの船を探すのだ。

五週間前、それとは知らずに落とし穴に飛びこんだローランド・ヴォートリーは、自分がそのどん底にいることには気づいていたが、その底が流砂であることには気づいていなかった。

チャリティの信頼を裏切ってしまったと思いこんでいた。

そうだ、彼女はポストブリッジまで来ると、ヴォートリーが泊まっている宿屋を訪ねてきた。そして、こっそり自分の部屋をとったりせず、ヴォートリーを呼びだした。つまり、〈ゴールデン・ハート・イン〉の滞在客は、あの売春婦と自分がつながっているのを知っているというわけだ。それでも、偽名を使っていたから、デインに気づかれずにすむ望みはまだ残っている。

だが、遅まきながら気づいたその可能性も、あわてて置き去りにした子供のことを思いだしたとたん潰《つい》えた。

あの子はチャリティが彼のことを〝ロリー〟と呼んだのを聞いていただろうし、悪くすると人相を言うこともできるかもしれない。ドミニクは食べ終えるなり吐いてしまったあの食事のあいだじゅう、母親の〝友達〟をじっとにらみつけていた。

頭が恐ろしくまわるチャリティは、その危険に気づいていたのだ。子供を連れて逃げろと言ったのは、それがもっとも安全かつ賢明な方法だったからだ。

あの子は〝金づる〟だとも言っていた。

そんなことをあれこれ考えながら、ヴォートリーは湿った干草の山の下にかがみこみ、どちらへ逃げたらいいか決めかねていた。たとえ逃げる方向を決めたとしても、だれにも気づかれずにこの庭から出られるだろうか。

しかしながら、ローランド・ヴォートリー——あるいは、ほかのだれでも——を捜せと命じられた男たちが宿屋から飛びだしてくる気配はない。それどころか、ヴォートリーが逃げだしてきた部屋からは、あの悪魔のような怒声さえ聞こえなくなっていた。

やっとのことで勇気を奮い起こすと、干草を積んだ荷馬車からそろそろと這いだした。

呼びとめる者はだれもいない。ヴォートリーはできるだけ落ちついた足取りで厩まで行き、馬を出してくれと頼んだ。

そこで、一時的にしろ危機が去ったことを知らされた。

息子が病気なので、デイン侯爵は宿屋の使用人はおろか泊り客まで動員し、上を下への大騒ぎをしているというのだ。

そのとき、ローランド・ヴォートリーは思った。運命は彼に、愛する人の前で名誉を挽回をする機会を与えてくれたのだ。

その方法を考えだすのに、さして時間はかからなかった。

いずれにせよ、もはや失うものなどないのだ。

自分は五千ポンドの借金を抱えているだけでなく、デイン侯爵の手で八つ裂きにされる危機にも直面している。いまはデインもほかのことに気をとられているが、それも一時のことだ。すぐにかつての友人だった男を捜しはじめるだろう。

ヴォートリーに与えられたチャンスは一度きりであり、それに賭けるほかなかった。

チャリティの計画を実行しなければならない……それも独力で。

19

ミセス・イングルビーの話では、十六世紀に増改築されたアスコートは、ダービシャーのハードウィック・ホールとおなじような間取りになっているそうだ。一階は主に使用人が奉公する領域で、家族の私室の領域は二階にある。高い天井と窓のおかげで明るく風通しのいい三階は、夫婦の寝室や居間が占めている。

デインの祖父の時代、肖像画がずらりと並ぶ〈ロング・ギャラリー〉以外は、二階と三階の機能はいまとは逆になっていた。

しかし、子供部屋、勉強部屋、子守や家庭教師の部屋は、一五〇〇年代の終わりごろからずっと、母屋のなかでももっとも寒くて暗い一階の北西の隅にあった。

ジェシカはデインとフェルプスが出かけるなり、それはよくないとミセス・イングルビーに言った。

「ただひとりの身内から引き離され、知らない人ばかりのだだっぴろい屋敷に連れてこられるだけでも不安でしかたないでしょう。そんな子を、ふたつも下の階の薄暗い片隅に追いやるなんてことはできません。そんなところにいたら、かならず悪い夢を見るわ」

相談のすえ、子供部屋はジェシカの部屋の真上にあたる〈南の塔〉がいいだろうということで落ちついた。〈南の塔〉の部屋から運びだす必要のあるものは、屋根の通路を使って簡単にほかの五つの塔に移せるし、物置部屋にあるものも同様の方法で運びこむことができる。これまでの子供部屋にあったものは長い距離を運ばなければならないが、それも数回往復すればすむ。子供部屋の家具のほとんどは、二十五年前に物置にしまわれていたからだ。

アスコートにいるおおぜいの召使のおかげで、作業はすみやかに進んだ。

日が沈むころには、新しい子供部屋にはベッド、敷物、まっさらのリネン類がそろい、鮮やかな黄色のカーテンも掛けられた。カーテンのほうはそれほど新しくなかったが、夕暮れの澄んだ空気のもとでしっかり埃を落としたので問題はない。ジェシカは子供用の揺り椅子――使い古されてはいるものの壊れてはいない――、ひっぱって遊べる木馬――尾が半分取れている――、それにフェルプスの言っていた木の兵隊――ほぼひとそろい――も探しだした。

子守に選ばれたメアリー・マードックは、トランクに詰まっていた侯爵の子供時代の持ち物のなかから、元気な子供が新しい衣装がそろうまでのあいだをしのぐ服を選びだした。ブリジットは小さな寝巻きからレースの襟飾りをはずしている。いまどきの男の子はそんな飾りのついたものは恥ずかしがって着ない、とジェシカが言ったからだ。

ジェシカたちは作戦本部となった〈北の塔〉の物置部屋で作業をおこなっていた。というのも、先代侯爵がこのアスコートに短期間君臨した二番目の妻の日常品を、ほとんどここにしまいこんでいたからだ。美しい絵本を発見して、それらを窓台に積みあげたとき、窓の向こうの暗闇でなにか光るのが目の端に映った。

分厚い窓ガラスに近づいて目を凝らす。「ミセス・イングルビー」ジェシカは鋭い声で言った。「こっちに来て。あれはなにかしら」

部屋の奥にいたミセス・イングルビーが、急いで西向きの窓までやってくる。表をのぞいて、喉もとに手をやった。「まあ。あれは門番小屋ですね、奥様。どうやら……燃えているようでございます」

ただちに警報が鳴らされ、全員が門番小屋へ駆けていったため、屋敷はあっという間に空っぽになった。

小さな塔の形をしたその門番小屋は、アスコートでもめったに使われない門を守っていた。日曜の夕方はいつも、門番は祈禱会に出ている。だからもし小屋が全焼しても——そのおそれはあった、火事が発見されたときにはすでに火勢が強かったから——惨事にはいたらずにすむだろう。

けれど、ほど遠からぬ場所には侯爵家の材木置き場がある。そちらに火の手がまわれば、積みあげた木材も、木挽《こび》き道具をしまった小屋も焼けてしまう。この木材は大方の領民の家の建築や修理に使用されているから、それが燃えてしまうと地域全体の問題になる。そのため、体の丈夫な村人は男も女も子供も集まってきた。

つまり、チャリティ・グレイヴズが予告したとおりのことが起こったのだ。アストンの住人はみな、燃える門番小屋に押しかけていた。その騒ぎに乗じて、ヴォートリーはなんなくだれにも気づかれずにデインの屋敷に忍びこむことができた。

しかし、一週間前に立てた計画のようには事は運ばなかった。第一に、時機をうかがう余裕がなかったため、豪雨がおさまった直後に火をつけねばならなかった。そのせいで、遠くからでも見えるほど燃えあがらせることはおろか、木と石造りの門番小屋にはなかなか火がつかなかった。そのうえ、雨で濡れたあとだったため、火はなかなか燃えひろがらない。これでは火事は、望みよりずっと早く消しとめられてしまうだろう。

第二に、当初の計画では、ヴォートリーの役目は付け火することだけだった。アスコートに忍びこんで、あのイコンを持ちだすのはチャリティの役目だったのだ。それが、両方の仕事をひとりでこなさねばならなくなった。すなわち、この領地の端から端までを死に物狂いで走らねばならないということだ——その間、暗闇が身を隠してくれるのはありがたいけれど、首の骨を折るはめにはなりませんようにと祈りつつ。

第三に、チャリティは邸内に何度かはいったことがあるからだいたいの間取りを知っていたが、ヴォートリーは先代侯爵の葬儀の際にただ一度訪れたきりだ。ひと晩泊ったくらいでは、英国屈指の広大な屋敷の階段や通路をすべておぼえられるわけがない。

ついていたのは、チャリティが言っていたとおり、しっかり戸締りをしてから消火活動に飛びだしていく者がいなかったことだ。おかげで、屋敷の端の手頃な入口からやすやすと侵入することができた。

厄介だったのは、チャリティが言っていた北側の裏階段を見つけることで、部屋から部屋を歩きまわったあげく、保存状態のいいテューダー様式の模様入り羽目板に見せかけたドアをなんとか発見した。

そのとき、チャリティが笑いながら言っていたことを思いだした。使用人が出入りするドアはすべて「ほかのものに見せかけられてるのよ。まるで使用人なんてひとりもいなくて、広大な屋敷が自分自身で切り盛りしてるかのように」

いずれにしろ、ドアをなんとか探しあてると、あとはすばやく三階に到着した。

デインの部屋につづくドアは、左側の一番手前にあった。チャリティが言っていたとおり、そこから忍びこんでもうひとつドアを抜け、ひろい寝室を横切ってイコンを手にするのはあっという間だった。肝心なのは、チャリティが言っていたまさにその場所にイコンがあったことだ。

デイン卿は妻からもらった異教徒の絵をナイトテーブルに飾っている、と従僕のジョウゼフが弟に話し……弟はそれを婚約者に話し……婚約者は自分の兄に話し……たまたまその兄がチャリティの常連客だったのだ。

だが、もう二度とそんなことはさせるものか、とヴォートリーは心に誓いながら寝室をあとにした。今夜を最後に、チャリティのベッドも驚くべき技術もただひとりの男のものになる。その男とは、恐れを知らぬ英雄ローランド・ヴォートリー様だ。彼女をダートムーアの地とダートムーアの田舎者たちのもとから連れ去り、外国へ連れていく。パリの洗練された世界を見せてやるのだ。あのフランスの都は、彼女にはおとぎの国に見えるだろう。そして自分は、輝く甲冑に身を包んだ彼女の騎士になるのだ。

そんな空想にひたりながら、ドアを押しあけ、いくつもの階段を走りおり……気がついたら、見覚えのない廊下に出ていた。急いで突き当たりまで行くと、音楽室だった。

さらに半ダースほどのドアを抜けて舞踏室にたどりついた。その入口から堂々とした主階段が見える。そちらへ向かって歩きはじめたものの、やはり裏階段を探したほうがいいだろうかと迷い、足をとめた。

だが、裏階段を見つけるには何時間もかかる。それに、屋敷はいま空っぽなのだ。ヴォートリーはふたたび進み、主階段を駆けおり、ひろい踊り場を突っきって角を曲がり……急に立ちどまった。

女性が階段にいて、こちらを見上げている……その視線がさがり、胸に抱えているイコンへ向けられた。

レディ・デインの視線が顔から貴重なイコンへと移った瞬間、ヴォートリーは理性と、手足の自由を取りもどした。

階段をいっきに駆け抜けようとしたが、飛びついてきた彼女をよけそこねた。上着の袖をつかまれ、よろめいた拍子にイコンを取り落としてしまう。しかし、すぐに体勢を整え、彼女を押しのけた。

なにかがぶつかる音がしたが、ヴォートリーは気にもせず、絨毯敷きの階段のいちばん下にあるイコンめがけて突進し、さっとそれを拾いあげた。

壁でしたたかに頭を打ったジェシカは、なにかにつかまろうとして、台座にのっていた中国の花瓶を払い落とした。花瓶は手すりに当たって粉々になった。

頭がくらくらして周囲が暗くなっていくが、それでもジェシカは必死に立ちあがり、目の前で色とりどりの光が躍るのもかまわず、手すりをつかみながら階段を駆けおりていった。

大広間まで来たとき、ドアがばたんと閉まる音や、男の罵り声、石を蹴るブーツの足音が聞こえた。意識がはっきりしはじめたおかげで、曲者《くせもの》は裏口から逃げようとして食器室に迷いこんだのだと気がついた。

廊下を急ぎ、スクリーンで仕切られた通路を抜けて食器室のドアに着いたとき、ちょうどそこからヴォートリーが走りでてきた。

今回は相手もうまくかわし、玄関へ突進していった。ジェシカはあとを追いながら、手近にあったものをつかみ――磁器の中国犬だった――すかさず投げつけた。

それは敵の側頭部に命中した。相手はよろめき、膝から崩れ落ちたが、イコンはしっかり抱えたままだ。駆け寄ると、顔から血が滴っているのが見えた。だがそれでも、そのばかはあきらめず、ドアへ這っていき、ノブに手をのばそうとしている。襟首をつかむと、男は体をねじりながら腕を振りあげた。はじき飛ばされたジェシカは、バランスを崩してタイルの床に倒れこんだ。

男がドアのノブをつかんでまわすのを見て、ジェシカは身を躍らせて飛びついた。相手の髪の毛を握りしめ、頭をドアにたたきつける。

彼はジェシカを押しのけ、大声で罵りながら、身をよじって逃げようとした。けれど、ジェシカは怒りのあまりわけがわからなくなっていた。この卑劣漢は、夫の大切な聖母を盗もうとしている。取り逃がしてなるものか、ということしか頭になかった。

「そんなことさせないわ！」息を切らしながら、ドアに頭をたたきつける。「絶対に！」さらにたたきつける。「絶対に！」もう一度たたきつける。

ヴォートリーはドアとイコンから手を放し、ジェシカを振り切ろうと横に転がった。ジェシカはしがみついたまま、男の頭や顔や首に爪を立てた。相手が寝返りを打って馬乗りになろうとすると、股間に膝蹴りを食らわせる。相手ははじかれたように離れ、体を丸めて股間を押さえた。

男の髪をつかみ、その頭を大理石の床で粉々にしてやろうとしたとき、たくましい両腕が腰にまわされたのを感じた。身を持ちあげられ、ヴォートリーからも床からも引き離される。

「もうじゅうぶんだ、ジェス」夫の鋭い声が怒りに我を忘れた耳に届き、ジェシカはもがくのをやめてあたりを見まわした。

大きな扉が開け放たれ、その手前に使用人の一団が彫像のように立ちつくしている。先頭にいたのはフェルプスと……彼の手をしっかりと握り、ぽかんとこちらを見あげているドミニクだった。

ジェシカに見えたのはそれだけだった。夫の肩に担ぎあげられたかと思うと、スクリーンの通路を抜けて大広間へ向かっていたからだ。

「ロッドストック」足もとめず、後ろも見ずに、デインは言った。「玄関ホールが見苦しいぞ。片づけさせろ。ただちに」

無事に妻を風呂に入れ、ブリジットにその世話を命じ、妻の私室の領域への入口に屈強な従僕をふたり立たせると、デインは一階にもどっていった。

ヴォートリー、いやヴォートリーの成れの果てとでも言うべき男は、古い勉強部屋でフェルプスが見張るそばで、木のテーブルに横たえられていた。鼻を骨折し、歯が一本なくなり、手首を捻挫《ねんざ》している。顔には乾いた血がこびりつき、片方の目はあけられないほど腫れあがっている。

「まあ、軽くすんだほうだ」怪我の具合を調べてから、デインは言った。「彼女がピストルを持っていなくて助かったな」

ジェシカを部屋に連れていくまでに、なにがあったのか察しはついていた。イコンが玄関ホールに落ちていたし、家に着く途中で火事のことも聞いていた。そのふたつを考えあわせれば、答えを割りだすのは簡単だ。

息子を問いただすまでもなく、ヴォートリーとチャリティ・グレイヴズが共犯なのはすぐにわかった。

そこで、わざわざヴォートリーを尋問せず、こちらから顚末を語って聞かせた。

「おまえは強欲で胸のでかい売春婦の口車に乗って、底抜けのばかになったのだ」軽蔑しきった口調で、結論をまとめた。「それはもうわかっている。私が知りたいのは、どうしてあのイコンに二万ポンドの価値があると思ったかだ。おい、ヴォートリー、あれにはせいぜい五ポンドの値打ちしかないことくらい見ればわかるだろう。質屋に持っていったら、その半分も払ってもらえないぞ」

「見てる暇が……なかった」腫れあがった歯茎とつぶされた唇のせいで、うまく発音できないらしい。彼の言葉は「むてる——いまが——ぬあった」と聞こえたが、フェルプスの助けでデインにも意味は通じた。

「つまり、今夜まで見たことはなかったんだな。ということは、あのイコンのことをおまえにしゃべった者がいる——おそらくバーティだろう。そしておまえは、あいつの言葉を信じた。それこそ愚の骨頂だ。まっとうな頭の持ち主なら、バーティ・トレントの言うことなんかに耳を貸しやしない。それはともかく、おまえはそれをあの呪われた娼婦に話さずにいられなかった。そしてあの女は、わが子を二万ポンドで売る気になったというわけだ」

「ほんとうにばかだね」ギリシャ悲劇の合唱団《コロス》のように、フェルプスが悲しげに口をはさんだ。「あの女は自分の息子をたった千五百ポンドで売ったんだよ。あんたさんもいまになりゃ、自分のおつむがちょっとおかしいと思うだろう。気を悪くされちゃ困るが——」

「フェルプス」デインは険しい目をフェルプスに向けた。

「なんです、旦那様」フェルプスは罪のない顔をしてみせたが、デインはその手にはのらなかった。

「チャリティ・グレイヴズに千五百ポンドをやったおぼえはないがね」静かな声で言った。

「たしかあのときおまえは、チャリティが私をだしぬいて逃げださないように自分は裏口にまわると言ったな。私はてっきり、間に合わずに逃げられてしまったのだと思っていた。まさか、おまえが逃がしたんじゃあるまいな」

「奥様はあの子の前で母親が騒ぎたてるのを心配なすったんですよ。旦那様が乗りこんだだけでも驚くだろうから、それ以上怖がらせたくないって。だから、あの女に口封じの金を少しやってくれと頼まれたんです。奥様のへそくりだから好きなように使っていいんだそうで、その金をあの母親を黙らせるために使われたんです。この金でパリへ行って楽しめ、って手紙もつけてね」

「パリだって？」ヴォートリーがむくっと起きあがった。

「あっちの人間のほうがあの女を気に入るだろうし、親切にもしてくれるんだとか。あの女もその考えが気に入ったみてえですよ。ぱっと明るい顔になって、奥様は話がわかるときましたから。それで、奥様に約束どおりにしたと伝えてくれって頼まれました――子供には、奥様が教えてくだすったようなことを言って聞かせたって」

〝……安全な環境で暮らせて、ちゃんと世話をしてもらえることがわかっているところにいたほうがいい〟ジェシカは子供に伝えるべきことをあの娼婦に教え、あの女はそれに従ったのだ。

そのときデインは、妻がどれほど自分を信頼してくれていたかに気づいた。信頼していなければ、夫がなんと言おうが絶対についてきたはずだ。だが、彼女は信じてくれた……デインなら、ドミニクを安心させ、母親に言われたことがほんとうだと信じさせることができる、と。

おそらく妻は、本人より夫のことを知っているのだろう。鏡を見ても自分ではわからなかったよさを、妻は見抜いていたのだ。

それが正しいとしたら、そんなものがあるとも思わなかったが、妻はチャリティのよさも見抜いたのだろう。自分がいなくなることに対してドミニクに心の準備をさせたのならば、チャリティにも良心らしきものがあるにちがいない。

チャリティ自身が子供なのだ、ともジェシカは言っていた。

たしかに、そのとおりのようだ。だからうまそうな考えを吹きこまれると、それを鵜呑《うの》みにしてしまうのだろう。

デインは薄笑いを浮かべてヴォートリーを見ていた。「チャリティの気を引きたいなら、別の子供だましを見つけておくべきだったな。計画にしろ夢にしろ、もっと安全なやつを。あの女は子供なのさ。道徳も節操もない女だ。千五百ポンドを手にして、もうイコンのことなどすっかり忘れているだろう。おまえのこともな。あの女は一生知らない――いや、たとえ知ったとしても気にも留めないだろう――おまえが自分の命と名誉を賭けて……」デインはそこで小さく笑った。「なにを貫いたんだ、ヴォートリー？　愛か？」

青アザとこぶとこびりついた血の下で、ヴォートリーの顔が赤黒く染まった。「まさか。彼女はそんな女じゃない」

「いまこの瞬間にも、あいつが港を目指しているほうに五十ポンド賭ける」

「そうなら、殺してやる」ヴォートリーはかすれた声で言った。「僕を見捨てることなんてできない。絶対に」

「おまえがあの女を追いかけるからな」デインはからかうように言った。「おまえは地の果てまでも追いかけていく。そうなれば、私はおまえが絞首刑になる姿を見られないことになる」

傷だらけの顔からさっと血の気が引き、陰気な灰色のまだら模様が残った。

デインはしばし、かつての仲間の顔をじっと見つめていた。「厄介なことに、私にはおまえが自分で招いた苦難以上に残酷な罰を思いつけない。チャリティ・グレイヴズのような女にのぼせあがるほど悲惨な苦痛は、想像もできないのでね」いったん、言葉を切った。「ただひとつをのぞいては」デインは唇をゆがめて嘲笑した。「それは、あの女を妻に持つという罰だ」

それがいちばん効率的な解決法かもしれない。こののぼせあがった愚か者を訴えるより、はるかに手間がはぶける。

ヴォートリーは放火の罪を犯し、窃盗の罪も犯しかけた。

しかし、彼が火をつけたのはこの屋敷でもほとんど価値のない建物だったし、湿気や使用人たちの迅速な行動のおかげで、被害も最低限に抑えられた。

無様な窃盗については、自分で手を下すよりもはるかに荒っぽい方法でジェシカが懲らしめた。さらに、女性に懲らしめられたことで、ヴォートリーの苦痛には屈辱という妙味が加わっている。

男としての誇りをわずかでも持ちあわせている紳士なら、か弱い女性に打ち負かされたと世間に知られるよりは、真っ赤に焼けたやっとこばさみで睾丸《たま》をちょん切られるほうがましなはずだ。

というわけで、ソロモンの知恵――それに、パリでジェシカが使った脅迫法の強烈な記憶に基づき、デインは刑を言い渡した。

「チャリティ・グレイヴズを捜しだせ、どこにいようと」デインは罪人に命じた。「そして、彼女と結婚するんだ。それでおまえはあの女に対して法的責任を持つことになる。今後、あの女が私の妻や息子や、わが家の人間の十マイル以内に近づいたら、法的にも個人的にもおまえに責任を取ってもらう。もし彼女がわれわれに――われわれのだれに対しても――ふたたび迷惑をかけることがあれば、私は盛大な晩餐会をひらくぞ、ヴォートリー」

ヴォートリーは目をぱちくりさせた。「晩餐会?」

「その晩餐会には、われわれの仲間を全員招くことにする。ポートワインが全員に行き渡ったところで、私は立ちあがり、おまえの傑作な冒険譚を一同に披露する。とりわけ、今晩、この屋敷の玄関ホールで目にした光景の一部始終を、おもしろおかしく語るとしよう」

一瞬おいてその意味を理解すると、ヴォートリーは錯乱状態に陥った。「彼女を捜しだす？」狂ったようにあたりを見まわしながら叫ぶ。「彼女と結婚する？　なんで？　ちぇっ、わからないのか？　僕だって執行吏に追われていなけりゃ、こんなことには巻きこまれていなかったんだ。僕は文無しなんだよ、デイン。いや、もっと悪い」彼はうめいた。「正確に言えば、五千ポンドの借金がある。もう、おしまいなんだ。わかるだろ？　レスリングの試合で大金が稼げるってボーモントに言われなかったら、デヴォンになんか来てないよ」

「ボーモントだと？」デインはききかえした。

ヴォートリーの耳にははいっていなかった。「大金が聞いてあきれるよ。ただのまぬけな素人試合じゃないか。信じられるか？」髪を掻きむしった。「あいつは僕をからかっていたんだ。『カンとポーキンホーンの試合以来の大勝負だ』って」

「ボーモントか」デインはもう一度言った。

「あの絵についても、二万ドルの価値があると言った」ヴォートリーは情けない声でつづけた。「それも、僕をからかっていたんだな？　跡取りを売ってでもほしがるロシア人がいる、ってあいつは言った。僕はそれを信じたんだ」

「すると、おまえの頭にそれを吹きこんだのはバーティ・トレントではなくボーモントだったのか。気づくべきだったよ。あいつは私を恨んでいるからな」デインは面食らっているヴォートリーに教えてやった。

「恨んでいる？　それなら、どうして僕をからかうんだ？」

「私のことを嫌わせようとしたんだろう。われわれを反目させるために。同時に、おまえの窮状がひどくなれば、楽しみも増すというわけだ」デインは顔をしかめた。「揉《も》め事を起こすのが好きな陰険なやつだから。男らしく復讐するだけの根性はない。だからこそ、あいつの仕掛けた悪意のあるゲームが、予想以上の首尾をあげたことがますます腹立たしい」さらに表情を険しくした。「私はおまえを絞首台送りにしたかもしれないんだぞ。そんなことになれば、やつは腹の皮がよじれるまで笑っただろう」

ヴォートリーが事情をのみこもうとしているあいだ、デインは考えにふけりながら狭い部屋をゆっくりと歩きまわった。

「ヴォートリー、おまえの借金を払ってやろう」おもむろに口をひらいた。

「なんだって？」

「ささやかな年間手当てもつけよう」デインは話をつづけた。「おまえの尽力に対して」そこで言葉を切り、体の後ろで手を組んだ。「いいかな、わが親愛なる、忠実な友よ、私はあのイコンがどれほどの値打ちものかまったく知らなかった——おまえに教えてもらうまで。実際のところ、妻の肖像画を描いてもらうかわりにミセス・ボーモントに進呈しようと思っていたぐらいだ。ジェシカの話では、ミセス・ボーモントはあのイコンを高く評価していた

という から。芸術家の彼女には、金を払うよりそのほうが喜んでもらえると思ったのだ」デインはかすかな笑みを浮かべた。「だが、どんな肖像画でも、たとえそれがあの才能豊かなレイラ・ボーモントの手によるものでも、二万ポンドまでの価値はないだろう？」

ようやく話がのみこめたらしく、ヴォートリーは傷だらけの顔をくしゃくしゃにほころばせた。

「当然ながら、おまえはボーモントに貴重な情報を教えてくれたことへの感謝状を書き送る。それが礼儀だからな。そして当然ながら、おまえの親愛なる友であるボーモントは、自分の知恵のおかげでおまえが潤ったことを純粋に喜んでくれるだろう」

「その手紙を読んだら、やつは髪を引きむしって悔しがるだろうな」と言ってから、ヴォートリーは顔を赤らめた。「まったく恥ずかしいよ、デイン、なんて言ったらいいかも、なにを考えればいいかもわからない。なにもかもまずいことになったのに、それでもきみは僕を救う方法を考えてくれた。あんなことをされたあとなのに。いちばん近くの沼に僕を突き落としたって、きみを責めるやつなんか、イングランドじゅう捜してもいないだろう」

「あの呪われた女を私に近づけたら、おまえたちふたりとも沼に沈めてやるさ」デインは念を押し、ドアへ歩いていった。「フェルプスが傷の手当をする者を手配する。旅費のほかに私の召使もひとりつけてやろう。日が昇るまでに、出て行ってくれ、ヴォートリー」

「ああ、もちろんだよ。ありがと――」

デインは最後まで聞かずに出ていき、音高くドアを閉めた。

20

午前二時、浴室から出てきたデイン卿は、しぶしぶ部屋着をはおってスリッパを履《は》き、妻を捜しはじめた。案じていたとおり、いるはずのベッドにいなかったのだ。

まずは〈南の塔〉に行ってみたが、ドミニクのベッドのかたわらにはおらず、メアリーが椅子で居眠りしているだけだった。ドミニクはうつぶせでぐっすりと眠っていて、蹴飛ばしたらしい寝具がベッドの下のほうで丸まっていた。

小声でぶつぶつ言いながら、シーツと毛布をひっぱって手早く息子をくるむと、眠りこけている少年の頭をぽんとたたいて部屋をあとにした。

十五分後、デインは食堂でジェシカを見つけた。

例の黒と金色の絹の部屋着をまとい、無造作に結いあげた髪をピンで留め、暖炉の前に立っていた。ブランデーグラスを手で包み、デインの母の肖像画を見あげている。

「一緒に酔っ払ってほしいと誘ってくれてもいいと思うがね」と戸口から声をかけた。

「ルチアとふたりでお酒を飲んでいるの」ジェシカは絵を見つめたまま言った。「彼女に敬意を表して乾杯するために来たのよ」

ジェシカはグラスを掲げた。「親愛なるルチア、あなたに乾杯。わたしの不埒《ふらち》な夫をこの世に送りだしてくれたことに……彼にあなたのいいところをたくさんくれたことに……彼を残していってくれたことに、彼が生き延びて大人になったとき……わたしが見つけられるように」

グラスのなかの琥珀《こはく》色の液体を揺らすと、ジェシカはうっとりと香りを嗅いだ。そしてうれしそうに小さくため息をつき、グラスを口もとへ運んだ。

デインは食堂にはいって、ドアを閉めた。「私を見つけられたのがどれほど幸運なことか、知ってもらいたいね。西ヨーロッパできみを養える数少ない男のひとりだからな。たしかそれも、とっておきの高級ブランデーのはずだ」

「あなたの資産と負債を検討したときに、酒蔵もちゃんと考慮に入れたもの。それで、あなたはかなり有利になったのよ」

ジェシカはグラスを持った手で肖像画を示した。「ここのほうが、お母様のすばらしさが際立つと思うでしょう？」

デインはテーブルの奥まで歩いていくと、自分の椅子にすわり、その絵を眺めた。立ちあがり、今度は食器棚のほうへ行き、その角度から絵に目をやった。さらに楽師用の小部屋へつづく戸口や、窓辺や、長い食堂テーブルの末席からも眺めた。そうしてやっと、暖炉の前にいる妻のかたわらへ行き、しかめっ面で腕組みをし、母親の姿をとくと眺めた。

だが、母の姿をどの角度から見ても、どれだけ長いあいだ見つめても、もうデインの心は痛まなかった。目に映るのは、自分なりの気まぐれな方法で息子を愛した若く美しい女性だった。二十五年前の出来事の真相を知ることはもうないだろうが、すでに母を許せるだけのことを知り、それを信じることができるようになっていた。

「なかなかの美人だと思わないか」

「とびきりの美人だわ」

「ダートマスのごろつきがさらって逃げたとしても責めることはできないな。少なくともその男は、母と一緒にいてくれた。死ぬまで一緒だった。父はそれが癪にさわったんだろう」デインは笑った。「だが、その〝イゼベル〟の息子のほうがもっと腹立たしかったにちがいない。それでも、父は私を勘当できなかった。卑《いや》しい分家の子孫たちに先祖伝来の大切な財産を委ねるには俗物すぎたから。たいへんな偽善者だった父は、母の肖像画を捨てることさえできなかった——母はバリスター家の歴史の一部だったし、気高い先祖たちがそうしてきたように、すべてを子孫に残さねばならなかったから。本人の気持ちはどうあれ」

「お父様はあなたのオモチャさえ捨てなかったのね」

「だが、私のことは放りだした。母の出奔騒動がおさまるのも待たずに、荷物をまとめてイートン校へ送りこんだ。まったく、なんと頑固で愚かな男だったことか。その気になれば、私を教育し、手なずけることもたやすくできたのに。私はまだ八歳だった。完全に父の言いなりになったろうし、父の手でどうにでも変われたろう。自分の思うとおりの型にはめることができたのだ。母に復讐したかったのなら、そうすることで思いはとげられたし、同時に、自分が望むとおりの息子も手に入れられたんだ」

「型にはめないでくれてよかったわ。お父様がそうされていたら、あなたという人はいまの半分もおもしろくなかったでしょうから」

デインはほほえんでいる妻を見おろした。「おもしろい、か。名家の面倒と滅亡の種、ならず者の王《ロード・オブ・スカンドレルズ》と呼ばれた男、キリスト教徒一の好色漢、自信満々でまぬけな恩知らず」

「史上最悪の不埒な男」

「気の利かないでくのぼう。身勝手で、利己的で、意地の悪いけだもの」

ジェシカがうなずいた。「うぬぼれたとんま、もお忘れなく」

「きみがどう思おうがかまわない」デインは尊大ぶって言った。「わが息子は父親のことを『アーサー王と円卓の騎士』に登場するすべての勇士を足したような男だと思っている」

「まあ、ご謙遜《けんそん》ね、あなた。ドミニクはあなたのことを、ジュピターとローマ神話の神々すべてを足したような人だと思っているのよ。ほんとうにぞっとするわ」

「ぞっとするというのがどんなものか知らないだろう、ジェス」デインは笑いながら言った。「もしあれが口をきかなかったら、〈ゴールデン・ハート・イン〉で出会ったあの生きた汚物の塊をきみにも見せたかった。腐ったゴミとまちがえて暖炉に放りこむところだった」

「フェルプスから聞いたわ。あなたがお風呂にはっているあいだに階下《した》へ行って、出ていこうとしている彼を問い詰めたの。フェルプスはドミニクの状態を教えてくれました。あなたがあの子とどう向きあって、どう対処されたかも。ご自分の……その両の手で」

ジェシカは腕を絡めてきた——おのれの恐怖と満たされない心によって動かなくなってい
た腕に、それが、ひとりの少年のさらなる恐怖と満たされない心によって動くようになった
腕に。「笑っていいのか泣いていいのかわからなかったわ。だから、笑って泣きました」銀
色にかすむ目をきらきら輝かせる。「あなたのことをすごく誇りに思うわ、デイン。自分の
ことも」そう言い添えると、顔をそむけて、目をしばたたいた。「あなたと結婚する分別が
あったことを」
「ばかなことを言うんじゃない。分別など関係あるものか。だが、きみが最善を尽くしたこ
とは評価しよう。ふつうの女性なら、最寄りの塔のてっぺんから悲鳴をあげて飛び降りると
ころだ」
「そんなことをするなんて、許しがたいほど下品ですわ」
「敗北を認めるのは許しがたいということか。たしかに、きみにはそれはできない。そうい
う性格ではないからな。ヴォートリーもそれを一生の恥とともに学んだわけだ」
ジェシカは顔をしかめた。「わたしのほうが分がよかったことは認めます。所業はどうあ
れ、彼は紳士すぎてまともに反撃することができなかったんだもの。せいぜい、わたしを振
り払おうとしただけ。でも、あの憎らしい愚か者がさっさとイコンを手放してくれたら、わ
たしだって弱みにつけこんだりはしなかったわ。彼がようやくイコンから手を放したころに
は、すっかり頭に血がのぼって、彼をドアにたたきつけるのをやめられなくなっていたの。
あのときあなたが来てくださらなかったら、殺していたかもしれない」ジェシカは夫のたく

ましい二の腕に頭をもたれた。「ほかの人ではとめようがなかったでしょう」

「なるほど、性悪のでくのぼうにも使い道はあるということか」デインは妻を抱きあげ、テーブルのほうへ運んでいき、「幸い、あのときは両手を使えるようになっていたからな。さもなければ、さすがの私でもあの場をおさめられたかどうかは疑問だ」磨きあげた木のテーブルにぽんとおろした。「それにしても、わが冷静な妻ともあろう者が、なぜ使用人をそばに置くという最低の常識が働かなかったのか知りたいね。火事であろうがなかろうが」

「そうしました。でも、ジョウゼフとメアリーは〈南の塔〉にいたから、遠すぎてなにも聞こえなかったのよ。ヴォートリーが主階段をおりてこなかったら、わたしだって気づきませんでした。でも、お迎えに出ようと思って一階におりていったところだったの。あなたたちが屋敷に着いたときにだれもそこにいなかったら、歓迎の気持ちがドミニクに伝わらないでしょう。その役はわたしがやりたかったの。あの子が着くのを楽しみに待っていたことを見せてやりたくて」ジェシカは声を震わせた。「あの子を安心させてやって、それから——だ、抱きしめてやりたかったの」

デインはジェシカの顎を持ちあげ、潤んだ瞳をのぞきこんだ。「私はあの子を抱きしめてやったよ、愛しい人《カーラ》」そっとささやいた。「あの子を馬に乗せ、後ろからしっかり抱いてやった。なにしろまだ子供だから、安心させてやらなくてはね。私がおまえの面倒を見ると言ってやった……私の息子だから。そして、妻もおまえのことを待っている、と。あの子にきみのことをすっかり話してやった——やさしくて、驚くほどものわかりがいいが、ばかげたことはいっさい許さないとね」そう言って、ほほえんだ。「屋敷に着いたとき、ドミニクが最初に見たのは、そのまぎれもない証拠だった。きみのおかげで、パパはほんとうのことしか言わず、パパはだれのことでもなんでも知っている、と証明できたわけだ」

「では、そのパパを抱きしめてあげなくては」ジェシカはデインの腰に両腕をまわし、胸に顔をうずめた。「愛しているわ、セバスチャン・レスリー・ガイ・デ・アス・バリスター。愛しているわ、デイン侯爵、そしてベルゼブブ卿、ブラックムーア伯爵、ラーンセルズ子爵、バリスター男爵――」

「それでは名前が多すぎる。われわれが結婚してからもうひと月以上たつ。どうやらきみはここに居つくつもりらしいから、私を洗礼名で呼ぶことを許してもいいだろう。いずれにしろ、〝まぬけ〟と呼ばれるよりはましだからな」

「愛しているわ、セバスチャン」

「私も、きみのことがけっこう好きだ」

「ものすごく好きだ、でしょう?」

ジェシカの部屋着の前がはだけた。デインは急いで直してやった。「ものすごく、と言ってもいいかもしれないな」視線をさげると、目を覚ましはじめたものが部屋着を突きあげている。「そろそろ上にもどってさっさと眠ったほうがよさそうだ。私のその好意が、無法にも膨れあがらないうちに」

「このまま眠ってしまうほうが無法だわ」ジェシカは両手をあげ、デインの部屋着の襟からさしいれて胸を撫でた。触れられた場所の筋肉がこわばって脈打ちはじめ、その震えが下へ駆けおりていく。

「きょうの騒ぎで疲れただろう」デインはうめきをのみこみながら言った。「アザだってあちこちにできているはずだ。そんな体で、十五ストーンもあるけだものにのしかかられたくはないだろう」

ジェシカの指が乳首をなぞった。

デインは息を吸いこんだ。

「わたしがのしかかればいいわ」ジェシカがささやくように言った。

そんなささやきは無視しろと言い聞かせたが、頭にその姿が浮かび、つられて下半身もむくむくと浮かびあがってきた。

愛していると言われたときからひと月がたっていた。ジェシカが愛の営みにただ協力するのではなく、自分から誘ったのもひと月ぶりだった。彼女の協力は熱心ではあったものの、それでもあの大切な言葉と同様、彼女の恥知らずな挑発も恋しくてたまらなかった。

おまけに、自分はけだものなのだ。

すでに発情した牡の象のように興奮していた。

デインはジェシカを抱きあげた。ただテーブルからおろすつもりだった。抱いて寝室まで運んだりしたら、くっつきすぎて自制できないから。だが、彼女は床におりようとはしなかった。こちらの腕にしがみつき、腰に脚を巻きつけてきた。

できるだけ視線をさげないようにしたが、見ずにはいられない。部屋着の前を合わせる慎《つつし》みを忘れた腰に巻きついているしなやかな白い腿が目にはいり、部屋着の前を合わせる慎みを忘れたサッシュの下から黒っぽいつややかな巻き毛がちらりとのぞいていた。

ジェシカがかすかに身じろぎすると、ふたたび肩から部屋着が滑り落ちた。ジェシカはゆったりした袖から腕を抜き、もういっぽうの腕も引き抜いた。優雅な部屋着もいまや、彼女のウェストからだらりと垂れる役立たずの絹地でしかなくなっていた。

ほほえみながら、ジェシカは両腕をのばして、首に絡ませてくる。張りのある白い乳房をこすりつけられて、デインの部屋着の前ははだけてしまった。暖かな女性のふくらみが、裸の肌に押しつけられる。

デインはくるりとまわってテーブルまでもどると、そこに腰かけた。

「ジェス、こんな状態でどうやって階段をあがれというんだ?」かすれた声できいた。「きみにこんなことをされて、おかしくならない男がいるか?」

ジェシカはデインの喉もとを舐めた。「おいしいわ」とつぶやき、なかばひらいた唇を鎖骨に這わせた。「唇に触れる肌の感触も好き。あなたのにおいも……石鹸とコロンと男性のにおい。大きくて暖かい手も……大きくて暖かい体も……それからそのとてつもなく大きくて脈打っている――」

デインは彼女の顔をあおむけると、口をしっかり重ねた。ジェシカはたちまち唇をひらき、なかへいざなう。

彼女は危ない魔性の女《ファム・ファタル》だが、その味はすっきりと清らかだった。彼女は雨の味がする、その味をむさぼった。彼女自身の香りに混ざりあうカモミールの香りを胸いっぱいに吸いこんだ。甘美な体の線を大きな黒い手でなぞり……優美なうなじから、肩のやわらかな曲線、固く、翳りを帯びたつぼみのある絹のような乳房を撫でていく。

体を後ろにずらしテーブルにあおむけになると、彼女をひっぱって上にのせ、ふたたびその女性らしい曲線を口と舌でなぞっていった。

なめらかでしなやかな背中を撫でおろし、細いウェストとなだらかにひろがる腰が描くくびれに両手をあてる。

「わたしはあなたの思いのままよ」ジェシカは耳もとでささやいた。「気が変になるくらい愛しているわ。心の底からあなたがほしい」

欲望にかすれたささやきが、頭のなかを流れ、血管のなかで歌い、熱狂的な音楽となって心臓で渦巻いた。

「ソノ・トゥッタ・トゥア・テゾーロ・ミオ」と答えた。「私はきみのものだ、大切な人」

その愛らしい尻をつかみ、男性自身の上へ持ってくる……そして彼女のなかへと誘われながら、デインはうめき声をあげた。「ああ、ジェス」

「わたしのものよ」ジェシカが彼のものの上にゆっくり腰を落としてくる。

「おお」熱い快感がジグザクに体を貫く。「たまらない《オ・ディオ》。死にそうだ」

「わたしのものよ」

「そうだとも。私を殺してくれ、ジェス。さあ、もう一度」

ジェシカは体を持ちあげると、もう一度、焦らすようにゆっくりと沈めていった。ふたたび、稲妻が総身を貫く。身を焼き焦がすような、強烈な快感。

デインはさらにせがんだ。彼女はそれに応え、デインにまたがり、デインを支配した。デインもそれを求めていた。彼を征服しているのは愛であり、彼を縛っているのは幸福だからだ。彼女はデインの肉体を支配する情熱的な女主人であり、デインの心を虜にする愛しい恋人だった。

ついに嵐が通り過ぎると、ジェシカはその余韻に体を震わせながら、こちらの腕に身を預けてきた。デインは彼女をしっかり抱き寄せた。激しく脈打つ心臓に、彼女のものである心に――ずっとしまいこんできた秘密がどきどきと音をたてる場所に。

だが、デインにはもはやそんな秘密は無用だった。いまなら、その言葉を口にすることができる。自分のなかで凍りつき、深く埋もれていたものが、すべて溶けて泡となり、春先のダートムーアの小川のように清らかに流れるいまなら、なんの抵抗もなく言うことができる。

弱々しい笑い声をあげると、ジェシカの顔を持ちあげてそっとキスをした。

「ティ・アモ」とデインは言った。あまりにも簡単に言葉が出たので、今度は英語で言ってみた。「愛しているよ、ジェス」

少しして、夫はジェシカに打ち明けた。もし愛がいきなりやってこなかったら、自分を一生許せない過ちを犯していたかもしれない、と。

　主寝室にもどったころには、すでに太陽が地平線の上に顔を出しはじめていたが、ゆうべの出来事がなにもかもはっきりして落着するまで、夫に眠るつもりはないようだ。

　デインはベッドにあおむけになり、天蓋の金のドラゴンを見あげていた。「私も愛に溺れているから」と切りだした。「男がうっかり泥沼にはまりこんでしまうのはしかたないと思う。ヴォートリーのような限られた知性の持ち主ならなおさらだ」

　そして侮蔑に満ちた口調で、あのパリの茶番劇を仕組んだのはボーモントで、彼の悪意がずっとつづいていたのだという推理を話してくれた。ジェシカはたいして驚かなかった。まえまえからボーモントはいけ好かない男だと思っていたし、なぜ彼の妻はさっさと別れないのか不思議だったから。

　それでも、この問題に取り組む夫のやり方には、驚くと同時にわくわくさせられた。ヴォートリーとあの虫酸が走るボーモントの両方を懲らしめる傑作な方法を聞き終えたころには、おなかを抱えて笑っていた。

「もう、セバスチャン」ジェシカはあえいだ。「あなたって、悪い人ね。ボーモントの顔をぜひ見てみたいものだわ。ヴォートリーのお、お礼状を、よ、読むところ」つかえながら言うと、またもや笑いの発作に襲われた。

「この状況のユーモアをわかってくれるのは、きみくらいのものだ」妻の笑いがおさまるのを待って、デインが言った。

「それと、その高度な手腕もよ。ヴォートリー、チャリティ、そのうえあの意地の悪いボーモントまでまとめて、ものの数分でやっつけてやれるんだもの。ご自分は指一本動かさずに」

「金をかぞえる以外はな。金を払うのは私だ、そうだろう?」

「ヴォートリーは死ぬまであなたに感謝するでしょうね。あなたに命じられたら、きっと地球の果てまでても駆けていくわ。チャリティだって満足するはずよ。自分を崇拝してくれる男性と気楽に暮らせるんだもの。望みどおりになったのよ。働かずにすむ贅沢な生活。それを手に入れたくてドミニクを産んだんでしょう」

「そうだな。あの女は私が年に五百ポンド出すと思っていた」

「どうしてそんなばかな思いこみをしたのか、本人にきいてみたの。あなたのお父様の葬儀に偉い人たちが集まったことがきっかけだったらしいわ。葬儀に列席した紳士たちのなかには、愛人を連れてきて近くの宿屋に滞在させていた人たちがいたんですって。そのときチャリティは、ロンドンのゴシップと一緒に、貴族が落胤《らくいん》のために支払う示談金やら年間手当ての話を——それもずいぶん誇張された話を聞いたのよ。だから彼女は、あなたのときもエインズウッドのときも予防策をとらなかったし、妊娠がわかったときも、適切な処置をしなかったそうよ」

「つまり、別の頭の悪い娼婦があの女に入れ知恵したというわけか」

「チャリティは子供をひとり産めば、一生働かずにすむと思ったのよ。五百ポンドなんて彼女にとっては聞いたこともない大金だもの」

「だからきみが出した千五百ポンドで、ああもやすやすと納得したというわけか」デインははまだドラゴンを見つめている。「そうなることがわかっていながら、きみはあのイコンを彼女にやれと私に迫った」

「わたしがひとりで交渉をしていたら、ドミニクの目の前で醜い争いになったかもしれないでしょう」ジェシカは説明した。「あなたとおなじで、あの子もとても神経が過敏だし、感情的になりやすいわ。ほんの数分のあいだに彼女がふたこと、みこと言ったことが、回復に何年もかかるような傷を残すかもしれない。でも、あなたがその場にいてくだされば、そのおそれは格段に低くなる。それでもやっぱり、あの人には静かに姿を消してもらいたかった。だから、フェルプスに賄賂《わいろ》を渡しておいたのよ」

デインは寝返りを打ってこちらを向くと、ジェシカを抱き寄せた。「ジェス、きみのやったことは正しかった。病気の子供と、わめきちらす母親の両方を、私が同時に相手にできたとは思えない。私の手は——両手とも——あの子のことでふさがっていたし、頭もあの子のことでいっぱいだったからな」

「あなたはあの子のために出かけていってくださった」夫の固く暖かい胸を撫でながら言った。「大きくて強いパパが迎えにきてくれた、大切なのはそれだけよ。いま、あの子はわが家にいて、安全に暮らせる。わたしたちがあの子の面倒を見ましょう」

「わが家か」デインがこちらを見つめた。「ということは、これからずっとということだな」

「レディ・グランヴィルは夫が外に作った子供を、それも彼女の叔母さんとのあいだにできた子供ふたりを、自分の子と一緒に育てあげたのよ。デヴォンシア公爵のご落胤は、彼の家で大きくなったわ」

「だからデイン侯爵夫人も自分の気のすむようにし、ほかの者がどう思おうがかまわないというわけか」

「新しい家族に八歳の子がいたって、ちっともかまわないわ。あの年頃の子なら話し相手にもなるし。あのぐらい大きくなれば、もうほとんど人間よ」

その瞬間、まるで計ったかのように、人間のものとは思えない大声が早朝の静寂を引き裂いた。

デインはさっと体を離し、起きあがってベッドにすわった。

「悪い夢を見ただけよ」夫を引きもどそうとしながらジェシカは言った。「メアリーがついているからだいじょうぶ」

「いや、あのわめき声はギャラリーのほうから聞こえたぞ」デインはあわててベッドから飛びだした。

夫が部屋着をはおっているとき、耳をつんざくような悲鳴がまた聞こえてきた……たしかにデインが言うとおりギャラリーのほうから。けれど、ほかの音も聞こえる。人声。どさりという物音。あわてて走りまわるかすかな足音。

寝具から抜けだそうともがいているあいだに、デインは裸足のまま部屋を出ていってしまった。ジェシカは手早く部屋着をまとい、ミュールをつっかけ、大急ぎで夫のあとを追った。ドアを出たところに、デインが腕組みをして立っていた。なんとも言えない表情で、素っ裸の八歳の少年が三人の召使たちに追いかけられながら南の階段のほうへ駆けていくのを見つめている。

通路までもう少しのところで、ふいにジョウゼフがあらわれた。少年はあっという間に方向転換して、いま来た道をもどりはじめた。自分をつかまえようとする大人たちをさっと避け、彼らの失敗に奇声をあげている。

「どうやら私の息子は早起きらしい」デインがおだやかな声で言った。「いったいメアリーはなにを食べさせたんだ？　火薬か？」

「恐ろしくすばしっこい子だと言ったでしょう」ジェシカは言った。

「ついさっき、私の前を通り過ぎていったぞ。こちらを見ていたよ。速度を少しもゆるめずに、まっすぐこちらを見て笑い声をあげた——まあ、あの金切り声を笑い声と呼ぶならだが。まっしぐらに北側のドアへ走っていったと思ったら、ドアに頭をぶつける寸前で方向転換して、反対方向に駆けていった。どうやら、私の注意を引きたいらしい」

ジェシカはうなずいた。

デインは大またでギャラリーに足を踏み入れた。「ドミニク」と、声を張りあげずに呼びかける。

ドミニクはすばやくアルコーヴに逃げこんだ。デインはあとを追い、よじ登ろうとしていたカーテンから息子を引きはがし、ひょいと肩にかついだ。

そして主寝室まで運んでいき、そのまま衣装部屋にはいってしまった。

ジェシカは寝室までついていき、様子をうかがった。衣装部屋では夫のよく響く低い声と、息子の甲高い声がしているが、なにを言っているのかは聞き取れなかった。

数分後にふたりが出てきたとき、ドミニクは父親のシャツを着ていた。胸のプリーツが腰の下まで届き、両袖とシャツの裾を引きずっている。

「朝食と体を洗うのはすませたが、あの子供用スーツを着るのだけは息が詰まるからいやなんだそうだ」デインの説明を聞きながら、ジェシカはまじめな顔を保つのに窒息しそうになった。

「これ、パパのシャツだよ」ドミニクが誇らしげにジェシカに言った。「大きすぎるけどさ、尻丸出しってのは――」

「裸だ」デインが訂正する。「女性がいるときに臀部の話をしてはいけない。下半身を風になびかせながら走りまわるのもだめだ。女性たちが驚いて悲鳴をあげるのがどんなにおもしろくてもね。それから、奥様と私が寝ようとしている夜明けに大騒ぎをしてもいけない」

ドミニクの関心はただちに巨大なベッドに向けられた。黒い目を丸くしてきく。「パパ、これって世界一でかいベッド？」

ドミニクはシャツの袖をたくしあげ、痩せこけた足のまわりでもたついている裾をつかみあげてベッドまで駆けていき、ぽかんと見つめた。

「この屋敷で一番大きなベッドだ。チャールズ二世が一度、このベッドでおやすみになったことがある。国王がいらしたときは、一番大きなベッドで寝ていただかねばならないからな」

「パパはこのベッドであの人のおなかに赤ちゃんを入れたの？」ジェシカの腹部を見ながらドミニクはきいた。「ママが言ってた。パパは世界で一番大きなベッドでおれをママのおなかに入れたんだって。そこに赤ちゃんがいるの？」指さしながら、さらにきいた。

「そうだ」とデインは言った。ぎょっとしている妻のことはおかまいなしに、ベッドへ歩いていくと、息子を抱きあげた。「だがそれは秘密だ。いいか、私が許可するまでおまえはそれをだれにも言ってはいけない。約束できるか？」

ドミニクはうなずいた。「約束する」

「こんなおもしろい秘密を黙っているのがむずかしいのはわかる。だが、その埋め合わせはしてやろう。おまえが黙っていてくれるお返しに、そのニュースをみんなに知らせてびっくりさせるときは、その役をおまえにさせてやろう。これなら文句はないだろう？」

しばし考えてから、ドミニクは大きくうなずいた。

この男たちが、たやすく意思の疎通がはかれるのは明らかだった。どこから見ても、ドミニクはその大きな手でこねられる粘土のようにパパの思いのままだということも明らかだ。そして、パパもそれをちゃんと承知している。

デインはあっけにとられている妻に会心の笑みを向けると、息子を連れだした。

しばらくしてもどってきた彼は、まだほほえんでいた。

「ずいぶん自信たっぷりなのね」ジェシカは近づいてくる夫に言った。

「私も数をかぞえることはできる。われわれが結婚して五週間たつが、きみはまだ一度として気分がすぐれないと訴えてはいない」

「そう決めるにはまだ早すぎるわ」

「いいや、そんなことはない」デインは息子を抱いたときのように軽々とジェシカを抱きあげ、ベッドへ運んでいった。「簡単な計算さ。多産系の侯爵夫人と精力絶倫の侯爵の和は、子供だ。そう、聖燭節（二月二日、聖母マリアの清めの日）から受胎告知の祝日（三月二十五日）のあいだだな」

デインはジェシカをベッドにはおろさず、たくましい腕に抱いたままマットレスの縁に腰かけた。

「驚かせようと思ったのに」

デインは声をあげて笑った。「出会った日から、きみには驚かされっぱなしだよ、ジェス。振りかえるたびに、目の前でなにかが爆発するのだからな。猥褻《わいせつ》な懐中時計にイコンかと思えば、今度はピストル。誤解されてきた悲劇のわが母に、腕白なわが息子。私は女性ではなく発火装置と結婚したのではないかと思ったぐらいだ。それなら納得できる」デインはジェシカのおくれ毛を耳にはさんだ。「夜の営みに貪欲なふたりのあいだに赤ん坊ができたとしても、ちっとも驚くことじゃない。まったく自然で理にかなったことだ。私の繊細な神経でさえいささかも乱されないよ」

「いまはそんなことを言っていられるけど」ジェシカは夫にほほえみかけた。「わたしのおなかがどんどん膨らんで、気むずしくなったり、怒りっぽくなったりしはじめたら、あなたの神経も擦り減ってしまうでしょう。いざ分娩が始まって、わたしが叫んだり罵ったり、あなたに地獄に落ちろって――」

「笑い飛ばしてやるさ」デインはさえぎった。「私は誠実さのかけらもないけだものだからな」

ジェシカは手をのばし、ふてぶてしい顎を撫でた。「あら、そうね。でも、あなたは男ぶりのいいけだものよ。お金持ちだし、たくましいし、男らしいし」

「ようやくきみも、自分がどれだけ幸運かわかったようだな。きみが結婚したのは世界一雄々しい男だ」デインはにやりと笑った。その罪深い黒い瞳の奥で、内なる悪魔が笑っているのが見えた。けれど、彼はジェシカの悪魔であり、その彼にジェシカはぞっこんなのだ。

「世界一のうぬぼれ男ね」

デインはかがみこみ、ウズィンニョーロ家の鼻をジェシカの鼻先まで近づけた。「世界一雄々しい男だ」断固とした口調でくりかえす。「まだそれがわかっていないのなら、きみは嘆かわしいほど物覚えが悪いぞ。幸いにも、私はすばらしく辛抱強い家庭教師だから、それを証明してやろう」

「あなたの辛抱強さを？」

「それと男らしさの両方だ。何度でも教えてやるさ」黒い瞳がきらりと輝いた。「きみがけっして忘れないように、しっかりたたきこんでやる」

ジェシカは彼の髪に指を絡ませ、唇を自分の口に引き寄せた。「わたしの不埒な旦那様」とささやく。「ぜひ、教えていただきたいわ」

訳者あとがき

ロマンス小説中の白眉ともいえるＲＩＴＡ賞に輝いた（一九九六年度ベスト・ショート・ヒストリカルロマンス部門）『悪の華にくちづけを』をお贈りします。

本書は右記の米国ロマンス作家協会賞を受賞したほかにも、名高いロマンス・ファン・サイトＡＡＲで開催される〈トップ１００ロマンス〉投票で三連覇を達成しました。このオールタイム・ベスト１００を決める投票がはじめておこなわれた一九九八年は七位、その後、第二回（二〇〇〇年）第三回（二〇〇四年）第四回（二〇〇七年）と、三回連続して一位に選ばれているのです。日本でも心待ちにしてくださったかたがいらっしゃると思いますが、そこまでいつまでも変わらぬ支持を受ける小説とは、いったいどんな内容なのでしょう。

セバスチャンは侯爵家の跡取りでありながら、両親の不和と自分の醜い容姿のために、愛されることを知らずに育ちます。さらに母親が出奔したあとは、父親に寄宿学校へ入れられ、孤独と暗鬱のなかで世の中を見返すことを心の支えに生きてきました。

ジェシカは準男爵の長女として生まれましたが、早くに両親に死に別れ、叔父や叔母の家に厄介になりながらも、健気で心やさしく美しい娘に成長しました。悩みの種はただひとつ、ちょっと、いえ、相当まぬけな弟のバーティが、悪の権化デイン侯爵とよくない遊びに興じていて身を滅ぼしそうなことです。

ヒーローとヒロインが出会うのは一八二八年のパリ。野獣のような男を想像していたジェシカの前にあらわれたのは、精悍な体つきをした男性美あふれる人物で、そばに寄ったとたん未知の衝動に突き動かされます。かたやベルゼブブ卿の異名をとるデイン侯爵は、たおやかな淑女のくせにこの自分を少しも恐れぬジェシカが気になって目が離せなくなります。

ジェシカはしっかり者で、少々困難なことにぶつかってもひるんだりしません。こちらの予想を裏切るような行動に出てびっくりさせたり、胸のすくような活躍をしたり、おおらかな心で読む者を温かい気持ちにさせたりと、ほんとうに愛すべきヒロインです。デインのほうも、世間から怪物と呼ばれているわりにはどこか憎めない人物で、閉ざされた冷たい心の奥にあるものが伝わってくるような感じがします。身分こそ高貴ではあるもののいわくありげなデインの友人たちをはじめ、ふたりを取り巻く人物も多彩ですが、なかでもぴか一は名に負うファム・ファタルでいまもその魅力や美貌を保っているジェシカの祖母のジュネヴィーヴでしょうか。奇抜な助言で孫娘を応援してくれます。

さて、運命的な出会いを遂げたふたりは、相手への思いにとまどいながらも距離を縮めていくのですが、ひと波乱もふた波乱もあって……。それではどうぞ、軽妙な筆致と抜群のストーリー展開が冴える美女と野獣譚を存分にお楽しみください。

著者のロレッタ・チェイスは、昨年十月に二見書房より発売された『灼熱の風に抱かれて』で、はじめて日本に紹介された作家です。カーシントン兄弟シリーズの一作である同書で、エジプトを舞台にした壮大な冒険とロマンスの物語を堪能されたかたも多いと思います。本書『悪の華にくちづけを』は単独で完結している話ですが、チェイスの最初のヒストリカルロマンス・シリーズの一作でもあります。

そのScoundrelsシリーズを刊行順に並べるとつぎのようになります。

1 *THE LION'S DAUGHTER* (1992)
2 *CAPTIVES OF THE NIGHT* (1994)
3 *LORD OF SCOUNDRELS* (1995)本書
4 *"THE MAD EARL'S BRIDE" in the THREE WEDDINGS AND A KISS* (1995)
5 *THE LAST HELLION* (1998)

ごらんのように本書は第三作にあたるのですが、著者はそれぞれ独立した物語として書いたと自身のウェブサイトで述べたうえで、それでも、「1と2」、「3と4と5」がより密接なつながりがあると言っています。1はアルバニア育ちのヒロインが、殺された父の復讐を誓う物語。2は本書にも登場するエズモン伯爵とレイラの物語で、本書の十年前（一八一八年）の出来事も語られますが、メインストーリーが展開するのは一八二九年だそうです。4

はアンソロジーで、チェイスはキャスリーン・ウッディウィス、キャサリン・アンダーソン、リサ・クレイパスといったおなじみの人気作家と腕を競っています。5はやはり本書に登場するエインズウッド公爵の物語。なお、現在は3と4以外は入手しづらい状況になっていますが、5は二〇〇八年十一月に新装版が発売される予定です。どの作品もいずれお届けできることを願いつつ、チェイスの近況に移りますと、今年五月に新作 "*Your Scandalous Ways*" を上梓しました。こちらは007映画の《カジノ・ロワイヤル》を見て、つぎのヒーローは十九世紀初頭のジェイムズ・ボンドにしたらどうだろう、とひらめいたそうです。ヒーローはその名もジェイムズ、職業はスパイ。ヒロインはヴェネツィアに暮らす悪女のフランチェスカ。危険な男女のロマンスをチェイスがどう描いているのか、おおいに興味をそそられますね。

最後になりましたが、本文中の聖句の翻訳は『聖書新共同訳』(日本聖書協会)から、バイロンの『ドン・ジュアン』の翻訳は『ドン・ジュアン』(小川和夫訳、冨山房)から引用いたしましたことをお断わり申しあげます。

二〇〇八年八月

ザ・ミステリ・コレクション

悪《あく》の華《はな》にくちづけを

著者　ロレッタ・チェイス
訳者　小林浩子《こばやしひろこ》

発行所　株式会社 二見書房
東京都千代田区三崎町2-18-11
電話　03(3515)2311［営業］
　　　03(3515)2313［編集］
振替　00170-4-2639

印刷　株式会社 堀内印刷所
製本　関川製本

落丁・乱丁本はお取り替えいたします。
定価は、カバーに表示してあります。

ISBN978-4-576-08135-9
http://www.futami.co.jp/

灼熱の風に抱かれて
ロレッタ・チェイス
上野元美［訳］

1821年、カイロ。天才言語学者ダフネは、誘拐された兄を救うため、獄中の英国貴族ルパートを保釈金代わりに雇う。異国情緒あふれる魅惑のヒストリカルロマンス！

プライドと情熱と
エリザベス・ソーントン
島村浩子［訳］

ラスボーン伯爵の激しい求愛を、かたくなに拒むディアドレ。誤解と嫉妬だらけの二人は…。動乱の時代に燃えあがる愛と情熱を描いた感動のヒストリカルロマンス

奪われたキス
スーザン・イーノック
高里ひろ［訳］

十九世紀のロンドン社交界を舞台に、アイス・クイーンと呼ばれる美貌の令嬢と、彼女を誘惑しようとする不品行で悪名高き侯爵の恋を描くヒストリカルロマンス！

パッション
リサ・ヴァルデス
坂本あおい［訳］

ロンドンの万博で出会った、未亡人パッションと建築家マーク。抗いがたいほど惹かれあい、互いに名を明かさぬまま熱い関係が始まるが…。官能のヒストリカルロマンス！

あなたの心につづく道（上・下）
ジュディス・マクノート
宮内もと子［訳］

十九世紀、英国。若くして爵位を継いだ美しき女伯爵エリザベスを待ち受ける波瀾万丈の運命と、謎めいた貿易商イアンとの愛の旅路を描くヒストリカルロマンス！

水の都の仮面
リディア・ジョイス
栗原百代［訳］

復讐の誓いを仮面に隠した伯爵と、人には明かせぬ悲しい過去を秘めた女が出逢い、もつれ合う愛憎劇がはじまる。名高い水の都を舞台にしたヒストリカルロマンス

あやまちは愛
トレイシー・アン・ウォレン
久野郁子［訳］

双子の姉と入れ替わり、密かに想いを寄せていた公爵と結婚したバイオレット。妻として愛される幸せと良心の呵責の狭間で心を痛めるが、やがて真相が暴かれる日が…

愛といつわりの誓い
トレイシー・アン・ウォレン
久野郁子［訳］

親戚の家へ預けられたジーネットは、無礼ながらも魅惑的な建築家ダラーと出会うが、ある事件がもとで〝平民〟の彼と結婚するはめになり…。『あやまちは愛』に続く第二弾！

夜の炎
キャサリン・コールター
高橋佳奈子［訳］

若き未亡人アリエルは、かつて淡い恋心を抱いた伯爵と再会するが、夫との辛い過去から心を開けず…。全米ヒストリカルロマンスファンを魅了した「夜《ナイト》トリロジー」、第一弾！

ゆらめく炎の中で
ローレン・バラッツ・ログステッド
森嶋マリ［訳］

19世紀末。上流階級の妻エマは、善意から囚人との文通を始めるが図らずも彼に心奪われてしまう。恩赦によって男が自由の身となった時、愛欲のドラマが幕をあけた！

青き騎士との誓い
アイリス・ジョハンセン
酒井裕美［訳］

十二世紀中東。脱走した奴隷のお針子ティーアはテンプル騎士団に追われる騎士ウェアに命を救われた。終わりなき逃亡の旅路に、燃え上がる愛を描くヒストリカルロマンス

星に永遠の願いを
アイリス・ジョハンセン
酒井裕美［訳］

戦乱続くイングランドに攻め入ったノルウェー王の庶子で勇猛な戦士ゲージと、奴隷の身分ながら優れた医術を持つブリンとの愛を描くヒストリカルロマンスの最高傑作！